쉽게 읽는 석보상절 9
釋譜詳節 第九

지은이 **나찬연**은 1960년에 부산에서 태어났다. 부산대학교 국어국문학과를 나오고(1986), 같은 학교 대학원에서 문학석사(1993)와 문학박사(1997)학위를 받았다. 지금은 경성대학교 국어국문학과에서 교수로 재직하고 있으면서 국어학, 국어 교육, 한국어 교육 분야의 강의를 맡고 있다.

* 홈페이지: '학교 문법 교실 (http://scammar.com)'에서는 이 책의 내용과 관련된 자료를 온라인으로 제공합니다. 본 홈페이지에 개설된 자료실과 문답방에 올려져 있는 다양한 정보를 자유롭게 이용할 수 있고, 이 책의 내용에 대하여 저자의 답변을 받을 수 있습니다.
* 전화번호 : 051-663-4212
* 전자메일 : ncy@ks.ac.kr

주요 논저

우리말 이음에서의 삭제와 생략 연구(1993), 우리말 의미중복 표현의 통어·의미 연구(1997), 우리말 잉여 표현 연구(2004), 옛글 읽기(2011), 벼리 한국어 회화 초급 1, 2(2011), 벼리 한국어 읽기 초급 1, 2(2011), 제2판 언어·국어·문화(2013), 제2판 훈민정음의 이해(2013), 근대 국어 문법의 이해-강독편(2013), 국어 어문 규범의 이해(2013), 표준 발음법의 이해(2013), 제5판 중세 국어 문법의 이해-이론편(2014), 제5판 중세 국어 문법의 이해-주해편(2014), 제5판 중세 국어 문법의 이해-강독편(2014), 제5판 중세 국어 문법의 이해-서답형 문제편(2014), 중세 국어 문법의 이해-입문편(2015), 제5판 현대 국어 문법의 이해(2017), 쉽게 읽는 월인석보 서. 1. 2.(2017), 쉽게 읽는 석보상절 3. 6. 9.(2018)

인

쉽게 읽는 석보상절 9(釋譜詳節 第九)

©나찬연, 2018

1판 1쇄 인쇄_2018년 1월 15일
1판 1쇄 발행_2018년 1월 25일

지은이_나찬연
펴낸이_양정섭

펴낸곳_도서출판 경진
　　　　등록_제2010-000004호
　　　　블로그_http://kyungjinmunhwa.tistory.com
　　　　이메일_mykorea01@naver.com

공급처_(주)글로벌콘텐츠출판그룹
　　　　대표_홍정표
　　　　편집디자인_김미미　기획·마케팅_노경민
　　　　주소_서울특별시 강동구 풍성로 87-6, 201호
　　　　전화_02) 488-3280　팩스_02) 488-3281
　　　　홈페이지_http://www.gcbook.co.kr

값 18,000원
ISBN 978-89-5996-566-3 94810
　　　978-89-5996-563-2 94810(세트)

쉽게 읽는

석보상절 9

釋譜詳節 第九

나찬연

경진출판

『석보상절』은 조선의 제7대 왕인 세조(世祖)가 왕자(수양대군, 首陽大君)인 시절에 어머니인 소헌왕후(昭憲王后)를 추모하기 위하여 1447년경에 편찬하였다.

『석보상절』에는 석가모니의 행적과 석가모니와 관련된 인물에 관한 여러 일화가 소개되어 있다. 따라서 이 책은 불교를 배우는 이들뿐만 아니라, 국어 학자들이 15세기 국어를 연구하는 데에도 매우 귀중한 자료가 된다. 특히 이 책은 한문 원문을 국어 문법 규칙에 맞게 번역하였기 때문에 문장이 매우 자연스럽다. 따라서 『석보상절』은 훈민정음으로 지은 초기의 문헌임에도 불구하고, 당대에 간행된 그 어떤 문헌보다도 자연스러운 우리말 문장으로 지은 문헌이라고 할 수 있다.

이처럼 『석보상절』이 중세 국어와 국어사 연구에 매우 중요한 역할을 하기 때문에, 일찍부터 이 책은 중세 국어 연구의 대상이 되었고 현대어로 옮기는 작업도 이루어졌다. 그 대표적인 성과가 '세종대왕기념사업회'에서 편찬한 『역주 석보상절』의 모둠책이다. 『역주 석보상절』의 간행 작업에는 허웅 선생님을 비롯한 그 분야의 대학자들이 참여하였기 때문에, 『역주 석보상절』은 그 차제로서 대단한 업적이다. 그러나 이 『역주 석보상절』는 1992년부터 순차적으로 간행되었는데, 간행된 책마다 역주한 이가 달라서 내용의 번역이나 형태소의 분석, 그리고 편집 방법이 통일되지 못한 아쉬움이 있다. 지은이는 이러한 점을 감안하여 15세기의 중세 국어를 익히는 학습자들이 『석보상절』을 쉽게 이해할 수 있도록, 현대어로 옮기는 방식과 형태소 분석 및 편집 형식을 새롭게 바꾸었다. 이러한 편찬 의도를 반영하여 이 책의 제호도 『쉽게 읽는 석보상절』로 정했다.

이 책은 중세 국어 학습자들이 『석보상절』를 쉽게 이해할 수 있는 책을 편찬하겠다는 원래의 취지를 살리기 위하여, 다음과 같은 방법으로 책의 내용과 형식을 구성하였다.

첫째, 현재 남아 있는 『석보상절』의 권 수에 따라서 이들 문헌을 현대어로 옮겼다. 이에 따라서 『석보상절』의 3, 6, 9, 11, 13, 19 등의 순서로 현대어 번역 작업이 이루진다. 둘째, 이 책에서는 『석보상절』의 원문의 영인을 페이지별로 수록하고, 그 영인 바로 아래에 현대어 번역문을 첨부했다. 셋째, 그리고 중세 국어의 문법을 익히는 이들에게 편의를 제공하기 위하여, 원문의 텍스트에 나타나는 어휘를 현대어로 풀이하고 각 어휘에 실현된 문법 형태소를 형태소 단위로 분석하였다. 넷째, 원문 텍스트에 나타나는 불교 용어를 쉽게 풀이함으로써, 불교의 교리를 모르는 일반 국어학자도『석보상절』의 내용을 이해할 수 있도록 하였다. 다섯째, 책의 말미에 [부록]의 형식으로 [원문과 번역문의 벼리]를 실었다. 여기서는『석보상절』의 텍스트에서 주문장의 사이에 삽입되어 있는 협주문(夾註文)을 생략하여 본문 내용의 맥락이 끊이지 않게 하였다. 여섯째, 이 책에 쓰인 문법 용어와 약어(略語)의 정의와 예시를 책머리의 '일러두기'와 [부록]에 수록하여서, 이 책을 통하여 중세 국어를 익히려는 독자에게 도움을 주었다.

이 책에 쓰인 문법 용어는 가급적『고등학교 문법』(2010)에서 사용되는 문법 용어를 그대로 사용하였다. 다만 일부 문법 용어는 허웅 선생님의『우리 옛말본』(1975), 고영근 선생님의『표준중세국어문법론』(2010), 지은이의『중세 국어 문법의 이해-이론편』에서 사용한 용어를 빌려 썼다. 중세 국어의 어휘 풀이는 대부분 '한글학회'에서 지은『우리말 큰사전 4-옛말과 이두 편』의 내용을 참조했으며, 일부는 남광우 님의『교학고어사전』을 참조했다. 각 어휘에 대한 형태소 분석은 지은이가 2010년에『우리말연구』의 제27집에 발표한「옛말 문법 교육을 위한 약어와 약호의 체계」의 논문과『중세 국어 문법의 이해-주해편, 강독편』에서 사용한 방법을 따랐다.

그리고 불교와 관련된 어휘는 국립국어원의 인터넷판『표준국어대사전』, 인터넷판의『두산백과사전』, 인터넷판의『한국민족문화대백과』, 인터넷판의『원불교사전』, 한국불교대사전편찬위원회의『한국불교대사전』, 홍사성 님의『불교상식백과』, 곽철환 님의『시공불교사전』, 운허·용하 님의『불교사전』등을 참조하여 풀이하였다.

이 책을 간행하는 데에는 여러 사람의 도움이 있었다. 지은이는 2014년 겨울에 대학교 선배이자 독실한 불교 신자인 정안거사(正安居士, 현 동아고등학교의 박진규 교장)를 사석에서 만났다. 그 자리에서 정안거사로부터 국어학자뿐만 아니라 일반 사람들도 부처님의 생애를 쉽게 알 수 있는 책이 필요하다는 당부의 말을 들었는데, 이 일이 계기가 되어서『쉽게 읽는 석보상절』의 모둠책이 세상에 나오게 되었다. 그리고 고려대학교 교육대학원의 국어교육전공에 재학 중인 나벼리 군은『석보상절』의 원문의 모습을 디지털 영상으로 제작하고 편집하는 작업을 해 주었다. 이 책을 출판해 주신 (주)글로벌콘텐츠출판그룹의 홍정표 대표님, 그리고 거친 원고를 수정하여 보기 좋은 책으로 편집해 주신 도서출판 경진의 양정섭 이사님과 노경민 과장님께 감사의 뜻을 전한다.

2018년 1월
나찬연

차례

머리말 • 4

일러두기 • 7

『석보상절』의 해제 _____ 11

『석보상절 제구』의 해제 _____ 13

현대어 번역과 형태소 분석 _____ 16

부록: '원문과 번역문의 벼리' 및 '문법 용어의 풀이' _____ 179

참고 문헌 • 231

1. 이 책에서 형태소 분석에 사용하는 문법적 단위에 대한 약어는 다음과 같다.

범주	약칭	본디 명칭	범주	약칭	본디 명칭
품사	의명	의존 명사	조사	보조	보격 조사
	인대	인칭 대명사		관조	관형격 조사
	지대	지시 대명사		부조	부사격 조사
	형사	형용사		호조	호격 조사
	보용	보조 용언		접조	접속 조사
	관사	관형사	어말 어미	평종	평서형 종결 어미
	감사	감탄사		의종	의문형 종결 어미
불규칙 용언	ㄷ불	ㄷ 불규칙 용언		명종	명령형 종결 어미
	ㅂ불	ㅂ 불규칙 용언		청종	청유형 종결 어미
	ㅅ불	ㅅ 불규칙 용언		감종	감탄형 종결 어미
어근	불어	불완전(불규칙) 어근		연어	연결 어미
파생 접사	접두	접두사		명전	명사형 전성 어미
	명접	명사 파생 접미사		관전	관형사형 전성 어미
	동접	동사 파생 접미사	선어말 어미	주높	상대 높임의 선어말 어미
	조접	조사 파생 접미사		객높	주체 높임의 선어말 어미
	형접	형용사 파생 접미사		상높	객체 높임의 선어말 어미
	부접	부사 파생 접미사		과시	과거 시제의 선어말 어미
	사접	사동사 파생 접미사		현시	현재 시제의 선어말 어미
	피접	피동사 파생 접미사		미시	미래 시제의 선어말 어미
	강접	강조 접미사		회상	회상 표현의 선어말 어미
	복접	복수 접미사		확인	확인 표현의 선어말 어미
	높접	높임 접미사		원칙	원칙 표현의 선어말 어미
조사	주조	주격 조사		감동	감동 표현의 선어말 어미
	서조	서술격 조사		화자	화자 표현의 선어말 어미
	목조	목적격 조사		대상	대상 표현의 선어말 어미

---

* 이 책에서 쓰인 '문법 용어'와 '약어(略語)'에 대한 자세한 내용은 [부록]에 첨부된 '문법 용어의 풀이'를 참고하기 바란다.

2. 이 책의 형태소 분석에서 사용되는 약호는 다음과 같다.

부호	기능	용례
#	어절의 경계 표시.	철수가 # 국밥을 # 먹었다.
+	한 어절 내에서의 형태소 경계 표시.	철수 + -가 # 먹- + -었- + -다
( )	언어 단위의 문법 명칭과 기능 설명.	먹(먹다)- + -었(과시)- + -다(평종)
[ ]	파생어의 내부 짜임새 표시.	먹이[먹(먹다)- + -이(사접)-]- + -다(평종)
	합성어의 내부 짜임새 표시.	국밥[국(국) + 밥(밥)] + -을(목조)
-a	a의 앞에 다른 말이 실현되어야 함.	-다, -냐 ; -은, -을 ; -음, -기 ; -게, -으면
a-	a의 뒤에 다른 말이 실현되어야 함.	먹(먹다)-, 자(자다)-, 예쁘(예쁘다)-
-a-	a의 앞뒤에 다른 말이 실현되어야 함.	-으시-, -었-, -겠-, -더-, -느-
a(← A)	기본 형태 A가 변이 형태 a로 변함.	지(← 짓다, ㅅ불)- + -었(과시)- + -다(평종)
a(⟵ A)	A 형태를 a 형태로 잘못 적음(오기)	국빱(⟵ 국밥) + -을(목)
Ø	무형의 형태소나 무형의 변이 형태	예쁘- + -Ø(현시)- + -다(평종)

3. 다음은 중세 국어의 문장을 약어와 약호를 사용하여 어절 단위로 분석한 예이다.

> 불휘 기픈 남ㄱᆞᆫ ᄇᆞᄅᆞ매 아니 뮐씨 곶 됴코 여름 하ᄂᆞ니 [용가 2장]

① 불휘: 불휘(뿌리, 根) + -Ø(← -이: 주조)
② 기픈: 깊(깊다, 深)- + -Ø(현시)- + -은(관전)
③ 남ㄱᆞᆫ: 낡(← 나모: 나무, 木) + -ᄋᆞᆫ(-은: 보조사)
④ ᄇᆞᄅᆞ매: ᄇᆞᄅᆞᆷ(바람, 風) + -애(-에: 부조, 이유)
⑤ 아니: 아니(부사, 不)
⑥ 뮐씨: 뮈(움직이다, 動)- + -ㄹ씨(-으므로: 연어)
⑦ 곶: 곶(꽃, 花)
⑧ 됴코: 둏(좋아지다, 좋다, 好)- + -고(연어, 나열)
⑨ 여름: 여름[열매, 實: 열(열다, 結)- + -음(명접)]
⑩ 하ᄂᆞ니: 하(많아지다, 많다, 多)- + -ᄂᆞ(현시)- + -니(평종, 반말)

4. 단, 아래의 경우에는 예외적으로 다음과 같은 방법으로 어절의 짜임새를 분석한다.

　가. 명사, 동사, 형용사는 특별한 경우가 아니면 품사의 명칭을 표시하지 않는다.
　　단, 의존 명사와 보조 용언은 예외적으로 각각 '의명'과 '보용'으로 표시한다.

　　① 부톄: 부텨(부처, 佛) + -ㅣ(←-이: 주조)
　　② 괴오쇼셔: 괴오(사랑하다, 愛)- + -쇼셔(-소서: 명종)
　　③ 올ㅎ시이다: 옳(옳다, 是)- + -ㅇ시(주높)- + -이(상높)- + -다(평종)

　나. 한자말로 된 복합어는 더 이상 분석하지 않는다.

　　① 中國에: 中國(중국) + -에(부조, 비교)
　　② 無上涅槃을: 無上涅槃(무상열반) + -을(목조)

　다. 특정한 어미가 다른 어미의 내부에 끼어들어서 실현될 때에는 다음과 같이 표기한다. 이때 단일 형태소의 내부가 분리되는 현상은 '…'로 표시한다.

　　① 어리니잇가: 어리(어리석다, 愚: 형사)- + -잇(←-이-: 상높)- + -니…가(의종)
　　② 자거시늘: 자(자다, 宿: 동사)- + -시(주높)- + -거…늘(-거늘: 연어)

　라. 형태가 유표적으로 존재하지 않으면서도 문법적이 있는 '무형의 형태소'는 다음과 같이 'Ø'로 표시한다.

　　① ᄀᆞᄆᆞ라 비 아니 오ᄂᆞᆫ 짜히 잇거든
　　　・ᄀᆞᄆᆞ라: [가물다(동사): ᄀᆞ믈(가뭄, 旱: 명사) + -Ø(동접)-]- + -아(연어)
　　② 바ᄅᆞ 自性을 ᄉᆞ뭇 아ᄅᆞ샤
　　　・바ᄅᆞ: [바로(부사): 바ᄅᆞ다(바르다, 正: 형사)- + -Ø(부접)]
　　③ 불휘 기픈 남ᄀᆞᆫ
　　　・불휘(뿌리, 根) + -Ø(←-이: 주조)
　　④ 내 ᄒᆞ마 命終호라
　　　・命終ᄒᆞ(명종하다: 동사)- + -Ø(과시)- + -오(화자)- + -라(←-다: 평종)

마. 무형의 형태소로 실현되는 시제 표현의 선어말 어미는 다음과 같이 표기한다.

① 동사나 형용사의 종결형과 관형사형에서 나타나는 '과거 시제 표현'의 무형의
선어말 어미는 '-∅(과시)-'로, '현재 시제 표현'의 무형의 선어말 어미는 '-∅
(현시)-'로 표시한다.

> ㉠ 아들들히 아비 죽다 듣고
> ·죽다: 죽(죽다, 死: 동사)- + -∅(과시)- + -다(평종)
> ㉡ 엇던 行業을 지서 惡德애 뻐러딘다
> ·뻐러딘다: 뻐러디(떨어지다, 落: 동사)- + -∅(과시)- + -ㄴ다(의종)
> ㉢ 獄은 罪 지슨 사름 가도는 짜히니
> ·지슨: 짓(짓다, 犯: 동사)-+ -∅(과시)- + -ㄴ(관전)
> ㉣ 닐굽 히 너무 오라다
> ·오라(오래다, 久: 형사)- + -∅(현시)- + -다(평종)
> ㉤ 여슷 大臣이 힝뎌기 왼 둘 제 아라
> ·외(그르다, 非: 형사)- + -∅(현시)- + -ㄴ(관전)

② 동사나 형용사의 연결형에 나타나는 과거 시제나 현재 시제 표현의 무형의
선어말 어미는 표시하지 않는다.

> ㉠ 몸앳 필 뫼화 그르세 다마 男女를 내ᅀᆞᆸ니
> ·뫼화: 뫼호(모으다, 集: 동사)- + -아(연어)
> ㉡ 고히 길오 놉고 고ᄃᆞ며
> ·길오: 길(길다, 長: 형사)- + -오(←-고: 연어)
> ·놉고: 놉(높다, 高: 형사)- + -고(연어, 나열)
> ·고ᄃᆞ며: 곧(곧다, 直: 형사)- + -ᄋᆞ며(-으며: 연어)

③ 합성어나 파생어의 내부에서 실현되는 과거 시제나 현재 시제 표현의 무형의
선어말 어미는 표시하지 않는다.

> ㉠ 왼녁: [왼쪽, 左: 외(왼쪽이다, 右)- + -은(관전▷관접) + 녁(녁, 쪽: 의명)]
> ㉡ 늘그니: [늙은이: 늙(늙다, 老)- + -은(관전) + 이(이, 者: 의명)]

『석보상절』의 해제

　세종대왕은 1443년(세종 25) 음력 12월에 음소 문자(音素文字)인 훈민정음(訓民正音)의
글자를 창제하였다. 훈민정음 글자는 기존의 한자나 한자를 빌어서 우리말을 표기하는
글자인 향찰, 이두, 구결 등과는 전혀 다른 표음 문자인 음소 글자였다. 실로 글자의
역사상 유래를 찾아볼 수 없는 매우 독창적인 글자이면서도, 글자의 수가 28자에 불과하
여 아주 배우기 쉬운 글자였다.

　훈민정음을 창제한 이후에 세종은 이 글자를 널리 보급하기 위하여 훈민정음의 제자
원리를 이론화하고 성리학적인 근거를 부여하는 데에 힘을 썼다. 곧, 최만리 등의 상소
사건을 통하여 사대부들이 훈민정음에 대하여 취하였던 부정적인 인식과 태도를 파악
하였으므로, 이를 극복하는 적극적인 방법으로 훈민정음 글자에 대한 '종합 해설서'를
발간하기로 하였는데, 이것이 곧 『훈민정음 해례본』이다.

　이처럼 새로운 글자를 창제하고 반포하는 데에 그치는 것이 아니라, 실제로 백성들이
널리 사용할 수 있도록 하기 위하여 여러 가지 뒷받침 사업을 진행하였다. 이를 위하여
세종은 새로운 문자인 훈민정음을 이용하여 국어의 입말을 실제로 문장의 단위로 적어
서 그 실용성을 시험하는 작업을 수행하였다. 그 첫 번째 노력으로 『용비어천가(龍飛御
天歌)』의 노랫말을 훈민정음으로 지어서 간행하였는데, 이로써 훈민정음 글자로써 국어
의 입말을 실제로 적을 수 있는 가능성을 보였다. 그리고 세종의 왕비인 소헌왕후(昭憲王
后) 심씨(沈氏)가 1446년(세종 28)에 사망하자, 세종은 심씨의 명복을 빌기 위하여 수양
대군(훗날의 세조)에게 명하여 석가모니불의 연보인 『석보상절』(釋譜詳節)을 엮게 하였
다. 이에 수양대군은 김수온 등과 더불어 『석가보』(釋迦譜), 『석가씨보』(釋迦氏譜), 『법화
경』(法華經), 『지장경』(地藏經), 『아미타경』(阿彌陀經), 『약사경』(藥師經) 등에서 뽑아 모은
글을 훈민정음으로 옮겨서 만들었다. 여기서 『석보상절』이라는 책의 제호는 석가모니
의 일생의 일을 가려내어서, 그 일을 자세히 기록한 것이라는 뜻이다.

　이 책이 언제 간행되었는지는 확실하지 않다. 하지만 수양대군이 지은 '석보상절 서
(序)'가 세종 29년(1447)에 지어진 것으로 되어 있고, 또 권9의 표지 안에 '正統拾肆年
貳月初肆日(정통십사년 이월초사일)'이란 글귀가 적혀 있어서, 이 책이 세종 29년(1447)
에서 세종 31년(1449) 사이에 만들어졌다는 것을 확인할 수 있다. 이러한 사실을 정리하
면 1447년(세종 29)에 책의 내용이 완성되었고, 1449년(세종 31)에 책으로 간행된 것으
로 볼 수 있다.

『석보상절』은 다른 불경 언해서(諺解書)와는 달리 문장이 매우 유려하여 15세기 당시의 국어와 국문학을 대표하는 작품으로 꼽히고 있다. 곧, 중국의 한문으로 기록된 내용을 바탕으로 쉽고 아름다운 국어의 문장으로 개작한 것이어서, 15세기 중엽의 국어 연구에 대단히 중요한 역할을 할 뿐만 아니라 국어로 된 산문 문학의 첫 작품이자 최초의 번역 불경이라는 가치가 있다.

현재 전하는 『석보상절』은 국립중앙도서관에 소장된 권6, 9, 13, 19의 초간본 4책(보물 523호), 동국대학교 도서관에 소장된 권23, 24의 초간본 2책, 호암미술관에 소장된 복각 중간본 권11의 1책, 1979년 천병식(千炳植) 교수가 발견한 복각 중간본 권3의 1책 등이 있다.

『석보상절 제구』의 해제

이 책에서 번역한 『석보상절』 권9는 권6, 권13, 권19와 함께 간행된 초간본으로서 갑인자(甲寅字)의 활자로 찍은 것이다. 이들 초간본 4책은 현재 국립중앙도서관에서 소장하고 있으며 보물 523호로 지정되어 있다.

『석보상절』 권6의 저본(底本)은 『藥師瑠璃光如來本願功德經』(약사유리광여래본원공덕경)이다. 이 책은 615년에 수(隋)나라의 달마급다(達磨笈多)가 『藥師如來本願經』(약사여래본원경)의 이름으로 처음으로 한문으로 번역하였다. 이 경은 약사여래가 동방에 불국토(佛國土)를 건설하여 정유리국(淨瑠璃國)이라 하고, 교주가 되어 12대원(十二大願)을 세우고, 모든 중생의 질병을 치료하며, 또한 무명(無明)의 고질(痼疾)까지도 치유시키겠다고 한 서원(誓願)을 내용으로 하고 있다. 다른 번역본으로 457년에 송(宋)나라의 혜간(慧簡)이 번역한 『藥師瑠璃光經』(약사유리광경)과 650년에 당(唐)나라 현장(玄奘)이 번역한 『藥師瑠璃光如來本願功德經』(약사유리광여래본원경)과 707년에 의정(義淨)이 번역한 『藥師瑠璃光七佛本願功德經』(약사유리광칠불본원공덕경) 등이 있다. 이 경의 이름을 줄여서 흔히들 『藥師經』(약사경)이라고 한다.

약사여래(藥師如來)를 유리광왕(瑠璃光王) 또는 대의왕불(大醫王佛)이라고도 하는데, 중생의 온갖 병고를 치유하고 모든 재난을 제거하며 수명을 연장하는 부처이다. 약사여래는 늘 좌우에 일광보살(日光菩薩)과 월광보살(月光菩薩)을 우두머리로 하는 무수한 보살들을 거느리고 있으면서, 질병에 신음하는 중생들을 구제하고 약사 세계로 왕생(往生)을 인도한다. 『藥師瑠璃光如來本願功德經』에서는 약사여래가 동방세계에 불국토(佛國土)를 건설하여 유리광국(瑠璃光國)이라 하고 그 세계의 교주가 되어 12가지의 큰 서원을 세워 일체 중생의 질병을 치료하며 다시 무명(無明)의 고질적인 병까지도 치료하겠다고 서원하고 있다.

약사여래가 세운 12대원의 내용을 요약하여서 제시하면 다음과 같다.

제1 대원은 '광명조요대원(光明照曜大願)'으로서, 정각을 이루었을 때 32대장부상을 갖추어 모든 중생들을 비추어서 자신의 몸과 다름이 없게 하겠다는 대원이다.

제2 대원은 '신여류리대원(身如瑠璃大願)'으로서, 깨달음을 얻었을 때 자신의 몸을 유리와 같이 청정하게 하겠다는 대원이다.

제3 대원은 '수용무진대원(受用無盡大願)'으로서, 무한한 지혜와 방편으로 중생계를 수용함에 다함이 없이 하겠다는 대원이다.

제4 대원은 '대승안립대원(大乘安立大願)'으로서, 다른 도를 따르는 중생들을 대승으로 이끌어 안락하게 하겠다는 대원이다.

제5 대원은 '삼취구정대원(三聚具定大願)'으로서, 모든 중생들이 삼취계를 구족하게 하겠다는 삼취구정(三聚具定) 대원이다.

제6 대원은 '제근구족대원(諸根具足大願)'으로서, 불구인 중생들이 모두 완전한 신체를 갖추도록 하겠다는 대원이다.

제7 대원은 '중환실제대원(衆患悉除大願)'으로서, 일체 중생의 온갖 병을 다 없애어 몸과 마음이 안락하고 위없는 깨달음을 얻도록 하겠다는 대원이다.

제8 대원은 '전여성남대원(轉女成男大願)'으로서, 모든 여인들이 장부의 상을 갖추고 위없는 깨달음에 들게 하겠다는 대원이다.

제9 대원은 '안립정견대원(安立正見大願)'으로서, 모든 중생들이 천마(天魔)나 외도의 잘못된 견해로부터 벗어나 바른 견해를 갖게 하겠다는 대원이다.

제10 대원은 '계박해탈대원(繫縛解脫大願)'으로서, 모든 중생들이 폭군의 악정(惡政)과 도적의 겁탈로부터 벗어나게 하겠다는 대원이다.

제11 대원은 '기근안락대원(饑饉安樂大願)'으로서, 굶주림에 허덕이는 중생들을 모두 다 배부르게 하겠다는 대원이다.

제12 대원은 '의복엄구대원(衣服嚴具大願)'으로서, 가난하여 헐벗는 중생들에게 좋은 옷을 입게 하겠다는 대원이다.

약사여래가 세운 중생 구제의 12가지 대원은 일상생활의 매우 현실적인 소망을 담고 있어서 약사 신앙은 일반 대중의 요구에 부응하는 신앙 체계로 자리 잡게 되었다. 12대원을 세우고 성불한 약사여래의 불국토는 동쪽으로 무수한 불국토를 지나가면 있는데, 그곳은 땅에 온통 유리와 보석이 깔려 있고, 건물은 보석으로 만들어져 있다고 한다. 그곳에는 여인이 없고 탐욕과 악행, 괴로움도 없다. 나아가 약사여래의 이름을 외우는 사람은 죽을 때에 여덟 명의 보살이 와서 극락세계로 인도해주며, 약사여래상 앞에서 이 경을 읽으면 어떤 소원이든지 다 이룰 수 있다고 부처님은 가르치고 있다.

『약사경』의 특징은 현세의 이익을 설(說)하면서도, 약사 세계로의 왕생(往生)을 권하는 동시에 천상으로의 왕생도 배척하고 있지 않다는 것이다. 부처님의 힘을 빌어 질병을 퇴치하고자 하는 구체적이고도 현실적인 요구를 수용하고 있는 『약사경』이 번역 유포되면서 약사 신앙은 급속히 성행하게 되었다. 우리나라에서는 삼국시대부터 통일신라, 고려대에 약사 신앙이 크게 유행하였다. 현재 절 집에 있는 약사전(藥師殿)은 민간신앙으로 깊게 뿌리내린 약사 신앙의 단면을 그대로 보여주고 있다.

釋譜詳節(석보상절) 第九(제구)

부처가 돌아다녀 諸國(제국)을 敎化(교화)하시어【諸國(제국)은 여러 나라이다. 】, 廣嚴城(광엄성)에 가시어 樂音樹(악음수)의 아래에 계시어, 큰 比丘(비구) 八千(팔천) 人(인)과 한데에 있으시더니, 菩薩摩訶薩(보살마하살) 三萬六千(삼만육천)과【摩訶薩(마하살)은 큰 菩薩(보살)이시다 하는 말이다. 】國王(국왕)과 大臣(대신)과 婆羅門(바라문)과 부톄¹⁾ 도녀²⁾ 諸_정國_귁³⁾을 敎_굘化_황ᄒᆞ샤【諸_정國_귁은 여러 나라히라⁴⁾】

廣_광嚴_엄城_쎵⁵⁾에 가샤⁶⁾ 樂_악音_흠樹_쓩⁷⁾ 아래 겨샤 굴근⁸⁾ 比_삥丘_쿨⁹⁾ 八_밣千_쳔 人_신과 ᄒᆞᆫ뒤¹⁰⁾ 잇더시니¹¹⁾ 菩_뽕薩_삻摩_망訶_항薩_삻¹²⁾ 三_삼萬_먼 六_륙千_쳔과【摩_망訶_항薩_삻은 굴근 菩_뽕薩_삻이시다 ᄒᆞ논¹³⁾ 마리라】 國_귁王_왕과 大_땡臣_씬과 婆_뼁羅_랑門_몬¹⁴⁾과

---

1) 부톄: 부텨(부처, 佛) + -ㅣ(←-이: 주조)

2) 도녀: 도니[돌아다니다, 遊: 도(← 돌다: 돌다, 回)- + 니(다니다, 行)]- + -어(연어)

3) 諸國: 제국. 여러 나라이다.

4) 나라히라: 나라ㅎ(나라, 國) + -이(서조)- + -Ø(현시)- + -라(←-다: 평종)

5) 廣嚴城: 광엄성. 바이샬리(Vaisālī)를 한자로 표기한 것이다. 중인도에 있는 지명으로서 지금의 비하르주(州)의 주도(州都)인 파트나 북쪽 갠지스강(江) 중류에 있다. 비사리(毘舍離)라고도 적는다. 석가모니(BC 566~BC 480) 시대에는 인도 6대도시의 하나로 16국의 하나인 바지국(國)을 형성한 리차비족(族)의 주도(主都)이기도 하였다.

6) 가샤: 가(가다, 至)- + -샤(←-시-: 주높)- + -Ø(←-아: 연어)

7) 樂音樹: 악음수. 미풍이 닿으면 나뭇잎이 움직여 우아한 소리가 난다는 데서 이 이름이 붙었다.

8) 굴근: 굵(굵다, 크다, 大)- + -Ø(현시)- + -은(관전)

9) 比丘: 비구. 출가하여 구족계를 받은 남자 승려이다.

10) ᄒᆞᆫ뒤: [한데, 한 곳에, 俱(명사): ᄒᆞᆫ(한, 一: 관사, 양수) + 뒤(데: 의명)]

11) 잇더시니: 잇(이시다: 있다, 在)- + -더(회상)- + -시(주높)- + -니(연어, 설명의 계속)

12) 菩薩摩訶薩: 보살마하살. 보살을 아름답게 표현한 것으로, 수많은 보살 중에서 10위 이상의 보살을 높여서 이르는 말이다.

13) ᄒᆞ논: ᄒᆞ(하다, 說)- + -ㄴ(←-ᄂᆞ-: 현시)- + -오(대상)- + -ㄴ(관전)

14) 婆羅門: 바라문. 브라만(Brahman)의 음역으로 인도 카스트 제도에서 가장 높은 지위인 승려 계급이다.

居ㅭ士ㅇ와 居ㅕ는 사ᄅᆞ 씨니 居ㅕ士ㅇㅣ 쳔량 만히 두고 가ᅀᆞ며러 사는 사ᄅᆞ미라 天텬龍룡과 夜양叉챵과 人ㅿ과 非빙人ㅿ 等등 無뭉量량 大땡衆즁이 恭공敬경ㅎㆍ야 圍웡繞ᅀᅭ ㅎㆍ얫거늘 人ㅿ과 非빙人ㅿ은 사ᄅᆞᆷ과 사ᄅᆞᆷ 아닌 것과 ᄒㆍᄂᆞᆫ 마리니 八部ㄹᆞᆯ 어울워 니르니라 爲윙ㅎㆍ야 說ᇗ法법ㅎㆍ더시니 그ᄢᅴ 文문殊쓩師ᄉᆞ利링 世솅尊존씌 ᄉᆞᆯ바샤 딘 부텼 일훔과 本본來링ㅅ 큰 願원과

居士(거사)와【居(거)는 사는 것이니, 居士(거사)는 재물을 많이 두고 부유하게 사는 사람이다. 】天龍(천룡)과 夜叉(야차)와 人(인)과 非人(비인) 等(등) 無量(무량) 大衆(대중)이 恭敬(공경)하여 圍繞(위요)하거늘【人(인)과 非人(비인)은 사람과 사람이 아닌 것과 하는 말이니, 八部(팔부)를 아울러 일렀니라. 】(부처가 그들을) 위하여 說法(설법)하시더니, 그때에 文殊師利(문수사리)가 世尊(세존)께 사뢰시되 "부처의 이름과 本來(본래)의 큰 願(원)과

居거士쏭¹⁵⁾와【居겅는 살 씨니¹⁶⁾ 居거士쏭는 천량¹⁷⁾ 만히¹⁸⁾ 두고 가슨며¹⁹⁾ 사는 사르미라 】 天텬龍룡²⁰⁾ 夜양叉창²¹⁾ 人신 非빙人신 等등 無뭉量량²²⁾ 大땡 衆즁이 恭공敬경ᄒ야 圍윙繞ᅀᅭᇂᅀᆞ뱃거늘²³⁾【人신 非빙人신은 사름과 사름 아닌 것과 ᄒ논 마리니 八밣部뿡²⁴⁾를 어울워²⁵⁾ 니르니라²⁶⁾ 】 위ᄒ야 說쉃法법 ᄒ더시니²⁷⁾ 그 ᄢᅴ²⁸⁾ 文문殊쓩師ᄉ利링²⁹⁾ 世솅尊존끠³⁰⁾ 슬ᄫᅡ샤ᄃᆡ³¹⁾ 부텻³²⁾ 일홈과³³⁾ 本본來링ㅅ 큰 願원과

---

15) 居士: 거사. 속세에 있으면서 불교를 믿는 남자(= 우바새)이다.

16) 씨니: 씨(← ᄉ: 것, 의명) + -이(서조)- + -니(연어, 설명의 계속)

17) 천량: 재물(財物). 개인 살림살이의 재산이다.

18) 만히: [많이, 多(부사): 만ᄒ(← 만ᄒ다: 많다, 多, 형사)- + -이(부조)]

19) 가슨며: 가슨며(가멸다, 부유하다, 富)- + -어(연어, 나열)

20) 天龍: 천룡. 불법을 지키는 여덟 신장 가운데 제천(諸天)과 용신(龍神)이다.

21) 夜叉: 야차. 팔부의 하나로서, 사람을 괴롭히거나 해친다는 사나운 귀신이다.

22) 無量: 무량. 정도를 헤아릴 수 없을 만큼 많은 것이다.

23) 圍繞ᄒᅀᆞ뱃거늘: 圍繞ᄒ[위요하다: 圍繞(위요: 명사) + -ᄒ(동접)-]- + -ᅀᆞᇦ(←-ᅀᆞᆸ-: 객높)- + -아(연어) + 잇(← 이시다: 있다, 보용, 완료 지속)- + -거늘(연어, 상황) ※ '圍繞(위요)'는 부처 의 둘레를 돌아다니는 일이다.

24) 八部: 팔부(= 八部衆). 불법(佛法)을 지키는 여덟 신장(神將)이다. '천(天), 용(龍), 야차(夜叉), 건달바(乾闥婆), 아수라(阿修羅), 가루라(迦樓羅), 긴나라(緊那羅), 마후라가(摩睺羅迦)'이다.

25) 어울워: 어울우[어우르다, 竝: 어울(어울리다, 합하다, 合: 자동)- + -우(사접)-]- + -어(연어)

26) 니르니라: 니르(이르다, 曰)- + -Ø(과시)- + -니(원칙)- + -라(← -다: 평종)

27) 說法ᄒ더시니: 說法ᄒ[설법하다: 說法(설법: 명사) + -ᄒ(동접)-]- + -더(회상)- + -시(주높)- + -니(연어, 설명의 계속)

28) ᄢᅴ: ᄢ(← ᄢᅵ: 때, 時, 의명) + -의(-에: 부조, 위치, 시간)

29) 文殊師利: 문수사리((Manjusri). 사보살(四菩薩) 중의 하나이다. 제불(諸佛)의 지혜를 맡은 보 살로, 부처의 오른쪽에 있는 보현보살과 함께 삼존불(三尊佛)을 이룬다. 그 모양이 가지각색이 나 보통 사자를 타고 오른손에 지검(智劍), 왼손에 연꽃을 들고 있다.

30) 世尊끠: 世尊(세존) + -끠(-께: 부조, 상대, 높임)

31) 슬ᄫᅡ샤ᄃᆡ: 슯(← 슯다, ㅂ불: 사뢰다, 白)- + -ᄋᆞ샤(← -ᄋᆞ시-: 주높)- + -ᄃᆡ(← -오ᄃᆡ: 연어, 설 명의 계속)

32) 부텻: 부텨(부처, 佛) + -ㅅ(-의: 관조)

33) 일홈과: 일홈(이름, 名) + -과(접조)

가장 좋으신 功德(공덕)을 펴서 이르시어, 듣는 사람의 業障(업장)이 사라져서 【障(장)은 막는 것이니, 煩惱(번뇌)가 가려서 열반(涅槃)을 막으며 無明(무명)이 가리어 보리(菩提)를 막는 것이다. 】像法(상법)이 널리 펴지는 時節(시절)에 【法(법)이 처음 盛(성)히 行(행)하여서 사람이 확실히 쉽게 아는 時節(시절)은 正法(정법)이라 하고, 부처가 나 계시던 時節(시절)이 더 멀면 사람이 쉽게 못 알아서 비교하여 보아야 아는 時節(시절)이 像法(상법)이라 하나니, 像(상)은 같은 것이니 道理(도리)가 있는 사람과 비슷한 것이다. 이 後(후)는 末法(말법)이니 末法(말법)의 時節(시절)은

ㄱ장[34] 됴ᄒᆞ신[35] 功공德득[36]을 불어[37] 니ᄅᆞ샤 듣ᄌᆞᇦ 사ᄅᆞ미 業업障
쟝[38]이 스러디여[39]【障쟝ᄋᆞᆫ 마ᄀᆞᆯ 씨니 煩뻔惱놀ㅣ ᄀᆞ리여[40] 涅녏槃빤[41]을 마ᄀᆞ
며 無뭉明명[42]이 ᄀᆞ리여 菩뽕提똉[43]를 마ᄀᆞᆯ 씨라】 像썅法법[44]이 轉둰ᄒᆞᇙ 時씽
節젉에【法법이 처섬[45] 盛쎵히 行ᄒᆡᆼᄒᆞ야 사ᄅᆞ미 번드기[46] 수비[47] 앓 時씽節졇은
正졍法법[48]이라 ᄒᆞ고 부텨 나 겨시던 時씽節졇이 더 멀면 사ᄅᆞ미 수비 몯 아라
가ᄌᆞᆯ벼[49] 보아ᅀᅡ[50] 앓 時씽節졇이 像썅法법이라 ᄒᆞᄂᆞ니 像썅ᄋᆞᆫ ᄀᆞ틀 씨니 道똠理
링 잇ᄂᆞᆫ 사ᄅᆞᆷ과 새즛홇[51] 씨라 이 後ᅘᅮᇢᄂᆞᆫ 末밿法법[52]이니 末밿法법 時씽節졇은

---

34) ㄱ장: 가장, 매우, 殊(부사)

35) 됴ᄒᆞ신: 둏(좋다, 勝)-+-ᄋᆞ시(주높)-+-Ø(현시)-+-ㄴ(관전)

36) 功德: 공덕. 좋은 일을 행한 덕으로 훌륭한 결과를 가져오게 하는 능력이다.

37) 불어: 불(← 브르다: 펴다, 펼치다, 퍼뜨리다, 演)-+-어(연어)

38) 業障: 업장. 삼장(三障)의 하나이다. 말, 동작 또는 마음으로 지은 악업에 의한 장애를 이른다.

39) 스러디여: 스러디[사라지다, 銷除: 슬(스러지게 하다: 타동)-+-어+디(지다: 보용, 피동)-]-
+-여(←-어: 연어)

40) ᄀᆞ리여: ᄀᆞ리(가리다, 蔽)-+-여(←-어: 연어)

41) 涅槃: 열반. 모든 번뇌의 얽매임에서 벗어나고, 진리를 깨달아 불생불멸의 법을 체득한 경지다.

42) 無明: 무명. 십이연기(十二緣起)의 하나이다. 잘못된 의견이나 집착 때문에 진리를 깨닫지 못
하는 마음의 상태를 이른다. 모든 번뇌의 근원이 된다.

43) 菩提: 보리. 불교 최고의 이상인 불타 정각의 지혜이다.

44) 像法: 상법. 삼시법(三時法)의 하나이다. 정법시(正法時) 다음의 천 년 동안이다. 이 동안에는
교법이 있기는 하지만 믿음이 형식으로만 흘러, 사찰과 탑을 세우는 데에만 힘쓰고 진실한 수
행은 이루어지지 않으며 증과(證果)를 얻는 사람도 없다.

45) 처섬: [처음, 初(명사): 첫(첫, 初: 관사, 서수)+-엄(명접)]

46) 번드기: [환히, 확실히, 뚜렷이(부사): 번득(불어)+-Ø(←-ᄒᆞ-: 형접)-+-이(부접)]

47) 수비: [쉬이, 쉽게, 易(부사): 숩(← 쉽다, ㅂ불: 쉽다, 易, 형사)-+-이(부접)]

48) 正法: 정법. 삼시법(三時法)의 하나이다. 석가모니가 열반한 뒤 오백 년 또는 천 년 동안이다.
교법(教法)·수행(修行)·증과(證果)가 다 있어, 정법이 행하여진 시기이다.

49) 가ᄌᆞᆯ벼: 가ᄌᆞᆯ비(비교하다, 견주다, 比)-+-어(연어)

50) 보아ᅀᅡ: 보(보다, 見)-+-아ᅀᅡ(-아야: 연어, 필연적 조건)

51) 새즛홇: 새즛ᄒᆞ[비슷하다, 像: 뼈즛(비슷: 불어)-+-ᄒᆞ(형접)-]-+-ㄹ(관전)

52) 末法: 말법. 삼시법(三時法)의 하나이다. 정법시(正法時), 상법시(像法時)의 다음에 오는 시기
로 석가모니가 열반한 뒤 만 년 후에 온다. 이 시기에는 교법만 있고 수행과 증과가 없다.

[2 뒤]

·믈·읫 有·ᇢ情·쪙·을 利·링樂·락·게 ·코·져 ᄒᆞ·노이·다 【利·링樂·락ᄋᆞᆫ 됴·코 즐거·ᄫᅳᆯ·씨·라】 부:톄 文문殊쓩師ᄉᆞ利·링ᄃᆞ·려 니ᄅᆞ·샤·ᄃᆡ 東동方방·ᄋᆞ·로 이·에·셔 버·으·로·미 十·씹恒ᅘᅡᆼ河행沙상 等·등ᄒᆞᆫ 佛·뿛土·통·ᄅᆞᆯ 디·나·가 世·솅界·갱 이·쇼·ᄃᆡ 일·후·미 淨·쪙瑠률璃링·오 【淨·쪙ᄋᆞᆫ 조·ᄒᆞᆯ·씨·라】 부텻 일·후·믄 藥·약師ᄉᆞ琉률璃링光광如영來링 應·ᅙᅳᆼ 몰·라 거즛·말·로 니·ᄅᆞᄂᆞ·니 【末·맗ᄋᆞᆫ ᄆᆞ·ᄎᆞᆷ·미·라】

몰라 거짓말로 이르나니, 末(말)은 끝이다. 】 모든 有情(유정)을 利樂(이락)하게 하고자 합니다." 【 利樂(이락)은 좋고 즐거운 것이다. 】 부처가 文殊師利(문수사리)께 이르시되, "東方(동방)으로 여기서 떨어진 것이 十(십) 항하사(恒河沙) 等(등)인 佛土(불토)를 지나가, 世界(세계)가 있되 이름이 淨瑠璃(정유리)요 【 淨(정)은 깨끗한 것이다. 】, 부처의 이름은 '藥師琉璃光如來(약사유리광여래), 應供(응공)

몰라 거즛말⁵³⁾로 니르ᄂ느니 末ᄆᆞᆳ은 그티라⁵⁴⁾ 】 믈읫⁵⁵⁾ 有ᅇᅮᇢ情쪙⁵⁶⁾을 利링樂락ᄀᆡ⁵⁷⁾ 코져⁵⁸⁾ ᄒᆞ노이다⁵⁹⁾ 【 利링樂락ᄋᆞᆫ 됴코 즐거ᄫᆞᆯ⁶⁰⁾ 씨라 】 부톄 文문殊쓩師ᄉᆞᆼ利링ᄭᅴ 니ᄅᆞ샤ᄃᆡ 東동方방ᄋᆞ로 이에셔⁶¹⁾ 버으로미⁶²⁾ 十씹 恒ᅘᅥᆼ河항沙상⁶³⁾ 等ᄃᆞᆼ⁶⁴⁾ 佛ᄬᅮᇙ土통⁶⁵⁾ 디나가 世솅界갱 이쇼ᄃᆡ⁶⁶⁾ 일후미 淨쪙瑠률璃링오⁶⁷⁾ 【 淨쪙은 조ᄒᆞᆯ⁶⁸⁾ 씨라 】 부텻 일후믄 藥약師ᄉᆞᆼ瑠률璃링光광如ᅀᅧᆼ來ᄅᆡᆼ⁶⁹⁾ 應ᅙᅳᆼ供공⁷⁰⁾

---

53) 거즛말: [거짓말, 僞言: 거즛(거짓, 僞) + 말(말, 言)]

54) 그티라: 긑(끝, 末) + -이(서조)- + -Ø(현시)- + -라(←-다: 평종)

55) 믈읫: 모든, 凡(관사)

56) 有情: 유정. 마음을 가진 살아 있는 중생(衆生)이다.

57) 利樂ᄀᆡ: 利樂[←利樂ᄒᆞ다(이락하다): 利樂(이락: 명사) + -ᄒᆞ(동접)-]- + -ᄀᆡ(-게: 연어, 사동) ※ '利樂(이락)'은 내세에서 이익을 얻고 현세에서 안락을 누리는 것이다.

58) 코져: ᄒᆞ(← ᄒᆞ다: 하다, 보용, 사동)- + -고져(-고자: 연어, 의도)

59) ᄒᆞ노이다: ᄒᆞ(하다: 보용, 의도)- + -ᄂ(←-ᄂᆞ-: 현시)- + -오(화자)- + -이(상높, 아주 높임)- + -다(평종)

60) 즐거ᄫᆞᆯ: 즐겁[← 즐겁다, 喜: 즑(즐거워하다, 歡: 자동)- + -업(형접)-]- + -을(관전)

61) 이에셔: 이에(여기, 此: 지대, 정칭) + -셔(-서: 보조사, 위치 강조)

62) 버으로미: 버을(← 벙을다: 벌어지다, 멀어지다, 떨어지다, 遠)- + -옴(명전) + -이(주조)

63) 十 恒河沙: 십 항하사. '항하사(恒河沙)'는 갠지스 강의 모래라는 뜻으로, 무한히 많은 것, 또는 그런 수량을 비유적으로 이르는 말이다.

64) 等: 등. 같다.

65) 佛土: 불토. 부처가 사는 극락. 또는 부처가 교화한 땅이다.

66) 이쇼ᄃᆡ: 이시(있다, 有)- + -오ᄃᆡ(-되: 연어, 설명의 계속)

67) 淨瑠璃오: 淨瑠璃(정류리) + -Ø(←-이-: 서조)- + -오(←-고: 연어, 나열) ※ '淨瑠璃(정류리)'는 '청정한 유리'라는 뜻으로, 약사여래(藥師如來)의 정토를 이른다.

68) 조ᄒᆞᆯ: 좋(깨끗하다, 맑다, 淨)- + -을(관전)

69) 藥師瑠璃光如來: 약사유리광여래. 열두 가지 서원을 세워 중생의 질병을 구제하고, 수명 연장, 재화 소멸, 의식(儀式)의 만족(滿足)을 준다는 부처이다. 큰 연꽃 위에서 왼손에 약병을 들고, 오른손으로 시무외인(施無畏印)을 맺은 형상(形狀)을 하고 있다.

70) 應供: 응공. 여래 십호(如來十號)의 하나이다. 온갖 번뇌를 끊어서 인간, 천상의 모든 중생으로부터 공양을 받을 만한 사람이라는 뜻이다.

正編知(정편지), 明行足(명행족), 善逝(선서), 世間解(세간해), 無上士(무상사), 調御丈夫(조어장부), 天人師(천인사), 불세존(佛世尊)'이시니,【 如來(여래)로부터서 世尊(세존)에 이르도록 열 가지의 號(호)이시니, 부처만 되시면 다 한 모양으로 이 열 가지의 號(호)를 사뢰느니라. 應(응)은 마땅한 것이니, 應供(응공)은 一切(일체)의 天地(천지) 衆生(중생)의 供養(공양)을 받는 것이 마땅하신 것이다. 正編知(정편지)는 正(정)히 갖추어서 아시는 것이다. 明行足(명행족)은 밝은 행적(行蹟)이 갖추어져 있는 것이다. 善(선)은 좋은 것이요 逝(서)는 가는 것이요 解(해)는

正_정遍_변知_딩[71] 明_명行_혱足_죡[72] 善_쎤逝_쎙[73] 世_솅間_간解_혱[74] 無_뭉上_썅士_쑹[75] 調_뚈御_엉丈_땽夫_붕[76] 天_텬人_신師_숭[77] 佛_뿛世_솅尊_존[78]이시니【如_셩來_링로셔 世_솅尊_존애 니르리[79] 열 가짓 號_뿋ㅣ시니[80] 부텨옷[81] 드외시면[82] 다 ᄒᆞᆫ 야ᅌᆞ로[83] 이 열 가짓 號_뿋를 ᄉᆞᆲᄂᆞ니라[84] 應_{ᅙᅳᆼ}은 맛당홀[85] 씨니 應_{ᅙᅳᆼ}供_공은 一_{ᅙᅵᇙ}切_촁 天_텬地_띵 衆_즁生_{ᄉᆡᆼ}이 供_공養_양 바도미 맛당ᄒᆞ실 씨라 正_정遍_변知_딩는 正_정히 ᄀᆞ초[86] 아ᄅᆞ실 씨라 明_명行_혱足_죡ᄋᆞᆫ ᄇᆞᆯᄀᆞᆫ 힝뎌기[87] ᄀᆞᄌᆞ실[88] 씨라 善_쎤은 됴홀 씨오 逝_쎙는 갈 씨오 解_혱ᄂᆞᆫ

---

71) 正遍知: 정편지. 여래십호(如來十號)의 하나이다. 바르고 원만하게 깨달았다는 뜻이다.

72) 明行足: 명행족. 여래십호(如來十號)의 하나이다. 삼명(三明)의 신통한 지혜와 육도만행(六度萬行)을 갖추었다는 뜻이다.

73) 善逝: 선서. 여래십호(如來十號)의 하나이다. 잘 가신 분이라는 뜻으로 피안(彼岸)에 가서 다시는 이 세상에 돌아오지 않는다고 하여 이렇게 이른다.

74) 世間解: 세간해. 여래십호(如來十號)의 하나이다. 세상의 모든 것을 안다는 뜻이다.

75) 無上士: 무상사. 여래십호(如來十號)의 하나이다. 부처는 정(情)을 가진 존재 가운데 가장 높아서 그 위가 없는 대사라는 뜻이다.

76) 調御丈夫: 조어장부. 여래십호(如來十號)의 하나이다. 중생을 잘 이끌어 가르치는 사람이라는 뜻이다.

77) 天人師: 천인사. 여래십호(如來十號)의 하나이다. 하늘과 인간 세상의 모든 중생들의 스승이라는 뜻이다.

78) 佛世尊: 불세존. 여래십호(如來十號)의 하나이다. 세상에서 가장 존귀하다는 뜻이다.

79) 니르리: [이르도록(부사): 니를(이르다, 至: 동사)- + -이(부접)]

80) 號ㅣ시니: 號(호) + -ㅣ(← -이-: 서조)- + -시(주높)- + -니(연어, 설명) ※ '號(호)'는 본명이나 자(子) 이외에 쓰는 이름이다.

81) 부텨옷: 부텨(부처, 佛) + -옷(← -곳: 보조사, 한정 강조)

82) 드외시면: 드외(되다, 爲)- + -시(주높)- + -면(연어, 조건)

83) 야ᅌᆞ로: 양(양, 모양, 형상, 樣: 의명) + -ᄋᆞ로(부조, 방편)

84) ᄉᆞᆲᄂᆞ니라: ᄉᆞᆲ(사뢰다, 아뢰다, 白)- + -ᄂᆞ(현시)- + -니(확인)- + -라(← -다: 평종)

85) 맛당홀: 맛당ᄒᆞ[마땅하다, 宜: 맛당(마땅, 宜: 명사)- + -ᄒᆞ(형접)-]- + -ㄹ(관전)

86) ᄀᆞ초: [갖추, 고루 있는 대로, 具(부사): ᄀᆞᆾ(갖추어져 있다, 備: 형사)- + -호(사접)- + -Ø(부접)]

87) 힝뎌기: 힝뎍(행적, 行績) + -이(주조)

88) ᄀᆞᄌᆞ실: ᄀᆞᆾ(갖추어져 있다, 備)- + -ᄋᆞ시(주높)- + -ㄹ(관전)

아는 것이니 善逝(선서)와 世間解(세간해)는 부처의 功夫(공부)에 훌륭히 올라 가시어 世間(세간)에 있는 일을 다 아시는 것이다. 士(사)는 어진 남자이니, 無 上士(무상사)는 尊(존)하시어 (그보다) 더한 위가 없으신 士(사)이다. 調御(조 어)는 잘 다스리는 것이요 丈夫(장부)는 웅건한 남자이니, "여자를 調御(조어) 하신다." 하면 尊重(존중)하지 아니하시겠으므로, '丈夫(장부)를 調御(조어)하신 다.' 하였니라. 天人師(천인사)는 하늘이며 사람의 스승이시다 하는 말이다. 】

저 藥師瑠璃光如來(약사유리광여래)가 菩薩(보살)의 道理(도리)를 行(행)하 실 적에 열두 大願(대원)을 하시어,

알 씨니 善_쎤逝_쎙 世_솅間_간解_{ᅘᅢᆼ}는 부텻 功_공夫_붕에 됴히⁸⁹⁾ 올아가샤 世_솅間_간앳
이를 다 아ᄅᆞ실 씨라 士_쑹는 어딘⁹⁰⁾ 남지니니⁹¹⁾ 無_뭉上_썅士_쑹는 尊_존ᄒᆞ샤 더은⁹²⁾
우히⁹³⁾ 업스신 士_쑹ㅣ라 調_뜔御_엉는 이대⁹⁴⁾ 다ᄉᆞ릴⁹⁵⁾ 씨오 丈_땋夫_붕⁹⁶⁾는 게여ᄫᅳᆫ⁹⁷⁾
남지니니 부톄 겨지블⁹⁸⁾ 調_뜔御_엉ᄒᆞ시ᄂᆞ다⁹⁹⁾ ᄒᆞ면 尊_존重_뜡티 아니ᄒᆞ시릴ᄊᆡ¹⁰⁰⁾ 丈
_땋夫_붕를 調_뜔御_엉ᄒᆞ시ᄂᆞ다 ᄒᆞ니라¹⁾ 天_텬人_{ᅀᅵᆫ}師_{ᄉᆞᆼ}는 하ᄂᆞᆯ히며²⁾ 사ᄅᆞᄆᆡ 스스이시
다³⁾ ᄒᆞ논 마리라 】 뎌 藥_약師_{ᄉᆞᆼ}瑠_률璃_링光_광如_{ᅀᅧ}來_링 菩_뽕薩_삻⁴⁾ㅅ 道_뜔理
_링 行_{ᅘᅢᆼ}ᄒᆞ실 쩌긔⁵⁾ 열두 大_땡願_원⁶⁾을 ᄒᆞ샤

---

89) 됴히: [훌륭히, 좋게, 잘, 善(부사): 둏(좋다, 好: 형사)- + -이(부접)]

90) 어딘: 어디(← 어딜다: 어질다, 仁)- + -Ø(현시)- + -ㄴ(관전)

91) 남지니니: 남진(남자, 男) + -이(서조)- + -니(연어, 설명의 계속)

92) 더은: 더으(더하다, 益)- + -Ø(과시)- + -ㄴ(관전)

93) 우히: 우ㅎ(위, 上) + -이(주조)

94) 이대: 잘, 善(부사)

95) 다ᄉᆞ릴: 다ᄉᆞ리[다스리다, 治: 다ᄉᆞᆯ(다스려지다: 자동)- + -이(사접)-]- + -ㄹ(관전)

96) 丈夫: 장부. 다 자란 씩씩한 남자이다.

97) 게여ᄫᅳᆫ: 게여ᇦ(← 게엽다, ㅂ불: 거하다, 웅장하다, 雄)- + -Ø(현시)- + -은(관전) ※ '게엽다'는
크고 웅장한 것이다.

98) 겨지블: 겨집(여자, 아내, 女) + -을(목조)

99) 調御ᄒᆞ시ᄂᆞ다: 調御ᄒᆞ[조어하다: 調御(조어: 명사) + -ᄒᆞ(동접)-]- + -시(주높)- + -ᄂᆞ(현시)-
+ -다(평종) ※ '調御(조어)'는 조복(調伏)하여 제어(制御)하는 것이다. 곧, 조화를 이루어서 잘
다스리는 것이다.

100) 아니ᄒᆞ시릴ᄊᆡ: 아니ᄒᆞ[아니하다, 不(보용, 부정): 아니(아니, 不: 부사, 부정) + -ᄒᆞ(동접)-]- +
-시(주높)- + -리(미시)- + -ㄹᄊᆡ(-므로: 연어, 이유)

1) ᄒᆞ니라: ᄒᆞ(하다, 曰)- + -Ø(과시)- + -니(원칙)- + -라(← -다: 평종)

2) 하ᄂᆞᆯ히며: 하ᄂᆞᆯㅎ(하늘, 天) + -이며(접조)

3) 스스이시다: 스승(스승, 師) + -이(서조)- + -시(주높)- + -Ø(현시)- + -다(평종)

4) 菩薩: 보살. 부처가 전생에서 수행하던 시절, 수기를 받은 이후의 몸이다.

5) 쩌긔: 쩍(← 적: 적, 때, 時, 의명) + -의(-에: 부조, 위치, 시간)

6) 大願: 대원. 부처가 중생을 구하고자 하는 서원(誓願)이나, 중생이 부처가 되려는 서원이다.
'열두 大願(대원)'은 약사여래(藥師如來)가 과거세에 수행하고 있을 때에 세운 열두 가지 큰
서원(誓願)이다. '서원(誓願)'은 원(願)을 세우고 그것을 이루고자 맹세하는 일이다.

샤·논 大(땡)願(·원)·은 믈·읫 有(ᅙᅮᆸ)情(·쪙)·이 求(·꿈)
호·논이·롤 다 得(·득)·긔호·려 호·시·니·라 第(·똉)
一(·ᅙᅵᆯ) 大(·땡)願(·원)·은 내 來(·ᄅᆡᆼ)世(·솅)·예【世(·솅)뉘·라 오·논】
阿(ᄒᆞᆼ)耨(·녹)多(당)羅(랑)三(삼)藐(·막)三(삼)菩(뽕)提(똉) 得(·득)호 時(쏭)節(·쪌)·에
내 모·맷 光(광)明(명)·이 無(뭉)量(·량)無(뭉)數(·숭)
·여·러 三(삼)十(·씹)邊(변) 世(·솅)界(·갱)·를 盛(·쎵)·히 비·취
二(·ᅀᅵᆼ)相(·샹) 八(·밣)十(·씹)種(·죵)

【 大願(대원)은 큰 願(원)이다. 】 모든 有情(유정)이 求(구)하는 일을 다 得(득)하게 하려 하셨니라. 第一(제일)의 大願(대원)은 내가 來世(내세)에 【 來世(내세)는 오는 세상이다. 】 阿耨多羅三藐三菩提(아녹다라삼막삼보리)를 得(득)한 時節(시절)에, 나의 몸에 있는 光明(광명)이 無量(무량), 無數(무수), 無邊(무변)의 世界(세계)를 盛(성)히 비추어, 三十二相(삼십이상)과 八十種好(팔십종호)로

【大땡願원은 큰 願원이라 】 믈윗 有ᅌᅮᆶ情쪙이 求꿀ᄒᆞ논[7] 이를[8] 다 得득긔[9] 호려[10] ᄒᆞ시니라[11] 第똉一ᅵᇙ 大땡願원은 내 來ᄛᆡᆼ世솅[12]예【 來ᄛᆡᆼ世솅ᄂᆞᆫ 오ᄂᆞᆫ 뉘라[13] 】 阿ᅘᅡᆼ耨녹多당羅랑三삼藐막三삼菩뽕提똉[14] 得득흔 時씽節졇에 내 모맷[15] 光광明명이 無뭉量량[16] 無뭉數승[17] 無뭉邊변[18] 世솅界갱를 盛쎵히[19] 비취여[20] 三삼十씹二ᅀᅵᆼ相샹[21] 八밣十씹種죵好ᅘᅩᇢ[22]로

---

7) 求ᄒᆞ논: 求ᄒᆞ[구하다: 求(구: 불어) + -ᄒᆞ(동접)-] + -ㄴ(←-ᄂᆞ-: 현시) + -오(대상) + -ㄴ (관전)

8) 이를: 일(일, 事) + -을(목조)

9) 得긔: 得[← 得ᄒᆞ다(득하다, 얻다): 得(득: 불어) + -ᄒᆞ(동접)-] + -긔(-게: 연어, 사동)

10) 호려: ᄒᆞ(← ᄒᆞ다: 하다, 보용, 사동)- + -오려(-으려: 연어, 의도)

11) ᄒᆞ시니라: ᄒᆞ(하다, 爲)- + -시(주높)- + -Ø(과시)- + -니(원칙)- + -라(←-다: 평종)

12) 來世: 내세. 삼세(三世)의 하나이다. 죽은 뒤에 다시 태어나 산다는 미래의 세상을 이른다.

13) 뉘라: 뉘(누리, 세상, 世) + -Ø(←-이-: 서조)- + -Ø(현시)- + -라(←-다: 평종)

14) 阿耨多羅三藐三菩提: 아뇩다라삼막삼보리. 가장 완벽한 깨달음을 뜻하는 말인데, 산스크리트어인 '아눗타라 삼먁 삼보디(anuttara-samyak-sambodhi)'를 음역하여 한자로 표현한 말이다. '아눗타라'란 무상(無上)이라는 뜻이며, '삼먁'이란 거짓이 아닌 진실이라는 뜻이며, '삼보디'란 모든 지혜를 널리 깨친다는 정등각(正等覺)의 뜻이다. 번역하면 무상정등정각(無上正等正覺)이라는 뜻으로, 이보다 더 위가 없는 큰 진리를 깨쳤다는 말이다. 모든 무명 번뇌를 벗어 버리고 크게 깨쳐 우주 만유의 진리를 확실히 아는 부처님의 지혜라는 말로서, 삼세의 모든 부처님이 깨치게 되는 최고의 경지를 말한다.

15) 모맷: 몸(몸, 身) + -애(-에: 부조, 위치) + -ㅅ(-의: 관조)

16) 無量: 무량. 정도를 헤아릴 수 없을 만큼 양이 많은 것이다.

17) 無數: 무수. 헤아릴 수 없이 수가 많은 것이다.

18) 無邊: 무변. 끝이 없이 큰 것이다.

19) 盛히: [성히, 기운이나 세력이 한창 왕성하게(부사): 盛(성: 불어) + -ᄒᆞ(←-ᄒᆞ-: 형접)- + -이 (부접)]

20) 비취여: 비취(비추다, 照)- + -여(←-어: 연어)

21) 三十二相: 삼십이상. 부처의 몸에 갖춘 서른두 가지의 독특한 모양이다. 발바닥이나 손바닥에 수레바퀴 같은 무늬가 있는 모양, 손가락이나 발가락이 가늘고 긴 모양, 정수리에 살이 상투처럼 불룩 나와 있는 모양, 미간에 흰 털이 나와서 오른쪽으로 돌아 뻗은 모양 따위가 있다.

22) 八十種好: 팔십종호. 부처의 몸에 갖추어져 있는 미묘하고 잘생긴 여든 가지 상(相)이다. 팔십종호의 순서나 이름에 대해서는 각기 다른 설명이 있다.

月·윓 ·이노·파·붏비大·땡·로莊장 므·리업·고 光광明명·이 크·며 功공德·득 瑠륭璃링 ·예菩뽕提똉 得·득·호時씽節·졇 ·라第·똉二·싱 大·땡願·원·은 내來링世·솅 有·융情쩡·이 나·와달·아니·케호·리 好·호롱모·몰莊장 嚴엄·호·야 一·힗 切·촁

몸을 莊嚴(장엄)하여, 一切(일체)의 有情(유정)이 나와 다르지 아니하게 하리라. 第二(제이)의 大願(대원)은 내가 來世(내세)에 菩提(보리)를 得(득)한 時節(시절)에, 몸이 瑠璃(유리)와 같아서 안팎이 꿰뚫게 맑아 허물이 없고, 光明(광명)이 크며 功德(공덕)이 높아 불빛으로 莊嚴(장엄)하는 것이 日月(일월)보다 나아서【 日月(일월)은 해달이다. 】, 어두운 데에 있는

모물 莊장嚴엄ᄒ야²³⁾ 一힗切촁 有ᅌᅮᆯ情쪙이 나와 다ᄅ디²⁴⁾ 아니케²⁵⁾ ᄒ
리라²⁶⁾ 第똉二ᅀᅵᆼ 大땡願원은 내 來링世솅예 菩뽕提똉²⁷⁾ 得득ᄒ 時씽節
졓에 모미 瑠륨璃링²⁸⁾ ᄀᆮᄒ야²⁹⁾ 안팟기³⁰⁾ ᄉᄆᆺ³¹⁾ ᄆᆯ가³²⁾ 허므리³³⁾ 업
고 光광明명이 크며 功공德득³⁴⁾이 노파 븘비ᄎ로³⁵⁾ 莊장嚴엄호미 日
ᅀᅵᆶ月ᅌᅯᆶ라와³⁶⁾ 느러³⁷⁾ 【 日ᅀᅵᆶ月ᅌᅯᆶ은 ᄒᆡᄃᆞ리라³⁸⁾ 】 어드본³⁹⁾ 딧⁴⁰⁾

---

23) 莊嚴ᄒ야: 莊嚴ᄒ[장엄하다: 莊嚴(장엄: 명사) + -ᄒ(형접)-]- + -야(←-아: 연어) ※ '莊嚴(장 엄)'은 좋고 아름다운 것으로 국토를 꾸미고, 훌륭한 공덕을 쌓아 몸을 장식하고, 향이나 꽃 따위를 부처에게 올려 장식하는 일이다.

24) 다ᄅ디: 다ᄅ(다르다, 異)- + -디(-지: 연어, 부정)

25) 아니케: 아니ᄒ[← 아니ᄒ다(아니하다, 無: 보용, 부정): 아니(아니, 不: 부사, 부정) + -ᄒ(형 접)-]- + -게(연어, 사동)

26) ᄒ리라: ᄒ(← ᄒ다: 하다, 領, 보용, 사동)- + -오(화자)- + -리(미시)- + -라(←-다: 평종)

27) 菩提: 보리. 불교 최고의 이상인 불타 정각의 지혜이다.

28) 瑠璃: 瑠璃(유리) + -∅(←-이: 부조, 비교) ※ '瑠璃(유리)'는 황금색의 작은 점이 군데군데 있 고 거무스름한 푸른색을 띤 광물이다.

29) ᄀᆮᄒ야: ᄀᆮᄒ(같다, 如)- + -야(←-아: 연어)

30) 안팟기: 안꽊[안퐈, 內外: 안ᄒ(안, 內) + 밧(밖, 外)] + -이(주조)

31) ᄉᄆᆺ: [사뭇, 꿰뚫게, 徹(부사): ᄉᄆᆺ(← ᄉᄆᆾ다: 꿰뚫다, 사무치다, 徹, 동사)- + -∅(부접)]

32) ᄆᆯ가: ᄆᆰ(맑다, 淨)- + -아(연어)

33) 허므리: 허믈(허물, 瑕) + -이(주조)

34) 功德: 공덕. 좋은 일을 행한 덕으로 훌륭한 결과를 가져오게 하는 능력이다. 종교적으로 순수 한 것을 진실공덕(眞實功德)이라 이르고, 세속적인 것을 부실공덕(不實功德)이라 한다.

35) 븘비ᄎ로: 븘빛[불빛, 焰: 블(불, 火) + -ᄉ(관조, 사잇) + 빛(빛, 光)] + -ᄋ로(부조, 방편)

36) 日月라와: 日月(일월, 해와 달) + -라와(-보다: 부조, 비교)

37) 느러: 늘(낫다, 過)- + -어(연어)

38) ᄒᆡᄃᆞ리라: ᄒᆡᄃᆞᆯ[해달, 日月: ᄒᆡ(해, 日) + ᄃᆞᆯ(달, 月)] + -이(서조)- + -∅(현시)- + -라(←-다: 평종)

39) 어드본: 어듭(← 어듭다, ㅂ불: 어둡다, 昏)- + -∅(현시)- + -은(관전)

40) 딧: 디(데, 곳, 處: 의명) + -ᄉ(-의: 관조)

衆生(중생)도 다 밝음을 얻어서 마음대로 일을 하게 하리라. 第三(제삼)의 大願(대원)은 내가 來世(내세)에 菩提(보리)를 得(득)할 時節(시절)에, 無量無邊(무량무변)한 智慧(지혜)와 方便(방편)으로 모든 有情(유정)이 쓸 것이 다 나쁜 것이 없게 하리라. 第四(제사)의 大願(대원)은 내가 來世(내세)에 菩提(보리)를 得(득)한 時節(시절)에, 만일 有情(유정)이

衆_즁生_싱도 다 볼고물⁴¹⁾ 어더 ᄆᆞᅀᆞᆷ⁴²⁾ 조초⁴³⁾ 이를⁴⁴⁾ ᄒᆞ긔⁴⁵⁾ 호리라⁴⁶⁾

第^똉三_삼 大^땡願_원은 내 來_링世_솅예 菩^뽕提_똉 得_득ᄒᆞᆫ 時_씽節_겷에 無_뭉量_량無_뭉邊_변⁴⁷⁾ 智_딩慧_훼 方_방便_뼌⁴⁸⁾으로 믈읫⁴⁹⁾ 有_읗情_쪙의 뿛⁵⁰⁾ 거시 다 낟븐⁵¹⁾ 줄⁵²⁾ 업긔⁵³⁾ 호리라⁵⁴⁾ 第^똉四_{ᄉᆞ} 大^땡願_원은 내 來_링世_솅예 菩^뽕提_똉 得_득ᄒᆞᆫ 時_씽節_겷에 ᄒᆞ다가⁵⁵⁾ 有_읗情_쪙이

---

41) 볼고물: 붉(밝다, 曉)- + -옴(명전) + -ᄋᆞᆯ(목조)

42) ᄆᆞᅀᆞᆷ: 마음, 心.

43) 조초: [조차, 따라, 隨(부사): 좇(좇다, 따르다, 隨: 동사)- + -오(부접)] ※ 'ᄆᆞᅀᆞᆷ 조초(隨意)'는 '마음대로'로 의역하여서 옮긴다.

44) 이를: 일(일, 事業) + -을(목조)

45) ᄒᆞ긔: ᄒᆞ(하다, 爲)- + -긔(-게: 연어, 사동)

46) 호리라: ᄒᆞ(← ᄒᆞ다: 하다, 보용, 사동)- + -오(화자)- + -리(미시)- + -라(← -다: 평종)

47) 無量無邊: 무량 무변. 헤아릴 수 없고 끝도 없이 많음을 이르는 말이다.

48) 智慧 方便: 지혜방편. 지혜와 방편이다. '智慧(지혜)'는 제법(諸法)에 환하여 잃고 얻음과 옳고 그름을 가려내는 마음의 작용으로서, 미혹을 소멸하고 보리(菩提)를 성취하는 것이다. 그리고 '方便(방편)'은 십바라밀(十波羅蜜)의 하나로서, 중생을 구제하기 위하여 쓰는 묘한 수단과 방법이다. 곧, 일체를 내려 비추는 깨달음의 상태를 부처의 지혜(能仁海印三昧中)이라고 하고, 이 지혜에서 자유자재로 방향을 일러 주는데, 이것이 방편이고 자비이다.

49) 믈읫: 모든, 凡(관사)

50) 뿛: ᄡ(← 쓰다: 쓰다, 用)- + -우(대상)- + -ᇙ(관전)

51) 낟븐: 낟ᄇᆞ(나쁘다, 慊)- + -Ø(현시)- + -ㄴ(관전)

52) 줄: 줄, 것(의명)

53) 업긔: 업(← 없다: 없다, 無)- + -긔(-게: 연어, 사동)

54) 호리라: ᄒᆞ(← ᄒᆞ다: 하다, 보용, 사동)- + -오(화자)- + -리(미시)- + -라(← -다: 평종)

55) ᄒᆞ다가: 만일, 만약, 若(부사)

邪曲(사곡)한 道理(도리)를 行(행)할 이가 있거든 다 菩提(보리)의 道(도) 中(중)에 便安(편안)히 있게 하며, 만일 聲聞辟支佛乘(성문벽지불승)을 行 (행)할 사람이 있거든【 聲聞辟支佛乘(성문벽지불승)은 小乘(소승)과 中乘(중 승)이다. 】다 大乘(대승)으로 便安(편안)하게 하리라. 第五(제오)의 大願 (대원)은 내가 來世(내세)에 菩提(보리)를 得(득)한 時節(시절)에, 만일 無 量(무량)

邪쌍曲콕⁵⁶⁾혼 道뜰理링 行행ᄒ리⁵⁷⁾ 잇거든 다 菩뽕提똉 道뜰 中듕에⁵⁸⁾ 便뼌安ᅙᆫ히⁵⁹⁾ 잇긔 ᄒ며 ᄒ다가 聲셩聞문辟벽支징佛뿛乘씽⁶⁰⁾을 行행ᅙᆯ 사ᄅ미 잇거든【聲셩聞문辟벽支징佛뿛乘씽ᄋᆫ 小숗乘씽⁶¹⁾ 中듕乘씽⁶²⁾이라】 다 大땡乘씽⁶³⁾ᄋ로 便뼌安ᅙᆫ킈⁶⁴⁾ ᅙ오리라 第똉五옹 大땡願원은 내 來링世솅예 菩뽕提똉 得득혼 時씽節졇에 ᄒ다가 無뭉量량

---

56) 邪曲: 사곡. 요사스럽고 교활한 것이다.

57) 行ᄒ리: 行ᄒ[행하다: 行(행: 불어) + -ᄒ(동접)-] - + -ㄹ(관전) # 이(이, 사람, 者: 의명) + -∅ (←-이: 주조)

58) 中에: 中(중) + -에(부조, 위치)

59) 便安히: [편안히(부사): 便安(편안: 명사) + -ᄒ(←-ᄒ-: 형접)- + -이(부접)]

60) 聲聞辟支佛乘: 성문벽지불승. '聲聞(성문)'은 설법을 듣고 사제(四諦)의 이치를 깨달아 아라한(阿羅漢)이 되고자 하는 불제자이다. '辟支佛乘(벽지불승)'은 벽지불의 경지에 이르게 하는 부처의 가르침이나 벽지불에 이르는 수행법이다. 여기서 '벽지불(辟支佛)'은 산스크리트어인 pratyeka-buddha나 팔리어인 pacceka-buddha의 음사로서, 홀로 깨달은 자라는 뜻이다. 독각(獨覺) 혹은 연각(緣覺)이라 번역하는데, 스승 없이 홀로 수행하여 깨달은 자이다. 결국 '성문벽지불승(聲聞辟支佛乘)'은 소승(小乘)과 중승(中乘)을 뜻한다.

61) 小乘: 소승. 수행을 통한 개인의 해탈을 가르치는 교법이다. 석가모니가 죽은 지 약 100년 뒤부터 시작하여 수백 년간 지속된 교법으로 성문승(聲聞乘)과 연각승(緣覺乘)이 있다. 소극적이고 개인적인 열반만을 중시한 나머지, 자유스럽고 생명력이 넘치는 참된 인간성의 구현을 소홀히 하는 데에 반발하여 대승(大乘)이 일어났다.

62) 中乘: 중승. 성문승(聲聞乘), 연각승(緣覺乘), 보살승(菩薩乘)의 삼승(三乘) 중에서, 가운데 위치한 연각승을 말한다. 연각승은 홀로 수행하여 깨달음의 경지에 이르는 교법을 이른다.

63) 大乘: 대승. 중생을 제도하여 부처의 경지에 이르게 하는 것을 이상으로 하는 불교나 그 교리이다. 이상이나 목적이 모두 크고 깊으며 그것을 받아들이는 중생의 능력도 큰 그릇이라 하여 이렇게 이른다. 소승을 비판하면서 일어난 유파로서 한국, 중국, 일본의 불교가 이에 속한다.

64) 便安킈: 便安ᅙ[← 便安ᅙ다(편안하다): 便安(편안: 명사) + -ᅙ(형접)-] - + -긔(-게: 연어, 사동)

無邊(무변)한 有情(유정)이 나의 法(법) 中(중)에 修行(수행)할 것이 있으면, 다 이지러지지 아니한 警戒(경계)를 得(득)하며 三聚戒(삼취계)를 갖추어져 있게 하리라. 【三聚戒(삼취계)는 세 가지가 모인 警戒(경계)이니, 하나는 法(법)을 가져 있는 警戒(경계)이니 모딘 일을 그치게 하는 것이요, 둘은 좋은 行績(행적)을 가져 있는 警戒(경계)이니 좋은 일을 行(행)하는 것이요, 셋은 衆生(중생)을 가져 있는 警戒(경계)이니 慈悲(자비)와 喜捨(희사)로 有情(유정)을 利樂(이락)하게 하는 것이니, 이 戒(계)는 諸佛(제불)과 菩薩(보살)이 修行(수행)하시는 지름길이다. 喜(희)는 기쁜 것이니

無뭉邊변 有율情쪙이 내[65] 法법 中듕에 修슐行헹ᄒ리[66] 잇거든 다 이

저디디[67] 아니ᄒᆞᆫ 警졍戒갱[68]를 得득ᄒᆞ며 三삼聚쯍戒갱[69]를 ᄀᆞᆺ게[70] 호리

라【三삼聚쯍戒갱ᄂᆞᆫ 세 가지 모ᄃᆞᆫ[71] 警졍戒갱니 ᄒᆞ나ᄒᆞᆫ[72] 法법을 가졧ᄂᆞᆫ[73] 警졍

戒갱니 모딘 이를 그치틸[74] 씨오 둘ᄒᆞᆫ[75] 됴ᄒᆞᆫ 힝뎌글[76] 가졧ᄂᆞᆫ 警졍戒갱니 됴ᄒᆞᆫ

이를 行헹ᄒᆞᆯ 씨오 세ᄒᆞᆫ 衆즁生ᄉᆡᆼ을 가졧ᄂᆞᆫ 警졍戒갱니 慈쫑悲빙[77] 喜횡捨샹[78]로

有율情쪙을 利링樂락긔 ᄒᆞᆯ 씨니 이 戒갱ᄂᆞᆫ 諸졍佛뿛 菩뽕薩삻이 修슐行헹ᄒ시논[79]

즈릆길히라[80] 喜횡ᄂᆞᆫ 깃블[81] 씨니

---

65) 내: 나(나, 我: 인대, 1인칭) + -ㅣ(←-의: 관조)

66) 修行ᄒ리: 修行ᄒ[수행하다: 修行(수행: 명사) + -ᄒ(동접)-]- + -ㄹ(관전) + 이(것, 者: 의명) +
   -Ø(←-이: 주조)

67) 이저디디: 이저디[이지러지다: 잊(이지러지다, 缺: 타동)- + -어(연어) + 디(지다: 보용, 피
   동)-]- + -디(-지: 연어, 부정) ※ '이저디다'는 한쪽 귀퉁이가 떨어져 없어지는 것이다.

68) 警戒: 경계. 옳지 않은 일이나 잘못된 일들을 하지 않도록 타일러서 주의하게 하는 것이다.

69) 三聚戒: 삼취계. 대승보살계(大乘菩薩戒), 곧 대승의 보살이 지켜야 할 계율의 세 가지 기본적
   인 개념이다. 섭률의계(攝律儀戒), 섭선법계(攝善法戒), 섭중생계(攝衆生戒)가 있다.

70) ᄀᆞᆺ게: ᄀᆞᆺ(← ᄀᆞᆽ다: 갖추어지다, 具)- + -게(연어, 사동)

71) 모ᄃᆞᆫ: 몯(모이다, 集)- + -Ø(과시)- + -ㄴ(관전)

72) ᄒᆞ나ᄒᆞᆫ: ᄒᆞ나ᄒ(하나, 一: 수사, 양수) + -ᄋᆞᆫ(보조사, 주제)

73) 가졧ᄂᆞᆫ: 가지(가지다, 持)- + -어(연어) + 잇(← 이시다: 있다, 보용, 완료 지속)- + -ᄂᆞ(현시)-
   + -ㄴ(관전) ※ '가졧ᄂᆞᆫ'은 '가지어 잇ᄂᆞᆫ'이 축약된 형태이다.

74) 그치틸: 그치티[그치게 하다: 긏(그치다, 止)- + -이(사접)- + -티(강접)-]- + -ㄹ(관전)

75) 둘ᄒᆞᆫ: 둘ᄒ(둘, 二: 수사, 양수) + -ᄋᆞᆫ(보조사, 주제)

76) 힝뎌글: 힝뎍(행적, 行績) + -을(목조)

77) 慈悲: 자비. 중생에게 즐거움을 주고 괴로움을 없게 하는 것이다.

78) 喜捨: 희사. 신불(神佛)의 일로 돈이나 물건을 기부하는 것이다.

79) 修行ᄒ시논: 修行ᄒ[수행하다: 修行(수행: 명사) + -ᄒ(동접)-]- + -시(주높)- + -ㄴ(←-ᄂᆞ-:
   현시)- + -오(대상)- + -ㄴ(관전)

80) 즈릆길히라: 즈릆길ᄒ[지름길, 捷徑: 즈르(지르다, 侹)- + -ㅁ(명접, 명전) + -ㅅ(관전, 사잇) +
   길ᄒ(길, 路)] + -이(서조)- + -Ø(현시)- + -라(←-다: 평종)

81) 깃블: 깃브[기쁘다, 喜: 깃(← 깄다: 기뻐하다, 歡: 동사)- + -브(형접)-]- + -ㄹ(관전)

衆生(중생)을 즐겁게 하는 것이다. 捨(사)는 버리는 것이니 나의 恩惠(은혜)를 버려 衆生(중생)을 주는 것이다. 】비록 잘못하여 지은 일이 있어도, 내 이름(= 약사유리광여래)을 들으면 도로 淸淨(청정)을 得(득)하여 모진 길(= 惡趣)에 아니 떨어지게 하리라. 第六(제육)의 大願(대원)은 내가 來世(내세)에 菩提(보리)를 得(득)한 時節(시절)에, 만일 모든 有情(유정)이 몸이 사나워 諸根(제근)이 갖추어져 있지 못하여, 미혹(迷惑)하고

衆즁生싱ᄋᆞᆯ 즐겁긔[82] 홀 씨라 捨샹ᄂᆞᆫ ᄇᆞ릴[83] 씨니 내 恩ᅙᅳᆫ惠휑[84]를 ᄇᆞ려 衆즁生싱ᄋᆞᆯ 줄 씨라】 비록 그르ᄒᆞ야[85] 지ᅀᅮᆫ[86] 이리 이셔도[87] 내 일후믈[88] 드르면 도로[89] 清쳥淨쪙[90]을 得득ᄒᆞ야 모딘 길헤[91] 아니 ᄠᅥ러디게[92] 호리라[93] 第똉六륙 大땡願원은 내 來링世솅예 菩뽕提똉 得득ᄒᆞᆫ 時씽節졇에 ᄒᆞ다가[94] 믈읫 有ᅌᅮᇢ情쪙이 모미 사오나ᄫᅡ[95] 諸졍根근[96]이 ᄀᆞᆽ디[97] 몯ᄒᆞ야[98] 미혹ᄒᆞ고[99]

---

82) 즐겁긔: 즐겁[즐겁다, 喜: 즑(즐거워하다, 歡: 동사)- + -업(형접)-]- + -긔(-게: 연어, 사동)

83) ᄇᆞ릴: ᄇᆞ리(버리다, 捨)- + -ㄹ(관전)

84) 恩惠: 은혜. 고맙게 베풀어 주는 신세나 혜택이다.

85) 그르ᄒᆞ야: 그르ᄒᆞ[그릇하다, 잘못하다: 그르(그르다, 誤: 형사)- + -Ø(부접) + -ᄒᆞ(동접)-]- + -야(← -아: 연어)

86) 지ᅀᅮᆫ: 짓(← 짓다, ㅅ불: 짓다, 犯)- + -Ø(과시)- + -우(대상)- + -ㄴ(관전)

87) 이셔도: 이시(있다, 有)- + -어도(연어, 양보)

88) 일후믈: 일훔(이름, 名) + -을(목조) ※ '내 일훔'은 약사유리광여래(藥師瑠璃光如來)이다.

89) 도로: [도로, 還(부사): 돌(돌다, 回: 동사)- + -오(부접)]

90) 清淨: 청정. 산스크리트어 śuddha의 음역이다. 나쁜 짓으로 지은 허물이나 번뇌의 더러움에서 벗어나 깨끗한 것이다.

91) 길헤: 길ㅎ(길, 路) + -에(부조, 위치)

92) ᄠᅥ러디게: ᄠᅥ러디[떨어지다, 墮: ᄠᅥᆯ(떨치다, 離)- + -어(연어) + 디(지다: 보용, 피동)-]- + -게(연어, 사동)

93) 호리라: ᄒᆞ(← 하다: 보용, 사동)- + -오(화자)- + -리(미시)- + -라(← -다: 평종)

94) ᄒᆞ다가: 만일, 만약, 若(부사)

95) 사오나ᄫᅡ: 사오낳(← 사오납다, ㅂ불: 사납다, 猛)- + -아(연어)

96) 諸根: 제근. 오근(五根)을 달리 이르는 말이다. 오근은 외계를 인식하는 다섯 가지 기관인 오관(五官)을 이르는데, 여기서 '근(根)'은 기관·기능·작용·능력·소질을 뜻한다. ① 안근(眼根, 모양이나 빛깔을 보는 시각 기관인 눈), ② 이근(耳根. 소리를 듣는 청각 기관인 귀), ③ 비근(鼻根, 향기를 맡는 후각 기관인 코), ④ 설근(舌根, 맛을 느끼는 미각 기관인 혀), ⑤ 신근(身根, 추위나 아픔 등을 느끼는 촉각 기관인 몸) 등이다.

97) ᄀᆞᆽ디: ᄀᆞᆽ(← ᄀᆞᆽ다: 갖추어져 있다, 具)- + -디(-지: 연어, 부정)

98) 몯ᄒᆞ야: 몯ᄒᆞ[못하다, 不能(보용, 부정): 몯(못, 不能: 부사, 부정) + -ᄒᆞ(동접)-] + -야(← -아: 연어)

99) 미혹ᄒᆞ고: 미혹ᄒᆞ[미혹하다: 미혹(迷惑: 명사) + -ᄒᆞ(동접)-]- + -고(연어, 나열) ※ '미혹(迷惑)'은 무엇에 홀려 정신을 차리지 못하거나, 정신이 헷갈리어 갈팡질팡 헤매는 것이다.

種종種종 受쓩苦콩ㅣ론 病뼝 ᄒᆞ얫다가 내 일훔 드르면 다 智딩慧뻥 잇고 諸정根곤이 ᄀᆞ자 病뼝이 업게 ᄒᆞ리라 第똉七칧 大땡願원은 내 來링世솅예 菩뽕提똉 得득ᄒᆞᆫ 時씽節졇에 ᄒᆞ다가 믈읫 有ᅌᅮᆸ情쪙이 病뼝ᄒᆞ야 이셔 救궁ᄒᆞ리 업고 갈 ᄃᆡ 업거든 내 일훔을 귀예 ᄒᆞᆫ 번 드러도 病뼝이 업고 世솅間간애

種種(종종)의 受苦(수고)로운 病(병)을 하여 있다가, 내 이름을 들으면 다 智慧(지혜)가 있고 諸根(제근)이 갖추어져 있어 病(병)이 없게 하리라. 第七(제칠)의 大願(대원)은 내가 來世(내세)에 菩提(보리)를 得(득)한 時節(시절)에, 만일 모든 有情(유정)이 病(병)하여 있어 救(구)할 이가 없고 갈 데가 없거든, 내 이름을 귀에 한 번 들어도 病(병)이 없어지고 世間(세간)에

種_종種_종¹⁰⁰⁾ 受_쓩苦_콩ㄹ빌¹⁾ 病_뼝ᄒᆞ얫다가²⁾ 내 일후믈 드르면 다 智_딩

慧_휑 잇고 諸_경根_곤이 ᄀᆞ자 病_뼝이 업게 호리라 第_똉七_칧 大_땡願_원

은 내 來_링世_솅예 菩_뽕提_똉 得_득ᄒᆞᆫ 時_씽節_겷에 ᄒᆞ다가 믈읫 有_{ᅌᅮᆯ}情_쪙

이 病_뼝ᄒᆞ야 이셔 救_굴ᄒᆞ리³⁾ 업고 갏⁴⁾ ᄃᆡ⁵⁾ 업거든⁶⁾ 내 일후믈

귀예⁷⁾ ᄒᆞᆫ 번 드러도 病_뼝이 업고⁸⁾ 世_솅間_간애

---

100) 種種: 종종(명사) ※ '種種(종종)'은 모양이나 성질이 다른 여러 가지이다

 1) 受苦ㄹ빌: 受苦ㄹ빌[수로롭다: 受苦(수고: 명사) + -ㄹ빌(형접)-]- + -∅(현시)- + -ㄴ(관전)

 2) 病ᄒᆞ얫다가: 病ᄒᆞ[병하다: 病(병: 명사) + -ᄒᆞ(동접)-]- + -야(←-아: 연어) + 잇(← 이시다: 있다, 보용, 완료 지속)- + -다가(연어, 동작의 전환)

 3) 救ᄒᆞ리: 救ᄒᆞ[구하다: 救(구: 불어) + -ᄒᆞ(동접)-]- + -ㄹ(관전) # 이(이, 사람, 者: 의명) + -∅(←-이: 주조)

 4) 갏: 가(가다, 去)- + -ㅭ(관전)

 5) ᄃᆡ: ᄃᆡ(데, 곳, 處: 의명) + -∅(←-이: 주조)

 6) 업거든: 업(← 없다: 없다, 無)- + -거든(연어, 상황)

 7) 귀예: 귀(귀, 耳) + -예(←-에: 부조, 위치)

 8) 업고: 업(← 없다: 없어지다, 得除, 동사)- + -고(연어, 나열)

·룛거·시·ㄱ주·며 無뭉上쌍菩뽕提똉
·룷
證·징호·매 니·르·의·호·리·라 苐똉八·밣 大땡
願·원온 내 來링世솅·예 菩뽕提똉·
得득時씽節·졇
호·다·가 겨·지·비·겨지·
빈·온가·짓어·려본·이·리·다·와·다·ㄱ·창·싀 無뭉
통·호·야·겨지·비·모·물·부·리·고·져·호·야·든
내·일·후·믈 든·르·면 다·남·지·니·두·외·야 無뭉
上쌍菩뽕提똉·룷 證·징호·매 니·르·의

쓸 것이 갖추어지며 無上菩提(무상보리)를 證(증)함에 이르게 하리라. 第
八(제팔)의 大願(대원)은 내가 來世(내세)에 菩提(보리)를 得(득)한 時節(시
절)에, 만일 여자가 여자의 여러 가지 어려운 일이 닥쳐서 매우 시틋하
여 여자의 몸을 버리고자 하거든, 내 이름을 들으면 다 남자가 되어 無
上菩提(무상보리)를 證(증)함에 이르게

뿛⁹⁾ 거시 ᄀᆞᄌᆞ며 無뭉上썅菩뽕提똉¹⁰⁾를 證징호매¹¹⁾ 니를의¹²⁾ 호리라

第똉八밣 大땡願원은 내 來링世솅예 菩뽕提똉 得득혼 時씽節졇에 ᄒᆞ다

가 겨지비¹³⁾ 겨지븨 온가짓¹⁴⁾ 어려븐¹⁵⁾ 이리 다와다¹⁶⁾ ᄀᆞ장¹⁷⁾ 싀튿

ᄒᆞ야¹⁸⁾ 겨지븨 모ᄆᆞᆯ ᄇᆞ리고져¹⁹⁾ ᄒᆞ거든 내 일후믈 드르면 다 남

지니²⁰⁾ ᄃᆞ외야 無뭉上썅菩뽕提똉를 證징호매 니를의

---

9) 뿛: ㅄ(← 쓰다: 쓰다, 사용하다, 用)- + -우(대상)- + -ᅟᆶ(관전)

10) 無上菩提: 무상보리. 五種菩提(오종보리)의 하나로서, 온갖 번뇌를 끊어 없애고 불과원만(佛果圓滿)한 증오(證悟)를 이룬 것이다. ※ '오종보리(五種菩提)'는 보살 수도의 계급을 다섯 종으로 나눈 것으로, 이는 '발심보리(發心菩提)·복심보리(伏心菩提)·명심보리(明心菩提)·출도보리(出到菩提)·무상보리(無上菩提)'이다.

11) 證ᄒ매: 證ᄒ[← 證ᄒ다(증하다): 證(증: 불어) + -ᄒ(동접)-]- + -옴(명전) + -애(-에: 부조, 위치) ※ '證(증)'은 ① 깨달음. ② 체득함. 터득함. 체험함. ③ 명백히 알아 의심이 없음. ④ 실현함. 도달함. 등의 다양한 뜻을 나타낸다.

12) 니를의: 니를(이르다, 도달하다, 至)- + -의(← -긔: -게, 연어, 도달)

13) 겨지비: 겨집(여자, 女) + -이(주조)

14) 온가짓: 온가지[가지가지, 百種: 온(백, 百: 관사, 수량) + 가지(가지, 種: 의명)] + -ㅅ(-의: 관조)

15) 어려븐: 어렵(← 어렵다, ㅂ블: 어렵다, 難)- + -∅(현시)- + -ㄴ(관전)

16) 다와다: 다왇[닥치다, 부딪다, 逼: 다(← 다ᄋᆞ다: 다하다, 盡)- + -왇(강접)-]- + -아(연어)

17) ᄀᆞ장: 매우, 몹시, 아주, 甚(부사)

18) 싀튿ᄒᆞ야: 싀튿ᄒᆞ[시틋하다, 厭: 싀튿(시틋: 불어) + -ᄒᆞ(형접)-]- + -야(← -아: 연어) ※ '싀튿ᄒᆞ다'는 마음이 내키지 아니하여 시들한 것이다.

19) ᄇᆞ리고져: ᄇᆞ리(버리다, 捨)- + -고져(-고자: 연어, 의도)

20) 남지니: 남진(남자, 男) + -이(보조)

호리라 第쪵九궁大땡願원은 ·내 來ᇰ世솅예 菩뽕提똉 得득ᄒᆞᆫ 時씽節졇에 믈읫 有ᅌᅮᆯ情쪙을 魔망ㅅ 그므레 내야 【魔망ᄂᆞᆫ 그므리라 ᄒᆞ거니실ᄊᆡ 一ᅙᅵᇙ切촁】 外ᅌᅬᆼ道똫애 얽ᄆᆡ요ᄆᆞᆯ 머서나게 호리니 ᄒᆞ다가 種죵種죵ᄋᆡ 모딘 보매 ᄠᅥ디옛거든 다 引ᅙᅵᆫ導똫ᄒᆞ야 【引ᅙᅵᆫ導똫ᄂᆞᆫ 아이길 알욀ᄊᆡᆫ라】 正졍ᄒᆞᆫ 보매 두어 漸쪔漸쪔 菩뽕薩삻ᄉᆞᆼ 힝뎌글

하리라. 第九(제구)의 大願(대원)은 내가 來世(내세)에 菩提(보리)를 得(득)한 時節(시절)에, 모든 有情(유정)을 魔(마)의 그물에서 나오게 하여 【魔(마)가 가리는 것이므로 그물이라 하였니라. 】 一切(일체)의 外道(외도)에 얽매이는 것을 벗어나게 하겠으니, 만일 (有情들이) 種種(종종)의 '흉하게 보는 것(= 惡見)'에 떨어져 있거든, 다 引導(인도)하여 【引導(인도)는 끌어서 길을 알리는 것이다. 】 바르게 보는 것(= 政見)에 두어서 漸漸(점점) 菩薩(보살)의 행적(行績)을

호리라 第_똉九_굴 大_땡願_원은 내 來_링世_솅예 菩_뽕提_똉 得_득흔 時_씽節_졇에 믈읫 有_율情_쪙을 魔_망²¹⁾ 그므레²²⁾ 내야²³⁾【魔_망ㅣ 가리는²⁴⁾ 거실씨²⁵⁾ 그므리라²⁶⁾ ㅎ니라 】一_힗切_쳉 外_욍道_똘²⁷⁾이 얽미요믈²⁸⁾ 버서나게²⁹⁾ 호리니 ㅎ다가 種_죵種_죵 머즌³⁰⁾ 보매³¹⁾ ᄢ디옛거든³²⁾ 다 引_인導_똘ㅎ야【引_인導_똘는 혀아³³⁾ 길 알욀³⁴⁾ 씨라 】正_졍흔 보매³⁵⁾ 두어 漸_쪔漸_쪔 菩_뽕薩_삻ㅅ 힝뎌글³⁶⁾

---

21) 魔: 마. 산스크리트어 māra의 음사인 마라(魔羅)의 준말이다. 수행을 방해하고 중생을 괴롭히는 온갖 번뇌이다.

22) 그므레: 그믈(그물, 網) + -에(부조, 위치) ※ 문맥을 감안하여 '그므레'를 '그물에서'로 옮긴다.

23) 내야: 내[내다, 나오게 하다, 出: 나(나다, 나오다, 出: 자동)- + -ㅣ(←-이-: 사접)-]- + -야(←-아: 연어)

24) 가리는: 가리(가리다, 덮다, 은폐하다, 蔽)- + -ᄂᆞ(현시)- + -ㄴ(관전)

25) 거실씨: 것(것: 의명) + -이(서조)- + -ㄹ씨(-므로: 연어, 이유)

26) 그므리라: 그믈(그물, 網) + -이(서조)- + -Ø(현시)- + -라(←-다: 평종)

27) 外道: 외도. 불교 이외의 종교나, 혹은 불교 이외의 종교를 믿는 사람이다.

28) 얽미요믈: 얽미[얽매다, 纏縛: 얽(얽다, 纏)- + 미(매다, 縛)-]- + -욤(←-옴: 명전) + -을(목조)

29) 버서나게: 버서나[벗어나다, 解脫: 벗(벗다, 脫)- + -어(연어) + 나(나다, 出)-]- + -게(연어, 사동)

30) 머즌: 멎(궂다, 흉하다, 惡)- + -Ø(현시)- + -ㄴ(관전)

31) 보매: 보(보다, 見)- + -ㅁ(←-옴: 명전) + -애(-에: 부조, 위치) ※ '머즌 보매'는 〈한문본〉의 '惡見(악견)'을 직역한 것이다. '惡見(악견)'은 육번뇌의 하나로서, 모든 법의 진리에 대하여 잘못된 견해를 가지는 번뇌이다.

32) ᄢ디옛거든: ᄢ디[떨어지다: ᄣ(←ᄢ다: ᄣ다, 隔)- + -어(연어) + 디(지다: 연어, 피동)-]- + -여(←-어: 연어) + 잇(←이시다: 있다, 보용, 완료 지속)- + -거든(연어, 조건) ※ 'ᄢ디옛거든'은 'ᄢ디여 잇거든'이 축약된 형태이다.

33) 혀아: 혀(끌다, 引) + -아(←-어: 연어) ※ '혀아'는 '혀'나 '혀어'를 오기한 형태이다.

34) 알욀: 알외[알리다, 告: 알(알다, 知)- + -오(사접)- + -ㅣ(←-이-: 사접)]- + -ㄹ(관전)

35) 보매: 보(보다, 見)- + -ㅁ(←-옴: 명전) + -애(-에: 부조, 위치) ※ '正한 봄'은 '正見(정견)'을 직역한 표현인데, 이는 곧 '올바른 견해(대상을 올바르게 보는 것)'이다. '正見(정견)'은 팔정도의 하나로서, 사제(四諦)의 이치를 알고, 제법(諸法)의 참된 모습을 바르게 판단하는 지혜이다.

36) 힝뎌글: 힝뎍(행적, 行績) + -을(목조)

닷·가 無뭉上썅菩뽕提똉·룰 ·쏠·리 證·징
·게 호리·라 第똉十·씹大·땡願·원·은 내 来링
世·솅生ᅀᅵᆼ·애 菩뽕提똉 得·득 ᄒᆞᆫ 時씽節·졇·에
·피·여 ·미·여 ·매 마·자 獄·옥·애 ·가도·아
에 호·다·가 有·ᅌᅮᇢ情쪙이·나 랏 法·법·에
·싸룸·히 가·라도 罪·쬥 獄·옥·은 사·룸 가도·는 ᄯᅡ·히·라 그
·지엽·슨 어려·본 일·와 辱·쇽 ᄃᆞ외·니·와
편·일·와 시름 다분·이리 다와·댓거·든 내

닦아 無上菩提(무상보리)를 빨리 證(증)하게 하리라. 第十(제십)의 大願(대원)은 내가 來世(내세)에 菩提(보리)를 得(득)한 時節(시절)에, 만일 有情(유정)이 나라의 法(법)에 잡히어 매여 매를 맞아 獄(옥)에 가두어【獄(옥)은 사람을 가두는 땅이다.】罪(죄)를 입을 경우며, 다른 그지없는 어려운 일과 辱(욕)된 일과 슬픈 일과 걱정스러운 일이 닥치어 있으면, 나의

닷가³⁷⁾ 無_뭉上_썅菩_뽕提_똉를 섈리³⁸⁾ 證_징케³⁹⁾ 호리라 第_똉十_씹 大_땡願_원은 내 來_링世_셍예 菩_뽕提_똉 得_득흔 時_씽節_졇에 흐다가 有_울情_쪙이 나랏 法_법에 자피여⁴⁰⁾ 미여⁴¹⁾ 매⁴²⁾ 마자 獄_옥애 가도아⁴³⁾【獄_옥은 사름 가도는 따히라⁴⁴⁾】罪_쬥 니블⁴⁵⁾ 모디며⁴⁶⁾ 녀나믄⁴⁷⁾ 그지업슨⁴⁸⁾ 어려븐⁴⁹⁾ 일와⁵⁰⁾ 辱_쇽도빈⁵¹⁾ 일와 슬픈⁵²⁾ 일와 시름다븐⁵³⁾ 이리 다와댓거든⁵⁴⁾ 내

---

37) 닷가: 닭(닦다, 修)- + -아(연어)

38) 섈리: [빨리, 速(부사): 섈ᄅ(← 섄ᄅ다: 빠르다, 速, 형사)- + -이(부접)]

39) 證케: 證ᄒ[← 證ᄒ다(증하다, 깨닫다): 證(증: 불어) + -ᄒ(동접)-]- + -게(연어, 사동)

40) 자피여: 자피[잡히다, 所錄: 잡(잡다, 捕)- + -히(피접)-]- + -여(←-어: 연어)

41) 미여: 미이[매이다, 縛: 미(매다, 結)- + -이(피접)-]- + -어(연어)

42) 매: 매. 사람이나 짐승을 때리는 막대기, 몽둥이, 회초리, 곤장, 방망이 따위를 통틀어 이르는 말이다.

43) 가도아: 가도[가두다, 閉: 갇(걷히다, 收: 자동)- + -오(사접)-]- + -아(연어)

44) 따히라: 따ㅎ(땅, 地) + -이(서조)- + -Ø(현시)- + -라(←-다: 평종)

45) 니블: 닙(입다, 당하다, 當)- + -을(관전)

46) 모디며: 모디(마디, 경우, 時) + -며(←-이며: 접조)

47) 녀나믄: [그 밖의, 다른, 餘(관사): 녀(← 녀느, 他: 관사) + 남(남다, 餘)- + -은(관전▷관접)]

48) 그지업슨: 그지없[그지업다, 한없다, 無量: 그지(한도, 量) + 없(없다, 無)-]- + -Ø(현시)- + -ㄴ(관전)

49) 어려븐: 어렵(← 어렵다, ㅂ불: 어렵다, 難)- + -Ø(현시)- + -은(관전)

50) 일와: 일(일, 事) + -와(←-과: 접조)

51) 辱도빈: 辱도빈[욕되다, 辱: 辱(욕: 명사) + 도빈(형접)-]- + -Ø(현시)- + -ㄴ(관전)

52) 슬픈: 슬프[슬프다, 悲: 슳(슬퍼하다, 悽: 동사)- + -브(형접)-]- + -Ø(현시)- + -ㄴ(관전)

53) 시름다븐: 시름다빈[걱정스럽다, 愁: 시름(시름, 걱정, 愁: 명사) + 다빈(형접)-]- + -Ø(현시)- + -ㄴ(관전)

54) 다와댓거든: 다완[(일이) 닥치다, 부딪다, 다그치다, 逼: 다(← 다ᄋ다: 다하다, 盡)- + -완(강접)-]- + -아(연어) + 잇(← 이시다: 있다, 보용, 완료 지속)- + -거든(연어, 조건) ※ '다와댓거든'은 '다와다 잇거든'이 축약된 형태이다.

일후믈 드르면 내 福복德득 威힁神씬
力륵으로 一힗切촁 受쓯苦콩ᄅᆞᆯ 다 버
서 나긔 호리라 第똉十씹一힗 大땡願
ᄋᆞᆫ 내 來링世셍예 菩뽕提똉 得득호
時씽節졇에 ᄒᆞ다가 有ᅌᅮᆸ情쪙이 주
려 밥 원고져 ᄒᆞ야 모딘 罪쭹ᄅᆞᆯ 지ᅀᅳᆯ
뒤예 내 일후믈 드러 닛디 아니 ᄒᆞ야
니면 내 몬져 됴ᄒᆞᆫ 차바ᄂᆞ로 ᄇᆡ브르긔

이름을 들으면 나의 福德(복덕)과 威神力(위신력)으로 一切(일체)의 受苦
(수고)를 다 벗어나게 하리라. 第十一(제십일)의 大願(대원)은 내가 來世
(내세)에 菩提(보리)를 得(득)한 時節(시절)에, 만일 有情(유정)이 굶주려
밥을 얻고자 하여 모진 罪(죄)를 지을 경우에, 내 이름을 들어 잊지 아니
하여 지니면 내가 먼저 좋은 음식으로 배부르게

일후믈 드르면 내 福_복德_득⁵⁵⁾ 威_휭神_씬力_륵⁵⁶⁾으로 一_힗切_촁 受_쓩苦_콩를 다 버서나긔⁵⁷⁾ 호리라 第_똉十_씹一_힗 大_땡願_원은 내 來_링世_솅예 菩_뽕提_똉 得_득흔 時_씽節_졂에 ᄒ다가 有_웋情_쪙이 주으려⁵⁸⁾ 밥 얻고져⁵⁹⁾ ᄒ야 모딘 罪_쬥를 지슬⁶⁰⁾ ᄆᆞᆮᄃᆡ예 내 일후믈 드러 닛디⁶¹⁾ 아니ᄒ야 디니면⁶²⁾ 내 몬져⁶³⁾ 됴흔⁶⁴⁾ 차바ᄂᆞ로⁶⁵⁾ ᄇ|브르긔⁶⁶⁾

---

55) 福德: 복덕. 선행의 과보(果報)로 받는 복스러운 공덕이다.

56) 威神力: 위신력. 불도(佛道)를 닦아 이르는 부처의 지위(地位)에 있는 존엄하고 헤아릴수 없는 불가사의한 힘이다.

57) 버서나긔: 버서나[벗어나다, 解脫: 벗(벗다, 脫)- + -어(연어) + 나(나다, 出)-]- + -긔(-게: 연어, 사동)

58) 주으려: 주으리(굶주리다, 飢)- + -어(연어)

59) 얻고져: 얻(얻다, 得)- + -고져(-고자: 연어, 의도)

60) 지슬: 짓(← 짓다, ㅅ불: 짓다, 造)- + -을(관전)

61) 닛디: 닛(← 닞다: 잊다, 忘)- + -디(-지: 연어, 부정)

62) 디니면: 디니(지니다, 持)- + -면(연어, 조건)

63) 몬져: 먼저, 先(부사)

64) 됴흔: 둏(좋다, 妙)- + -∅(현시)- + -은(관전)

65) 차바ᄂᆞ로: 차반(음식, 飮食) + -ᄋᆞ로(부조, 방편)

66) ᄇ|브르긔: ᄇ|브르[배부르다, 飽: ᄇ|(배, 腹) + 브르(부르다, 飽)-]- + -긔(-게: 연어, 사동)

하고야 法味(법미)로 乃終(내종)에 便安(편안)하고 즐겁게 하리라.【法味
(법미)는 法(법)의 맛이다. 】第十二(제십이)의 大願(대원)은 내가 來世(내세)
에 菩提(보리)를 得(득)한 時節(시절)에, 만일 有情(유정)이 옷이 없어 모
기 벌레며 더위와 추위로 괴로워하다가 나의 이름을 들어 잊지 아니하
여 지니면, 자기가 좋아하는 양으로 種種(종종)의 좋은 옷을 얻으며

ㅎ고사⁶⁷⁾ 法_법味_밍⁶⁸⁾로 乃_냉終_즁⁶⁹⁾에 便_뼌安_한코 즐겁긔 ㅎ리라【法_법

味_밍ᄂ 法_법 마시라⁷⁰⁾】 第_똉十_씹二_{ᅀᅵᆼ} 大_땡願_원은 내 來_링世_셍예 菩_뽕提_똉

得_득ᄒᆞᆫ 時_씽節_졇에 ㅎ다가 有_{ᅀᅮᇢ}情_쪙이 오시⁷¹⁾ 업서 모기⁷²⁾ 벌에며⁷³⁾

더뷔⁷⁴⁾ 치뷔로⁷⁵⁾ 셜버ㅎ다가⁷⁶⁾ 내 일후믈 드러 닛디 아니ㅎ야 디니

면⁷⁷⁾ 제⁷⁸⁾ 맛드논⁷⁹⁾ 야ᅌᆞ로⁸⁰⁾ 種_죵種_죵앳⁸¹⁾ 됴ᄒᆞᆫ 오ᄉᆞᆯ 어드며⁸²⁾ 쏘⁸³⁾

---

67) ㅎ고사: ㅎ(하다: 보용, 사동)- + -고(연어, 계기) + -ᅀᅡ(보조사, 한정 강조)

68) 法味: 법미. 불법(佛法)의 묘미이다.

69) 乃終: 내종, 나중(명사)

70) 마시라: 맛(맛, 味) + -이(서조)- + -Ø(현시)- + -라(←-다: 평종)

71) 오시: 옷(옷, 衣服) + -이(주조)

72) 모기: 모기, 蚊.

73) 벌에며: 벌에(벌레, 蟲) + -며(← 이며: 접조)

74) 더뷔: [더위, 熱: 덯(← 덥다, ㅂ불: 덥다, 暑, 형사)- + -위(←-의: 명접)]

75) 치뷔로: 치뷔[추위, 寒: 덯(← 덥다, ㅂ불: 춥다, 限, 형사)- + -위(←-의: 명접)] + -로(조사, 방편, 원인)

76) 셜버ㅎ다가: 셜버ㅎ[서러워하다, 괴로워하다, 惱: 셟(← 셟다, ㅂ불: 서럽다, 哀)- + -어(연어) + ㅎ(하다: 보용)-]- + -다가(연어, 동작의 전환) ※ '셜버ㅎ다'는 문맥을 감안하여 '괴로워하다'로 옮긴다.

77) 디니면: 디니(지니다, 持)- + -면(연어, 조건)

78) 제: 저(저, 其: 인대, 재귀칭) + -ㅣ(←-의: 관조, 의미상 주격)

79) 맛드논: 맛드(← 맛들다: 좋아하다, 好)- + -ㄴ(←-ᄂᆞ-: 현시)- + -오(대상)- + -ㄴ(관전)

80) 야ᅌᆞ로: 양(양, 모양, 樣: 의명, 흡사) + -ᅌᆞ로(조사, 방편)

81) 種種앳: 種種(종종, 여러 가지: 명사) + -애(-에: 부조, 위치) + -ㅅ(-의: 관조)

82) 어드며: 얻(얻다, 得)- + -으며(연어, 나열)

83) 쏘: 또, 又(부사)

菩薩ㅅ道理룰行호·실時

·뎌藥師瑠璃光如來

호·리라 호·며 顧·원은 爲·위·라·두 微妙上願

樂·악·을 ·다 ·수·므·조·초 ·초·얻·긔 ·호·뎌리라 호

師瑠璃光如來 ·이·시·니·라 ·上

·더·시·니文殊師利 ·이·며 ·뎌藥

보·빗·옛莊嚴 ·이·며花香伎

보배로 꾸민 莊嚴(장엄)이며 花香(화향)과 기악(妓樂)을 마음대로 갖추어
서 얻게 하리라." 하시더니, 文殊師利(문수사리)여, 저것이 藥師琉璃光如
來(약사유리광여래)의 十二(십이)의 微妙(미묘)한 上願(상원)이시니라.【上
願(상원)은 으뜸가는 願(원)이다.】또 文殊師利(문수사리)여, 저 藥師琉璃
光如來(약사유리광여래)가 菩薩(보살)의 道里(도리)를 行(행)하실 時節
(시절)에

보비옛⁸⁴⁾ 莊_장嚴_엄⁸⁵⁾이며 花_황香_향⁸⁶⁾ 伎_끵樂_악⁸⁷⁾을 므슴 조초⁸⁸⁾ フ초⁸⁹⁾

얻긔 호리라 ᄒᆞ더시니⁹⁰⁾ 文_문殊_쓩師_{ᄉᆞᆼ}利_링여⁹¹⁾ 뎌⁹²⁾ 藥_약師_{ᄉᆞᆼ}瑠_률璃_링光_광

如_{ᅌᅧᆼ}來_링⁹³⁾ㅅ 十_씹二_{ᅀᅵᆼ} 微_밍妙_묠 上_쌍願_원이시니라⁹⁴⁾【上_쌍願_원은 위두

ᄒᆞᆫ⁹⁵⁾ 願_원이라 】 ᄯᅩ 文_문殊_쓩師_{ᄉᆞᆼ}利_링여 뎌 藥_약師_{ᄉᆞᆼ}瑠_률璃_링光_광如_{ᅌᅧᆼ}來_ㄹ

ᅌᅵᆼ⁹⁶⁾ 菩_뽕薩_{ᄉᆞᆯ}ㅅ⁹⁷⁾ 道_똘理_링 行_{ᅘᆡᆼ}ᄒᆞ싫 時_씽節_졇에

---

84) 보비옛: 보비(보배, 寶) + -예(←-에: 부조, 위치) + -ㅅ(-의: 관조) ※ '보비옛'는 '보배로 꾸민'으로 의역하여 옮긴다.

85) 莊嚴: 장엄. 보관(寶冠), 칠보(七寶), 연화(蓮花) 등으로 불도량(佛道場)을 장식하는 일이다.

86) 花香: 화향. 불전(佛殿)에 올리는 꽃과 향이다.

87) 伎樂: 기악. 재주(재주)와 풍류를 아울러 이르는 말이다.

88) 조초: [조차, 따라, 從(부사): 좇(좇다, 따르다, 隨: 동사)- + -오(부접)] ※ '므슴 조초'는 '마음대로'로 의역하여서 옮긴다.

89) フ초: [갖추, 고루 있는 대로, 皆(부사): ᄀᆞᆽ(갖추어져 있다, 具: 형사)- + -호(사접)- + -Ø(부접)]

90) ᄒᆞ더시니: ᄒᆞ(하다, 曰)- + -더(회상)- + -시(주높)- + -니(연어, 설명의 계속)

91) 文殊師利여: 文殊師利(문수사리) + -여(호조, 예사 높임) ※ '文殊師利(문수사리, (Manjusri)'는 사보살(四菩薩) 중의 하나이다. 제불(諸佛)의 지혜를 맡은 보살로, 부처의 오른쪽에 있는 보현보살과 함께 삼존불(三尊佛)을 이룬다. 그 모양이 가지각색이나 보통 사자를 타고 오른손에 지검(智劍), 왼손에 연꽃을 들고 있다.

92) 뎌: 뎌(저, 彼: 지대, 정칭) + -Ø(←-이: 주조) ※ 〈약사유리광여래본원공덕경〉의 한문본에는 '뎌'가 '是'로 되어 있다. 따라서 석보상절의 '뎌'는 '이'를 오기한 것으로 보인다.

93) 藥師瑠璃光如來: 약사유리광여래. 열두 가지 서원(誓願)을 세워 중생(衆生)의 질병(疾病)을 구제(驅除)하고 수명(壽命) 연장(延長), 재화(財貨) 소멸(消滅), 의식(儀式)의 만족(滿足)을 준다는 부처이다. 큰 연꽃 위에서 왼손에 약병을 들고, 오른손으로 施無畏印(시무외인)을 맺은 형상(形狀)을 하고 있다. ※ '시무외인(施無畏印)'은 부처가 중생의 두려움을 없애 주기 위하여 나타내는 형상이다. 팔을 들고 다섯 손가락을 펴 손바닥을 밖으로 향하여 물건을 주는 시늉을 하고 있다.

94) 上願이시니라: 上願(상원) + -이(서조)- + -시(주높)- + -Ø(현시)- + -니(원칙)- + -라(←-다: 평종) ※ 上願상원)'은 '으뜸가는 소원'이다.

95) 위두ᄒᆞᆫ: 위두ᄒᆞ[위두하다, 으뜸가다, 第一: 위두(위두: 으뜸, 명사) + -ᄒᆞ(동접)-]- + -Ø(과시)- + -ㄴ(관전)

96) 藥師瑠璃光如來: 藥師瑠璃光如來(약사유리광여래) + -Ø(←-이: 주조)

97) 菩薩ㅅ: 菩薩(보살) + -ㅅ(의: 관조)

節(졀)에 發(발)호샨 큰 願(원)과 뎌 부텻 나
라햇 功德(공득)과 莊嚴(장엄)을 내 혼 劫(겁)
이며 호 劫(겁)이 남도록 닐어도 몯다 이
리어니와 그러나 뎌 부텻 짜히 雜(짭)
말업시 淸淨(청졍)호고 겨지비 업스며
惡趣(학츙) l 며 受苦(쓩콩)ᄅᆞᄫᆞᆫ 소리 업
【惡趣(학츙)는 머즌 길히니 地獄(띵옥)
餓鬼(앙귕) 畜生(흉ᄉᆡᆼ)이라 地(띵)】
璃(링) 짜히 드외오 金(금) 노호로 길흘 느

發(발)하신 큰 願(원)과 저 부처의 나라에 있는 功德(공덕)과 莊嚴(장엄)
을 내가 한 劫(겁)이며 한 劫(겁)이 넘도록 일러도 못다 이르겠거니와,
그러나 저 부처의 땅이 雜(잡)말이 없이 淸淨(청정)하고, 여자가 없으며
惡趣(악취)며 受苦(수고)로운 소리가 없고【惡趣(악취)는 흉한 길이니 地
獄(지옥) 餓鬼(아귀), 畜生(축생)이다.】, 瑠璃(유리)가 땅이 되고 金(금)
끈으로 늘어뜨려서 (길의) 경계로 삼고

發벓ᄒᆞ샨[98] 큰 願원과 뎌 부텻 나라햇[99] 功공德득 莊장嚴엄을 내[100] ᄒᆞᆫ 劫겁[1]이며 ᄒᆞᆫ 劫겁이 남ᄃᆞ록[2] 닐어도[3] 몯 다 니르리어니와[4] 그러나 뎌 부텻 ᄯᅡ히 雜잡말[5] 업시 淸쳥淨쪙ᄒᆞ고 겨지비 업스며 惡악趣츙ㅣ며[6] 受쓯苦콩ᄅᆞᄫᆡᆫ[7] 소리 업고【惡악趣츙는 머즌[8] 길히니[9] 地띵獄옥[10] 餓앙鬼귕[11] 畜흉生싱[12]이라】 瑠륳璃링 ᄯᅡ히[13] ᄃᆞ외오[14] 金금 노ᄒᆞ로[15] 길흘 느리고[16]

---

98) 發ᄒᆞ샨: 發ᄒᆞ[발하다, 내다: 發(발: 불어) + -ᄒᆞ(동접)-] + -샤(←-시-: 주높)- + -Ø(과시)- + -Ø(←-오-: 대상)- + -ㄴ(관전)

99) 나라햇: 나라ㅎ(나라, 國) + -애(-에: 부조, 위치) + -ㅅ(-의: 관조)

100) 내: 나(나, 我: 인대, 1인칭) + -ㅣ(←-이: 주조)

1) 劫: 겁. 어떤 시간의 단위로도 계산할 수 없는 무한히 긴 시간이다. 하늘과 땅이 한 번 개벽한 때에서부터 다음 개벽할 때까지의 동안이라는 뜻이다.

2) 남ᄃᆞ록: 남(넘다, 餘)- + -ᄃᆞ록(-도록: 연어, 도달)

3) 닐어도: 닐(←니ᄅᆞ다: 이르다, 說)- + -어도(연어, 양보)

4) 니르리어니와: 니르(이르다, 說)- + -리(미시)- + -어니와(←-거니와: 연어, 대조) ※ '-어니와'는 앞 절의 사실을 인정하면서 관련된 다른 사실을 이어 주는 연결 어미이다.

5) 雜말: [잡말: 雜(잡: 불어) + 말(말, 言)]

6) 惡趣ㅣ며: 惡趣(악취) + -ㅣ며(←-이며: 접조) ※ '惡趣(악취)'는 악업(惡業)을 지어서 죽은 뒤에 가야 하는 괴로움의 세계이다. 악취에는 지옥도(地獄道), 아귀도(餓鬼道), 축생도(畜生道)의 세 가지가 있다. 여기에 아수라도(阿修羅道)를 포함시키기도 한다.

7) 受苦ᄅᆞᄫᆡᆫ: 受苦ᄅᆞᄫᆡ[수고스럽다: 受苦(수고: 명사) + -ᄅᆞᄫᆡ(형접)-]- + -Ø(현시)- + -ㄴ(관전)

8) 머즌: 멎(흉하다, 凶)- + -Ø(현시)- + -은(관전)

9) 길히니: 길ㅎ(길, 路) + -이(서조)- + -니(연어, 설명의 계속)

10) 地獄: 지옥. 죄업을 짓고 매우 심한 괴로움의 세계에 난 중생이나 그런 중생의 세계이다. 섬부주의 땅 밑, 철위산의 바깥 변두리 어두운 곳에 있다고 한다.

11) 餓鬼: 아귀. 아귀들이 모여 사는 세계이다. 이곳에서 아귀들이 먹으려는 음식은 불로 변하여 늘 굶주리고, 항상 매를 맞는다고 한다.

12) 畜生: 축생. 죄업 때문에 죽은 뒤에 짐승으로 태어나 괴로움을 받는 세계이다.

13) ᄯᅡ히: ᄯᅡㅎ(땅, 地) + -이(보조)

14) ᄃᆞ외오: ᄃᆞ외(되다, 爲)- + -오(←-고: 연어, 나열)

15) 노ᄒᆞ로: 노ㅎ(끈, 繩)- + -ᄋᆞ로(부조, 방편)

16) 느리고: 느리[늘어뜨려서 경계로 삼다, 界: 늘(늘다, 延)- + -이(사접)-]- + -고(연어, 나열)

城(성)이며 집이며 羅網(나망)이 다 七寶(칠보)로 이루어져 있는 것이 또 西方(서방) 極樂世界(극락세계)와 같아서 차이가 없고, 그 나라에 두 菩薩 摩訶薩(보살마하살)이 있되, 한 이름은 日光遍照(일광변조)이요 한 이름은 月光遍照(월광변조)이니, 저 無量無數(무량무수)의 菩薩(보살)의 衆(중)에 으뜸가 있나니, 이러므로

城_쎵이며 지비며 羅_랑網_망¹⁷⁾이 다 七_칧寶_봏¹⁸⁾로 이러¹⁹⁾ 이쇼미²⁰⁾ 쏘

西_솅方_방 極_끅樂_락世_솅界_갱²¹⁾와 굳호야²²⁾ 글히요미²³⁾ 업고 그 나라해

두 菩_뽕薩_삻摩_망訶_항薩_삻²⁴⁾이 이쇼딕²⁵⁾ 혼 일후믄 日_싏光_광遍_변照_죻ㅣ

오²⁶⁾ 혼 일후믄 月_윓光_광遍_변照_죻²⁷⁾ㅣ니 뎌 無_뭉量_량無_뭉數_숭²⁸⁾ 菩_뽕薩_삻

衆_즁²⁹⁾에 위두호야³⁰⁾ 잇느니 이럴씨³¹⁾

---

17) 羅網: 나망. 구슬을 꿰어 그물처럼 만들어 불전(佛前)을 장식하는 기구이다.

18) 七寶: 칠보. 일곱 가지 주요 보배이다. 무량수경에서는 금·은·유리·파리·마노·거거·산호를 이르며, 법화경에서는 금·은·마노·유리·거거·진주·매괴를 이른다.

19) 이러: 일(이루어지다, 成)- + -어(연어)

20) 이쇼미: 이시(있다: 보용, 완료 지속)- + -옴(명전) + -이(주조)

21) 極樂世界: 극락세계. 아미타불(阿彌陀佛)이 살고 있는 정토(淨土)로, 괴로움이 없으며 지극히 안락하고 자유로운 세상. 인간 세계에서 서쪽으로 10만억 불토(佛土)를 지난 곳에 있다.

22) 굳호야: 굳호(같다, 如)- + -야(←-아: 연어)

23) 글히요미: 글히(가리다, 差別)- + -욤(←-옴: 명전) + -이(주조) ※ '글히욤이 업고'는 문맥을 감안하여 '차이가 없고'로 의역하여 옮긴다.

24) 菩薩摩訶薩: 보살마하살. 보살을 아름답게 표현한 것으로, 수많은 보살 중에서 10위 이상의 보살을 높여서 이르는 말이다.

25) 이쇼딕: 이시(있다, 有)- + -오딕(-되: 연어, 설명의 계속)

26) 日光遍照ㅣ오: 日光遍照(일광변조) + -ㅣ(←-이-: 서조)- + -오(←-고: 연어, 나열) ※ '日光遍照(일광변조)'는 약사여래(藥師如來)의 왼쪽에 모시는 보살(菩薩)이다. 여래의 밑에 있는 보살 가운데 월광변조(月光遍照)와 더불어 상수(上首)의 지위에 있다. 변조(遍照)는 부처의 빛이 세계와 사람의 마음을 두루 비춘다는 뜻이며 보살을 가리킨다.

27) 月光遍照: 월광변조. 약사여래(藥師如來)의 오른쪽에 모시는 보살(菩薩)이다. 여래의 밑에 있는 보살 가운데 일광변조(日光遍照)와 더불어 상수(上首)의 지위에 있다.

28) 無量無數: 무량무수. 정도를 헤아릴 수 없을 만큼 양이 많고. 헤아릴 수 없을 만큼 수가 많은 것이다.

29) 衆: 중. '무리'이다.

30) 위두호야: 위두호[으뜸가다, 上首: 위두(으뜸, 爲頭: 명사) + -호(동접)-]- + -야(←-아: 연어)

31) 이럴씨: 이러[←이러호다(이러하다, 如此): 이러(이러: 불어) + -Ø(←-호-: 형접)-]- + -ㄹ씨(-므로: 연어, 이유)

씨信·心신심 뒷·논善·쎤 男남 子·중 善·쎤
女·녕 人신·이 信신·心심·은 ·뮨·논 ·미·라
世·솅 界·갱·예 ·나·고·져 發·벓 願·원 ·호·야· ·호·리·라 ·뎌 부텻 世·솅 尊존이 ·소文문 殊·쓩 師·숭
·리·라·그·쁴 ·예·나·고·져 發·벓 願·원 ·호·야·살·호
利·링 ·리 드·려·니르·샤·디 文문 殊·쓩 師·숭
利·링 ·여·믈읫 衆·즁 生싱·이·됴·호·며구·즌
·이·룸모·르·고오·직 貪·탐 ·호·며앗·가분·ᄆᆞᆷ
슬·ᄆᆞᆯ머·거 布·봉 施·싱·ᄒᆞ·며 布·봉 施·싱 ·ᄒᆞ·

信心(신심)을 두고 있는 善男子(선남자)와 善女人(선여인)이【信心(신심)은 믿는 마음이다.】저 부처의 世界(세계)에 나고자 發願(발원)하여야 하리 라.”그때에 世尊(세존)이 또 文殊師利(문수사리)더러 이르시되, “文殊師 利(문수사리)여, 모든 衆生(중생)이 좋으며 궂은 일을 모르고 오직 貪(탐) 하며 아까운 마음을 먹어, 布施(보시)와 布施(보시)하는

信신心심³²⁾ 뒷는³³⁾ 善쎤男남子중³⁴⁾ 善쎤女녕人싄³⁵⁾이【信신心심은 믿는 ᄆᆞᅀᆞ미라】뎌 부텻 世셍界갱예 나고져 發벓願원ᄒᆞ야ᅀᅡ³⁶⁾ ᄒᆞ리라 그 ᄢᅴ³⁷⁾ 世셍尊존이 ᄯᅩ 文문殊쓩師ᄉᆞ利링ᄃᆞ려³⁸⁾ 니ᄅᆞ샤ᄃᆡ³⁹⁾ 文문殊쓩師ᄉᆞ利링여 믈읫 衆즁生ᄉᆡᆼ이 됴ᄒᆞ며⁴⁰⁾ 구즌⁴¹⁾ 이ᄅᆞᆯ⁴²⁾ 모ᄅᆞ고⁴³⁾ 오직 貪탐ᄒᆞ며 앗가ᄫᅳᆫ⁴⁴⁾ ᄆᆞᅀᆞᄆᆞᆯ 머거 布봉施싱ᄒᆞ며⁴⁵⁾ 布봉施싱ᄒᆞᄂᆞᆫ

---

32) 信心: 신심. 종교를 믿는 마음이다.

33) 뒷는: 두(두다, 置)- + -Ø(← -어: 연어) + 잇(← 이시다: 있다, 완료 지속)- + -ᄂᆞ(현시)- + -ㄴ (관전) ※ '뒷는'은 '두어 잇는'에서 보조적 연결 어미인 '-어'가 탈락한 뒤에 두 어절이 한 어절로 축약된 형태이다.

34) 善男子: 선남자. 불교에 귀의한 남자이다.

35) 善女人: 선여인. 불교에 귀의한 여자이다.

36) 發願ᄒᆞ야ᅀᅡ: 發願ᄒᆞ[발원하다: 發願(발원) + -ᄒᆞ(동접)-]- + -야ᅀᅡ(← -아ᅀᅡ: -아야, 연어, 필연적 조건) ※ '發願(발원)'은 신이나 부처에게 소원을 비는 것이나 또는 그 소원이다.

37) 그 ᄢᅴ: 그(그, 彼: 관사, 지시, 정칭) # ᄢᅴ(← ᄢᅳ: 때, 時, 의명) + -의(-에: 부조, 위치, 시간)

38) 文殊師利ᄃᆞ려: 文殊師利(문수사리) + -ᄃᆞ려(-더러, -에게: 부조, 상대)

39) 니ᄅᆞ샤ᄃᆡ: 니ᄅᆞ(이르다, 言)- + -샤(← -시-: 주높)- + -ᄃᆡ(← -오ᄃᆡ: 연어, 설명의 계속)

40) 됴ᄒᆞ며: 둏(좋다, 善)- + -ᄋᆞ며(연어, 나열)

41) 구즌: 궂(궂다, 惡)- + -Ø(현시)- + -은(관전)

42) 이ᄅᆞᆯ: 일(일, 事) + -ᄋᆞᆯ(목조)

43) 모ᄅᆞ고: 모ᄅᆞ(모르다, 不識)- + -고(연어, 나열, 계기)

44) 앗가ᄫᅳᆫ: 앗갑[앗갑다, ㅂ불(아깝다, 惜): 았(← 앗기다: 아끼다, 惜, 동사)- + -압(형접)-]- + -Ø(현시)- + -은(관전)

45) 布施ᄒᆞ며: 布施ᄒᆞ[보시하다: 布施(보시: 명사) + -ᄒᆞ(동접)-]- + -며(연어, 나열) ※ '布施(보시)'는 자비심으로 남에게 재물이나 불법을 베푸는 것이다. 여기서 '報施ᄒᆞ며 報施ᄒᆞᄂᆞᆫ 果報를 몰라'는 『약사유리광여래본원공덕경』에는 '不知布施及施果報'로 표현되어 있다. 여기서는 '報施와 報施의 果報를 몰라'로 의역하여 옮긴다.

果·광報·봉·룰 몰·라쳔·량오·만:히뫼·호
·아두·고受·쓩苦·콩로·비딕·희·여이·셔·디
·리잇·거·든측·기·너·겨모·지마·라·슳·너·겨
·도·제모·맷고·기·롤버·혀내·는·시·너·겨
·며쏘貪·탐호無·뭉量·량有·읗情·쪙
·쳔량·올모·도아·두고·제·뿜·도오·히·려아
·니호·거·니와·하·물·며·어버·시들·내·야·주·며
·가·시·며子·중息·식·이·며죠·인·들·수·며·와

果報(과보)를 몰라 재물을 많이 모아 두고 受苦(수고)로이 지키어 있어서, (재물을) 빌리는 이가 있거든 惻隱(측은)히 여겨 마지 못하여 주는 것이라도 자기의 몸에 있는 고기를 베어 내는 듯이 여기며, 또 貪(탐)한 無量(무량)의 有情(유정)이 재물을 모아 두고 제가 쓰는 것도 오히려 아니 하거니와, 하물며 어버이에겐들 내어 주어 妻(처)이며 子息(자식)이며 종에겐들 주며, 와서

果_광報_봉⁴⁶⁾를 몰라⁴⁷⁾ 쳔랴을⁴⁸⁾ 만히 뫼호아⁴⁹⁾ 두고 受_쓩苦_콩ᄅᆞ비⁵⁰⁾ 딕
희여⁵¹⁾ 이셔⁵²⁾ 빌리⁵³⁾ 잇거든 츠기⁵⁴⁾ 너겨⁵⁵⁾ 모지마라⁵⁶⁾ 즇⁵⁷⁾ 디라도⁵⁸⁾
제 모맷 고기를 바혀⁵⁹⁾ 내는⁶⁰⁾ ᄃᆞ시⁶¹⁾ 너겨 ᄒᆞ며 ᄯᅩ 貪_탐ᄒᆞᆫ 無_뭉
量_량 有_울情_쪙이 쳔랴을 모도아⁶²⁾ 두고 제 ᄡᅮᆷ도⁶³⁾ 오히려 아니 ᄒᆞ
거니⁶⁴⁾ ᄒᆞ믈며⁶⁵⁾ 어버실ᄃᆞᆯ⁶⁶⁾ 내야 주며 가시며⁶⁷⁾ 子_중息_식이며 죠인
ᄃᆞᆯ⁶⁸⁾ 주며 와

46) 果報: 과보. 인과응보(因果應報). 전생에 지은 선악에 따라 현재의 행과 불행이 있고, 현세에서
의 선악의 결과에 따라 내세에서 행과 불행이 있는 일이다.

47) 몰라: 몰ㄹ(← 모ᄅᆞ다: 모르다, 不知)- + -아(연어)

48) 쳔랴을: 쳔량(재물, 財) + -을(목조)

49) 뫼호아: 뫼호(모으다, 聚)- + -아(연어)

50) 受苦ᄅᆞ비: [수고로이, 勤(부사): 受苦(명사) + -ᄅᆞ(← -ᄅᆞᆸ-: 형접)- + -이(부접)]

51) 딕희여: 딕희(지키다, 守護)- + -여(← -어: 연어)

52) 이셔: 이시(있다: 보용, 완료 지속)- + -어(연어)

53) 빌리: 빌(빌리다, 乞)- + -ㄹ(관전) # 이(이, 사람, 者) + -Ø(← -이: 주조)

54) 츠기: [측은히, 측은하게, 惜(부사): 惻(측: 불어) + -이(부접)]

55) 너겨: 너기(여기다, 思)- + -어(연어)

56) 모지마라: 모지말(마지 못하다, 不喜)- + -아(연어)

57) 즇: 주(주다, 授)- + -ㅭ(관전)

58) 디라도 : ㄷ(← ᄃᆞ: 것, 의명) + -이(서조)- + -라도(← -아도: 연어, 양보)

59) 바혀: 바히[베다, 割: 밯(← 벟다: 베어지다, 斬, 자동)- + -이(사접)-]- + -어(연어)

60) 내는: 내[내다, 生: 나(나다, 生: 자동)- + -ㅣ(← -이-: 사접)-]- + -ᄂᆞ(←-ᄂᆞ-: 현시)- + -ㄴ
(관전) ※ '내는'은 '내ᄂᆞᆫ'을 오각한 형태이다.

61) ᄃᆞ시: [듯이(의명, 흡사): ᄃᆞᆺ(듯: 의명, 흡사) + -이(명접)]

62) 모도아: 모도[모으다, 積集: 몯(모이다, 集: 자동)- + -오(사접)-]- + -아(연어)

63) ᄡᅮᆷ도: ᄡᅳ(← 쓰다: 쓰다, 사용하다, 用)- + -움(명전) + -도(보조사, 강조)

64) ᄒᆞ거니: ᄒᆞ(하다, 爲)- + -거(확인)- + -니(연어, 설명의 계속)

65) ᄒᆞ믈며: 하물며, 況(부사)

66) 어버실ᄃᆞᆯ: 어버시[어버이, 父母: 어버(← 아비: 아버지, 父) + 싀(← 어싀: 어머니, 母)] + -ㄴᄃᆞᆯ
(← -인ᄃᆞᆯ: -인들, 보조사, 양보) ※ '어버실ᄃᆞᆯ'은 '어버인에겐들'로 의역하여 옮긴다.

67) 가시며: 갓(처, 아내, 妻) + -이며(접조)

68) 죠인ᄃᆞᆯ: 죵(종, 奴婢) + -인ᄃᆞᆯ(보조사, 양보)

:비·눈 사·ᄅᆞᆯ주·리어 이런 有ᅌᅮᆨ情쪙 돌
ᄒᆞ이·에셔주그·면 餓ᅌᅡᆼ鬼귕 어·나 畜튝
生ᄉᆡᆼ 이·어나ᄃᆞ외리니 人신間간 애·이
藥·약師숭 瑠륭璃링光광 如ᅀᅧᆼ來ᄛᆡᆼ
ᄉᆞ 일후·믈잠·ᄭᅡᆫ듣ᄌᆞᄫᆞᆫ젼ᄎᆞ·로 惡·학趣
ᄒᆞ·예이·셔도·뎌 如ᅀᅧᆼ來ᄛᆡᆼ ᄉᆞ 일후·믈잠
·ᄉᆞᆫ싱각ᄒᆞ면즉자·히뎌에·셔업·서도·로
人신間간·애·나·아 惡·학趣충·의受쓩苦

(재물을) 빌리는 사람에게 주겠느냐? 이런 有情(유정)들은 여기서 죽으면 餓鬼(아귀)거나 畜生(축생)이거나 되겠으니, 人間(인간)에 있어서 藥師瑠璃光如來(약사유리광여래)의 이름을 잠깐 들은 까닭으로 惡趣(악취)에 있어도 저 如來(여래)의 이름을 잠깐 생각하면, 즉시 저기(= 惡趣)서 없어져서 도로 人間(인간)에 나서 惡趣(악취)의 受苦(수고)를

비는⁶⁹⁾ 사루물⁷⁰⁾ 주리여⁷¹⁾ 이런 有_율情_쪙들흔⁷²⁾ 이에셔⁷³⁾ 주그면 餓_앙

鬼_귕어나⁷⁴⁾ 畜_흉生_싱이어나⁷⁵⁾ 두외리니⁷⁶⁾ 人_신間_간⁷⁷⁾애 이셔 藥_약師_승瑠

_륳璃_링光_광如_영來_링ㅅ 일후믈 잠깐⁷⁸⁾ 듣즈분⁷⁹⁾ 젼ᄎ로⁸⁰⁾ 惡_학趣_츙예 이

셔도 뎌 如_영來_링ㅅ 일후믈 잠깐 싱각ᄒ면⁸¹⁾ 즉자히⁸²⁾ 뎌에셔⁸³⁾ 업

서⁸⁴⁾ 도로⁸⁵⁾ 人_신間_간애 나아⁸⁶⁾ 惡_학趣_츙의 受_쓩苦_콩를

---

69) 비는: 비(← 빌다: 빌리다, 乞)- + -ᄂ(현시)- + -ㄴ(관전)

70) 사루믈: 사룸(사람, 人) + -ᄋᆯ(목조, 보조사적 용법, 의미상 부사격) ※ 이때의 '-ᄋᆯ'은 보조사 적인 용법으로 쓰였는데, 부사격으로 보아서 '사람에게'로 옮길 수 있다.

71) 주리여: 주(주다, 與)- + -리(미시)- + -여(← -아 ← -가: 의종, 판정)

72) 有情들흔: 有情들ㅎ[유정들: 有情(유정, 생명체: 명사) + -들ㅎ(-들: 복접)] + -은(보조사, 주제)

73) 이에셔: 이에(여기, 此: 지대, 정칭) + -셔(-서: 보조사, 위치 강조)

74) 餓鬼어나: 餓鬼(아귀) + -어나(← -이어나: -이거나, 보조사, 선택)

75) 畜生이어나: 畜生(축생) + -이어나(-이거나: 보조사, 선택)

76) 두외리니: 두외(되다, 爲)- + -리(미시)- + -니(연어, 설명의 계속, 이유)

77) 人間: 인간. 사람이 사는 세상이다.

78) 잠깐: [잠깐, 暫間: 잠(잠시, 暫: 불어) + -ㅅ(관조, 사잇) + 間(간)]

79) 듣즈분: 듣(듣다, 聞)- + -ᄌᆞᇦ(← -ᄌᆞᆸ-: 객높)- + -Ø(과시)- + -은(관전)

80) 젼ᄎ로: 젼ᄎ(까닭, 이유, 由: 명사) + -로(부조, 방편)

81) 싱각ᄒ면: 싱각ᄒ[생각하다, 念: 싱각(생각, 念: 명사) + -ᄒ(동접)-] + -면(연어, 조건)

82) 즉자히: 즉시. 卽(부사)

83) 뎌에셔: 뎌에(저기, 彼: 지대, 정칭) + -셔(-서: 보조사, 위치 강조)

84) 업서: 없(없어지다, 沒: 동사)- + -어(연어)

85) 도로: [도로, 還(부사): 돌(돌다, 回: 동사)- + -오(부접)]

86) 나아: 나(나다, 生)- + -아(연어)

콩
·몰·저·허 貪 탐
로 貪 欲 욕
布 봉
施 ·올·즐·기·디·아·니·호
성
승

(한문·한글 혼용 원문 이미지)

고·기·라·도·비·는·사·라·미·녀·쏘文 문
맷·고·기·라·도·비·는·사·라·미·녀·쏘 殊 쓩
·몰·며·눈·이·며·손·발·이·며·모·매·이·쇼
·아·니·호·야·머·리·며·누·니·며·손·과·발·와·니·며·모·매·이·쇼
·고布施·즐·겨·뒷·논·거·슬·앗·기·디·아·니·호
師 승
来 링
利 링
道 똥
利링
理 리
情정
如 尸 싱
尸싱
羅랑
물·혀·며
戒갱
라·호
尸싱
羅랑
논·맛
淸정
淨쪙
尸

두려워하여 貪欲(탐욕)을 즐기지 아니하고, 布施(보시)를 즐겨서 가지고 있는 것을 아끼지 아니하여, 머리며 눈이며 손발이며 몸에 있는 고기라도 빌리는 사람에게 주겠으니, 하물며 다른 재물이야? 또 文殊師利(문수사리)여, 모든 有情(유정)이 비록 如來(여래)께 道理(도리)를 배우다가도 尸羅(시라)를 헐며【尸羅(시라)는 淸淨(청정)한 戒(계)라 하는 말이다. 】, 尸羅(시라)를

저허⁸⁷⁾ 貪_탐欲_욕을 즐기디⁸⁸⁾ 아니ᄒᆞ고 布_봉施_싱를 즐겨 뒷논⁸⁹⁾ 거슬 앗기디⁹⁰⁾ 아니ᄒᆞ야 머리며 누니며 손바리며 모맷⁹¹⁾ 고기라도⁹²⁾ 비ᄂᆞᆫ 사ᄅᆞ믈 주리어니⁹³⁾ ᄒᆞ믈며 녀나ᄆᆞᆫ⁹⁴⁾ 쳔랴이ᄹᆞ녀⁹⁵⁾ ᄯᅩ 文_문殊_쓩師_{ᄉᆞᆼ}利_링여 믈읫 有_{ᅇᅮᆯ}情_쪙이 비록 如_{ᅀᅧᆼ}來_링ㅅ 道_똘理_링 ᄇᆡ호다가도⁹⁶⁾ 尸_싱羅_랑⁹⁷⁾를 헐며⁹⁸⁾ 【尸_싱羅_랑ᄂᆞᆫ 淸_쳥淨_쪙ᄒᆞᆫ 戒_갱라 ᄒᆞ논 마리라】 尸_싱羅_랑를

---

87) 저허: 젛(두려워하다, 畏)- + -어(연어)

88) 즐기디: 즐기[즐기다, 樂: 즑(즐거워하다, 歡: 자동)- + -이(사접)-]- + -디(연어, 부정)

89) 뒷논: 두(두다, 置)- + -∅(← -어: 연어) + 잇(← 이시다: 있다, 보용, 완료 지속)- + -ᄂᆞ(← -ᄂᆞ-: 현시)- + -오(대상)- + -ㄴ(관전) ※ '뒷논'은 '두어 잇논'에서 보조적 연결 어미인 '-어'가 탈락한 뒤에 두 어절이 한 어절로 축약된 형태이다. '가지고 있는'으로 의역하여 옮길 수 있다.

90) 앗기디: 앗기(아끼다, 惜)- + -디(-지: 연어, 부정)

91) 모맷: 몸(몸, 身) + -애(-에: 부조, 위치) + -ㅅ(-의: 관조)

92) 고기라도: 고기(고기, 肉) + -∅(서조)- + -라도(← -아도: 연어, 양보)

93) 주리어니: 주(주다, 授)- + -리(미시)- + -어(확인)- + -니(연어, 설명의 계속)

94) 녀나ᄆᆞᆫ: [그 밖의, 다른, 餘(관사): 녀(← 녀느, 他: 관사) + 남(남다, 餘)- + -ᄋᆞᆫ(관전 ▷ 관접)]

95) 쳔랴이ᄹᆞ녀: 쳔량(재물, 財物) + -이ᄹᆞᆫ(보조사, 반어적 강조) + -여(← -이여: 호조, 영탄)

96) ᄇᆡ호다가도: ᄇᆡ호(배우다, 學)- + -다가(연어, 동작의 전환) + -도(보조사, 첨가)

97) 尸羅: 시라. 산스크리트어 śīla 팔리어 sīla의 음사로서, 계(戒)라고 번역한다. 불교에 귀의한 자가 선(善)을 쌓기 위해 지켜야 할 규범이다.

98) 헐며: 헐(헐다, 破)- + -며(연어, 나열)

싱羅(랑)·롤 아·니 허·러도 軌(귕)則(즉)·을 헐·며【舉(겅)軌(귕)動(뚱)則(즉)·을 니르니·라 尸(싱)羅(랑) 軌(귕)則(즉)·을】 아·니 허·러도 正(졍)·히 보·물 아·니 허·러도 正(졍)·히 ᄒᆞ보·몰 아·니 허·러도 正(졍)·히 보·물 아·니 허·러도 ᄒᆞ보·몰 헐 부·려 부텨 니·르·샨 經(경)·엣 기·픈 ᄠᅳ·들 아·디 몯·ᄒᆞ·며 더 增(증)호·며 더 增(증)호·며 得(득)·라 호·라·니·씨·몬 證(징)·니·엔 得(득) 道(돟)·혼 理(링)法(법) 비·록 ·해 드·러도 增(증)上(썅)慢(만) 得(득) 慢(만) 得(득) 道(돟) 理(링) 法(법) 證(징) ·엔 得(득) 道(돟) ·혼 理(링) 法(법)

아니 헐어도 軌則(궤칙)을 헐며【軌則(궤칙)은 法(법)인 擧動(거동)을 일렀니라.】, 尸羅(시라)와 軌則(궤칙)을 아니 헐어도 正(정)하게 보는 것을 헐며, 正(정)하게 보는 것을 아니 헐어도 많이 듣는 것을 버려서 부처가 이르신 經(경)에 있는 깊은 뜻을 알지 못하며, 비록 많이 들어도 增上慢(증상만)하며【增(증)은 더하는 것이요 慢(만)은 남을 소홀히 여기는 것이니, 못 得(득)한 法(법)을 得(득)하였다 하며 못 證(증)한 道理(도리)를 證(증)하였다 하여, 자기가 實(실)에는 사납되 아니 허러도⁹⁹⁾ 軌_귕則_즉¹⁰⁰⁾을 헐며【軌_귕則_즉은 法_법이니 擧_겅動_똥¹⁾을 니르니라²⁾】尸_싱羅_랑 軌_귕則_즉을 아니 허러도 正_졍흔 보물³⁾ 헐며 正_졍흔 보물 아니 허러도 해⁴⁾ 드로물⁵⁾ 브려⁶⁾ 부텨 니르샨⁷⁾ 經_겅엣⁸⁾ 기픈 쁘들⁹⁾ 아디 몯ᄒ며 비록 해 드러도 增_증上_쌍慢_만¹⁰⁾ᄒ며【增_증은 더을¹¹⁾ 씨오 慢_만은 ᄂᆞᆷ¹²⁾ 므더니¹³⁾ 너길 씨니 몯 得_득혼 法_법을 得_득호라¹⁴⁾ ᄒ며 몯 證_징혼¹⁵⁾ 道_똘理_링를 證_징호라 ᄒ야 제¹⁶⁾ 實_씷엔¹⁷⁾ 사오나보ᄃᆡ¹⁸⁾

---

99) 허러도: 헐(헐다, 破)-+-어도(연어, 양보)

100) 軌則: 궤칙. 본보기. 거동. 규범으로 삼고 배우는 것이다.

1) 擧動: 거동. 행동의 규범이다.

2) 니르니라: 니르(이르다, 曰)-+-Ø(과시)-+-니(원칙)-+-라(←-다: 평종)

3) 보물: 보(보다, 見)-+-ㅁ(←-옴: 명전)+-올(목조) ※ '正흔 봄'은 '정견(正見)'이다. 팔정도의 하나로서, 사제(四諦)의 이치를 알고, 제법(諸法)의 참된 모습을 바르게 판단하는 지혜이다.

4) 해: [많이, 多(부사): 하(많다, 크다, 多, 大)-+-이(부접)]

5) 드로물: 들(←듣다, ㄷ불: 듣다, 聞)-+-옴(명전)+-올(목조)

6) 브려: 브리(버리다, 棄)-+-어(연어)

7) 니르샨: 니르(이르다, 曰)-+-샤(←-시-: 주높)-+-Ø(과시)-+-ㄴ(관전)

8) 經엣: 經(경, 經典)+-에(부조, 위치)+-ㅅ(-의: 관조)

9) 쁘들: 뜯(뜻, 意)+-을(목조)

10) 增上慢: 증상만. 사만(四慢)의 하나. 최상의 교법과 깨달음을 얻지 못하고서 이미 얻은 것처럼 교만하게 우쭐대는 마음을 이른다. ※ '四慢(사만)'은 네 가지 교만한 마음인데, '증상만(增上慢), 비하만(卑下慢), 아만(我慢), 사만(邪慢)' 등이 있다.

11) 더을: 더으(더하다, 加)-+-을(관전)

12) ᄂᆞᆷ: 남, 他人.

13) 므더니: [소홀하게, 대수롭지 않게, 慢, 蔑(부사): 므던(←므던ᄒ다: 소홀하다, 慢, 형사)-+-이(부접)]

14) 得호라: 得ᄒ[←得ᄒ다(득하다, 얻다): 得(득: 불어)+-ᄒ(동접)-]-+-Ø(과시)-+-오(화자)-+-라(←-다: 평종)

15) 證혼: 證ᄒ[證ᄒ다(증하다, 깨닫다): 證(증: 불어)+-ᄒ(동접)-]-+-Ø(과시)-+-오(대상)-+-ㄴ(관전)

16) 제: 저(저, 己: 인대, 재귀칭)+-ㅣ(←-이: 주조)

17) 實엔: 實(실, 실제)+-에(부조, 위치)+-ㄴ(←-는: 보조사, 주제)

18) 사오나보ᄃᆡ: 사오날(←사오납다, ㅂ불: 사납다, 惡)-+-오ᄃᆡ(-되: 연어, 설명의 계속)

> ᄂᆞ 딘 너 웃 ː사 룸 두 고 더 은 양 ·ᄒᆞ·야 法·법 ·멉 므 더
> 이·쌍 慢 ·만 增 증 上 慢 ·쌍·만 ·ᄒᆞ·니 ː더 니 너 ·길·쎄 增 증 上
> ·슴·미 ·구·리 ·ᄂᆞ·니 그 ·럴 ·ᄊᆡ 제 ·올·호·라 ·ᄒᆞ·ᄂᆞᆫ 젼 ·ᄎᆞ ·로·ᄆ
> ·ᄂᆞ 몰 ·외 ·다 ·ᄒᆞ·야 正 ·정 法 ·법 ·을 비 우 ·ᅀᅥ 魔
> ·망 :인 ·ᄒᆞ 黨 ·당 曲 ·콕 ·ᄒᆞ 보 ·ᄆᆞᆯ ·ᄒᆞ ·고 ·ᄯᅩ 無·뭉
> 른 문 제 邪 ·쌍 曲 ·ᄒᆞ 이 ·크 어 ·려·본·구·데 ·ᄠᅥ·러
> 量 ·량 有 ·융 情 ·쩡 ·이·큰 어·려·본 有 ·융 情 ·쩡 ·둘 ·히 地 ·띵
> 디·긔·ᄒᆞ·ᄂᆞ·니·이·런 有 ·융 情 ·쩡 ·둘·히 地·띵

위사람보다 더한 양하여, 法(법)을 소홀하게 여기며 사람을 소홀하게 여기는 것이 增上慢(증상만)이다. 】 增上慢(증상만)하는 까닭으로 마음이 가리나니, 그러므로 자기가 옳다 하고 남을 그르다 하여 正法(정법)을 비웃어 魔(마)의 한 黨(당)이 되겠으니, 이러한 어리석은 사람은 자기가 邪曲(사곡)하게 보는 것을 하고, 또 無量(무량)한 有情(유정)이 큰 어려운 구덩이에 떨어지게 하나니, 이런 有情(유정)들이 地獄(지옥)과

웃사ᄅᆞᆷ두고[19] 더은[20] 양[21] ᄒᆞ야 法법 므더니 너기며 사ᄅᆞᆷ 므더니 너길 씨[22] 增중上썅慢만이라】 增중上썅慢만ᄒᆞᆫ 젼ᄎᆞ로 ᄆᆞᅀᆞ미 ᄀᆞ리ᄂᆞ니[23] 그럴ᄊᆡ[24] 제 올호라[25] ᄒᆞ고 ᄂᆞᄆᆞᆯ[26] 외다[27] ᄒᆞ야 正졍法법[28]을 비우ᅀᅥ[29] 魔망[30]ᄋᆡ ᄒᆞᆫ 黨당[31]이 ᄃᆞ외리니[32] 이런 어린[33] 사ᄅᆞᄆᆞᆫ 제 邪썅曲콕[34]ᄒᆞᆫ 보ᄆᆞᆯ ᄒᆞ고 ᄯᅩ 無뭉量량 有ᅌᅮᇢ情쪙이 큰 어려ᄫᅳᆫ[35] 구데[36] ᄢᅥ러디긔[37] ᄒᆞᄂᆞ니 이런 有ᅌᅮᇢ情쪙ᄃᆞᆯ히 地띵獄옥

---

19) 웃사ᄅᆞᆷ두고: 웃사ᄅᆞᆷ[윗사람, 上人: 우(← 우ㅎ: 위, 上) + -ㅅ(관조, 사잇) + 사ᄅᆞᆷ(사람, 人)] + -두고(-보다: 부조, 비교) ※ '웃사람'은 '上人(상인)'을 직역한 말인데, '上人(상인)'은 지혜와 덕을 갖추어 타인의 스승이 될 수 있는 고승(高僧)을 이른다.

20) 더은: 더으(더하다, 낫다, 優)- + -Ø(현시)- + -ㄴ(관전)

21) 양: 양, 樣(의명, 흡사)

22) 씨: ㅆ(← ᄉᆞ: 것, 者, 의명) + -이(주조)

23) ᄀᆞ리ᄂᆞ니: ᄀᆞ리(가리다, 蔽)- + -ᄂᆞ(현시)- + -니(연어, 설명의 계속)

24) 그럴ᄊᆡ: [그러므로, 故(부사, 이유): 그러(← 그러ᄒᆞ다: 그러하다, 형사)- + -ㄹᄊᆡ(-므로: 연어 ▹부접)]

25) 올호라: 옳(옳다, 是)- + -Ø(현시)- + -오(화자)- + -라(← -다: 평종)

26) ᄂᆞᄆᆞᆯ: ᄂᆞᆷ(남, 他) + -ᄋᆞᆯ(목조)

27) 외다: 외(그르다, 非)- + -Ø(현시)- + -다(평종)

28) 正法: 정법. 올바른 교법(敎法)이다.

29) 비우ᅀᅥ: 비우ᇫ[← 비웃다, ㅅ불(비웃다, 嫌謗): 비(접두, 강조)- + 웃(웃다, 笑)-]- + -어(연어) ※ '비-'는 '힘껏'의 뜻을 더하는 강조 접두사이다.

30) 魔: 마. 사람의 마음을 홀려 제정신을 차리지 못하게 하고, 불도 수행을 방해하여 악한 길로 유혹하는 나쁜 귀신이다.

31) 黨: 당. 무리. 패거리.

32) ᄃᆞ외리니: ᄃᆞ외(되다, 爲)- + -리(미시)- + -니(연어, 설명의 계속)

33) 어린: 어리(어리석다, 愚)- + -Ø(현시)- + -ㄴ(관전)

34) 邪曲: 사곡. 요사스럽고 교활한 것이다. ※ '邪曲ᄒᆞᆫ 봄'은 사견(邪見)을 직역한 말인데, '사견(邪見)'은 십악의 하나이다. 인과(因果)의 도리를 무시하는 그릇된 견해를 이른다.

35) 어려ᄫᅳᆫ: 어려ᇦ(← 어렵다, ㅂ불: 어렵다, 險)- + -Ø(현시)- + -ㄴ(관전)

36) 구데: 굳(구덩이, 坑) + -에(부조, 위치)

37) ᄢᅥ러디긔: ᄢᅥ러디[떨어지다, 墮: ᄢᅥᆯ(떨치다, 離)- + -어(연어) + 디(지다: 보용, 피동)-]- + -긔(-게: 연어, 사동)

獄·옥 餓·앙 鬼·귕 畜·튱 生·싱 애그·지 업시
두루 돋·니다가 이 藥·약師·숭瑠·륳璃·링
光·광如·영來·링ㅅ 일·후·믈 드르면 惡·학
趣·츙예 아·니 디리·니 비·록 모·딘 힝·뎍
·을 ㅂ·리·고 됴·흔 法·법
무·리·고 됴·흔 法·법 닷·가 ㄱ·몰·ᄒᆞ·야 惡·학
趣·츙예 ·뻐·러·디·고·도 如·영來·링ㅅ 本
·본 願·원 威·훵力·륵 ·으·로 알·피 ·뫼·샤 ·일·훔

餓鬼(아귀)와 畜生(축생)에 그지없이 두루 다니다가, 이 藥師瑠璃光如來 (약사유리광여래)의 이름을 들으면 모진 행적(行績)을 버리고 좋은 法(법) 을 닦아 惡趣(악취)에 아니 떨어지겠으니, 비록 모진 행적(行績)을 버리고 좋은 法(법)을 닦는 것을 못하여 惡趣(악취)에 떨어지고도, 저 如來(여래) 의 本願(본원)과 威力(위력)으로 앞에 보이시어 이름을

餓ᅌᅡᆼ鬼귕 畜튝生ᄉᆡᆼ애 그지업시³⁸⁾ 두루³⁹⁾ ᄃᆞ니다가⁴⁰⁾ 이 藥약師ᄉᆞᆼ瑠률璃
링光광如ᅀᅧᆼ來ᄅᆡᆼㅅ 일후믈 듣ᄌᆞᄫᆞ면⁴¹⁾ 모딘 ᄒᆡᇰ뎌글⁴²⁾ ᄇᆞ리고 됴ᄒᆞᆫ 法
법을 닷가⁴³⁾ 惡학趣츙예 아니 디리니⁴⁴⁾ 비록 모딘 ᄒᆡᇰ뎍 ᄇᆞ리고 됴
ᄒᆞᆫ 法법 닷고믈⁴⁵⁾ 몯ᄒᆞ야 惡학趣츙예 ᄩᅥ러디고도⁴⁶⁾ 뎌 如ᅀᅧᆼ來ᄅᆡᆼㅅ
本본願원⁴⁷⁾ 威ᄒᆡᆼ力륵⁴⁸⁾으로 알ᄑᆡ⁴⁹⁾ 뵈샤⁵⁰⁾ 일후믈

---

38) 그지업시 : [그지없이, 끝없이, 無窮(부사) : 그지(끝, 한도, 窮 : 명사) + 없(없다, 無 : 형사)- + -
이(부접)]

39) 두루: [두루, 轉(부사): 둘(← 두르다: 두르다, 廻)- + -우(부접)]

40) ᄃᆞ니다가: ᄃᆞ니[다니다, 流行: ᄃᆞᆮ(닫다, 달리다, 走)- + 니(가다, 行)-]- + -다가(연어, 동작의
전환)

41) 듣ᄌᆞᄫᆞ면: 듣(듣다, 聞)- + -ᄌᆞᇦ(←-ᄌᆞᆸ-: 객높)- + -ᄋᆞ면(연어, 조건)

42) ᄒᆡᇰ뎌글: ᄒᆡᇰ뎍(행적, 行績) + -을(목조)

43) 닷가: 닦(닦다, 修)- + -아(연어)

44) 디리니: 디(떨어지다, 墮)- + -리(미시)- + -니(연어, 설명의 계속)

45) 닷고믈: 닦(닦다, 修)- + -옴(명전) + -을(목조)

46) ᄩᅥ러디고도: ᄩᅥ러디[떨어지다, 墮: ᄩᅥᆯ(떨치다, 離)- + -어(연어) + 디(지다: 보용, 피동)-]- + -
고도(연어, 불구)

47) 本願: 본원. 부처가 되기 이전, 즉 보살로서 수행할 때에 세운 서원(誓願)이다.

48) 威力: 위력. 상대를 압도할 만큼 강력한 것이나 또는 그런 힘이다.

49) 알ᄑᆡ: 앒(앞, 前) + -ᄋᆡ(-에: 부조, 위치)

50) 뵈샤: 뵈[보이다, 現: 보(보다, 見)- + -ㅣ(←-이-: 사접)-]- + -샤(←-시-: 주높)- + -∅(←-
아: 연어)

:잠간 듣·게 ·ᄒ시·면 ·이 ·미 ·에 ·셔 주 ·거 ·도로 人
間·간 애 나·아 出·쓩家·강·ᄒ·야 正·정
:보·룛 :허디 아·니·ᄒ·며 :해드·러 기·픈·ᄠ·들
·알·며 增·ᄌᆞᆼ上·쌍慢·만·ᄋᆞᆯ·여 ·히·여 正·정法·법
·니·외·야 漸·쪔漸·쪔 修·슝行·ᅘᅵᇰ·ᄒ·야 圓
원滿·만·을 ·ᄲᆞᆯ·리 得·득 ·ᄒ·리·라·도 文·문殊·쓩
師·ᄉᆞ利·링·여 :믈·읫 有·ᇢ情·쩡·이 貪·탐

잠깐 듣게 하시면, 거기(= 惡趣)에서 죽어 도로 人間(인간)에 나서 出家(출가)하여 正(정)한 봄(= 正見)을 헐지 아니하며, 많이 들어 깊은 뜻을 알며 增上慢(증상만)을 떠나서 正法(정법)을 비웃지 아니하여 魔(마)의 벗이 아니 되어서, 漸漸(점점) 修行(수행)하여 圓滿(원만)을 빨리 得(득)하리라. 또 文殊師利(문수사리)여, 모든 有情(유정)이 貪(탐)하고

잢간 들이시면[51] 뎌에셔[52] 주거[53] 도로 人신間간[54]애 나아 出츓家강ᄒᆞ야 正졍ᄒᆞᆫ 보몰[55] 허디[56] 아니ᄒᆞ며 해[57] 드러 기픈 ᄠᅳ들 알며 增증上쌍慢만을 여희여[58] 正졍法법[59]을 비웃디 아니ᄒᆞ야 魔망[60]이 버디[61] 아니 ᄃᆞ외야 漸쪔漸쪔[62] 修슣行ᄒᆡᆼᄒᆞ야 圓원滿만[63]을 ᄲᆞᆯ리[64] 得득ᄒᆞ리라 ᄯᅩ 文문殊쓭師ᄉᆞ利링여 믈읫 有ᅀᅮᆸ情쪙이 貪탐ᄒᆞ고

---

51) 들이시면: 들이[듣게 하다, 令聞: 들(← 듣다, ㄷ불: 들다, 聞)- + -이(사접)-]- + -시(주높)- + -면(연어, 조건)

52) 뎌에셔: 뎌에(저기, 彼: 지대, 정칭) + -셔(-서: 보조사, 위치 강조) ※ '뎌에'는 원래 '저기'의 뜻으로 쓰이는 장소 지시 대명사인데, 앞에서 제시된 '악취(惡趣)'를 대용한다. 여기서는 문맥을 감안하여 '거기'로 의역하여서 옮긴다.

53) 주거: 죽(죽다, 死)- + -어(연어)

54) 人間: 인간. 인간이 사는 세상이다.

55) 正ᄒᆞᆫ 봄: 정견(正見)을 직역한 말이다. '正見(정견)'은 팔정도의 하나이다. 사제(四諦)의 이치를 알고, 제법(諸法)의 참된 모습을 바르게 판단하는 지혜이다.

56) 허디: 허(← 헐다, 毁犯)- + -디(-지: 연어, 부정)

57) 해: [많이, 多(부사): 하(많다, 多: 형사)- + -이(부접)]

58) 여희여: 여희(떠나다, 떨치다, 離)- + -여(← -어: 연어)

59) 正法: 정법. 올바른 교법(教法)이다.

60) 魔: 마. 산스크리트어 māra의 음사인 '마라(魔羅)'의 준말이다. 수행을 방해하고 중생을 괴롭히는 온갖 번뇌이다.

61) 버디: 번(벗, 友) + -이(보조)

62) 漸漸: 점점(부사). 조금씩 더하거나 덜하여지는 모양이다.

63) 圓滿: 원만. 조금도 결함(缺陷)이나 부족(不足)함이 없는 것이다.

64) ᄲᆞᆯ리: [빨리, 速(부사): ᄲᆞᆯᄅᆞ(← ᄲᆞᄅᆞ다: 빠르다, 速, 형사)- + -이(부접)]

ᄒᆞ고 새욤 몰·라 제 모·ᄆᆞᆯ 기·리·고 ·ᄂᆞᆷ·을 ·허
·러 三삼惡·악趣츙·예 ᄠᅥ·러·디·여 無뭉量량
량 千쳔歲솅 間간·애 受쓩苦콩 ᄒᆞ·다·가 뎌·에
셔 주·거 人신間·애 나·고·도 쇼·ㅣ어·나 ᄆᆞ
리어·나 약대·어·나 라귀어·나 ·도·외·야 長땅
·땅常쌍 채 맛·고 주으·룜·과 목·ᄆᆞ·ᄅᆞ·모·로
受쓩苦콩 ᄒᆞ·며 ·ᄯᅩ 長땅常쌍 므거·븐 거
·슬·지·여 길·홀 조·차 ᄃᆞᆫ·니·다·가 시·혹 :사ᄅᆞᆷ

샘발라서 자기의 몸을 칭찬하고 남을 헐어, 三惡趣(삼악취)에 떨어져 無量(무량) 千歲(천세)를 受苦(수고)하다가 거기(= 三惡趣)서 죽어, 人間(인간)에 나고도 소이거나 말이거나 낙타이거나 나귀이거나 되어, 長常(장상) 채로 맞고 굶주림과 목마름으로 受苦(수고)하며, 또 長常(장상) 무거운 것을 지어서 길을 쫓아 다니다가, 혹시 사람이

새옴블라⁶⁵⁾ 제 모믈 기리고⁶⁶⁾ ᄂᆞ믈⁶⁷⁾ 허러 三삼惡학趣츙⁶⁸⁾예 ᄲᅥ러디
여 無뭉量량 千천歲쉥를 受쓭苦콩ᄒᆞ다가 뎌에셔 주거 人신間간⁶⁹⁾애
나고도 쇠어나⁷⁰⁾ ᄆᆞ리어나⁷¹⁾ 약대어나⁷²⁾ 라귀어나⁷³⁾ ᄃᆞ외야 長땽常쌍
채⁷⁴⁾ 맛고⁷⁵⁾ 주으륨과⁷⁶⁾ 목ᄆᆞ로ᄆᆞ로⁷⁷⁾ 受쓭苦콩ᄒᆞ며 ᄯᅩ 長땽常쌍 므거
븐⁷⁸⁾ 거슬 지여⁷⁹⁾ 길흘 조차 ᄃᆞ니다가 시혹⁸⁰⁾ 사ᄅᆞ미

---

65) 새옴블라: 새옴블ㄹ[← 새옴ᄇᆞᆯᆞ다(샘바르다, 嫉妬): 새옴(샘: 명사) + ᄇᆞᆯᆞ(굳다, 되다, 堅)-]-
+ -아(연어) ※ '새옴ᄇᆞᆯᆞ다(샘바르다)'는 시샘(嫉妬)이 심한 것이다.

66) 기리고: 기리(기리다, 칭찬하다, 讚)- + -고(연어, 나열)

67) ᄂᆞ믈: 놈(남, 他) + -을(목조)

68) 三惡趣: 삼악취. 악인이 죽어서 가는 세 가지의 괴로운 세계(지옥도, 축생도, 아귀도)이다.

69) 人間: 인간. 사람이 사는 세상이다.

70) 쇠어나: 쇼(소, 牛) + -ㅣ어나(←-이어나: -이거나, 보조사, 선택)

71) ᄆᆞ리어나: ᄆᆞᆯ(말, 馬) + -이어나(-이거나: 보조사, 선택)

72) 약대어나: 약대(낙타, 駱) + -ㅣ어나(←-이어나: -이거나, 보조사, 선택)

73) 라귀어나: 라귀(나귀, 당나귀, 驢) + -어나(←-이어나: -이거나, 보조사, 선택)

74) 채: 채찍. 鞭.

75) 맛고: 맛(← 맞다: 맞다, 被撻)- + -고(연어, 나열)

76) 주으륨과: 주으리(주리다, 飢)- + -움(명전) + -과(접조)

77) 목ᄆᆞ로ᄆᆞ로: 목ᄆᆞᆯㄹ[← 목ᄆᆞᆯᆞ다(목마르다, 渴): 목(목, 喉) + ᄆᆞᆯᆞ(마르다, 乾)-]- + -옴(명전) +
-ᄋᆞ로(부조, 방편)

78) 므거븐: ① 므겁[← 므겁다, ㅂ불(무겁다, 重): 므기(무겁게 하다)- + -업(형접)-]- + -Ø(현
시)- + -은(관전) ② 므겁[← 므겁다, ㅂ불(무겁다, 重): *믁(무거워하다: 불어)- + -업(형
접)-]- + -Ø(현시)- + -은(관전)

79) 지여: 지(지다, 負)- + -여(←-어: 연어)

80) 시혹 : 혹시, 或(부사)

믿오도 노가 ᄂᆞ미 죠이 ᄃᆞ외야
ᄂᆞ민브른 일 ᄃᆞ녀 샹네 自得ᄍᆞᆨ 득ᄒᆞ디 몯
ᄒᆞ리니 ᄒᆞᆯ다가 아래 人신 間간애 이실
·저·긔 藥약師ᄉᆞ 瑠룡璃링光광如셩來ᄉᆡ
·이제 와 ᄉᆞ·싱·각ᄒᆞ야 ·ᄀᆞ장 고·죽·ᄒᆞᆫ ᄆᆞ·ᅀᆞ·ᄆᆞ·로
ᄉᆞ일후를 드르·면 이·다·ᄉᆞ·로
歸귕依ᅙᅴᆼᄒᆞ·면 부텻 神씬力륵·으·로 한
受쑣苦콩ᅵ 다 업·고 諸정根ᄀᆞᆫ·이 聰총

되고도 (신분이) 낮은 남의 종이 되어 남이 시키는 일에 다녀서 늘 自得
(자득)하지 못하겠으니, 만일 예전에 人間(인간)에 있을 적에 藥師瑠璃光
如來(약사유리광여래)의 이름을 들었던 것이면, 이 탓으로 이제 와서 또
생각하여 지극히 성실한 마음으로 歸依(귀의)하면, 부처의 神力(신력)으
로 많은 受苦(수고)가 다 없어지고, 諸根(제근)이 聰明(총명)하고

ᄃᆞ외오도[81] ᄂᆞᆺ가ᄫᆞᆯ[82] ᄂᆞ미[83] 죠이[84] ᄃᆞ외야 ᄂᆞ미 브론[85] 일 ᄃᆞᆮ녀[86] 샹녜[87] 自ᅇᅵᆼ得득디[88] 몯ᄒᆞ리니 ᄒᆞ다가 아래[89] 人ᅀᅵᆫ間간애 이싫[90] 저긔 藥약師ᄉᆞᆼ瑠륳璃링光광如ᅀᅧ來ᄅᆡᆼᆺ 일후믈 ᄃᆞᆮᄌᆞᄫᆡᆺ단디면[91] 이 다ᄉᆞ로[92] 이제[93] 와 ᄯᅩ 싱각ᄒᆞ야 고ᄌᆞᆨᄒᆞᆫ[94] ᄆᆞᅀᆞᄆᆞ로[95] 歸귕依ᅙᅵᆼ[96]ᄒᆞ면 부텻 神씬力륵[97]으로 한 受쓯苦콩ㅣ 다 업고 諸졍根ᄀᆞᆫ[98]이 聰총明명코[99]

81) ᄃᆞ외오도: ᄃᆞ외(되다, 爲)- + -오도(← -고도: 연어, 불구)

82) ᄂᆞᆺ가ᄫᆞᆯ: ᄂᆞᆺ굴[← ᄂᆞᆺ굽다, ㅂ불(낮다, 賤): ᄂᆞᆺ(← ᄂᆞᆽ다: 낮아지다, 사그라지다, 低, 동사)- + -굽 (형접)-]- + -Ø(현시)- + -은(관전)

83) ᄂᆞ미: 눔(남, 他) + -의(관조, 의미상 주격)

84) 죠이: 죵(종, 奴婢) + -이(보조)

85) 브론: 브리(부리다, 시키다, 驅)- + -Ø(과시)- + -오(대상)- + -ㄴ(관전)

86) ᄃᆞᆮ녀: ᄃᆞᆮ니[다니다, 行: ᄃᆞᆮ(닫다, 달리다, 走)- + 니(가다, 行)-]- + -어(연어)

87) 샹녜: 늘, 항상, 恒(부사)

88) 自得디: 自得[← 自得ᄒᆞ다(자득하다, 스스로 얻다): 自得(자득: 명사) + -ᄒᆞ(동접)-]- + -디(- 지: 연어, 부정) ※ 自得(자득)은 속박이나 장애가 없이 자유로운 것이다.

89) 아래: 예전, 曾

90) 이싫: 이시(있다, 在)- + -ㅭ(관전)

91) ᄃᆞᆮᄌᆞᄫᆡᆺ단디면: ᄃᆞᆮ(듣다, 聞)- + -ᄌᆞᇦ(← -ᄌᆞᆸ-: 객높)- + -아(연어) + 잇(← 이시다: 있다, 보용, 완료 지속)- + -다(← -더-: 회상)- + -Ø(← -오-: 대상)- + -ㄴ(관전) # ᄃ(← ᄃᆞ: 것, 의명) + -이(서조)- + -면(연어, 조건) ※ 'ᄃᆞᆮᄌᆞᄫᆡᆺᄃᆞᆫ디면'은 'ᄃᆞᆮᄌᆞ바 잇단 디면'이 축약된 형태이다. 이 형 태는 '들어 있던 것이면'으로 직역할 수 있는데, '들었던 것이면'으로 의역하여 옮긴다.

92) 다ᄉᆞ로: 닷(탓, 因: 의명, 이유) + -ᄋᆞ로(부조, 방편)

93) 이제: [이제, 이때, 今(명사): 이(이, 此: 관사, 지시, 정칭) + 저(← 적: 적, 때, 時 , 의명) + -에 (부조, 위치, 시간)]

94) 고ᄌᆞᆨᄒᆞᆫ: 고ᄌᆞᆨᄒᆞ[올곧다, 골똘하다, 지극하다, 至: 고ᄌᆞᆨ(至: 불어) + -ᄒᆞ(형접)-]- + -Ø(현시)- + -ㄴ(관전)

95) ᄆᆞᅀᆞᄆᆞ로: ᄆᆞᅀᆞᆷ(마음, 心) + -ᄋᆞ로(부조, 방편) ※ '고ᄌᆞᆨᄒᆞᆫ ᄆᆞᅀᆞᆷ'은 〈약사유리광여래본원공덕경〉 에 나오는 '至心(지심)'을 우리말로 옮긴 것이다. '至心(지심)'은 더없이 성실한 마음이다.

96) 歸依: 귀의. 부처와 불법(佛法)과 승가(僧伽)로 돌아가 의지하여 구원을 청하는 것이다. 불교 신앙의 근본이 되는 신조이다.

97) 神力: 신력. 신통력(神通力)이다.

98) 諸根: 제근. 외계를 인식하는 다섯 가지 기관인 오관(五官: 눈, 귀, 코, 혀, 몸)을 이르는데, 여 기서 '근(根)'은 기관·기능·작용·능력·소질을 뜻한다.

99) 聰明코: 聰明ᄒᆞ[← 聰明ᄒᆞ다(총명하다): 聰明(총명: 명사) + -ᄒᆞ(형접)-]- + -고(연어, 나열)

明명 코놀카방 智징慧휑 ᄅᆞ·ᄫᅵ·며·ᄒᆞᆫ드
長땅常썅 ᄃᆞᄒᆞᆫ 法법·을 求끃·ᄒᆞ·야·어
런 버들맛·나·아 魔망 惱놓·ᄅᆞᆯ그·ᄎᆞ·며 無뭉
明명·을 헐·며 煩뻔 惱놓·ᄋᆡ다·아·一힗
切촁 生ᄉᆡᆼ 老롱 病뼝 死ᄉᆞᆼ憂ᅙᅮᇦ悲빙苦콩
惱놓·롤 버·서·나·리·라·소·ᄃᆞ文문 殊쓩 師ᄉᆞᆼ
利링·여·믈·잇 有ᅙᅮᇢ 情쪙·이·ᄂᆞᆷ·과 ᄯᆞ·나
·몯ᄌᆞᆯ·겨·서·르·ᄡᅡ·화저·와ᄂᆞᆷ·과·롤어·즈·려

날카로워 智慧(지혜)로우며, 많이 들어 長常(장상) 좋은 法(법)을 求(구)하여 어진 벗을 만나 魔(마)의 그물을 끊으며, 無明(무명)을 헐며 煩惱(번뇌)가 다하여 一切(일체)의 生老病死(생로병사)와 憂悲苦惱(우비고뇌)를 벗어나리라. 또 文殊師利(문수사리)여, 모든 有情(유정)이 남과 따로 나는 것(= 괴리되는 것)을 즐겨, 서로 싸워 자기와 남을 어지럽혀

늘카바¹⁰⁰⁾ 智_딩慧_꿰ᄅᆞᄫᅵ며¹⁾ 해²⁾ 드러 長_땅常_쌍 됴ᄒᆞᆫ 法_법을 求_꿀ᄒᆞ야 어딘³⁾ 버들⁴⁾ 맛나아⁵⁾ 魔_망⁶⁾ 그므를⁷⁾ 그츠며⁸⁾ 無_뭉明_명⁹⁾을 헐며 煩_뻔惱_놀ㅣ 다아¹⁰⁾ 一_힗切_촁 生_싱老_롤病_뼁死_{ᄉᆞᆼ}¹¹⁾ 憂_{ᅙᅮᇢ}悲_빙苦_콩惱_놀¹²⁾ᄅᆞᆯ 버서나리라¹³⁾ ᄯᅩ¹⁴⁾ 文_문殊_쓩師_{ᄉᆞᆼ}利_링여 믈읫¹⁵⁾ 有_{ᅙᅮᇢ}情_쪙이 ᄂᆞᆷ과 닫¹⁶⁾ 나믈¹⁷⁾ 즐겨 서르¹⁸⁾ 싸화¹⁹⁾ 저와 ᄂᆞᆷ과ᄅᆞᆯ²⁰⁾ 어즈려²¹⁾

---

100) 늘카바: 늘캅[← 늘콥다, ㅂ불(날카롭다, 利): 늘ㅎ(날, 칼날, 刃) + -갑(형접)-]- + -아(연어)

1) 智慧ᄅᆞᄫᅵ며: 智慧ᄅᆞᄫᅵ[지혜롭다: 智慧(지혜: 명사) + -ᄅᆞᄫᅵ(형접)-]- + -며(연어, 나열)

2) 해: [많이, 多(부사): 하(많다, 多: 형사)- + -ㅣ(← -이: 부접)]

3) 어딘: 어디(← 어딜다: 어질다, 善)- + -Ø(현시)- + -ㄴ(관전)

4) 버들: 벋(벗, 友) + -을(목조)

5) 맛나아: 맛나[만나다, 遇: 맛(← 맞다: 맞다, 迎)- + 나(나다, 出)-]- + -아(연어)

6) 魔: 마. 사람의 마음을 홀려 제정신을 차리지 못하게 하고, 불도 수행을 방해하여 악한 길로 유혹하는 나쁜 귀신이다.

7) 그므를: 그믈(그물, 罔) + -을(목조)

8) 그츠며: 긏(끊다, 斷)- + -으며(연어, 나열)

9) 無明: 무명. 십이 연기의 하나이다. 무명은 잘못된 의견이나 집착 때문에 진리를 깨닫지 못하는 마음의 상태를 이르는데, 모든 번뇌의 근원이 된다.

10) 다아: 다(← 다ᄋᆞ다: 다하다, 盡)- + -아(연어)

11) 生老病死: 생로병사. 사람이 나고 늙고 병들고 죽는 네 가지 고통이다.

12) 憂悲苦惱: 우비고뇌. 걱정하고 슬퍼하고 괴로워하고 번뇌하는 것이다.

13) 버서나리라: 버서나[벗어나다, 解脫: 벗(벗다, 脫)- + -어(연어) + 나(나다, 出)-]- + -리(미시)- + -라(← -다: 평종)

14) ᄯᅩ: 또, 又(부사)

15) 믈읫: 모든, 諸(관사)

16) 닫: 따로, 別(부사)

17) 나믈: 나(나다, 出)- + -ㅁ(← -옴: 명전) + -을(목조) ※ 'ᄂᆞᆷ과 닫 남'은 다른 사람에게 어깃장을 놓아서 남과 괴리(乖離)되는 것이다.

18) 서르: 서로, 相(부사)

19) 싸화: 싸호(싸우다, 鬪)- + -아(연어)

20) ᄂᆞᆷ과ᄅᆞᆯ: ᄂᆞᆷ(남, 他) + -과(접조) + -ᄅᆞᆯ(목조)

21) 어즈려: 어즈리[어지럽히다, 亂: 어즐(어질: 불어) + -이(사접)-]- + -어(연어)

[17 앞]

種(종)種(종)앳 모딘 罪(찡)業(업)을 길워 샹녜 有(:유)益(·젹)디 아니ᄒᆞᆫ 이ᄅᆞᆯ 호고 서르 害(·행)홀 ᄭᅬᄅᆞᆯ ᄒᆞ야 뫼히며 수프리며 나모며 무더멧 神(씬)靈(령)을 請(청)ᄒᆞ고 즁ᄉᆡᇰ 주겨 夜(양)叉(창)와 羅(랑)刹(찷) 等(:등)을 이바ᄃᆞ며 믜ᄫᅳᆫ 사ᄅᆞᄆᆡ 일훔 쓰며 얼구를 ᄆᆡᇰᄀᆞ라 모딘 呪(즁)術(쓩)로 비러 귓거슬 브려 니르와다 뎌의 목수믈 긋게 ᄒᆞ면 아뫼나 이

種種(종종)의 모진 罪業(죄업)을 길러서 항상 有益(유익)하지 아니한 일을 하고, 서로 害(해)할 꾀를 하여 산이며 수풀이며 나무며 무덤에 있는 神靈(신령)을 請(청)하고, 짐승을 죽여 夜叉(야차)와 羅刹(나찰) 等(등)을 받들며(제사하며), 미운 사람의 이름을 쓰며 (미운 사람의) 형상을 만들어 모진 呪術(주술)로 빌며 귀신을 불러 일으켜서 저(미운 사람)의 목숨을 끊게 하면, 아무나 이

種^종種^종앳²²⁾ 모딘 罪^쬥業^{업23)}을 길워²⁴⁾ 샹녜 有^읗益^혁디²⁵⁾ 아니흔 이를 호고 서르 害^행홇²⁶⁾ 쐬를²⁷⁾ 호야 뫼히며²⁸⁾ 수프리며²⁹⁾ 즘게며³⁰⁾ 무더멧³¹⁾ 神^씬靈^{령32)}을 請^청호고 즁싱³³⁾ 주겨³⁴⁾ 夜^양叉^{창35)} 羅^랑利^{찷36)} 等^등을 이바드며³⁷⁾ 믜븐³⁸⁾ 사르미 일훔 쓰며 얼구를³⁹⁾ 밍그라 모딘 呪^쥴術^쓓로 빌며 귓것⁴⁰⁾ 브려⁴¹⁾ 뎌의⁴²⁾ 목수믈⁴³⁾ 긋긔⁴⁴⁾ 호거든 아뫼나⁴⁵⁾ 이

---

22) 種種앳: 種種(종종, 여러 가지) + -에(부조, 위치) + -ㅅ(-의: 관조)

23) 罪業: 죄업. 자신과 남에게 해가 되는 그릇된 행위와 말과 생각이다.

24) 길워: 길우[기르다, 長: 길(자라다, 長: 자동)- + -우(사접)-]- + -어(연어)

25) 有益디: 有益[← 有益호다(유익하다): 有益(유익: 명사) + -호(형접)-]- + -디(-지: 연어, 부정)

26) 害홇: 害ᄒ[← 害ᄒ다(해하다): 害(해: 명사) + -ᄒ(동접)-]- + -오(대상)- + -ㅭ(관전)

27) 쐬를: 쐬(꾀, 謀) + -를(목조)

28) 뫼히며: 뫼ᄒ(산, 山) + -이며(접조)

29) 수프리며: 수플[수풀, 林: 숲(숲, 林) + 플(풀, 草)] + -이며(접조)

30) 즘게며: 즘게(나무, 木) + -며(← -이며: 접조)

31) 무더멧: 무덤[무덤, 塚: 묻(묻다, 埋)- + -엄(명접)] + -에(부조, 위치) + -ㅅ(-의: 관조)

32) 神靈: 신령. 귀신(鬼神)이다.

33) 즁싱: 짐승, 獸.

34) 주겨: 주기[죽이다, 殺: 죽(죽다, 死: 자동)- + -이(사접)-]- + -어(연어)

35) 夜叉: 야차. 팔부중(八部衆)의 하나이다. 사람을 괴롭히거나 해친다는 사나운 귀신이다. 초자연적인 힘을 갖고 있는 귀신이며 불법을 수호한다. 북방다문천왕(北方多聞天王)의 부하이다.

36) 羅利: 나찰. 팔부중(八部衆)의 하나이다. 푸른 눈과 검은 몸, 붉은 머리털을 하고서 사람을 잡아먹으며, 지옥에서 죄인을 못살게 군다고 한다. 나중에 불교의 수호신이 되었다.

37) 이바드며: 이받(대접하다, 제사하다, 祭祀)- + -ᄋ며(연어, 나열)

38) 믜븐: 믭(← 믭다, ㅂ불: 밉다, 怨)- + -Ø(현시)- + -은(관전)

39) 얼구를: 얼굴(모습, 형상, 像) + -을(목조)

40) 귓것: [귀신, 尸鬼: 귀(鬼) + -ㅅ(관조, 사잇) + 것(것: 의명)]

41) 브려: 브리(부리다, 불러 일으키다, 起)- + -어(연어)

42) 뎌의: 뎌(저, 저 사람, 彼: 인대, 정칭) + -의(관조)

43) 목수믈: 목숨[목숨, 壽: 목(목, 喉) + 숨(숨, 息)] + -을(목조)

44) 긋긔: 긋(← 긏다: 끊어지다, 斷)- + -긔(-게: 연어, 사동)

45) 아뫼나: 아모(아무, 某: 인대, 부정칭) + -ㅣ나(← -이나: 보조사, 선택)

藥·약師승瑠륭璃링光광如ᅀᅥᆼ來링ㅅ
일후·믈듣·ᄌᆞᇦ·면·뎌·런모·딘이·리害·ᅘᅢᆼ
·티몯·ᄒᆞ·며서르慈쭝悲빙心심·을·내·야
미·ᄇᆞᆫ·ᄆᆞ·ᅀᅮ·미업·고各·곽各·곽文문殊쓩師승
有ᅌᅮᇢ益·혁·ᄒᆞ·긔·ᄒᆞ·리·라소文殊師
利·링·여·ᄒᆞ·다·가比·뼝丘쿨比·뼝丘쿨尼닝
·닝優ᅙᅮᇢ婆빵塞·ᄉᆡᆨ優ᅙᅮᇢ婆빵夷잉·며
나·ᄆᆞᆫ淨쪙信·신·ᄒᆞᆫ善·쎤男남子·ᄌᆞᆼ善·쎤

藥師瑠璃光如來(약사유리광여래)의 이름을 들으면, 저런 모진 일이 (사람들을) 害(해)하지 못하며 서로 慈悲心(자비심)을 내어 미운 마음이 없어지고 各各(각각) 기뻐하여 서로 有益(유익)하게 하리라. 또 文殊師利(문수사리)여, 만일 比丘(비구)·比丘尼(비구니)·優婆塞(우바새)·優婆夷(우바이)이며 다른 淨信(정신)한 善男子(선남자)와 善女人(선여인)이

藥_약師_숭瑠_륳璃_링光_광如_셩來_링ㅅ 일후믈 듣ㅈᄫ면⁴⁶⁾ 뎌런⁴⁷⁾ 모딘 이리 害_{ᅘᆡᆼ}티⁴⁸⁾ 몯ᄒ며 서르 慈_쫑悲_빙心_심⁴⁹⁾을 내야 믜본 ᄆᅀᆞ미 업고 各_각各_각 깃거⁵⁰⁾ 서르 有_{ᅌᅮᆸ}益_혁긔 ᄒ리라 쏘 文_문殊_쓩師_숭利_링여 ᄒ다가 比_삥丘_쿻⁵¹⁾ 比_삥丘_쿻尼_닝⁵²⁾ 優_{ᅙᅮᇢ}婆_빵塞_싱⁵³⁾ 優_{ᅙᅮᇢ}婆_빵夷_잉⁵⁴⁾며 녀나ᄆᆞᆫ⁵⁵⁾ 淨_쪙信_신⁵⁶⁾ᄒ 善_쎤男_남子_중⁵⁷⁾ 善_쎤女_녕人_신⁵⁸⁾이

---

46) 듣ㅈᄫ면: 듣(듣다, 聞)- + -ᄌᆞᇦ(← -ᄌᆞᆸ-: 객높)- + -ᄋ면(연어, 조건)

47) 뎌런: ① 뎌러(← 뎌러ᄒ다: 저러하다, 형사)- + -Ø(현시)- + -ㄴ(관전) ② [저런(관사, 지시): 뎌러(← 뎌러ᄒ다: 저러하다, 형사)- + -ㄴ(관전▷관접)]

48) 害티: 害ᄒ[← 害ᄒ다(해하다, 해치다): 害(해: 명사) + -ᄒ(동접)-] + -디(-지: 연어, 부정)

49) 慈悲心: 자비심. 중생을 사랑하고 가엾게 여기는 마음이다.

50) 깃거: 깄(기뻐하다, 歡)- + -어(연어)

51) 比丘: 비구. 출가하여 구족계(具足戒)를 받은 남자 승려이다. ※ '具足戒(구족계)'는 비구와 비구니가 지켜야 할 계율이다. 비구에게는 250계, 비구니에게는 348계가 있다.

52) 比丘尼: 비구니. 출가하여 구족계(具足戒)를 받은 여자 승려이다.

53) 優婆塞: 우바새. 불교를 믿고 삼귀(三歸), 오계(五戒)를 받은 세속의 남자이다.

54) 優婆夷: 우바이. 불교를 믿고 삼귀(三歸), 오계(五戒)를 받은 세속의 여자이다.

55) 녀나ᄆᆞᆫ: [그 밖의, 다른, 餘(관사): 녀(← 녀느, 他: 관사) + 남(남다, 餘)- + -은(관전)]

56) 淨信: 정신. 참되고 올바르게 믿는 마음이다.

57) 善男子: 선남자. 불법(佛法)에 귀의한 남자이다.

58) 善女人: 선여인. 불법(佛法)에 귀의한 여자이다.

【 淨(정)은 깨끗한 것이다. 信(신)은 믿는 것이니 法(법)을 믿는 사람이다. 】
八分齋戒(팔분재계)를 지녀서【 八分(팔분)은 여덟 가지이니, 齋(재)에 관련된
일이 여덟 가지이므로 八分齋(팔분재)라 하니, 위에 있는 八戒齋(팔계재)이다.
八分齋(팔분재)를 八支齋(팔지재)라고도 하나니, 支(지)는 서로 붙들어 잡아 괴
는 것이니 반드시 서로 없어지지 못하여 힘이 되는 뜻이다. 齋(재)라 한 것이
낮이 지나거든 밥을 아니 먹는 것이 으뜸이요, 여덟 가지의 일로 도와서 이루
므로 八支齋(팔지재)라 하느니라. 】한 해가 지나거나 석 달만큼 하거나 하
여, 이 좋은 根源(근원)으로 西方(서방) 極樂(극락)

【淨쪙은 조홀 씨라 信신은 미들 씨니 法법을 믿는 사른미라】 八밣分분齊쪵戒갱⁵⁹⁾를 디녀【八밣分분은 여듧 가지니 齋쟁⁶⁰⁾옛 이리 여듧 가질씨⁶¹⁾ 八밣分분齋쟁라 ᄒ니 우흿⁶²⁾ 八밣戒갱齋쟁라 八밣分분齋쟁를 八밣支징齋쟁라도⁶³⁾ ᄒᄂ니 支징는 서르 잡드러⁶⁴⁾ 괴올⁶⁵⁾ 씨니 모딕⁶⁶⁾ 서르 업디⁶⁷⁾ 몯ᄒ야 힘저슨⁶⁸⁾ 쁘디라⁶⁹⁾ 齋쟁라⁷⁰⁾ 혼 거시 낫⁷¹⁾ 계어든⁷²⁾ 밥 아니 머구미 웃드미오⁷³⁾ 여듧 가짓 일로 도바⁷⁴⁾ 일울씨 八밣支징齋쟁라 ᄒᄂ니라】 혼 ᄒᆡ 디나거나 석 ᄃᆞᆯ 만⁷⁵⁾ ᄒ거나 ᄒ야 이 됴혼 根근源원⁷⁶⁾으로 西솅方방 極끅樂락

---

59) 八分齊戒: 팔분재계. 집에서 불도를 닦는 우바새(優婆塞) 및 우바니(優婆尼)가 육재일(六齋日)에 그날 하루 밤낮 동안 지키는 여덟 계행(戒行)이다.(= 八分齋) 중생을 죽이지 말 것, 훔치지 말 것, 음행(淫行)하지 말 것, 거짓말하지 말 것, 술 먹지 말 것, 꽃다발을 쓰거나 몸에 향을 바르고 구슬로 된 장식물을 하지 말며 노래하고 춤추지 말 것, 높고 넓으며 잘 꾸민 평상에 앉지 말 것, 때가 아니면 먹지 말 것이다.

60) 齋: 재. 재계(齋戒). 종교적 의식 따위를 치르기 위하여 몸과 마음을 깨끗이 하고 부정(不淨)한 일을 멀리하는 것이다.

61) 가질씨: 가지(가지, 種類: 의명) + -Ø(←-이-: 서조) + -ㄹ씨(-ㅁ로: 연어, 이유)

62) 우흿: 우ㅎ(위, 上) + -의(-에: 부조, 위치) + -ㅅ(-의: 관조)

63) 八支齋라도: 八支齋(명사) + -Ø(←-이-: 서조) + -Ø(현시) + -라(←-다: 평종) + -도(보조사, 첨가)

64) 잡들러: 잡들[붙들어 잡다, 捕: 잡(잡다, 執)- + 들(들다, 擧)-] + -어(연어)

65) 괴올: 괴(괴다, 아래를 받치다, 支)- + -오(대상)- + -ㄹ(관전)

66) 모딕: 반드시, 必(부사)

67) 업디: 업(← 없다: 없어지다, 消, 자동)- + -디(-지: 연어, 부정)

68) 힘저슨: 힘젓[← 힘젓다, ㅅ불(힘이 되다, 유력하다: 힘(힘, 力) + 젓(되다, 爲)-]- + -Ø(현시)- + -은(관전)

69) 쁘디라: 뜯(뜻, 意) + -이(서조)- + -Ø(현시)- + -라(←-다: 평종)

70) 齋라: 齋(재) + -Ø(←-이-: 서조) + -Ø(현시)- + -라(←-다: 평종)

71) 낫: 낮, 晝.

72) 계어든: 계(지나다, 넘다, 過)- + -어든(←-거든: 연어, 조건)

73) 웃드미오: 웃듬(으뜸, 第一) + -이(서조)- + -오(←-고: 연어, 나열)

74) 도바: 돕(← 돕다, ㅂ불: 돕다, 助)- + -아(연어)

75) 만: 만, 만큼(의명, 비교)

76) 根源: 근원. 사물이 비롯되는 근본이나 원인이다.

世界(세계)에 나고자 發願(발원)하되 (그 발원을) 一定(일정) 못 하여 있어, 이 藥師瑠璃光如來(약사유리광여래)의 이름을 들으면 命終(명종)할 적에 여덟 菩薩(보살)이 와서【여덟 菩薩(보살)은 文殊師利菩薩(문수사리보살)과 觀世音菩薩(관세음보살)과 得大勢菩薩(득대세보살)과 無盡意菩薩(무진의보살)과 寶檀華菩薩(보단화보살)과 若王菩薩(약왕보살)과 藥上菩薩(약상보살)과 彌勒菩薩(미륵보살)이시니라.】길을 가르쳐서, 즉시 저 나라의

世_솅界_갱예 나고져 發_벓願_원호디 一_힔定_뎡⁷⁷⁾ 몯 ᄒᆞ야 이셔 이 藥_약

師_{ᄉᆞᆼ}瑠_률璃_링光_광如_셩來_링ㅅ 일후믈 듣ᄌᆞᇦ면 命_명終_즁⁷⁸⁾홀 쩌긔 여듧

菩_뽕薩_삻⁷⁹⁾이 와【여듧 菩_뽕薩_삻ᄋᆞᆫ 文_문殊_{ᄊᆛᆼ}師_{ᄉᆞᆼ}利_링菩_뽕薩_삻⁸⁰⁾와 觀_관世_솅音

_흠菩_뽕薩_삻⁸¹⁾와 得_득大_땡勢_솅菩_뽕薩_삻⁸²⁾와 無_뭉盡_찐意_{ᅙᅵᆼ}菩_뽕薩_삻⁸³⁾와 寶_봏檀_딴華

_{ᅘᅪᆼ}菩_뽕薩_삻⁸⁴⁾와 藥_약王_왕菩_뽕薩_삻⁸⁵⁾와 藥_약上_쌍菩_뽕薩_삻⁸⁶⁾와 彌_밍勒_륵菩_뽕薩_삻왜

시니라⁸⁷⁾】 길흘 ᄀᆞᄅ쳐 즉자히⁸⁸⁾ 뎌 나랏

---

77) 一定: 일정. 어떤 것의 크기, 모양, 범위, 시간 따위가 정하여져 있는 것이다. '一定 몯 ᄒᆞ야 이 셔'는 문맥상 '(西方 極樂 世界에 나는 發願을) 이루지 못하고 있어서'로 의역할 수 있다.

78) 命終: 명종. 목숨이 다하는 것, 곧 죽는 것이다.

79) 여듧 菩薩: 팔보살(八菩薩)이다. 정법(正法)을 지키고 중생을 옹호하는 여덟 보살이다. 경전(經典)에 따라 대상이 다른데, 약사경(藥師經)에는 '문수사리보살, 관세음보살, 대세지보살, 무진의보살, 보단화보살, 약왕보살, 약상보살, 미륵보살'을 이른다.

80) 文殊師利菩薩: 문수사리보살. 석가모니여래의 왼쪽에 있는 보살이다. 사보살(四菩薩)의 하나이다. 제불(諸佛)의 지혜를 맡은 보살로, 오른쪽에 있는 보현보살과 함께 삼존불(三尊佛)을 이룬다. 그 모양이 가지각색이나 보통 사자를 타고 오른손에 지검(智劍), 왼손에 연꽃을 들고 있다.

81) 觀世音菩薩: 관세음보살. 아미타불의 왼편에서 교화를 돕는 보살이다. 사보살의 하나이다. 세상의 소리를 들어 알 수 있는 보살이므로 중생이 고통 가운데 열심히 이 이름을 외면 도움을 받게 된다.

82) 得大勢菩薩: 득대세보살. 뛰어난 지혜를 상징하며 3악도(惡道)를 떠나 위없는 힘을 얻게 해 주고 모든 것을 베풀어 주는 보살이다. 아미타 3존불 중의 하나로서 아미타불의 우보(右輔)처 보살이다. '득대세(得大勢) 보살'이라고도 하며 줄여서 '세지 보살'이라고도 한다.

83) 無盡意菩薩: 무진의보살. 사바(娑婆)의 중생을 제도한다는 서원(誓願)을 세우고, 위로는 다함이 없는 제불(諸佛) 공덕(功德)을 구하며, 아래로는 다함이 없는 중생을 제도하는 보살이다. '무진의(無盡意)'란 바라는 바가 끝이 없다는 뜻이다. 그의 형상은 하얀 살결을 드러내고 왼손은 주먹을 쥐어 허리 사이에 두고 오른손은 꽃 구름을 잡고 있다.

84) 寶檀華菩薩: 보단화보살. 8보살의 하나이다.

85) 藥王菩薩: 약왕보살. 중생에게 좋은 약을 주어 몸과 마음의 병고를 덜어 주고 보살이다.

86) 藥上菩薩: 약상보살. 약왕보살의 아우로, 형과 더불어 좋은 약을 중생에게 주어 몸과 마음의 병고를 덜어 주는 보살이다.

87) 彌勒菩薩왜시니라: 彌勒菩薩(미륵보살) + -와(접조) + -ㅣ(←-이-: 서조) - + -시(주높) - + -Ø(현시) - + -니(원칙) - + -라(←-다: 평종) ※ '彌勒菩薩(미륵보살)'은 내세에 성불하여 사바세계에 나타나서 중생을 제도하리라는 보살이다. 사보살의 하나이다. 인도 파라나국의 브라만 집안의 출긴으로 석가모니로부터 미래에 부처가 될 수기(受記)를 받고 도솔천에 올라갔다.

88) 즉자히: 즉시로, 곧, 卽(부사)

·랏 種쫑 種쫑 雜짭 色·식 衆·즁 寶·봉 花황
中듕 ·에 自·쫑 然션 ·히 化·황 ᄒᆞ야 나·리도 ·ᄒ·야 나·며 ·일
·로브·터 天텬 上·썅 ·애 나·리도 ·ᄒ·야 나·며 ·일
비·록 하·ᄂᆞᆯ 해 나·고·도 本·본 來링 ·ᄃᆞ·ᄒᆞᆫ 報·반
·源원 ·하·ᄂᆞ·니 ·고 ·도 本·본 惡·ᅙᅡᆨ
趣·츙 ·예 다·시 나·디 아·니·ᄒ·ᆞ·야 하·ᄂᆞᆡ
수·미 다·ᆼ·면 도·로 人신 間간 ·애 나·아 ·ᄂᆞᆷ
·륜 王왕 ·이 ·ᄃᆞ·외·야 四·ᄉᆞ 天텬 下·ᅘᅡ ·ᄅᆞᆯ ·거

여러 가지의 雜色(잡색)의 무리져 있는 寶花(보화) 中(중)에 自然(자연)히 化(화)하여 나며 이로부터 天上(천상)에 날 이도 있을 것이니, 비록 하늘에 나고도 本來(본래) 좋은 根源(근원)이 다하지 아니하므로, 다른 惡趣(악취)에 다시 나지 아니하여 하늘의 목숨이 다하면 도로 人間(인간)에 나서 輪王(윤왕)이 되어, 四天下(사천하)를 거느려

種_종種_종 雜_짭色_식⁸⁹⁾ 衆_즁⁹⁰⁾ 寶_볼花_황⁹¹⁾ 中_듕에 自_쫑然_연히 化_황ᄒ야 나며⁹²⁾ 일로브터⁹³⁾ 天_텬上_쌍애 나리도⁹⁴⁾ 이시리니⁹⁵⁾ 비록 하ᄂᆞᆯ해⁹⁶⁾ 나고도⁹⁷⁾ 本_본來_링 됴ᄒᆫ 根_근源_원⁹⁸⁾이 다ᄋᆞ디⁹⁹⁾ 아니ᄒᆞᆯᄊᆡ 녀나ᄆᆞᆫ¹⁰⁰⁾ 惡_학趣_츙예 다시 나디 아니ᄒ야 하ᄂᆞᇙ 목수미¹⁾ 다ᄋᆞ면 도로 人_{ᅀᅵᆫ}間_간애 나아 輪_륜王_왕²⁾이 ᄃᆞ외야 四_{ᄉᆞ}天_텬下_행³⁾를 거느려

---

89) 雜色: 잡색. 여러 가지 색이 뒤섞인 색이다.

90) 衆: 중. 무리져 있는, 많은.

91) 寶花: 보화. 칠보(七寶) 연화(蓮花, 蓮華)이다.

92) 化ᄒ야 나며: '화생(化生)'을 직역한 표현이다. 화생(化生)은 극락왕생하는 방식의 하나이다. 부처의 지혜를 믿는 사람이 9품의 행업(行業)에 따라 아미타불의 정토에 있는 칠보 연화(七寶 蓮華) 속에 나서 지혜와 광명과 몸이 모두 보살과 같이 되는 왕생이다.

93) 일로브터: 일(← 이: 이, 此, 지대, 정칭) + -로(부조) + -브터(-부터: 보조사, 비롯함)

94) 나리도: 나(나다, 生)- + -ㄹ(관전) # 이(이, 사람, 者: 의명) + -도(보조사, 첨가)

95) 이시리니: 이시(있다, 有)- + -리(미시)- + -니(연어, 설명의 계속)

96) 하ᄂᆞᆯ해: 하ᄂᆞᆯㅎ(하늘, 天) + -애(-에: 부조, 위치)

97) 나고도: 나(나다, 出)- + -고도(연어, 나열, 양보)

98) 根源: 근원. 사물이 비롯되는 근본이나 원인이다. ※ '됴ᄒᆫ 根源'은 〈藥師瑠璃光如來本願功德 經〉에는 '善根(선근)'으로 되어 있는데, '善根'은 좋은 과보를 낳게 하는 착한 일이다. 욕심부리지 않음, 성내지 않음, 어리석지 않음 따위이다.

99) 다ᄋᆞ디: 다ᄋᆞ(다하다, 盡)- + -디(-지: 연어, 부정)

100) 녀나ᄆᆞᆫ: [그 밖의, 다른, 餘(관사): 녀(← 녀느, 他: 관사) + 남(남다, 餘)- + -ᄋᆞᆫ(관전)]

1) 목수미: 목숨[목숨, 壽: 목(목, 喉) + 숨(숨, 息)] + -이(주조)

2) 輪王: 윤왕. 인도 신화 속의 임금. 정법(正法)으로 온 세계를 통솔한다고 한다. 여래의 32상 (相)을 갖추고 칠보(七寶)를 가지고 있으며 하늘로부터 금, 은, 동, 철의 네 윤보(輪寶)를 얻어 이를 굴리면서 사방을 위엄으로 굴복시킨다.

3) 四天下: 사천하. 수미산(須彌山)을 중심으로 한 사방의 세계이다. 남쪽의 섬부주(贍部洲), 동쪽의 승신주(勝神洲), 서쪽의 우화주(牛貨洲), 북쪽의 구로주(俱盧洲)이다.

威嚴(위엄)과 德(덕)이 自在(자재)하여 無量(무량)한 百千(백천)의 有情(유정)을 十善(십선)으로 便安(편안)하게 할 이도 있으며【十善(십선)은 十惡(십악)을 아니 하는 것이다. 】, 利帝利(찰제리)와 婆羅門(바라문)과 居士(거사)의 큰 집에 나서【利帝利(찰제리)는 田地(전지)의 임자이다 하는 말이니, 王(왕)의 姓(성)이다. 劫(겁)의 처음에 사람이 땅의 음식(땅 거죽)을 먹다가, 漸漸(점점) 粳米(갱미)을 먹은 後(후)에 사람의 뜻이 漸漸(점점) 거칠어 제각기 밭을 나누므로, 有德(유덕)한 사람을 세워 밭을 나누기를

威ᅙᅱᆼ嚴엄[4]과 德득괘 自ᄍᆼ在ᄍᆡᆼ[5]ᄒᆞ야 無뭉量량 百ᄇᆡᆨ千쳔 有ᅌᅮᇢ情쪙을 十씹善션[6]으로 便뼌安한킈[7] ᄒᆞ리도[8] 이시며【十씹善션은 十씹惡학ᄋᆞᆯ 아니 ᄒᆞᇙ 씨라】刹찷帝뎽利링[9] 婆빵羅랑門몬[10] 居겅士ᄊᆞᆼ[11]ᄋᆡ 큰 지븨 나아【刹찷帝뎽利링ᄂᆞᆫ 田뗜地띵[12] 님자히라[13] ᄒᆞᄂᆞᆫ 마리니 王왕ㄱ[14] 姓셩이라 劫겁[15] 처ᅀᅥᄆᆡ[16] 사ᄅᆞ미 ᄯᅡᆺ[17] 마ᄉᆞᆯ[18] 먹다가 漸쪔漸쪔 粳깅米몡[19] 머근 後ᅘᅮᇢ에 사ᄅᆞᄆᆡ ᄠᅳ디 漸쪔漸쪔 거츠러[20] 제여곰[21] 바ᄐᆞᆯ[22] ᄂᆞᆫ홇씨[23] 有ᅌᅮᇢ德득ᄒᆞᆫ 사ᄅᆞᄆᆞᆯ 셰여[24] 받 ᄂᆞᆫ호기ᄅᆞᆯ

---

4) 威嚴: 위엄. 존경할 만한 위세가 있어 점잖고 엄숙함. 또는 그런 태도나 기세이다.
5) 自在: 자재. 저절로 갖추어져 있는 것이다.
6) 十善: 십선. 십악(十惡)을 행하지 않는 것이다. 불살생(不殺生), 불투도(不偸盜), 불사음(不邪淫), 불망어(不妄語), 불기어(不綺語), 불악구(不惡口), 불양설(不兩舌), 불탐욕(不貪慾), 불진에(不瞋恚), 불사견(不邪見)을 지키는 것을 이른다.
7) 便安킈: 便安ᄒᆞ[←便安ᄒᆞ다(편안하다): 便安(편안: 명사)+-ᄒᆞ(형접)-]-+-긔(-게: 연어, 사동)
8) ᄒᆞ리도: ᄒᆞ(하다: 보용, 사동)-+-ㄹ(관전) # 이(이, 사람, 者: 의명)+-도(보조사, 첨가)
9) 刹帝利: 찰제리(=刹利). 산스크리트어로 크사트리아(Ksatriya)이다. 인도 카스트 제도에서 두 번째 지위인 왕족과 무사 계급이다.
10) 婆羅門: 바라문. 산스크리트어로 브라만(Brahman)이다. 인도 카스트 제도에서 가장 높은 지위인 승려 계급이다.
11) 居士: 거사. 우바새(優婆塞). 속세에 있으면서 불교를 믿는 남자이다.
12) 田地: 전지. 논밭. 논과 밭을 아울러 이르는 말이다.
13) 님자히라: 님자ㅎ(임자, 主)+-이(서조)-+-Ø(현시)-+-라(←-다: 평종)
14) 王ㄱ: 王(왕, 임금)+-ㄱ(-의: 관조)
15) 劫: 겁. 어떤 시간의 단위로도 계산할 수 없는 무한히 긴 시간이다. 하늘과 땅이 한 번 개벽한 때에서부터 다음 개벽할 때까지의 동안이라는 뜻이다.
16) 처ᅀᅥᄆᆡ: 처ᅀᅥᆷ[처음, 初: 첫(←첫: 첫, 第一, 관사, 서수)+-엄(명접)]+-의(-에: 부조, 위치)
17) ᄯᅡᆺ: ᄯᅡ(←ᄯᅡㅎ: 땅, 地)+-ㅅ(-의: 관조)
18) 마ᄉᆞᆯ: 맛(맛, 음식, 味)+-ᄋᆞᆯ(목조) ※ 'ᄯᅡᆺ 맛'은 '흙 음식(=땅의 거죽)'이다.
19) 粳米: 갱미. 멥쌀. 메벼를 찧은 쌀이다.
20) 거츠러: 거츨(거칠다, 荒)-+-어(연어)
21) 제여곰: 제각기, 제가끔, 各自(부사)
22) 바ᄐᆞᆯ: 밭(밭, 田)+-ᄋᆞᆯ(목조)
23) ᄂᆞᆫ홇씨: ᄂᆞᆫ호(나누다, 分)-+-ㄹ씨(-므로: 연어, 이유)
24) 셰여: 셰[세우다, 立: 셔(서다, 立: 자동)-+-ㅣ(←-이-: 사접)-]-+-여(←-어: 연어)

[20 앞]

그·를 決·꿇·게 ·ᄒᆞ·니 이 ·王왕ㅅ 始·싱作·작·이·라
그럴·ᄊᆡ 서르 니·ᅀᅥ 姓·셩이 ᄃᆞ외·니·라 】
쳔·랴ᇰ이 有·ᅌᅮᇢ餘·영 ·ᄒᆞ고 倉·창庫·콩ㅣ ·구
두·기 ·ᄎᆞ넘·ᄢᅵ고 【 倉·창·ᄋᆞᆫ 갈·물 ·ᄊᆡ·니 나·ᄅᆞᆨ 갈·물 ·ᄊᆡ·오
庫·콩·ᄂᆞᆫ 쳔·랴ᇰ 갈·물 ·지·비·라 】
양·ᄌᆡ 端돤正·졍 ·ᄒᆞ고 眷·권屬·쑉·이 ·ᄀᆞ초 이·셔
聰총明명 ·ᄒᆞ·며 智·딩慧·ᅘᆒᆼ ·ᄅᆞ외·며 勇·용猛·ᄆᆡᇰ ·ᄒᆞ고
어·위·쿠·미 큰 力·륵士:ᄊᆞᆼ ·ᄀᆞᆮ·ᄒᆞ·니·도 이시·며
겨·지·비·라·도 이 藥·약師ᄉᆞᆼ如ᅀᅧ來ᄅᆡᆼ 일후·믈 드·러

決(결)하게 하니, 이것이 王(왕)의 始作(시작)이다. 그러므로 서로 이어서 姓(성)이 되었느니라.】 재물이 有餘(유여)하고 倉庫(창고)가 가득히 넘치고【倉(창)은 저장하는 것이니 곡식을 저장하는 것이다. 庫(고)는 재물을 감추어 둔 집이다.】, 모습이 端正(단정)하고 眷屬(권속)이 갖추어져 있으며 聰明(총명)하며 智慧(지혜)로우며 勇猛(용맹)하고 웅건(雄健)함이 큰 力士(역사)와 같은 이도 있으며, 여자라도 이 藥師如來(약사여래)의 이름을 들어

決_굃게²⁵⁾ 하니 이²⁶⁾ 王_왕 始_싱作_작이라 그럴씨²⁷⁾ 서르²⁸⁾ 니서²⁹⁾ 姓_셩이 ᄃᆞ외니라³⁰⁾ 】

천랴이³¹⁾ 有_{ᅌᅮᇢ}餘_영ᄒᆞ고³²⁾ 倉_창庫_콩ㅣ ᄀᆞ득기³³⁾ 넘씨고³⁴⁾ 【倉_창ᄋᆞᆫ 갈물³⁵⁾

씨니 나들³⁶⁾ 갈물 씨라 庫_콩ᄂᆞᆫ 천량 ᄀᆞ초아³⁷⁾ 뒷ᄂᆞᆫ³⁸⁾ 지비라 】 양지³⁹⁾ 端_돤正_정

ᄒᆞ고 眷_권屬_쑉⁴⁰⁾이 ᄀᆞᄌᆞ며⁴¹⁾ 聰_총明_명ᄒᆞ며 智_딩慧_{ᄲᅒᆼ}ᄅᆞ빙며⁴²⁾ 勇_용猛_밍

코⁴³⁾ 게여ᄫᆞ미⁴⁴⁾ 큰 力_륵士_쌍 ᄀᆞᄐᆞ니도⁴⁵⁾ 이시며 겨지비라도⁴⁶⁾ 이

藥_약師_{ᄉᆞᆼ}如_셩來_링ㅅ 일후믈 듣ᄌᆞᄫᅡ⁴⁷⁾

---

25) 決게: 決[←決ᄒᆞ다(결하다, 결정하다): 決(결: 불어) + -ᄒᆞ(동접)-]- + -게(연어, 사동)

26) 이: 이(이, 此: 지대, 정칭) + -∅(←-이: 주조)

27) 그럴씨: [그러므로(부사): 그러(불어) + -∅(-ᄒᆞ-: 형접)- + -ㄹ씨(연어▷부접)]

28) 서르: 서로, 相(부사)

29) 니서: 닛(←잇다, ㅅ불: 잇다, 繼)- + -어(연어)

30) ᄃᆞ외니라: ᄃᆞ외(되다, 爲)- + -∅(과시)- + -니(원칙)- + -라(←-다: 평종)

31) 천랴이: 천량(재물, 財寶) + -이(주조)

32) 有餘ᄒᆞ고: 有餘ᄒᆞ[유여하다, 여유가 있다: 有餘(유여: 명사)- + -ᄒᆞ(형접)-]- + -고(연어, 나열)

33) ᄀᆞ득기: [가득이, 盈(부사): ᄀᆞ득(가득, 盈: 부사) + -이(부접)]

34) 넘씨고: 넘씨(←넘ᄢᅵ다(넘치다, 溢): 넘(넘다, 越)- + -씨(강접)-]- + -고(연어, 나열)

35) 갈물: 갊(갈무리하다, 저장하다, 감추다, 藏)- + -을(관전)

36) 나들: 낟(곡식, 穀) + -을(목조)

37) ᄀᆞ초아: ᄀᆞ초[간직하다, 감추다, 藏: ᄀᆞ초(갖추어져 있다, 備: 형사)- + -호(사접)-]- + -아(연어)

38) 뒷ᄂᆞᆫ: 두(두다, 置: 보용, 완료 유지)- + -∅(←-어: 연어) + 잇(←이시다: 있다, 보용, 완료 지속)- + -ᄂᆞ(현시)- + -ㄴ(관전) ※ '뒷ᄂᆞᆫ'은 '두어 잇ᄂᆞᆫ'이 축약된 형태이다.

39) 양지: 양ᄌᆞ(양자, 모습, 용모, 樣子, 形相) + -ㅣ(←-이: 주조)

40) 眷屬: 권속. 한집에 거느리고 사는 식구이다.

41) ᄀᆞᄌᆞ며: ᄀᆞᆽ(갖추어져 있다, 具)- + -ᄋᆞ며(연어, 나열)

42) 智慧ᄅᆞ빙며: 智慧ᄅᆞ빙[지혜롭다: 智慧(지혜: 명사)- + -ᄅᆞ빙(형접)-]- + -며(연어, 나열)

43) 勇猛코: 勇猛ᄒᆞ[←勇猛ᄒᆞ다(용맹하다): 勇猛(용맹: 명사)- + -ᄒᆞ(형접)-]- + -고(연어, 나열)

44) 게여ᄫᆞ미: 게엽(←게엽다, ㅂ불: 웅건하다, 雄健)- + -음(←-움: 명전) + -이(주조)

45) ᄀᆞᄐᆞ니도: 곹(← ᄀᆞᇀᄒᆞ다: 같다, 如)- + -∅(현시)- + -은(관전) # 이(이, 者: 의명) + -도(보조사, 첨가)

46) 겨지비라도: 겨집(여자, 女) + -이(서조)- + -라도(←-아도: 연어, 이유)

47) 듣ᄌᆞᄫᅡ: 듣(듣다, 聞)- + -ᄌᆞᇦ(←-ᄌᆞᆸ-: 객높)- + -아(연어)

착한 마음으로 (받아서) 지니면 이후로 다시는 여자의 몸이 아니 되리라." 그때에 文殊師利(문수사리)가 부처께 사뢰시되 "내가 盟誓(맹서)를 하니 像法(상법)이 轉(전)할 時節(시절)에 種種(종종) 方便(방편)으로 淨信(정신)한 善男子(선남자)와 善女人(선여인)들이 이 藥師瑠璃光如來(약사유리광여래)의 이름을 듣게 하며, 졸 적이라도 츽혼⁴⁸⁾ ᄆᅀᆞᄆᆞ로⁴⁹⁾ 디□□□□□□□ 모미⁵⁰⁾ 아니 ᄃᆞ외리라 그 ᄢᅴ 文문殊쓩師ᄉᆞ利링 부텻긔⁵¹⁾ 슬ᄫᅡ 샤ᄃᆡ⁵²⁾ 내 盟명誓쎙를 ᄒᆞ노니⁵³⁾ 像쌍法법⁵⁴⁾ 轉둳홀⁵⁵⁾ 時씽節졇에 種죵種죵 方방便뼌⁵⁶⁾으로 淨쪙信신⁵⁷⁾ᄒᆞᆫ 善쎤男남子ᄌᆞ 善쎤女녕人ᅀᅵᆫ들히 이 藥약師ᄉᆞ瑠률璃링光광如셩來링ㅅ 일후믈 듣ᄌᆞᆸ긔⁵⁸⁾ ᄒᆞ며 ᄌᆞ올⁵⁹⁾ 저기라도⁶⁰⁾

---

48) 츽혼: 츽ᄒᆞ[착하다, 善: 츽(착: 불어) + -ᄒᆞ(형접)-]- + -Ø(현시)- + -ㄴ(관전)

49) ᄆᅀᆞᄆᆞ로: ᄆᅀᆞᆷ(마음, 心) + -ᄋᆞ로(부조, 방편)

50) 이 부분의 원문이 훼손되어서 그 내용을 확인할 수 없다. 다만, 『약사유리광여래본원공덕경』의 한문본에는 "至心受持 於後不復更受女身"으로 되어 있다. 이를 번역하여서, "착한 마음으로 받아서 지니면 이후로 다시는 여자의 몸이 아니 되리라."로 옮긴다.

51) 부텻긔: 부텨(부처, 佛) + -ㅅ긔(-께: 부조, 상대)

52) 슬ᄫᅡ 샤ᄃᆡ: 슗(← 숣다, ㅂ불: 사뢰다, 아뢰다, 白言)- + -ᄋᆞ샤(← -ᄋᆞ시-: 주높)- + -ᄃᆡ(← -오ᄃᆡ: -되, 연어, 설명의 계속)

53) ᄒᆞ노니: ᄒᆞ(하다, 爲)- + -ㄴ(← -ᄂᆞ-: 현시)- + -오(화자)- + -니(연어, 설명의 계속)

54) 像法: 상법. 삼시법(三時法)의 하나이다. 정법시(正法時) 다음의 천 년 동안이다. 이 동안에는 교법이 있기는 하지만 믿음이 형식으로만 흘러 사찰과 탑을 세우는 데에만 힘쓰고 진실한 수행은 이루어지지 않으며, 증과(證果)를 얻는 사람도 없다.

55) 轉홀: 轉ᄒᆞ[전하다, 널리 펴지다: 轉(전: 불어) + -ᄒᆞ(동접)-]- + -ㅭ(관전)

56) 方便: 방편. 십바라밀(十波羅蜜)의 하나이다. 중생을 구제하기 위하여 쓰는 묘한 수단과 방법이다.

57) 淨信: 정신. 불법(佛法)을 믿는 것이다.

58) 듣ᄌᆞᆸ긔: 듣(듣다, 聞)- + -ᄌᆞᆸ(객높)- + -긔(-게: 연어, 사동)

59) ᄌᆞ올: ᄌᆞ올(졸다, 垂)- + -ㅭ(관전)

60) 저기라도: 적(적, 때, 時: 의명) + -이(서조)- + -라도(← -아도: 연어, 양보, 불구)

이 부처의 이름으로써 듣게 하여 깨닫게 하겠습니다. 世尊(세존)이시여, 아무나 이 經(경)을 지녀서 읽어 외우며, 남에게 퍼뜨려 일러서 열어 보이거나 제가 쓰거나 남을 시키여 쓰거나 하고, 恭敬(공경)하며 尊重(존중)히 여겨서 種種(종종) 花香(화향)과 瓔珞(영락)과 幡(번)과 蓋(개)와 풍류로 供養(공양)하고, (이 經을) 五色(오색) 자루에 넣어 깨끗한 땅을 쓸고 높은 座(좌)

이 부텻 일후므로⁶¹⁾ 들여⁶²⁾ 씨둗긔⁶³⁾ 호리이다⁶⁴⁾ 世솅尊존하⁶⁵⁾ 아뫼나⁶⁶⁾ 이 經경을 디녀⁶⁷⁾ 닐거 외오며⁶⁸⁾ 놈드려⁶⁹⁾ 불어⁷⁰⁾ 닐어⁷¹⁾ 여러⁷²⁾ 뵈어나⁷³⁾ 제⁷⁴⁾ 쓰거나 놈 히여⁷⁵⁾ 쓰거나 ᄒ고 恭공敬경ᄒ며 尊존重ᄯᅷ히⁷⁶⁾ 너겨⁷⁷⁾ 種종種종 花황香향⁷⁸⁾과 瓔형珞락⁷⁹⁾과 幡편⁸⁰⁾과 蓋갱⁸¹⁾와 풍류로 供공養양ᄒ고 五옹色ᄉᆞᆨ 느ᄆ채⁸²⁾ 녀허⁸³⁾ 조흔 ᄯᅡᄒᆞᆯ 쓰설오⁸⁴⁾ 노ᄑᆞᆫ 座쪙

---

61) 일후므로: 일훔(이름, 名) + -으로(부조, 방편)

62) 들여: 들이[듣게 하다: 들(← 듣다, ㄷ불: 듣다, 聞)- + -이(사접)-]- + -어(연어)

63) 씨둗긔: 씨둗[깨닫다, 覺悟: 씨(깨다, 覺)- + 둗(닫다, 달리다, 走)-]- + -긔(-게: 연어, 사동)

64) 호리이다: ᄒ(← ᄒ다: 보용, 사동)- + -오(화자)- + -리(미시)- + -이(상높)- + -다(평종)

65) 世尊하: 世尊(세존) + -하(-이시여: 호조, 아주 높임)

66) 아뫼나: 아모(아무, 某: 인대, 부정칭) + -ㅣ나(←-이나: 보조사, 선택)

67) 디녀: 디니(지니다, 持)- + -어(연어)

68) 외오며: 외오(외우다, 誦)- + -며(연어, 나열, 계기)

69) 놈드려: 놈(남, 他人) + -드려(-더러, -에게: 부조, 상대)

70) 불어: 불(← 부르다: 퍼뜨리다, 펼치다, 演)- + -어(연어)

71) 닐어: 닐(← 니르다: 이르다, 說)- + -어(연어)

72) 여러: 열(열다, 開)- + -어(연어)

73) 뵈어나: 뵈[보이다, 示: 보(보다, 見)- + -ㅣ(←-이-: 사접)-]- + -어나(←-거나: 연어, 선택)

74) 제: 저(저, 자기, 自: 인대, 재귀칭) + -ㅣ(←-이: 주조)

75) 히여: 히[시키다, 敎: ᄒ(하다, 爲)- + -ㅣ(← -이-: 사접)-]- + -여(←-어: 연어)

76) 尊重히: [존중히, 높고 귀하게(부사): 尊重(존중: 명사) + -ᄒ(←-ᄒ-: 동접)- + -이(부접)]

77) 너겨: 너기(여기다, 思)- + -어(연어)

78) 花香: 화향. 불전에 올리는 꽃과 향이다.

79) 瓔珞: 영락. 구슬을 꿰어 만든 장신구. 목이나 팔 따위에 두른다.

80) 幡: 번. 법요(法要)를 설법(說法)할 때에 절 안에 세우는 깃대이다. 대가리에 비단(緋緞)이나 종이 같은 것을 가늘게 오려서 단다.

81) 蓋: 개. 천장에서 불상(佛像)이나 예반(禮盤) 따위를 덮는 나무나 쇠붙이로 만든 불구(佛具)이다.

82) 느ᄆ채: 느뭇(자루, 부대, 囊柄) + -애(-에: 부조, 위치)

83) 녀허: 넣(넣다, 盛)- + -어(연어)

84) 쓰설오: 쓰설(쓰레질하다, 쓸고 치우다, 掃灑)- + -오(←-고: 연어, 나열, 계기)

만들고 (이 經을) 便安(편안)히 얹으면, 그때에 四天王(사천왕)이 眷屬(권속)과 無量(무량)한 百千(백천)의 天衆(천중)을 데리고 다 그 곳에 가서 供養(공양)하며 (이 經을) 지키겠습니다. 世尊(세존)이시여, 이 經(경)이 流行(유행)할 땅에 【流(유)는 물이 흐르는 것이요 行(행)은 가는 것이니, 法(법)이 퍼지어 가는 것이 물이 흘러 가는 것과 같으므로 流行(유행)이라 하였느니라. 】 저 藥師瑠璃光如來(약사유리광여래)의 本願(본원)의 功德(공덕)을 지니며 밍·글·오 便_뼌安_한히 연ᄌ·면⁸⁵⁾ 그 ·쁴 四_{ᄉᆞ}天_텬王_왕⁸⁶⁾·이 眷_권屬_쑉·과 無_뭉量_량⁸⁷⁾ 百_{ᄇᆡᆨ}千_쳔 天_텬衆_즁⁸⁸⁾ ·ᄃᆞ·리·고⁸⁹⁾ 다 그 고·대⁹⁰⁾ 가 供_공養_양⁹¹⁾·ᄒᆞ·며 디·킈·리이·다⁹²⁾ 世_솅尊_존하 ·이 經_경 流_률行_{ᄒᆡᆼ}홀⁹³⁾ ·ᄯᅡ·해⁹⁴⁾ 【流_률·는 ·믈⁹⁵⁾ 흐·를 ·씨·오⁹⁶⁾ 行_{ᄒᆡᆼ}·ᄋᆞᆫ 녈⁹⁷⁾ ·씨·니 法_법·이 ·펴디·여⁹⁸⁾ 가·미⁹⁹⁾ ·믈 흘·러 녀·미¹⁰⁰⁾ ᄀᆞ·틀 ·씨¹⁾ 流_률行_{ᄒᆡᆼ}·이·라 ·ᄒᆞ니·라】 ·뎌 藥_약師_{ᄉᆞ}瑠_륳璃_링光_광如_셩來_링ㅅ 本_본願_원²⁾ 功_공德_득³⁾·을 ·디니·며

---

85) 연ᄌ면: 엱(얹다, 處)-+-ᄋᆞ면(연어, 조건)

86) 四天王: 사천왕. 사왕천(四王天)의 주신(主神)으로 사방을 진호(鎭護)하며 국가를 수호하는 네 신. 동쪽의 지국천왕, 남쪽의 증장천왕, 서쪽의 광목천왕, 북쪽의 다문천왕이다. 위로는 제석천 을 섬기고 아래로는 팔부중(八部衆)을 지배하여 불법에 귀의한 중생을 보호한다.

87) 無量: 무량. 헤아릴 수 없이 많은 것이다.

88) 天衆: 천중. 욕계(欲界), 색계(色界), 무색계(無色界)에 살고 있는 하늘의 모든 유정(有情)이다.

89) ᄃᆞ리고: ᄃᆞ리(데리다, 與)-+-고(연어, 계기)

90) 고대: 곧(곳, 所: 의명, 위치)+-애(-에: 부조, 위치)

91) 供養: 공양. 불(佛), 법(法), 승(僧)의 삼보(三寶)나 죽은 이의 영혼에게 음식, 꽃 따위를 바치는 일이다. 또는 그 음식을 이른다.

92) 디킈리이다: 디킈(← 딕희다: 지키다, 守護)-+-리(미시)-+-이(상높, 아주 높임)-+-다(평종)

93) 流行홀: 流行ᄒᆞ[유행하다: 流行(유행: 명사)+-ᄒᆞ(동접)-]-+-ㅭ(관전) ※ '流行(유행)'은 널 리 퍼져서 돌아다니는 것이다.

94) ᄯᅡ해: ᄯᅡㅎ(땅, 處)+-애(-에: 부조, 위치)

95) 믈: 물, 水.

96) 씨오: ㅆ(← ᄉᆞ: 것, 者, 의명)+-이(서조)-+-오(← -고: 연어, 나열)

97) 녈: 녀(가다, 다니다, 行)-+-ㅭ(관전)

98) 펴디여: 펴디[퍼지다, 流行: 펴(펴다, 發)-+-어(연어)+디(지다: 보용, 피동)]-+-여(← -어: 연어)

99) 가미: 가(가다: 보용, 진행)+-ㅁ(← 옴: 명전)+-이(주조)

100) 녀미: 녀(가다, 다니다: 行)-+-ㅁ(← -옴: 명전)+-이(-과: 부조, 비교)

1) ᄀᆞ틀씨: 곹(← ᄀᆞᇀᄒᆞ다: 같다, 如)-+-ㅭᄉᆡ(-으므로: 연어, 이유)

2) 本願: 본원. 부처가 되기 이전, 즉 보살로서 수행할 때에 세운 서원(誓願)이다.

3) 功德: 공덕. 좋은 일을 행한 덕으로 훌륭한 결과를 가져오게 하는 능력이다. 종교적으로 순수 한 것을 진실공덕(眞實功德)이라 이르고, 세속적인 것을 부실공덕(不實功德)이라 한다.

일후·믈 들은·ᄍᆞᄫ면 당다·이 이ᄯᅡ해 橫뾍
死ᄉᆞᆼ ᄒᆞᆳ 수·리 업스·며【橫뾍·은 빗·글 씨·오 橫뾍死ᄉᆞᆼ·ᄂᆞᆫ 제 命·니·니 ·라·시 命·니 精졍氣·킝·니·라 】·쏘 모·딘 귓·것ᄃᆞᆯ·히 精졍氣·킝·ᄅᆞᆯ 몯 아ᅀᆞ·리·니【精졍氣·킝·ᄂᆞᆫ 넋·이·라 ᄒᆞ·듯 혼 ᄠᅳ·디·라】·비·록 아ᅀᅡ·도 도·로 녜 ᄀᆞ·ᄐᆞ·야 ᄆᆞ·ᅀᆞ·미 便뻔安ᅙᅡᆫ·ᄒᆞ·리·이·다 부톄 니·ᄅᆞ·샤·ᄃᆡ 올·타 올·타 네 말·ᄀᆞ·ᄐᆞ·니·라 文문殊쓩師ᄉᆞᆼ利·링 ᄒᆞ·다·가 淨쪙信·신·ᄒᆞᆫ 善·쎤男남子·ᄌᆞᆼ

이름을 들으면 마땅히 이 땅에서 橫死(횡사)하는 일이 없으며【橫(횡)은 비뚠 것이니, 橫死(횡사)는 자기의 命(명)이 아닌 일로 죽는 것이다. 】또 모진 귀신들이 精氣(정기)를 못 빼앗겠으니【精氣(정기)는 넋이라 하듯 한 뜻이다. 】비록 (정기를) 빼앗아도 도로 옛날과 같아서 마음이 便安(편안)하겠습니다. 부처가 이르시되 옳다, 옳다. 네 말과 같으니라. 文殊師利(문수사리)여, 만일 淨信(정신)한 善男子(선남자)

일후를 듣ᄌᆞᄫᆞ면[4] 당다이[5] 이 ᄯᅡ해 橫ᅘᅱᇰ死ᄉᆞᆼ홀[6] 주리[7] 업스며
【橫ᅘᅱᇰ은 빗글[8] 씨니 橫ᅘᅱᇰ死ᄉᆞᆼ는 제 命며ᇰ 아닌 일로 주글 씨라】 ᄯᅩ 모딘
귓것들히[9] 精저ᇰ氣킝[10]를 몯 아ᅀᆞ리니[11]【精저ᇰ氣킝는 넉시라[12] ᄒᆞᄃᆞᆺ[13] ᄒᆞᆫ
ᄠᅳ디라 】 비록 아ᅀᅡ도[14] 도로[15] 녜[16] ᄀᆞᆮᄒᆞ야[17] ᄆᆞᅀᆞ미 便ᅀᅠᅢᆫ安ᅙᅡᆫᄒᆞ리
이다 부톄 니ᄅᆞ샤ᄃᆡ 올타[18] 올타 네 말 ᄀᆞᆮᄐᆞ니라[19] 文ᄆᆞᆫ殊쓔ᇢ師ᄉᆞᆼ
利링여[20] ᄒᆞ다가[21] 淨쩌ᇰ信신ᄒᆞᆫ 善썬男남子ᄌᆞᆼ

---

4) 듣ᄌᆞᄫᆞ면: 듣(듣다, 聞)- + -ᄌᆞ(← -ᄌᆞᆸ-: 객높)- + -ᄋᆞ면(연어, 조건)

5) 당다이: 마땅히, 반드시, 當(부사)

6) 橫死홀: 橫死ᄒᆞ[← 橫死ᄒᆞ다(횡사하다): 橫死(횡사: 명사) + -ᄒᆞ(하다: 동접)-]- + -오(대상)-
   + -ᇙ(관전) ※ '橫死(횡사)'는 뜻밖의 재앙으로 죽는 것이다.

7) 주리: 줄(줄, 일, 것, 者: 의명) + -이(주조)

8) 빗글: 빗(비뚤다, 橫)- + -을(관전)

9) 귓것들히: 귓것들ᄒ[귀신들, 鬼神: 귀(귀신, 鬼) + -ㅅ(관조, 사잇) + 것(것: 의명) + -들ᄒ(-들:
   복접)] + -이(주조)

10) 精氣: 정기. 사물에 들어 있는 순수한 기운이다.

11) 아ᅀᆞ리니: 앗(← 앗다, ㅅ불: 앗다, 빼앗다, 奪)- + -ᄋᆞ리(미시)- + -니(연어, 설명의 계속)

12) 넉시라: 넋(넋, 마음, 魂) + -이(서조)- + -Ø(현시)- + -라(← -다: 평종)

13) ᄒᆞᄃᆞᆺ: ᄒᆞ(하다, 曰)- + -ᄃᆞᆺ(-듯: 연어, 흡사)

14) 아ᅀᅡ도: 앗(← 앗다, ㅅ불: 앗다, 빼앗다, 奪)- + -아도(연어, 양보)

15) 도로: [도로, 還(부사): 돌(돌다, 回: 동사)- + -오(부접)]

16) 녜: 녜(옛날, 예전, 故) + -Ø(← -이: 부접, 비교)

17) ᄀᆞᆮᄒᆞ야: ᄀᆞᆮᄒᆞ(같다, 如)- + -야(← -아: 연어)

18) 올타: 옳(옳다, 是)- + -Ø(현시)- + -다(평종)

19) ᄀᆞᆮᄐᆞ니라: ᄀᆞᇀ(← ᄀᆞᆮᄒᆞ다: 같다, 如)- + -Ø(현시)- + -ᄋᆞ니(원칙)- + -라(← -다: 평종)

20) 文殊師利여: 文殊師利(문수사리) + -여(호조, 예사 높임)

21) ᄒᆞ다가: 만일, 若(부사)

善女人(선여인)이 저 藥師瑠璃光如來(약사유리광여래)를 供養(공양)하고자
하거든, 먼저 저 부처의 像(상)을 만들어 깨끗한 座(좌)에 便安(편안)히
놓고, 種種(종종)의 꽃을 흩뿌리고 種種(종종)의 香(향)을 피우고, 種種(종
종)의 幢幡(당번)으로 그 땅을 莊嚴(장엄)하고, 밤낮 이레를 八分齋戒(팔분
재계)를 지니어 깨끗한 밥을 먹고, 沐浴(목욕)을 감아

善쎤女녕人신이 뎌 藥약師ᄉᆞ瑠륳璃링光광如셩來링를 供공養양코져 ᄒᆞ거
든 몬져²²⁾ 뎌 부텻 像썅²³⁾을 ᄆᆡᇰᄀᆞ라²⁴⁾ 조ᄒᆞᆫ²⁵⁾ 座쫭애 便뼌安한히 노
쏩고²⁶⁾ 種죵種죵ㄱ²⁷⁾ 곳²⁸⁾ 비코²⁹⁾ 種죵種죵ㄱ 香향 퓌우고³⁰⁾ 種죵種죵
ㄱ 幢똬幡펀³¹⁾으로 그 ᄯᅡ흘 莊쟈ᇰ嚴엄³²⁾ᄒᆞ고 밤낫³³⁾ 닐웨를³⁴⁾ 八밠分분
齋쟁戒갱³⁵⁾를 디녀 조ᄒᆞᆫ 밥 먹고 沐목浴욕 ᄀᆞ마³⁶⁾

---

22) 몬져: 먼저, 先(부사)

23) 像: 상. 조각이나 그림을 나타내는 말이다.

24) ᄆᆡᇰᄀᆞ라: ᄆᆡᇰᄀᆞᆯ(만들다, 造)- + -아(연어)

25) 조ᄒᆞᆫ: 좋(깨끗하다, 淸淨)- + -Ø(현시)- + -은(관전)

26) 노쏩고: 놓(놓다, 立)- + -쏩(객높)- + -고(연어, 나열, 계기)

27) 種種ㄱ: 種種(종종, 여러 가지) + -ㄱ(-의: 관조)

28) 곳: 곳(← 곶: 꽃, 花)

29) 비코: 빟(흩뿌리다, 散)- + -고(연어, 나열, 계기)

30) 퓌우고: 퓌우[피우다, 發: 푸(← 프다: 피다, 發, 자동)- + -ㅣ(← -이-: 사접)- + -우(사접)-]- + -고(연어, 나열, 계기) ※ '픠우-'가 '퓌우-'로 바뀐 것은 원순 모음화가 적용된 초기의 예로 볼 수 있다.

31) 幢幡: 당과 번이다. 혹은 당과 번을 겹쳐 만든 기(旗)이다. '幢(당)'은 법회 따위의 의식이 있을 때에, 절의 문 앞에 세우는 기. 장대 끝에 용머리를 만들고, 깃발에 불화(佛畫)를 그려 불보살의 위엄을 나타내는 장식 도구이다. 그리고 '幡(번)'은 부처와 보살의 성덕(盛德)을 나타내는 깃발. 꼭대기에 종이나 비단 따위를 가늘게 오려서 단다.

32) 莊嚴: 장엄. 보관(寶冠), 칠보(七寶), 연화(蓮花) 등으로 불도량(佛道場)을 장식하는 일이다.

33) 밤낫: [밤낮, 日夜: 밤(밤, 夜) + 낫(← 낮: 낮, 日)]

34) 닐웨를: 닐웨(이레, 七日) + -를(목조)

35) 八分齋戒: 팔분재계. 집에서 불도를 닦는 우바새(優婆塞) 및 우바니(優婆尼)가 육재일(六齋日)에 그날 하루 밤낮 동안 지키는 여덟 계행(戒行)이다.(= 八分齋) ※ '육재일(六齋日)'은 한 달 가운데서 몸을 조심하고 마음을 깨끗이 하여 재계(齋戒)하는 여섯 날. 음력 8·14·15·23·29·30일로, 이날에는 사천왕이 천하를 돌아다니며 사람의 선악을 살피는 날이라고 한다.

36) ᄀᆞ마: ᄀᆞᆷ(감다, 浴)- + -아(연어)

香(향)을 바르고 깨끗한 옷을 입고, 때가 없는 마음과 嗔心(진심)이 없는 마음을 내어, 一切(일체)의 有情(유정)에게 利益(이익)이 되며 安樂(안락)하며【安樂(안락)은 便安(편안)하고 즐거운 것이다. 】, 慈悲(자비)를 喜捨(희사)하여 平等(평등)한 마음을 일으켜, 풍류와 노래로 讚嘆(찬탄)하여 佛像(불상)의 오른쪽으로 감돌고, 저 如來(여래)의 本願(본원)의 功德(공덕)을

香_향 ᄇᄅ고³⁷⁾ 조흔 옷 닙고³⁸⁾ ᄢᅴ³⁹⁾ 업슨 ᄆᆞᅀᆞᆷ과 嗔_친心_심⁴⁰⁾ 업슨 ᄆᆞᅀᆞᆷ믈 내야 一_힔切_쳉 有_{ᅌᅮᇂ}情_쪙에 利_링益_{ᅙᅧᆨ}ᄒᆞ며⁴¹⁾ 安_한樂_락ᄒᆞ며⁴²⁾【安_한樂_락ᄋᆞᆫ 便_뼌安_한코 즐거ᄫᅳᆯ⁴³⁾ 씨라】慈_쫑悲_빙⁴⁴⁾ 喜_횡捨_샹⁴⁵⁾ᄒᆞ며 平_뼝等_등ᄒᆞᆫ ᄆᆞᅀᆞᆷ믈 니르와다⁴⁶⁾ 풍류⁴⁷⁾와 놀애로⁴⁸⁾ 讚_잔嘆_탄ᄒᆞᅀᆞᄫᅡ⁴⁹⁾ 佛_{ᅗᅮᇙ}像_썅 올ᄒᆞ녀그로⁵⁰⁾ 값도ᅀᆞᆸ고⁵¹⁾ 뎌 如_셩來_링ㅅ 本_본願_원 功_공德_득을

---

37) ᄇᄅ고: ᄇᄅ(바르다, 塗)- + -고(연어, 나열, 계기)

38) 닙고: 닙(입다, 着)- + -고(연어, 나열, 계기)

39) ᄢᅴ: ᄢᅴ(때, 垢) + -∅(←-이: 주조)

40) 嗔心: 진심. 왈칵 성내는 마음이다.

41) 利益ᄒᆞ며: 利益ᄒᆞ[이익되다: 利益(이익: 명사) + -ᄒᆞ(동접)-]- + -며(연어, 나열)

42) 安樂ᄒᆞ며: 安樂ᄒᆞ[안락하다: 安樂(안락: 명사) + -ᄒᆞ(동접)-]- + -며(연어, 나열)

43) 즐거ᄫᅳᆯ: 즐겁[즐겁다, ㅂ불, 喜: 즑(즐거워하다, 歡: 불어)- + -업(형접)-]- + -을(관전)

44) 慈悲: 자비. 중생에게 즐거움을 주고 괴로움을 없게 하는 것이다.

45) 喜捨: 희사. 어떤 목적을 위하여 기꺼이 돈이나 물건을 내놓는 것이다.

46) 니르와다: 니르왇[일으키다, 起: 닐(일어나다, 起: 자동)- + -으(사접)- + -왇(강접)-]- + -아(연어)

47) 풍류: 풍류, 伎.

48) 놀애로: 놀애[노래, 歌: 놀(놀다, 遊: 동사)- + -애(명접)] + -로(부조, 방편)

49) 讚嘆ᄒᆞᅀᆞᄫᅡ: 讚嘆ᄒᆞ[찬탄하다: 讚嘆(찬탄: 명사) + -ᄒᆞ(동접)]- + -ᅀᆞᇦ(←-ᅀᆞᆸ-: 객높)- + -아(연어) ※ '讚嘆(찬탄)'은 칭찬하며 감탄하는 것이다.

50) 올ᄒᆞ녀그로: 올ᄒᆞ녁[오른쪽: 옳(오른쪽이다, 右: 형사)- + -ᄋᆞᆫ(관전) + 녁(녘, 쪽, 便: 의명)] + -으로(부조, 방향)

51) 값도ᅀᆞᆸ고: 값도[← 값돌다(감돌다, 감아서 돌다, 繞): 값(← 감다: 감다)- + 돌다(돌다, 回)-]- + -ᅀᆞᆸ(객높)- + -고(연어, 계기)

念(념)ᄒᆞ야 이 經(경)을 닐거 외오며 뜨들 ᄉᆞ랑ᄒᆞ야 불어 니러 뵈면 一切(일쳉) 願(원)이 다 이러 長(땅)壽(쓩)를 求ᄒᆞ면 長(땅)壽(쓩)ᄅᆞᆯ 得(득)ᄒᆞ고 가ᅀᆞ며로믈 求ᄒᆞ면 가ᅀᆞ며로믈 得(득)ᄒᆞ고 벼스를 求ᄒᆞ면 벼스를 得(득)ᄒᆞ고 아ᄃᆞᆯ ᄯᆞᄅᆞᆯ 求ᄒᆞ면 아ᄃᆞᆯ ᄯᆞ를 得(득)ᄒᆞ야 모나 ᄯᆞᆯ미모

또 念(염)하여 이 經(경)을 읽어 외우며, 그 뜻을 생각하여 펼쳐 말하여서 열어 보이면 一切(일체)의 願(원)이 다 이루어져, 長壽(장수)를 求(구)하면 【 長壽(장수)는 목숨이 긴 것이다. 】 長壽(장수)를 得(득)하고, 부유함을 求(구)하면 부유함을 得(득)하고, 벼슬을 求(구)하면 벼슬을 得(득)하고, 아들딸을 求(구)하면 아들딸을 得(득)하리라. 아무나 또 사람이 모진

또 念_념ᄒ야⁵²⁾ 이 經_경을 닐거 외오며 그 ᄠ들⁵³⁾ ᄉ랑ᄒ야⁵⁴⁾ 불어⁵⁵⁾ 닐어⁵⁶⁾ 여러⁵⁷⁾ 뵈면⁵⁸⁾ 一_잃切_쳉 願_원이 다 이러⁵⁹⁾ 長_땅壽_쓩를 求_꿀ᄒ면【長_땅壽_쓩는 목수미⁶⁰⁾ 길 씨라 】長_땅壽_쓩를 得_득ᄒ고 가ᅀᆞ며로ᄆᆞᆯ⁶¹⁾ 求_꿀ᄒ면 가ᅀᆞ며로ᄆᆞᆯ 得_득ᄒ고 벼스를⁶²⁾ 求_꿀ᄒ면 벼스를 得_득ᄒ고 아ᄃᆞᆯᄯᆞᆯ⁶³⁾ 求_꿀ᄒ면 아ᄃᆞᆯᄯᆞᆯ 得_득ᄒ리라 아뫼나⁶⁴⁾ 또 사ᄅᆞ미 모딘

---

52) 念ᄒ야: 念ᄒ[염하다, 생각하다: 念(염: 명사) + -ᄒ(동접)-]- + -야(←-아: 연어)

53) ᄠ들: ᄠᅳᆮ(뜻, 義) + -을(목조)

54) ᄉ랑ᄒ야: ᄉ랑ᄒ[생각하다, 思: ᄉ랑(생각, 思: 명사) + -ᄒ(동접)-]- + -야(←-아: 연어)

55) 불어: 불(← 부르다: 퍼뜨리다, 펼치다, 演) + -어(연어)

56) 닐어: 닐(← 니르다: 이르다, 說)- + -어(연어)

57) 여러: 열(열다, 開)- + -어(연어)

58) 뵈면: 뵈[보이다, 示: 보(보다, 見: 타동)- + -ㅣ(←-이-: 사동)-]- + -면(연어, 조건)

59) 이러: 일(이루어지다, 成)- + -어(연어)

60) 목수미: 목숨[목숨, 命: 목(목, 喉) + 숨(숨, 息)] + -이(주조)

61) 가ᅀᆞ며로ᄆᆞᆯ: 가ᅀᆞ멸(부유하다, 가멸다, 富)- + -옴(명전) + -ᄋᆞᆯ(목조)

62) 벼스를: 벼슬(벼슬, 官位) + -을(목조)

63) 아ᄃᆞᆯᄯᆞᆯ: 아ᄃᆞᆯᄯᆞᆯ[아들딸, 男女: 아ᄃᆞᆯ(아들, 男) + ᄯᆞᆯ(딸, 女)] + -을(목조)

64) 아뫼나: 아모(아무, 某: 인대, 부정칭) + -ㅣ나(←-이나: 보조사, 선택)

ᄭᅮ·믈 어·더 구·즌 相샹·ᄋᆞᆯ 보·거·나 妖ᅀᅭᇢ
怪괭·ᄅᆞ·ᄫᆡᆫ 새 ·오·거·나【妖ᅀᅭᇢ怪괭·ᄂᆞᆫ 常쌍
例롕·ᄅᆞᆸ·디 아·니·ᄒᆞᆫ 荒ᅘᅪᆼ·이·리·라 唐땅】·잇·ᄂᆞᆫ ᄯᅡ·해·온·가·짓 妖ᅀᅭᇢ 種죵 怪괭
뵈·어·나 ᄒᆞ·거·스·러 藥약師승 瑠璃룡 光
如셩來링·ᄅᆞᆯ 恭공敬경·ᄒᆞ·야 供공養
ᄒᆞ·이·리·다 ·업·서·분·며·리·아·니·ᄃᆞᆫ ·외·며 ·이·믈

꿈을 얻어 궂은 相(상)을 보거나 妖怪(요괴)로운 새(鳥)가 오거나【妖怪(요괴)는 常例(상례)롭지 아니한 荒唐(황당)한 일이다. 】 살고 있는 땅에 온갖 妖怪(요괴)가 보이거나 하거든, 이 사람이 種種(종종)의 貴(귀)한 것으로 저 藥師瑠璃光如來(약사유리광여래)를 恭敬(공경)하여 供養(공양)하면, 흉(凶)한 꿈이며 모든 좋지 못한 일이 다 없어져서 걱정이 아니 되며, 물과

ㅅ무를⁶⁵⁾ 어더 구즌⁶⁶⁾ 相_샹⁶⁷⁾을 보거나 妖_흉怪_괭ㄹ뷩⁶⁸⁾ 새⁶⁹⁾ 오거나

【 妖_흉怪_괭ᄂᆞᆫ 常_쌍例_롕롭디⁷⁰⁾ 아니ᄒᆞᆫ 荒_황唐_땅ᄒᆞᆫ⁷¹⁾ 이리라 】 잇논⁷²⁾ ᄯᅡ해 온

가짓⁷³⁾ 妖_흉怪_괭 뵈어나⁷⁴⁾ ᄒᆞ거든 이 사ᄅᆞ미 種_죵種_죵 貴_귕ᄒᆞᆫ 거스

로⁷⁵⁾ 뎌 藥_약師_{ᄉᆞᆼ}瑠_률璃_링光_광如_셩來_링ᄅᆞᆯ 恭_공敬_경ᄒᆞ야 供_공養_양ᄒᆞᅀᆞᄫᆞ면

머즌⁷⁶⁾ ᄭᅮ미며 믈읫⁷⁷⁾ 됴티 몯ᄒᆞᆫ 이리 다 업서⁷⁸⁾ 분벼리⁷⁹⁾ 아니

ᄃᆞ외며 믈⁸⁰⁾

---

65) ㅅ무를: ㅅ뭄(꿈, 夢) + -을(목조)

66) 구즌: 궂(궂다, 惡)- + -Ø(현시)- + -ㄴ(관전)

67) 相: 상. 볼 수 있고, 알 수 있는 모습이다.

68) 妖怪ㄹ뷩: 妖怪ㄹ뷩[요괴스럽다: 妖怪(요괴: 명사) + -ㄹ뷩(-롭-: 형접)-]- + -Ø(현시)- + -ㄴ(관전) ※ '妖怪(요괴)'는 요사스럽고 괴이한 것이다.

69) 새: 새(새, 鳥) + -Ø(←-이: 주조)

70) 常例롭디: 常例롭[상례롭다: 常例(상례: 명사) + -롭(형접)-]- + -디(-지: 연어, 부정) ※ '常例(상례)'는 보통 있는 일이다.

71) 荒唐: 황당. 말이나 행동 따위가 참되지 않고 터무니없는 것이다.

72) 잇논: 잇(← 이시다: 있다, 住)- + -ㄴ(←-ᄂᆞ-: 현시)- + -오(대상)- + -ㄴ(관전) ※ '잇논 ᄯᅡ ᄒᆞ'는 『약사유리광여래본원공덕경』에는 '住處'로 기술되어 있으므로 '살고 있는 땅'으로 의역하여 옮긴다.

73) 온가짓: 온가지[온갖 종류, 가지가지, 百種: 온(백, 百) + 가지(가지, 種: 의명)] + -ㅅ(-의: 관조)

74) 뵈어나: 뵈[보이다, 出現: 보(보다, 見: 타동)- + -ㅣ(←-이-: 피접)-]- + -거나(보조사, 선택)

75) 거스로: 것(것, 資具: 의명) + -으로(부조, 방편) ※ '資具(자구)'는 집 안이나 사무실에서 쓰는 온갖 기구이다.(= 집물, 什物)

76) 머즌: 멎(흉하다, 凶, 惡)- + -Ø(현시)- + -ㄴ(관전)

77) 믈읫: 모든, 諸(관사)

78) 업서: 없(없어지다, 沒: 자동)- + -어(연어)

79) 분벼리: 분별(걱정, 患) + -이(보조)

80) 믈: 물, 水.

·블·갈 모·딘 것·과 어·려·본 石쎡璧·벽·과【石쎡은 ·돌·히·오 璧·벽은 ·브·르·미·니 ·브·름 ·그·티 ·션 바·회·를 石쎡璧·벽·이·라 ·호·니·라】모·딘 象쌍·과 獅숭子종·와 범·과 일·히·와 곰·과 모·딘 ·부·얌·과 믈·벌·에 트렛 므·스므·로·분 이·리 이·셔·도 고죽호 무슨·모·로 ·뎌·를 念념호·야 恭공敬경호·면 다 ·버·서나·리어·며 다·룬 나·라·히 ·와 보·차거·나 ·난·둗기 ·골·외어·나 ·호·야·도 如셩來

불과 칼 (등) 모진 것과 어려운 石壁(석벽)과【石(석)은 돌이요 璧(벽)은 벼랑이니, 벼랑같이 선 바위를 石壁(석벽)이라 하느니라.】모진 象(상, 코끼리)과 獅子(사자)와 범과 이리와 곰과 모진 뱀과 물벌레 등의 무서운 일이 있어도, 골똘한(지극한) 마음으로 저 부처를 念(염)하여 恭敬(공경)하면 다 벗어나겠으며, 다른 나라가 와서 침입하거나 도적이 괴롭히거나 하여도 저 如來(여래)를 블⁸¹⁾ 갈⁸²⁾ 모딘 것과 어려븐⁸³⁾ 石_쎡壁_벽과【石_쎡은 돌히오⁸⁴⁾ 壁_벽은 ㅂ릭

미니⁸⁵⁾ ㅂ름 ㄱ티⁸⁶⁾ 션⁸⁷⁾ 바회를⁸⁸⁾ 石_쎡壁_벽이라 ᄒᄂ니라 】 모딘 象_썅⁸⁹⁾과

獅_ᄉ子_ᄌ와 범과 일히와⁹⁰⁾ 곰과 모딘 ㅂ얌과⁹¹⁾ 믌벌에⁹²⁾ 트렛⁹³⁾ 므

싀여븐⁹⁴⁾ 이리 이셔도⁹⁵⁾ 고죽ᄒ⁹⁶⁾ ᄆᅀᆞᄆᆞ로 뎌 부텨를 念_념ᄒ야 恭

_공敬_경ᄒᅀᆞᄫᆞ면 다 버서나리어며⁹⁷⁾ 다ᄅᆞᆫ⁹⁸⁾ 나라히 와 보차거나⁹⁹⁾ 도

ᄌᆞ기¹⁰⁰⁾ 글외어나¹⁾ ᄒ야도 뎌 如_셩來_링를

---

81) 블: 불, 火.

82) 갈: 갈(← 갈ㅎ: 칼, 刀)

83) 어려븐: 어렵(← 어렵다, ㅂ불: 어렵다, 難)- + -Ø(현시)- + -은(관전)

84) 돌히오: 돌ㅎ(돌, 石) + -이(서조)- + -오(← -고: 연어, 나열)

85) ㅂ릭미니: ㅂ름(벼랑, 벽, 壁) + -이(서조)- + -니(연어, 설명의 계속)

86) ㄱ티: [같이, 如(부사): ᄀᇀ(← ᄀᆮᄒ다: 같다, 如, 형사)- + -이(부접)]

87) 션: 셔(서다, 立)- + -Ø(과시)- + -ㄴ(관전)

88) 바회를: 바회(바위, 巖) + -룰(목조)

89) 象: 상, 코끼리.

90) 일히와: 일히(이리, 狼) + -와(← -과: 접조)

91) ㅂ얌과: ㅂ얌(뱀, 蛇) + -과(접조)

92) 믌벌에: [물벌레, 물것, 水蟲: 믈(물, 水) + -ㅅ(-의: 관조, 사잇) + 벌에(벌레, 蟲)] ※ '믌벌에'
는 사람이나 동물의 살을 잘 물어 피를 빨아 먹는 모기, 빈대, 벼룩, 이 따위의 벌레이다.

93) 트렛: 틀(부류, 따위, 等) + -에(부조, 위치) + -ㅅ(-의: 관조)

94) 므싀여븐: 므싀엽[← 므싀엽다, ㅂ불(무섭다, 怖): 므싀(무서워하다, 畏: 자동)- + -엽(← -업-:
형접)-]- + -Ø(현시)- + -은(관전)

95) 이셔도: 이시(있다, 有)- + -어도(연어, 양보)

96) 고죽ᄒ: 고죽ᄒ[지극하다, 골똘하다, 至: 고죽(불어) + -ᄒ(형접)-]- + -Ø(현시)- + -ㄴ(관전)

97) 버서나리어며: 버서나(벗어나다, 解脫: 벗(벗다, 脫)- + -어(연어) + 나(나다, 出)-]- + -리(미
시)- + -어(← -거-: 확인)- + -며(연어, 나열)

98) 다ᄅᆞᆫ: ① [다른, 他(관사): 다ᄅᆞ(다르다, 異)- + -ㄴ(관전▷관접)] ② 다ᄅᆞ(다르다, 異)- + -Ø
(현시)- + -ㄴ(관전)

99) 보차거나: 보차(침입하다, 侵擾)- + -거나(연어, 선택)

100) 도ᄌᆞ기: 도죽(도적, 賊) + -이(주조)

1) 글외어나: 글외(침범하여 괴롭히다, 反亂)- + -어나(← -거나: 연어, 선택)

念념ᄒᆞ야恭敬경ᄒᆞᅀᆞᄫᆞ면다
버서나리라쏘文殊師利링·여
아·외나淨쪙信신·ᄒᆞᆫ善썬男남子중善
썅女녕入신·ᄒᆞᆯ·돌·히죽·도·록녀나ᄆᆞᆫ하ᄂᆞ
法·법僧승·에歸귕依ᄒᆡᆼ·ᄒᆞ·야警경戒갱
모·셤기·다·아·니콩ᄒᆞᆷ수ᄆᆞ·로佛뿛法法
僧승·에歸귕依ᄒᆡᆼ·ᄒᆞ·야지·슨이·리·셔
다·ᄃᆡ·니·다·가그른·ᄒᆞ·야지·슨이·리·셔
惡·학趣츙·에ᄠᅥ·러·듀믈두·리·여더·ᄫᅳᆯ

念(염)하여 恭敬(공경)하면 다 벗어나리라. 또 文殊師利(문수사리)여, 아무나 淨信(정신)한 善男子(선남자)와 善女人(선여인)들이 죽도록 다른 하늘을 섬기지 아니하고, 한 마음으로 佛法僧(불법승)에 歸依(귀의)하여 警戒(경계)를 다 지니다가, 그릇하여 지은 일이 있어 惡趣(악취)에 떨어지는 것을 두려워하여, 저 부처의

念념ᄒ야 恭공敬경ᄒᄉᆞᄫᆞ면²⁾ 다 버서나리라 쏘 文문殊쓩師ᄉᆞᆼ利링여
아뫼나³⁾ 淨쪙信신ᄒᆫ 善쎤男남子즁 善쎤女녕人ᅀᅵᆫ들히 죽ᄃᆞ록⁴⁾ 녀나ᄆᆞᆫ⁵⁾
하ᄂᆞᆯ를⁶⁾ 셤기디⁷⁾ 아니코⁸⁾ 호 ᄆᆞᄉᆞᄆᆞ로 佛뿛法법僧승⁹⁾에 歸귕依힁¹⁰⁾ᄒᆞ
야 警경戒갱¹¹⁾를 다 디니다가¹²⁾ 그르ᄒᆞ야¹³⁾ 지순¹⁴⁾ 이리 이셔 惡학趣
츙¹⁵⁾예 ᄠᅥ러듀믈¹⁶⁾ 두리여¹⁷⁾ 뎌 부텻

---

2) 恭敬ᄒᄉᆞᄫᆞ면: 恭敬ᄒ[공경하다: 恭敬(공경: 명사) + -ᄒ(동접)-]- + -ᄉᆞᆸ(객높)- + -ᄋᆞ면(연어, 조건)

3) 아뫼나: 아모(아무, 某: 인대, 부정칭) + -ㅣ나(←-이나: 보조사, 선택)

4) 죽ᄃᆞ록: 죽(죽다, 死)- + -ᄃᆞ록(-도록: 연어, 도달)

5) 녀나ᄆᆞᆫ: [그 밖의, 다른, 餘(관사): 녀(← 녀느, 他: 관사) + 남(남다, 餘)- + -ᄋᆞᆫ(관전▷관접)]

6) 하ᄂᆞᆯ를: 하늘(하늘, 天) + -을(목조)

7) 셤기디: 셤기(섬기다, 事)- + -디(-지: 연어, 부정)

8) 아니코: 아니ᄒ[←아니ᄒ다(아니하다: 보용, 부정): 아니(아니, 不: 부사, 부정) + -ᄒ(동접)-]- + -고(연어, 나열)

9) 佛法僧: 불법승. 삼보(三寶)인 부처(佛), 교법(法), 승려(僧)를 아울러 이르는 말이다.

10) 歸依: 귀의. 부처와 불법(佛法)과 승가(僧伽)로 돌아가 의지하여 구원을 청하는 것이다. 불교 신앙의 근본이 되는 신조이다.

11) 警戒: 경계. 옳지 않은 일이나 잘못된 일들을 하지 않도록 타일러서 주의하게 하는 것이다.

12) 디니다가: 디니(지니다, 持)- + -다가(연어, 동작의 전환)

13) 그르ᄒᆞ야: 그르ᄒ[그릇하다, 잘못하다, 誤: 그르(그릇: 부사) + ᄒ(동접)-]- + -야(←-아: 연어)

14) 지순: 짓(← 짓다, ㅅ불: 짓다, 作)- + -Ø(과시)- + -우(대상)- + -ㄴ(관전)

15) 惡趣: 악취. 악업(惡業)을 지어서 죽은 뒤에 가야 하는 괴로움의 세계이다. 지옥도(地獄道), 아 귀도(餓鬼道), 축생도(畜生道), 수라도(修羅道)의 네 가지가 있다.

16) ᄠᅥ러듀믈: ᄠᅥ러디[떨어지다, 墮: ᄠᅥᆯ(떨다, 離)- + -어(연어) + 디(지다: 보용, 피동)-]- + -움(명 전) + -을(목조)

17) 두리여: 두리(두려워하다, 怖)- + -여(←-어: 연어)

일후믈고ᄌ·기念념ᄒ·야恭공敬경·ᄒ
·야供공養양ᄒ·ᄉ·ᄫ·면당·다이三삼惡·
趣·췽養양ᄒ·ᄉ·ᄫ·면당·다이三삼惡·
·학趣췽養양ᄒ·ᄉ·ᄫ·면당·다이三삼惡·
·야供공養양ᄒ·ᄉ·ᄫ·면당·다이三삼惡·
겨지비아·기나·홍時씽節졇·을當당·ᄒ
·야·지·비·아·기·나·홍時씽節졇·을當당·ᄒ
·야·예·나·디·아·니·ᄒ·리·어·며·아·모·나
극極·ᄒ·受쓩苦콩·ᄒ·ᄫ·쩌·긔구·즉·ᄒ
·며·ᄒ·ᄆ·ᅀ·ᄆ·로·뎌如쎵來링·일·후·믈·일
콘ᄌ·밝讚·잔嘆·탄·ᄒ·야恭공敬경供공
養양ᄒ·ᄉ·ᄫ·면한受쓩苦콩·ᅵ·다:업·고

이름을 골똘히 念(염)하여 恭敬(공경)하여 供養(공양)하면 마땅히 三惡趣 (삼악취)에 나지 아니하겠으며, 아무나 여자가 아기를 낳을 時節(시절)을 當(당)하여 地極(지극)한 受苦(수고)할 적에, 골똘한 마음으로 저 如來(여 래)의 이름을 일컬어 讚嘆(찬탄)하여 恭敬(공경)하고 供養(공양)하면, 많은 受苦(수고)가 다 없어지고 일후를 고즈기¹⁸⁾ 念_념ᄒ야 恭_공敬_경ᄒ야 供_공養_양ᄒᄉᄫ면 당다이¹⁹⁾

三_삼惡_학趣_츙²⁰⁾예 나디 아니ᄒ리어며²¹⁾ 아뫼나 겨지비 아기 나ᄒᆶ²²⁾

時_씽節_졇을 當_당ᄒ야 至_징極_끅혼 受_쓩苦_콩를 쩌긔²³⁾ 고즉혼²⁴⁾ ᄆᄉᄆ

로 뎌 如_셩來_링ㅅ 일후를 일ᄏ즈ᄫ아²⁵⁾ 讚_잔嘆_탄ᄒ야²⁶⁾ 恭_공敬_경 供_공

養_양ᄒᄉᄫ면 한²⁷⁾ 受_쓩苦_콩ㅣ 다 업고²⁸⁾

---

18) 고즈기: [지극히, 골똘히, 專: 고즉(불어) + -Ø(←-ᄒ-: 형접)- + -이(부접)]

19) 당다이: 마땅히, 반드시, 必(부사)

20) 三惡趣: 삼악취. 악업(惡業)을 지어서 죽은 뒤에 가야 하는 괴로움의 세계이다. 지옥도(地獄道), 아귀도(餓鬼道), 축생도(畜生道)가 있다.

21) 아니ᄒ리어며: 아니ᄒ[아니하다, 不(보용, 부정): 아니(아니, 不: 부사, 부정) + -ᄒ(동접)-]- + -리(미시)- + -어(확인)- + -며(연어, 나열)

22) 나ᄒᆶ: 낳(낳다, 産)- + -ᇙ(관전)

23) 쩌긔: 쩍(← 적: 적, 때, 時, 의명) + -의(-에: 부조, 위치)

24) 고즉혼: 고즉ᄒ[지극하다, 골똘하다, 至: 고즉(불어) + -ᄒ(형접)-]- + -Ø(현시)- + -ㄴ(관전)

25) 일ᄏ즈ᄫ아: 일ᄏ(일컫다, 稱)- + -즈ᄫ(←-줍-: 객높)- + -아(연어)

26) 讚嘆ᄒ야: 讚嘆ᄒ[찬탄하다: 讚嘆(찬탄: 명사) + -ᄒ(동접)-]- + -야(←-아: 연어) ※ '讚嘆(찬탄)'은 칭찬하며 감탄하는 것이다.

27) 한: 하(많다, 衆)- + -Ø(현시)- + -ㄴ(관전)

28) 업고: 업(← 없다: 없어지다, 사라지다, 除, 동사)- + -고(연어, 나열)

나혼子息·이양·ᄌ端졍正ᄒ·야
본·사·ᄅ·미깃·거·ᄒ·며根·ᄀ源원·이놀·가
·밝聰총明명便뻔安한·ᄒ·야病뻥
·이·젹·고귓거·시精졍氣·킝·ᄅ·ᄅ그·ᄲᅢ世생尊존·이阿항難·난·이·ᄃ·려藥·약師·ᄉ瑠·ᄅ璃·ᄅ광光
려·니·ᆯ·샤·ᄃ·며ᄊᆞ功공德·득·을·내·일·코·ᄌ·로
동ᅙ·야·이諸정佛·ᄈᆞᆺᅀᅥ甚·씸·히기·픈行혯
光

낳은 子息(자식)이 모습이 端正(단정)하여 본 사람이 기뻐하며, 根源(근원)이 날카로워 聰明(총명)하며 便安(편안)하여 病(병)이 적고 귀신이 精氣(정기)를 빼앗지 아니하리라." 그때에 世尊(세존)이 阿難(아난)이더러 이르시되 "저 藥師瑠璃光如來(약사유리광여래)의 功德(공덕)을 내가 칭찬하듯이 하였는데, 이것이 諸佛(제불)의 甚(심)히 깊은 行績(행적)이라서

나혼²⁹⁾ 子죵息식이 양지³⁰⁾ 端돤正정³¹⁾ㅎ야 본 사ᄅ미 깃거ㅎ며³²⁾ 根근
源원³³⁾이 ᄂᆞᆯ카바³⁴⁾ 聰총明명ㅎ며 便뼌安한ㅎ야 病뼝이 젹고³⁵⁾ 귓거시³⁶⁾
精졍氣킝 앗디³⁷⁾ 아니ㅎ리라 그 ᄣᅴ 世솅尊존이 阿ᇂ難난이ᄃ려³⁸⁾ 니
ᄅ샤ᄃᆡ³⁹⁾ 뎌 藥약師ᄉᆞ瑠륳璃링光광如셩來ᄅᆡᆼㅅ 功콩德득을 내⁴⁰⁾ 일ᄏᆞᆯᄌᆞᆸ
ᄃ솟⁴¹⁾ ㅎ야 이⁴²⁾ 諸졍佛뿛ㅅ 甚씸히⁴³⁾ 기픈 ᅙᅵᆼ뎌기라⁴⁴⁾

---

29) 나혼: 낳(낳다, 産)-+-Ø(과시)-+-오(대상)-+-ㄴ(관전)

30) 양지: 양ᄌᆞ(모습, 모양, 形色)+-ㅣ(←-이: 주조)

31) 端正: 단정. 옷차림새나 몸가짐 따위가 얌전하고 바른 것이다.

32) 깃거ㅎ며: 깃거ㅎ[기뻐하다, 歡喜: 깄(기뻐하다, 歡)-+-어(연어)+ㅎ(하다: 보용)-]-+-며
(연어, 나열)

33) 根源: 근원. 사물이 비롯되는 근본이나 원인이다.

34) ᄂᆞᆯ카바: ᄂᆞᆯ캅[←ᄂᆞᆯ캅다, ㅂ불(날카롭다, 利): ᄂᆞᆯ ᄒ(날, 칼날, 刀)+-갑(형접)-]-+-아(연어) ※
여기서 '根源이 ᄂᆞᆯ캅다'는 교법(敎法)을 받을 수 있는 중생의 능력(= 根機)이 총명한 것이다.

35) 젹고: 젹(적다, 少)-+-고(연어, 나열)

36) 귓거시: 귓것[귀신, 鬼: 귀(귀, 鬼)+-ㅅ(관조, 사잇)+것(것, 者: 의명)]+-이(주조)

37) 앗디: 앗(앗다, 빼앗다, 奪)-+-디(-지: 연어, 부정)

38) 阿難이ᄃ려: 阿難이[아난이: 阿難(아난: 인면)+-이(명접, 어조 고룸)]+-ᄃ려(-더러, -에게:
부조, 상대) ※ '阿難(아난)'은 석가모니의 십대 제자 가운데 한 사람(?~?)이다. 십육 나한(羅
漢)의 한 사람으로, 석가모니 열반 후에 경전 결집(結集)에 중심이 되었으며, 여인 출가의 길
을 열었다.

39) 니ᄅ샤ᄃᆡ: 니ᄅ(이르다, 말하다, 言)-+-샤(←-시-: 주높)-+-ᄃᆡ(←-오ᄃᆡ: -되, 연어, 설명
의 계속)

40) 내: 나(나, 我: 인대, 1인칭)+-ㅣ(←-이: 주조)

41) 일ᄏᆞᆯᄌᆞᆸ돗: 일ᄏᆞᆯ(칭찬하다, 稱揚)-+-ᄌᆞᆸ(객높)-+-돗(-듯: 연어, 흡사)

42) 이: 이(이것, 此: 지대, 정칭)+-Ø(←-이: 주조) ※ 여기서 지대 대명사인 '이'는 앞에서 언급
한 '藥師瑠璃光如來의 功德'을 대용한다.

43) 甚히: [심히, 아주(부사): 甚(심: 불어)+-ᄒ(←-ᄒ-: 형접)-+-이(부접)]

44) ᅙᅵᆼ뎌기라: ᅙᅵᆼ뎍(행적, 行處)+-이(서조)-+-라(←-아: 연어)

아는 것이 어려우니, 네가 (약사유리광여래의 공덕을) 信(신)하는가 아니 信(신)하는가?" 阿難(아난)이 사뢰되 "大德(대덕) 世尊(세존)이시여, 내가 如來(여래)가 이르신 經(경)에 疑心(의심)을 아니 하니, '(그것이) 어째서인가' 한다면 一切(일체)의 如來(여래)의 몸과 말씀과 뜻으로 짓는 業(업)이 다 淸靜(청정)하시니, 世尊(세존)이시여, 이것이 日月(일월)도 가히 떨어지게 하며 須彌山(수미산)도

아로미[45] 어려보니[46] 네 信신ᄒᆞᄂᆞ다[47] 아니 信신ᄒᆞᄂᆞ다 阿ᅙᅡ難난이
슬ᄫᅩ되 大떙德득[48] 世솅尊존하 내 如셩來ᄅᆡᆼ 니ᄅᆞ샨[49] 經경에 疑ᅌᅴ心심
을 아니 ᄒᆞᅀᆞ오니[50] 엇뎨어뇨[51] ᄒᆞ란ᄃᆡ[52] 一ᅙᅵᇙ切촁 如셩來ᄅᆡᆼㅅ 몸과
말ᄊᆞᆷ과[53] ᄠᅳ뎃[54] 業업[55]이 다 淸청淨쪙ᄒᆞ시니 世솅尊존하 이[56] 日ᅀᅵᇙ月
ᅌᆑᇙ도 어루[57] ᄠᅥ러디긔[58] ᄒᆞ며 須슣彌밍山산[59]도

---

45) 아로미: 알(알다, 解)- + -옴(명전) + -이(주조)

46) 어려ᄫᆞ니: 어렇(← 어렵다, ㅂ불: 어렵다, 難)- + -으니(연어, 설명의 계속)

47) 信ᄒᆞᄂᆞ다: 信ᄒᆞ[신하다, 믿다: 信(신: 불어) + -ᄒᆞ(동접)-]- + -ᄂᆞ(현시)- + -ㄴ다(의종, 2인칭)

48) 大德: 대덕. 비구 가운데에서 장로·부처·보살·고승 등을 높여 이르는 말이다.

49) 니ᄅᆞ샨: 니ᄅᆞ(이르다, 말하다, 說)- + -샤(← -시-: 주높)- + -Ø(과시)- + -Ø(← -오-: 대상)- + -ㄴ(관전)

50) ᄒᆞᅀᆞ오니: ᄒᆞ(하다, 爲)- + -ᅀᆞ(객높)- + -ㄴ(← -ᄂᆞ-: 현시)- + -오(화자)- + -니(연어, 설명의 계속)

51) 엇뎨어뇨: 엇뎨(어째서, 何: 부사) + -Ø(← -이-: 서조)- + -Ø(현시)- + -어(← -거-: 확인)- + -뇨(-냐: 의종, 설명)

52) ᄒᆞ란ᄃᆡ: ᄒᆞ(하다, 曰)- + -란ᄃᆡ(-면: 연어, 조건)

53) 말ᄊᆞᆷ과: 말ᄊᆞᆷ[말씀, 語: 말(말, 語) + -ᄊᆞᆷ(-씀: 접미)] + -과(접조)

54) ᄠᅳ뎃: ᄠᅳᆮ(뜻, 意) + -에(부조, 위치) + -ㅅ(-의: 관조) ※ 문맥을 감안하여 'ᄠᅳ뎃'를 '뜻으로 짓는'으로 의역하여 옮긴다.

55) 業: 업. 미래에 선악의 결과를 가져오는 원인이 된다고 하는, 몸과 입과 마음으로 짓는 선악의 소행이다.

56) 이: 이(이것, 此: 지대, 정칭) + -Ø(← -이: 주조)

57) 어루: 가히, 능히, 可, 能(부사)

58) ᄠᅥ러디긔: ᄠᅥ러디[떨어지다, 墮落: ᄠᅥᆯ(떨치다, 離)- + -어(연어) + 디(지다: 보용, 피동)-]- + -긔(-게: 연어, 사동)

59) 須彌山: 수미산. 불교의 우주관에서 세계의 중앙에 있다는 산이다. 꼭대기에는 제석천이, 중턱에는 사천왕이 살고 있으며, 그 높이는 물 위로 팔만 유순이고 물속으로 팔만 유순이며, 가로의 길이도 이와 같다고 한다. 북쪽은 황금, 동쪽은 은, 남쪽은 유리, 서쪽은 파리(玻璃)로 되어 있고, 해와 달이 그 주위를 돌며 보광(寶光)을 반영하여 사방의 허공을 비추고 있다. 산 주위에 칠금산이 둘러섰고 수미산과 칠금산 사이에 칠해(七海)가 있으며 칠금산 밖에는 함해(鹹海)가 있고 함해 속에 사대주가 있으며 함해 건너에 철위산이 둘러 있다.

산 도·어·루 기·울·ᄒ·려·니·와 諸정佛뿛

니·르·시·는마·른 乃:냉 終즁 ·내·달·오·쥬·리

·엄·스·시·니·다 世·솅 尊존 ·하·물·읫 衆·즁

生싱·이 信·신 根군·익·스·디·몯·ᄒ·야 信根신군

·온 信·신·이·라·ᄂᆞᆫ 諸정佛·뿛·ㅅ 甚·씸·히 기·픈

·ᄒᆡᆼ·뎍 니·르·거·시·든 듣·ᄌᆞᆸ·고 너·교·ᄃᆡ·어·듸

·션 藥·약師승 瑠룡璃링光광如셩來링

·ᄒᆞᆫ부텻 일홈 念념 ·ᄒᆞᆺ·ᄫᅡ·네·이런 功공德득

가히 기울게 하겠거니와, 諸佛(제불)이 이르시는 말은 결국은 (사실과) 다를 바가 없으십니다. 世尊(세존)이시여, 모든 衆生(중생)이 信根(신근)이 갖추어져 있지 못하여 【 信根(신근)은 信(신)하는 根(근)이다. 】, 諸佛(제불)이 甚(심)히 깊은 행적(行績)을 이르시거든 (그 말을) 듣고 (모든 중생이) 여기되 '어찌 藥師瑠璃光如來(약사유리광여래)의 한 부처의 이름을 念(염)하는 것만으로 이런 功德(공덕)의

어루[60] 기울의[61] ᄒᆞ려니와[62] 諸졍佛뿛[63] 니르시논[64] 마ᄅᆞᆫ[65] 乃냉終즁내[66] 달옳[67] 주리[68] 업스시니이다[69] 世솅尊존하 믈읫 衆즁生ᄉᆡᆼ이 信신根ᄀᆞᆫ[70]이 ᄀᆞᆺ디[71] 몯ᄒᆞ야【信신根ᄀᆞᆫ은 信신ᄒᆞᄂᆞᆫ 根ᄀᆞᆫ[72]이라 】諸졍佛뿛ㅅ[73] 甚씸히 기픈 ᄒᆡᆼ뎍[74] 니르거시든[75] 듣ᄌᆞᆸ고 너교ᄃᆡ[76] 어듸썬[77] 藥약師ᄉᆞ瑠률璃링光광如영來링 ᄒᆞᆫ 부텻 일훔 念념ᄒᆞᆯ 샏ᄂᆡ[78] 이런 功공德득

---

60) 어루: 가히, 능히, 可, 能(부사)

61) 기울의: 기울(기울다, 傾動)- + -의(←-긔: -게, 연어, 사동)

62) ᄒᆞ려니와: ᄒᆞ(하다: 보용, 사동)- + -리(미시)- + -어니와(-거니와: 연어) ※ '-어니와'는 앞 절의 사실을 인정하면서 관련된 다른 사실을 이어 주는 연결 어미이다.

63) 諸佛: 諸佛(제불, 모든 부처) + -∅(←-이: 주조)

64) 니르시논: 니르(이르다, 말하다, 說)- + -시(주높)- + -ㄴ(←-ᄂᆞ-: 현시)- + -오(대상)- + -ㄴ(관전)

65) 마ᄅᆞᆫ: 말(말, 言) + -ᄋᆞᆫ(보조사, 주제)

66) 乃終내: [끝내, 결국(부사): 乃終(내종, 나중, 끝: 명사) + -내(부접)]

67) 달옳: 달(←다ᄅᆞ다: 다르다, 異)- + -오(대상)- + -ᇙ(관전)

68) 주리: 줄(것, 바, 所: 의명) + -이(주조)

69) 업스시니이다: 없(없다, 無)- + -으시(주높)- + -∅(현시)- + -니(원칙)- + -이(상높, 아주 높임)- + -다(평종) ※ '달옳 주리 업스시니이다'는 '사실과 다름이 없다'의 뜻을 나타낸다.

70) 信根: 신근. 오근(五根)의 하나이다. 삼보(三寶)와 사제(四諦)의 진리를 믿는 일을 이른다. ※ 삼보(三寶)는 불법승(佛法僧)을 이른다. 그리고 사제(四諦)는 영원히 변하지 않는 네 가지 성스러운 진리로서, '고제(苦諦), 집제(集諦), 멸제(滅諦), 도제(道諦)'를 이른다.

71) ᄀᆞᆺ디: ᄀᆞᆺ(← ᄀᆞᆽ다: 갖추어져 있다, 具)- + -디(-지: 연어, 부정)

72) 根: 어떠한 작용을 일으키는 센 힘이다.

73) 諸佛ㅅ: 諸佛(제불) + -ㅅ(-의: 관조, 의미상 주격)

74) ᄒᆡᆼ뎍: 행적, 幸處.

75) 니르거시든: 니르(이르다, 말하다, 說)- + -시(주높)- + -거…든(-거든: 연어, 조건)

76) 너교ᄃᆡ: 너기(여기다, 思惟)- + -오ᄃᆡ(-되: 연어, 설명의 계속)

77) 어듸썬: [어찌, 何(부사): 어듸(어찌, 何: 부사) + -썬(접미, 강조)]

78) 샏ᄂᆡ: 샏(뿐, 但: 의명, 한정) + -에(부조, 위치) ※ '念홀 샏ᄂᆡ'는 '생각하는 것만으로'로 의역하여 옮길 수 있다.

득 됴ᄒᆞᆫ 利링ᄅᆞᆯ 어드리오ᄒᆞ야 도르혜
랑 비ᄋᆞᆺ논 ᄆᆞᅀᆞᄆᆞᆯ 내야 긴 바ᄆᆡ 큰 利링樂
올 일허 모딘 길헤 ᄠᅥ러디여 그지엄이
시그우니ᄂᆞ니이다 阿항難난이
ᄃᆞ려 니ᄅᆞ샤ᄃᆡ 몰앳 有ᅌᅮᆸ情쪙이 藥약
師ᄉᆞ瑠륭璃링光광如ᅀᅧ來링ᄉᆞ 일훔
疑읭心심 아니ᄒᆞ며 惡ᆞᆨ趣츙예 ᄠᅥ러
믈 드ᄅᆞᆸ고 ᄀᆞ자ᄀᆞᆫ ᄆᆞᅀᆞ무로 바다 디녀

좋은 利(이)를 얻으리오?' 하여, 도리어 비웃는 마음을 내어 긴 밤에 큰
利樂(이락)을 잃어 모진 길에 떨어져서 그지없이 굴러다닙니다.” 부처가
阿難(아난)이에게 이르시되 “모든 有情(유정)이 藥師瑠璃光如來(약사유리
광여래)의 이름을 듣고 극진(極盡)한 마음으로 받아 지녀서 疑心(의심)을
아니 하며, 惡趣(악취)에 떨어질

됴흔 利링를 어드리오⁷⁹⁾ ㅎ야 도ᄅ혀⁸⁰⁾ 비웃논⁸¹⁾ ᄆᅀᆞ믈 내야 긴

바ᄆᆡ⁸²⁾ 큰 利링樂락⁸³⁾을 일허⁸⁴⁾ 모딘 길헤⁸⁵⁾ ᄡᅥ러디여⁸⁶⁾ 그지업시⁸⁷⁾

그우니ᄂᆞ니이타⁸⁸⁾ 부톄 阿항難난이ᄃ려 니ᄅ샤ᄃᆡ 믈읫 有ᅌᅮᆯ情쪙이

藥약師ᄉᆞ瑠륭璃링光광如셩來링ㅅ 일후믈 듣ᄌᆞᆸ고 고즉흔⁸⁹⁾ ᄆᅀᆞ므로 바

다⁹⁰⁾ 디녀⁹¹⁾ 疑ᅌᅴ心심 아니 ᄒ면 惡ᅙᅡᆨ趣츙예 ᄡᅥ러듏⁹²⁾

---

79) 어드리오: 얻(얻다, 得)-+-으리(미시)-+-오(←-고: 의종, 설명)

80) 도ᄅ혀: [도리어, 反(부사): 돌(돌다, 回: 자동)-+-ᄋ(사접)-+-혀(강접)-+-어(연어▷부접)]

81) 비웃논: 비웃[비웃다, 誹: 비(비-: 접두, 강조)+웃(웃다, 笑)-]-+-ᄂ(←-ᄂᆞ-: 현시)-+-오 (대상)-+-ㄴ(관전) ※ '비-'는 '힘껏'의 뜻을 더하는 강조 접두사이다.

82) 바ᄆᆡ: 밤(밤, 夜)+-ᄋᆡ(-에: 부조, 위치, 시간)

83) 利樂: 이락. 내세의 이익과 현세의 안락을 통틀어 이르는 말이다.

84) 일허: 잃(잃다, 失)-+-어(연어)

85) 모딘 길헤: '모진 길'은 '악취(惡趣)'를 직역한 말인데, 악업(惡業)을 지어서 죽은 뒤에 가야 하는 괴로움의 세계이다. 지옥도(地獄道), 축생도(畜生道), 아귀도(餓鬼道)이다.

86) ᄡᅥ러디여: ᄡᅥ러디[떨어지다, 墮: ᄢᅥᆯ(떨다, 離)-+-어(연어)+디(지다: 보용, 피동)-]-+-여(← -어: 연어)

87) 그지업시: [그지없이, 끝없이, 無窮(부사): 그지(끝, 한도, 窮: 명사)+없(없다, 無: 형사)-+- 이(부접)]

88) 그우니ᄂᆞ니이타: 그우니[굴러다니다, 流轉: 그우(←그울다: 구르다, 轉)-+니(가다, 다니다, 行)-]-+-ᄂᆞ(현시)-+-니(원칙)-+-이(상높, 아주 높임)+-타(←-다: 평종) ※ '그우니ᄂᆞ 니이타'는 '그우니ᄂᆞ니이다'를 오기한 형태이다.

89) 고즉흔: 고즉ᄒ[지극하다, 극진하다, 골똘하다, 至: 고즉(불어)+-ᄒ(형접)-]-+-∅(현시)-+ -ㄴ(관전)

90) 바다: 받(받다, 受)-+-아(연어)

91) 디녀: 디니(지니다, 가지다, 持)-+-어(연어)

92) ᄡᅥ러듏: ᄡᅥ러디[떨어지다, 墮: ᄢᅥᆯ(떨다, 離)-+-어(연어)+디(지다: 보용, 피동)-]-+-우(대 상)-+-ㅭ(관전)

둗·주리 업스니·라 阿(항)難(난)아 이 諸(졍)
佛(뿛)ㅅ 甚(씸)히 기·픈 힝·뎌·기·라 信(신)ᄒᆞ
·야 아·로·미 어·렵거·늘 네 이·제 能(능)히 受(쓩)·이
·른·고·돌 아·라·라 阿(항)難(난)아 오·직 一(ᅙᅵᆯ) 예·ᄂᆞᆫ
生(싱)補(봉)處(쳥)慶(경)聞(문)이·며 辟(볙)外(윙)支(징)佛(뿛)
·이·며 地(띵)聲(셩)聞(문)菩(뽕)薩(삻)·도·히

것이 없으니라. 阿難(아난)아, 이것이 諸佛(제불)의 甚(심)히 깊은 행적(行績)이라서 信(신)하여 아는 것이 어렵거늘 네가 이제 能(능)히 受(수)하나니, (이것이) 다 如來(여래)의 威力(위력)인 것을 알아라. 阿難(아난)아, 오직 一生補處菩薩(일생보처보살) 外(외)에는 一切(일체)의 聲聞(성문)이며 辟支佛(벽지불)이며 地(지)에 못 올라 있는 菩薩(보살)들이

주리 업스니라 阿_항難_난아 이⁹³⁾ 諸_정佛_뿛ㅅ 甚_씸히⁹⁴⁾ 기픈 힝뎌기

라⁹⁵⁾ 信_신ᄒ야 아로미⁹⁶⁾ 어렵거늘 네 이제 能_능히 受_쓯ᄒᄂ니⁹⁷⁾ 다

如_셩來_링ㅅ 威_휭力_륵이론⁹⁸⁾ 고들⁹⁹⁾ 아라라¹⁰⁰⁾ 阿_항難_난아 오직 一_힗生_싱

補_봉處_청菩_뽕薩_삻¹⁾ 外_욍예는²⁾ 一_힗切_쳉 聲_셩聞_문³⁾이며 辟_벽支_징佛_뿛⁴⁾이며

地_띵⁵⁾예 몯 올앳는⁶⁾ 菩_뽕薩_삻들히⁷⁾

---

93) 이: 이(이것, 此: 지대, 정칭) + -∅(←-이: 주조)

94) 甚히: [심히, 아주(부사): 甚(심: 불어) + -ᄒ(←-ᄒᄒ-: 형접)- + -이(부접)]

95) 힝뎌기라: 힝뎍(행적, 所行) + -이(서조)- + -라(←-아: 연어)

96) 아로미: 알(알다, 信解)- + -옴(명전) + -이(주조)

97) 受ᄒᄂ니: 受ᄒ[수하다, 받다: 受(수: 불어) + -ᄒ(동접)-]- + -ᄂ(현시) + -니(연어, 설명의 계속)

98) 威力이론: 威力(위력) + -이(서조)- + -∅(현시)- + -로(←-오-: 대상)- + -ㄴ(관전)

99) 고들: 곧(것: 의명) + -ᄋᆯ(목조)

100) 아라라: 알(알다, 知)- + -아(확인)- + -라(명종)

1) 일생보처보살: 一生補處菩薩. 오직 한 번만 생사(生死)에 관련되고, 일생을 마치면 다음에는 부처가 될 수 있는 가장 높은 지위에 있는 보살이다. 석가모니도 태어나기 전에 호명(護明) 보살이라는 이름으로 이 보살의 위치에 올라서 도솔천 내원궁에 머무르고 있었다. 현재는 미륵보살(彌勒菩薩)이 일생보처보살로서 도솔천에 머무르고 있다.

2) 外예는: 外(외) + -예(←-에: 부조, 위치) + -는(-는: 보조사, 주제)

3) 聲聞: 성문. 불교의 교설(敎說)을 듣고 스스로의 해탈을 위하여 정진하는 출가 수행자이다. 연각(緣覺)·보살(菩薩)과 함께 삼승(三乘)이라고 한다. 원래의 의미는 석가모니 당시의 제자들을 말하였다. 그러나 대승불교가 일어나고, 중생의 제도를 근본으로 삼는 보살이라는 이상적인 인간상이 부각됨에 따라, 성문은 소승(小乘)에 속하게 되었다. 이 성문은 사제(四諦)의 진리를 깨닫고 몸과 마음이 멸진(滅盡: 모두 사라짐.)한 무여열반(無餘涅槃: 남김이 없는 완전한 열반)에 들어가는 것을 목표로 삼고 있다.

4) 辟支佛: 벽지불. 산스크리트어 pratyeka-buddha 팔리어 pacceka-buddha의 음사이다. 홀로 깨달은 자라는 뜻이며, 독각(獨覺)·연각(緣覺)이라 번역한다. 스승 없이 홀로 수행하여 깨달은 자, 가르침에 의하지 않고 독자적으로 깨달은 자, 홀로 연기(緣起)의 이치를 주시하여 깨달은 자, 홀로 자신의 깨달음만을 구하는 수행자 등의 뜻으로 쓰인다.

5) 地: 지. 십지(十地). ※ '십지(十地)'는 보살이 수행하는 오십이위(五十二位) 단계 가운데 제41위에서 제50위까지의 단계이다. 부처의 지혜를 생성하고 온갖 중생을 교화하여 이롭게 하는 단계이다.

6) 올앳는: 올(← 오ᄅ다: 오르다, 登)- + -아(연어) + 잇(← 이시다: 있다, 보용, 완료 지속)- + -ᄂ(현시)- + -ㄴ(관전)

7) 菩薩들히: 菩薩들ᄒ[보살들: 菩薩(보살) + -들ᄒ(-들: 복접)] + -이(주조)

썸地·띵
地·띵눈 十씹
·라다 真진 實·씷 로信신 ·호야·어

몯·호·느니 阿항難난 ·아사·름·미 ·몸

·외요·미 어·렵·고 三삼 寶·봉 물信신 ·호

·야 恭공 敬·경 ·호·미 ·소더 어·렵·고 藥·약 師승

瑠룡 璃링 光광 如셩 來링

듣·즈·보·미 ·소더 어·려·보니 阿항難난 ·아

·뎌 藥·약 師승 瑠룡 璃링 光광 如셩 來링

·그지·업슨 菩뽕 薩·삻 行·혱 ·과그·지·업

【 地(지)는 十地(십지)이다. 】 다 眞實(진실)로 信(신)하여 아는 것을 못 하
나니, 阿難(아난)아 사람의 몸이 되는 것이 어렵고 三寶(삼보)를 信(신)하
여 恭敬(공경)하는 것이 또 어렵고 藥師瑠璃光如來(약사유리광여래)의 이
름을 능히 듣는 것이 또 더 어려우니, 阿難(아난)아, 저 藥師瑠璃光如來
(약사유리광여래)의 그지없는 菩薩行(보살행)과 그지없는

【 地띵는 十씹地띵⁸⁾라 】 다 眞진實씷로 信신ㅎ야 아로믈⁹⁾ 몯¹⁰⁾ ㅎᄂ니

阿ᅙ難난아 사ᄅ미 몸 ᄃ외요미¹¹⁾ 어렵고 三삼寶볼를 信신ㅎ야 恭공

敬겅호미 ᄯ¹²⁾ 어렵고 藥약師ᄉ瑠륳璃링光광如셩來링ㅅ 일홈 시러¹³⁾ 든

ᄌᄫ미¹⁴⁾ ᄯ 더 어려ᄫ니¹⁵⁾ 阿ᅙ難난아 뎌 藥약師ᄉ瑠륳璃링光광如셩來

링ㅅ 그지업슨¹⁶⁾ 菩뽕薩삻行ᅘᆼ¹⁷⁾과 그지업슨

---

8) 十地: 보살이 수행하는 오십이위(五十二位) 단계 가운데 제41위에서 제50위까지의 단계이다. 환희지(歡喜地), 이구지(離垢地), 명지(明地), 염지(焰地), 난승지(難勝地), 현전지(現前地), 원행지(遠行地), 부동지(不動地), 선혜지(善慧地), 법운지(法雲地)이다. 부처의 지혜를 생성하고 온갖 중생을 교화하여 이롭게 하는 단계이다.

9) 아로믈: 알(알다, 解)- + -옴(명전) + -을(목조)

10) 몯: 못, 不能(부사)

11) ᄃ외요미: ᄃ외(되다, 爲)- + -욤(←-옴: 명전) + -이(주조)

12) ᄯ: 또, 又(부사)

13) 시러: [능히, 가히, 可, 能(부사): 실(← 싣다, ㄷ불: 얻다, 得)- + -어(연어▷부접)] ※ 문맥을 감안하여 '시러'를 '능히'로 옮긴다.

14) 든ᄌᄫ미: 든(듣다, 聞)- + -즐(←-줍-: 객높)- + -옴(명전) + -이(주조)

15) 어려ᄫ니: 어렿(← 어렵다, ㅂ불: 어렵다, 難)- + -으니(연어, 설명의 계속)

16) 그지업슨: 그지없[그지없다, 無量: 그지(끝, 한도, 限: 명사) + 없(없다, 無: 형사)-]- + -Ø(현시)- + -은(관전)

17) 菩薩行: 보살행. 보살이 부처가 되려고 수행하는, 자기와 남을 이롭게 하는 원만한 행동이다.

손工巧ㆁ신方便과 그지엄
손큰願을내혼劫이어나호劫
이남거나너펴닐올ᄯᅵᆫ댄劫이어나혼劫ᄲᆞ리
다ᄋᆞ려니와뎌부텻行과願과ᄋᆞᆫ과工
리라그ᄲᅵᆨ모ᄃᆞᆫ中에혼菩薩摩
ㅅ야리座애셔니ᄅᆞ샤ᄋᆞᆯᄒᆞᆫ엇게메ᄫᅶ
망詞항薩삶일후미救度脫ㅣ라ᄒᆞ

工巧(공교)하신 方便(방편)과 그지없는 큰 願(원)을 내가 한 劫(겁)이거나 한 劫(겁)이 넘거나 널리 말할 것이면, 劫(겁)은 빨리 다하겠지만 저 부처의 行(행)과 願(원)과 工巧(공교)하신 方便(방편)은 다함이 없으리라."

그때에 모인 (사람) 中(중)에 한 菩薩摩訶薩(보살마하살)의 이름이 救脫(구탈)이라고 하실 이가 座(좌)에서 일어나시어, 오른쪽 어깨를 벗어서 메고

工_공巧_콜ᄒ신¹⁸⁾ 方_방便_뼌¹⁹⁾과 그지업슨 큰 願_원²⁰⁾을 내²¹⁾ ᄒ 劫_겁이어

나²²⁾ ᄒ 劫_겁이 남거나²³⁾ 너펴²⁴⁾ 닐올²⁵⁾ ᄯᆞ댄²⁶⁾ 劫_겁은 샐리²⁷⁾ 다ᄋ

려니와²⁸⁾ 뎌 부텻 行_{ᄒᆡᆼ}²⁹⁾과 願_원과 工_공巧_콜ᄒ신 方_방便_뼌은 다오미³⁰⁾

업스리라 그 ᄢᅴ 모든³¹⁾ 中_듕에 ᄒ 菩_뽕薩_삻摩_망訶_항薩_삻³²⁾ 일후미

救_굴脫_퇋³³⁾이라 ᄒ샤리³⁴⁾ 座_쫭애셔 니르샤³⁵⁾ 올ᄒ³⁶⁾ 엇게³⁷⁾ 메밧고³⁸⁾

---

18) 工巧ᄒ신: 工巧ᄒ[공교하다: 工巧(공교: 명사)-+-ᄒ(형접)-]-+-시(주높)-+-Ø(현시)-+-ㄴ(관전) ※ '工巧(공교)'는 생각지 않았거나 뜻하지 않았던 사실이나 사건과 우연히 마주치게 된 것이 기이하다고 할 만한 것이다.

19) 方便: 방편. 보살이 중생을 구제하기 위하여 쓰는 묘한 수단과 방법이다.

20) 願: 원. 십바라밀의 하나로서, 바라는 것을 반드시 얻는 힘이다.(= 願波羅蜜)

21) 내: 나(나, 我: 인대, 1인칭)-+-ㅣ(←-이: 주조)

22) 劫이어나: 劫(겁)-+-이(서조)-+-어나(←-거나: 연어, 선택)

23) 남거나: 남(넘다, 餘)-+-거나(연어, 선택)

24) 너펴: 너피[넓히다, 廣: 넙(넓다, 廣: 형사)-+-히(사접)-]-+-어(연어)

25) 닐올: 닐(←니르다: 이르다, 말하다, 說)-+-오(대상)-+-ㄹ(관전)

26) ᄯᆞ댄: ᄯᆞ(←ᄃᆞ: 것, 者, 의명)-+-이(서조)-+-ㄴ댄(-면: 연어, 조건)

27) 샐리: [빨리, 速(부사): 샐ᄅ(←ᄲᆞᄅᆞ다: 빠르다, 速, 형사)-+-이(부접)]

28) 다ᄋ려니와: 다ᄋ(다하다, 盡)-+-리(미시)-+-어니와(-거니와: 연어, 인정 대조)

29) 行: 행. 승려나 수행자(修行者)가 정하여진 업(業)을 닦는 일이다. 특히 고행(苦行)을 이른다.

30) 다오미: 다(←다ᄋ다: 다하다, 盡)-+-옴(명전)+-이(주조)

31) 모든: 몯(모이다, 集)-+-Ø(과시)-+-은(관전)

32) 摩訶薩: 마하살. 보살을 높이거나 아름답게 이르는 말이다.

33) 救脫: 구탈. 救脫菩薩(구탈보살)이다. '救脫菩薩(구탈보살)'은 사람을 고통에서 구하고 어려움에서 벗어나게 해 주는 보살이다.

34) ᄒ샤리: ᄒ(하다, 이름하다, 名曰)-+-샤(←-시-: 주높)-+-Ø(←-오-: 대상)-+-ㄹ(관전) # 이(이, 사람, 者: 의명)+-Ø(←-이: 주조)

35) 니르샤: 닐(일어나다, 起)-+-으샤(←-으시-: 주높)-+-Ø(←-아: 연어)

36) 올ᄒ: [오른쪽의, 右(관사): 올ᄒ(오른쪽이다, 右: 형사)-+-ㄴ(관전▷관접)]

37) 엇게: 어깨, 肩.

38) 메밧고: 메밧[벗어 메다, 偏袒: 메(메다, 負)-+밧(←밧다: 벗다, 脫)-]-+-고(연어, 나열, 계기) ※ '메밧다'는 상대방에 대한 대한 공경의 뜻으로 한쪽 어깨를 벗어서 메는 것이다.(= 偏袒)

[29 뒤]

> ·올ᄒᆞᆫ 무룹 ᄭᅮ·러 몸 구·펴 合(ᄒᆞᆸ)掌(쟝)·ᄒᆞ·야 부텨ᄭᅴ ·ᄉᆞᆲ·ᄫᅡ·디 大(땡)德(득)世(솅)尊(존)·하 像(썅)法(법)이 轉(둰)ᄒᆞᆯ 時(씽)節(ㆁ)에 衆(ᄌᆞᆼ)生(ᄉᆡᆼ)이 種(ᄌᆞᆼ)種(ᄌᆞᆼ) 분벼리 ᄃᆞ외야 長(땽)常(쌍) 病(뼝)ᄒᆞ야 시드러 머굼 마쇼ᄆᆞᆯ 몯ᄒᆞ고 모기며 입시우리 내ᄆᆞᆯ라 주글 相(샹)이 一(ᅙᅵᆶ)定(뗭)ᄒᆞ야 어버ᅀᅵ며 아ᅀᆞᆷ이며 버디며 아로리며 두루·에

오른쪽 무릎을 꿇어 몸을 굽혀 合掌(합장)하여 부처께 사뢰시되, "大德(대덕) 世尊(세존)이시여, 像法(상법)이 轉(전)할 時節(시절)에 모든 衆生(중생)이 種種(종종) 걱정의 괴롭힘이 되어, 長常(장상) 病(병)하여 시들어서 먹고 마시는 것을 못 하고 목이며 입술이 아주 말라서 죽을 相(상)이 一定(일정)하여, 어버이며 친적이며 벗이며 아는 사람이 (죽을 중생을) 두르게

올ᄒᆞᆫ 무릅³⁹⁾ ᄭᅮ러⁴⁰⁾ 몸 구펴⁴¹⁾ 合ᅘᅡᆸ掌쟝ᄒᆞ야⁴²⁾ 부텨끠 ᄉᆞᆯᄫᅡ 샤ᄃᆡ 大
땡德득 世솅尊존하 像쌍法법⁴³⁾ 轉둰ᅘᅲᇙ⁴⁴⁾ 時씽節졇에 믈읫 衆즁生ᅀᅵᆼ이
種죵種죵 분벼릐⁴⁵⁾ 보채요미⁴⁶⁾ ᄃᆞ외야⁴⁷⁾ 長땽常썅⁴⁸⁾ 病뼝ᄒᆞ야 시드러⁴⁹⁾
음담⁵⁰⁾ 몯 ᄒᆞ고 모기며⁵¹⁾ 입시우리⁵²⁾ 내ᄆᆞᆯ라⁵³⁾ 주굶 相샹이 一ᅙᅵᇙ定떙
ᄒᆞ야⁵⁴⁾ 어버ᅀᅵ며⁵⁵⁾ 아ᅀᆞ미며⁵⁶⁾ 버디며⁵⁷⁾ 아로리며⁵⁸⁾ 두루에⁵⁹⁾

---

39) 무릅: 무릅(← 무릎: 무릎, 膝)

40) ᄭᅮ러: ᄭᅮᆯ(꿇다, 跪)- + -어(연어)

41) 구펴: 구피[굽히다, 曲: 굽(굽다, 曲: 자동)- + -히(사접)-]- + -어(연어)

42) 合掌ᄒᆞ야: 合掌ᄒᆞ[합장하다: 合掌(합장: 명사) + -ᄒᆞ(동접)-]- + -야(←-아: 연어) ※ '合掌(합장)'은 두 손바닥을 합하여 마음이 한결같음을 나타내는 것이나, 또는 그런 예법이다.

43) 像法: 상법. 삼시법(三時法)의 하나이다. 정법시(正法時) 다음의 천 년 동안이다. 이 동안에는 교법이 있기는 하지만 믿음이 형식으로만 흘러 사찰과 탑을 세우는 데에만 힘쓰고 진실한 수행은 이루어지지 않으며, 증과(證果)를 얻는 사람도 없다.

44) 轉ᅘᅲᇙ: 轉ᄒᆞ[전하다, 널리 펴지다: 轉(전: 불어) + -ᄒᆞ(동접)-]- + -ᇙ(관전)

45) 분벼릐: 분별(걱정, 근심, 患) + -의(관조)

46) 보채요미: 보채[보채이다, 괴롭힘을 당하다, 困厄: 보차(보채다, 괴롭히다, 성가시게 하다, 逼迫)- + -ㅣ(←-이-: 피접)-]- + -욤(←-옴: 명전) + -이(보조)

47) ᄃᆞ외야: ᄃᆞ외(되다, 爲)- + -야(←-아: 연어)

48) 長常: 장상. 항상(부사)

49) 시드러: 시들(시들다, 羸瘦)- + -어(연어)

50) 음담: 飮啖. 먹고 마시는 것이다. '식음(食飮)'의 옛말이다.

51) 모기며: 목(목, 喉) + -이며(접조)

52) 입시우리: 입시울[입술, 脣: 입(입, 口) + 시울(시울, 邊)] + -이(주조)

53) 내ᄆᆞᆯ라: 내ᄆᆞᆯ르[←내ᄆᆞᆯᄅᆞ다(아주 마르다, 乾燥): 내(내내, 常: 부사) + ᄆᆞᆯᄅᆞ(← ᄆᆞᄅᆞ다: 마르다, 乾)-]- + -아(연어)

54) 一定ᄒᆞ야: 一定ᄒᆞ[일정하다, 오직 하나로 정해져 있다: 一定(일정: 명사) + -ᄒᆞ(형접)-]- + -야(←-아: 연어)

55) 어버ᅀᅵ며: 어버ᅀᅵ[어버이, 父母: 어버(← 아비: 아버지, 父) + ᅀᅵ(← 어ᅀᅵ: 어머니, 母)] + -며(←-이며: 접조)

56) 아ᅀᆞ미며: 아ᅀᆞᆷ(친척, 親屬) + -이며(접조)

57) 버디며: 벋(← 벗: 벗, 朋友) + -이며(접조)

58) 아로리며: 알(알다, 知)- + -오(대상)- + -ㄹ(관전) # 이(이, 사람, 者: 의명) + -며(←-이며: 접조)

59) 두루에: 두루[두루다, 圍繞: 둘(둘다, 圍: 자동) + -우(사접)-]- + -에(←-게: 연어, 사동)

ᄒᆞ야셔 울어든 제 모미 누ᄫᆫ 자히 셔 보
리 琰·ᄋᆞᆷ魔·망王·왕이 ㄱ 使·ᇫᅮᆼ者·쟝ㅣ 넉·슬
드·려【琰·ᄋᆞᆷ魔·망ᄂᆞᆫ 閻ᄋᆞᆷ羅랑ㅣ·라】琰·ᄋᆞᆷ魔·망法·법王·왕
ㄷᅴ 알·ᄑᆡ니거·든【琰·ᄋᆞᆷ魔·망羅·王왕이 ㄱ 사·ᄅᆞᆷ 罪·쬉 王 有·情·쩡 ·이
나·온 神·씬靈·령이【처·섬 나 저·긔 各·곽各·곽 神·씬 福·복
琰·ᄋᆞᆷ魔·망法·법王·왕·ᄋᆞᆯ 맛·뎌·든·뎌 王·왕·이

하여서 울거든 제 몸이 누운 채로 보되, 琰魔王(염마왕)의 使者(사자)가 넋을 데려【琰魔(염마)는 閻羅(염라)이다.】琰魔法王(염마법왕) 앞에 가거든【琰魔法王(염마법왕)이 사람에게 罪(죄)를 주는 法(법)을 주관하는 王(왕)이므로 法王(법왕)이라 하나니라.】, 有情(유정)과 함께 나온 神靈(신령)이【처음 날 적에 各各(각각) 함께 나서 지킨 神靈(신령)이 있나니라.】자기가 지은 罪(죄)이며 福(복)을 다 써서 琰魔法王(염마법왕)을 맡기거든, 저 王(왕)이

ᄒᆞ야셔 울어든⁶⁰⁾ 제⁶¹⁾ 모미 누분⁶²⁾ 자히셔⁶³⁾ 보ᄃᆡ 琰_염魔_망王_왕ㄱ⁶⁴⁾ 使_{ᄉᆞᆼ}者_쟝ㅣ 넉슬⁶⁶⁾ ᄃᆞ려⁶⁷⁾【琰_염魔_망ᄂᆞᆫ 閻_염羅_랑ㅣ라】 琰_염魔_망法_법王_왕 알ᄑᆡ⁶⁸⁾ 니거든⁶⁹⁾【琰_염魔_망王_왕이 사ᄅᆞᆷ 罪_쬥 주는 法_법 ᄀᆞᅀᆞ마ᄂᆞᆫ⁷⁰⁾ 王_왕일씨⁷¹⁾ 法_법王_왕이라 ᄒᆞᄂᆞ니라】 有_{ᅀᆜᆯ}情_쪙의⁷²⁾ ᄒᆞᄢᅴ⁷³⁾ 나온 神_씬靈_령이【처섬⁷⁴⁾ 낧 저긔 各_각各_각 ᄒᆞᄢᅴ 나 딕횐⁷⁵⁾ 神_씬靈_령이 잇ᄂᆞ니라】 제⁷⁶⁾ 지순⁷⁷⁾ 罪_쬥며 福_복을 다 써⁷⁸⁾ 琰_염魔_망法_법王_왕을⁷⁹⁾ 맛뎌든⁸⁰⁾ 뎌 王_왕이

---

60) 울어든: 울(울다, 啼泣)- + -어든(← -거든: 연어, 조건)

61) 제: 저(저, 자신, 自身: 인대, 재귀칭) + -ㅣ(← -의: 관조)

62) 누분: 눕(← 눕다, ㅂ불: 눕다, 臥)- + -Ø(과시)- + -은(관전)

63) 자히셔: 자히(채: 의명) + -셔(-서: 위치 강조) ※ '자히'는 있는 상태 그대로 있는 것이다.

64) 琰魔王ㄱ: 琰魔王(염마왕) + -ㄱ(-의: 관조) ※ '琰魔王(염마왕)'은 저승에서, 지옥에 떨어지는 사람이 지은 생전의 선악을 심판하는 왕이다. 지옥에 살며 십팔 장관(十八將官)과 팔만 옥졸을 거느리고 저승을 다스린다. 불상(佛像)과 비슷하고 왼손에 사람의 머리를 붙인 깃발을 들고 물소를 탄 모습이었으나, 뒤에 중국 옷을 입고 노기를 띤 모습으로 바뀌었다.(= 염라왕, 염마법왕)

65) 使者: 사자. 죽은 사람의 혼을 저승으로 잡아간다는 귀신이다.

66) 넉슬: 넋(넋, 魂) + -을(목조)

67) ᄃᆞ려: ᄃᆞ리(데리다, 引)- + -어(연어)

68) 알ᄑᆡ: 앒(앞, 前) + -ᄋᆡ(-에: 부조, 위치)

69) 니거든: 니(가다, 至)- + -거든(연어, 조건)

70) ᄀᆞᅀᆞ마ᄂᆞᆫ: ᄀᆞᅀᆞ마[← ᄀᆞᅀᆞ말다(주관하다, 管): ᄀᆞᅀᆞᆷ(감, 재료, 具: 명사) + 알(알다, 知)-]- + -ᄂᆞ(현시)- + -ㄴ(관전)

71) 王일씨: 王(왕) + -이(서조)- + ㄹ씨(-ᄆᆞ로: 연어, 이유)

72) 有情의: 有情(유정) + -의(관조, 의미상 부사격) ※ '-의'는 관형격 조사인데, 여기서는 관형절 속에서 의미상 부사격 조사 '-와/-과'로 해석된다. 따라서 '有情의'는 '有情과'로 의역한다.

73) ᄒᆞᄢᅴ: [함께, 俱(부사): ᄒᆞᆫ(한, 一: 관사, 양수) + ᄢᅴ(← ᄢᅳ: 때, 時: 의명) + -의(-에: 부조, 위치)]

74) 처섬: [처음, 初(명사): 첫(← 첫: 관사, 서수) + -엄(명접)]

75) 딕횐: 딕희(지키다, 守)- + -Ø(과시)- + -ㄴ(관전)

76) 제: 저(저, 자기, 其: 인대, 재귀칭) + -ㅣ(← -의: 관조, 의미상 주격)

77) 지순: 짓(← 짓다, ㅅ불: 짓다, 만들다, 作)- + -Ø(과시)- + -우(대상)- + -ㄴ(관전)

78) 써: ᄡ(← ᄡᅳ다: 쓰다, 書)- + -어(연어)

79) 琰魔法王을: 琰魔法王(염마법왕) + -을(목조, 보조사적 용법, 의미상 부사격)

80) 맛뎌든: 맛디[맡기다, 授: 맛(맡다, 任: 타동)- + -이(사접)-]- + -어든(-거든: 연어, 조건)

그 사람에게 물어서 지은 罪(죄)이며 福(복)을 헤아려서 재판하겠으니, 그 때에 病(병)한 사람의 친척이거나 아는 이거나 病(병)한 이를 위하여 藥師瑠璃光如來(약사유리광여래)께 歸依(귀의)하여, 많은 중(僧)을 請(청)하여 이 經(경)을 읽고 七層燈(칠층등)에 불을 켜고 五色(오색)의 續命神幡(속명신번)을 달면【 續命神幡(속명신번)은 목숨을 이을 神奇(신기)한 幡(번)이다. 】, 혹시 病(병)한 이의

그 사룸ᄃ려[81] 무러[82] 지순[83] 罪쬥며 福복이며 혜여[84] 공ᄉ호리니[85]
그 ᄢ 病뼝ᄒᆞᆫ 사ᄅᆞ미 아ᅀᆞ미어나[86] 아로리어나[87] 病뼝ᄒᆞ니[88] 위ᄒᆞ야
藥약師ᄉᆞ瑠륳璃링光광如ᅀᅧ來링씌 歸귕依ᄒᆡᄒᆞ야 한 즁[89] 請쳥ᄒᆞ야 이 經
경을 닑고[90] 七칧層쯩燈ᄃᆞᆼ의[91] 블[92] 혀고[93] 五ᅌᅩ色ᄉᆡᆨ 續쑉命명神씬幡펀[94]
ᄃᆞᆯ면[95]【續쑉命명神씬幡펀은 목숨 니ᅀᅳᆯ[96] 神씬奇킝혼 幡펀이라 】 시혹[97] 病뼝
ᄒᆞᆫ니[98]

---

81) 사룸ᄃ려: 사룸 + -ᄃ려(-더러, -에게: 부조, 상대)

82) 무러: 물(← 묻다, ㄷ불: 묻다, 聞)- + -어(연어)

83) 지순: 짓(← 짓다, ㅅ불: 짓다, 만들다, 作)- + -Ø(과시)- + -우(대상)- + -ㄴ(관전)

84) 혜여: 혜(헤아리다, 算計)- + -여(← -어: 연어)

85) 공ᄉ호리니: 공ᄉ호[재판하다, 裁判: 공ᄉ(재판, 裁判: 명사) + -ᄒᆞ(동접)-]- + -리(미시)- + -니(연어, 설명의 계속)

86) 아ᅀᆞ미어나: 아ᅀᆞᆷ(친척, 親屬) + -이어나(-이거나: 보조사, 선택)

87) 아로리어나: 알(알다, 知)- + -오(대상)- + -ㄹ(관전) # 이(이, 사람, 者: 의명) + -어나(← -이어나: -이거나, 보조사, 선택)

88) 病ᄒᆞ니: 病ᄒᆞ[병하다, 앓다: 病(병: 명사) + -ᄒᆞ(동접)-]- + -Ø(과시)- + -ㄴ(관전) # 이(이, 사람, 者: 의명)

89) 즁: 중, 僧.

90) 닑고: 닑(읽다, 讀)- + -고(연어, 나열, 계기)

91) 七層燈의: 七層燈(칠층등) + -의(-에: 부조, 위치) ※ '七層燈(칠층등)'은 칠층탑(七層塔)의 층층마다 매달아 놓은 등(燈)이다.

92) 블: 불, 火.

93) 혀고: 혀(켜다, 然)- + -고(연어, 나열, 계기)

94) 續命神幡: 속명신번. 사람의 수명을 연장하는 신령스러운 번(幡)이다. ※ '幡(번)'은 부처와 보살의 성덕(盛德)을 나타내는 깃발이다. 꼭대기에 종이나 비단 따위를 가늘게 오려서 단다.

95) ᄃᆞᆯ면: ᄃᆞᆯ(달다, 縣)- + -면(연어, 조건)

96) 니ᅀᅳᆯ: 닛(← 닛다, ㅅ불: 잇다, 繼)- + -읋(관전)

97) 시혹: 혹시, 或(부사)

98) 病ᄒᆞᆫ니: 病ᄒᆞ[병하다, 앓다: 病(병: 명사) + -ᄒᆞ(동접)-]- + -Ø(과시)- + -ㄴ(관전) # Ø(← 이: 이, 사람, 者, 의명) + -익(-의: 관조) ※ '病ᄒᆞᆫ니'는 '病ᄒᆞᆫ 이익'에서 의존 명사인 '이'의 모음 /이/가 탈락된 형태이다.

ᄒᆞᆫ 넉시 이 고대 도라와 셤ᄀᆞ티子
어나 스믈 ᄒᆞᄅᆞ어나
ᅵ 셜ᄒᆞ다 쎠어나 마순 아ᄒᆞ래어나
디내오 病뼝 ᄒᆞᄂᆞᆫ 넉시 도로 쎄저 기ᄉᆞ
므로셔 ᄭᅵ도ᄒᆞ야 둔 業ᅟᅥᆸ이며 구즌
業ᅟᅥᆸ엣 果광報봉ᄅᆞᆯ 다 ᄉᆡᆼ각ᄒᆞ야 알리
니 제 보아 아론 젼ᄎᆞ로 외야 현마
ᄃᆞᆫ 罪찡業ᅟᅥᆸ을 짓디 아니ᄒᆞ리니 이럴

넋이 이 곳에 돌아와 꿈같이 仔細(자세)히 보겠으니, 이레나 스물 하루이 거나 서른 닷새이거나 마흔 아흐레이거나 지내고, 病(병)을 앓는 이의 넋이 도로 깰 적에 꿈으로부터서 깨듯 하여, 좋은 業(업)이며 궂은 業(업)에 대한 果報(과보)를 다 생각하여 알겠으니, 자기가 보아서 안 까닭으로 다시는 차마 모진 罪業(죄업)을 짓지 아니하겠으니, 이러므로 넉시[99] 이 고대[100] 도라와 숨[1] ᄀᆞ티[2] 子ᄌᆞᆼ細솅히[3] 보리니 닐웨어나[4] 스믈 ᄒᆞᆯ리어나[5] 셜흔 다쐐어나[6] 마ᅀᆞᆫ 아ᄒᆞ래어나[7] 디내오[8] 病뼝ᄒᆞᄂᆞ니 넉시 도로 ᄭᆡᆶ[9] 저긔 ᄭᆞ므로셔[10] ᄭᆡ듯[11] ᄒᆞ야 됴ᄒᆞᆫ 業업[12]이며 구즌[13] 業업엣 果광報볼[14]를 다 ᄉᆡᇰ각ᄒᆞ야[15] 알리니[16] 제 보아 아론[17] 젼ᄎᆞ로[18] ᄂᆞ외야[19] 현마[20] 모딘 罪쬥業업을 짓디 아니ᄒᆞ리니 이럴ᄊᆡ[21]

---

99) 넉시: 넋(넋, 혼, 魂) + -이(주조)
100) 고대: 곧(곳, 處) + -애(-에: 부조, 위치)
1) 숨: 꿈, 夢.
2) ᄀᆞ티: [같이, 如(부사): ᄀᆞᇀ(← ᄀᆞᆮᄒᆞ다: 같다, 如, 형사)- + -이(부접)]
3) 子細히: [자세히(부사): 子細(자세: 불어) + -ㅎ(← -ᄒᆞ-: 형접)- + -이(부접)]
4) 닐웨어나: 닐웨(이레, 七日: 명사) + -어나(← -이어나: -이거나, 보조사, 선택)
5) ᄒᆞᆯ리어나: ᄒᆞᆯㄹ(← ᄒᆞᄅᆞ: 하루, 一日) + -이어나(-이거나: 보조사, 선택)
6) 셜흔 다쐐어나: 셜흔(서른, 三十) # 다쐐(닷새, 五日) + -어나(← -이어나: -이거나, 보조사, 선택)
7) 마ᅀᆞᆫ 아ᄒᆞ래어나: 마ᅀᆞᆫ(마흔, 四十) # 아ᄒᆞ래(아흐레, 九日) + -어나(← -이어나: -이거나, 보조사, 선택)
8) 디내오: 디내[지나다, 經: 디나(지나다, 經: 자동)- + -ㅣ(← -이-: 사접)-]- + -오(← -고: 연어, 나열, 계기)
9) ᄭᆡᆶ: ᄭᆡ(깨다, 識)- + -ㅭ(관전)
10) ᄭᆞ므로셔: 숨(꿈, 夢) + -으로(부조, 방향) + -셔(-서: 보조사, 위치 강조)
11) ᄭᆡ듯: ᄭᆡ(깨다, 覺)- + -듯(-듯: 연어, 흡사)
12) 業: 업. 미래에 선악의 결과를 가져오는 원인이 된다고 하는, 몸과 입과 마음으로 짓는 선악의 소행이다.
13) 구즌: 궂(궂다, 不善)- + -Ø(현시)- + -은(관전)
14) 果報: 과보. 전생에 지은 선악에 따라 현재의 행과 불행이 있고, 현세에서 지은 선악의 결과에 따라 내세에서 행과 불행이 있는 일이다.(= 인과응보, 因果應報)
15) ᄉᆡᇰ각ᄒᆞ야: ᄉᆡᇰ각ᄒᆞ[생각하다, 憶: ᄉᆡᇰ각(생각, 憶: 명사) + -ᄒᆞ(동접)-]- + -야(← -아: 연어)
16) 알리니: 알(알다, 知)- + -리(미시)- + -니(연어, 설명의 계속)
17) 아론: 알(알다, 知)- + -Ø(과시)- + -오(대상)- + -ㄴ(관전)
18) 젼ᄎᆞ로: 젼ᄎᆞ(까닭, 由: 명사) + -로(부조, 방편)
19) ᄂᆞ외야: [다시, 거듭하여, 復(부사): ᄂᆞ외(거듭하다, 復: 동사)- + -야(← -아: 연어 ▷ 부접)]
20) 현마: 차마, 難(부사)
21) 이럴ᄊᆡ: 이러(← 이러ᄒᆞ다: 이러하다, 是故: 형사)- + -ㄹᄊᆡ(-므로: 연어, 이유)

淨信(정신)한 善男子(선남자)와 善女人(선여인)들이 다 저 藥師瑠璃光如來
(약사유리광여래)의 이름을 지녀서, 제 힘으로 할 양으로 恭敬(공경)하여
供養(공양)하여야 하겠습니다.” 그때에 阿難(아난)이 救脫菩薩(구탈보살)께
묻되 “저 藥師瑠璃光如來(약사유리광여래)를 恭敬(공경)하여 供養(공양)하
는 것을 어떻게 하며

淨_쪙信_신흔 善_쎤男_남子_중 善_쎤女_녕人_신들히 다 뎌 藥_약師_승瑠_륳璃_링光_광如_셩來_링ㅅ 일후믈 디녀 제 히메²²⁾ 홀²³⁾ 야ᅌᆞ로²⁴⁾ 恭_공敬_경ᄒᆞ야 供_공養_양ᄒᆞᅀᆞ바ᅀᅡ²⁵⁾ ᄒᆞ리로소이다²⁶⁾ 그 ᄢᅴ 阿_항難_난이 救_굴脫_뙓菩_뽕薩_삻씌 묻ᄌᆞᄫᅩ디²⁷⁾ 뎌 藥_약師_승瑠_륳璃_링光_광如_셩來_링 恭_공敬_경 供_공養_양ᄒᆞᅀᆞᄫᅩ믈²⁸⁾ 엇뎨²⁹⁾ ᄒᆞ며

---

22) 히메: 힘(힘, 力) + -에(부조, 위치)

23) 홀: ᄒᆞ(← ᄒᆞ다: 하다, 隨)- + -오(대상)- + -ㄹ(관전)

24) 야ᅌᆞ로: 양(양, 樣: 의명) + -ᅌᆞ로(부조, 방편)

25) 供養ᄒᆞᅀᆞ바ᅀᅡ: 供養ᄒᆞ[공양하다: 供養(공양: 명사) + -ᄒᆞ(동접)-]- + -ᅀᆞ(← -ᅀᆞᆸ-: 객높)- + -아ᅀᅡ(-아야: 연어, 필연적 조건)

26) ᄒᆞ리로소이다: ᄒᆞ(하다: 보용, 필연)- + -리(미시)- + -롯(← -돗-: 감동)- + -오이(← -ᅌᅵ이-: 상높, 아주 높임)- + -다(평종)

27) 묻ᄌᆞᄫᅩ디: 묻(묻다, 聞)- + -ᄌᆞᇦ(← -ᄌᆞᆸ-: 객높)- + -오디(-되: 연어, 설명의 계속)

28) 供養ᄒᆞᅀᆞᄫᅩ믈: 供養ᄒᆞ[공양하다: 供養(공양: 명사) + -ᄒᆞ(동접)-]- + -ᅀᆞ(← -ᅀᆞᆸ-: 객높)- + -옴(명전) + -올(목조)

29) 엇뎨: 어찌, 어떻게, 何(부사)

續命幡(속명번)과 燈(등)을 어떻게 만들겠습니까?" 救脫菩薩(구탈보살)이
이르시되 "大德(대덕)이시여, 아무나 病(병)한 사람이 病(병)을 벗어나고
자 하거든, 그 사람을 위하여 이레 밤낮을 八分齋戒(팔분재계)를 지녀서
자기가 장만한 양(樣)으로 중을 供養(공양)하고, 밤낮 여섯 때로 저 藥師
瑠璃光如來(약사유리광여래)에게 절하여 供養(공양)하고,

續쏙命명幡펀³⁰⁾과 燈등과를³¹⁾ 엇뎨 밍글리잇고³²⁾ 救굴脫퉗菩뽕薩삻이 니
ᄅ샤ᄃᆡ 大땡德득아³³⁾ 아뫼나³⁴⁾ 病뼝ᄒᆞᆫ 사ᄅᆞ미 病뼝을 여희오져³⁵⁾ ᄒ
거든 그 사ᄅᆞᆷ 위ᄒᆞ야 닐웨³⁶⁾ 밤나줄³⁷⁾ 八밠分분齋쟁戒갱³⁸⁾ 디녀 제
쟝망혼³⁹⁾ 야ᄋ로 쥬을⁴⁰⁾ 供공養양ᄒᆞ고 밤낮 여슷 ᄢᅵ로⁴¹⁾ 뎌 藥약師
승瑠륳璃링光광如ᅀᅧ來링를⁴²⁾ 저ᅀᆞᆸ바⁴³⁾ 供공養양ᄒᆞᇇ고

---

30) 續命幡: 속명번. 사람의 수명을 연장하는 신령스러운 번(幡)이다. ※ '幡(번)'은 부처와 보살의
성덕(盛德)을 나타내는 깃발이다. 꼭대기에 종이나 비단 따위를 가늘게 오려서 단다.

31) 燈과를: 燈(등) + -과(접조) + -를(목조)

32) 밍글리잇고: 밍글(만들다, 造)- + -리(미시)- + -잇(← -이-: 상높, 아주 높임)- + -고(의종, 설명)

33) 大德아: 大德(대덕) + -아(호조, 아주 낮춤) ※ '大德(대덕)'은 비구 가운데 장로·부처·보살·고
승 등을 높여 이르는 말이다.

34) 아뫼나: 아모(아무, 某: 인대, 부정칭) + -이나(보조사, 선택)

35) 여희오져: 여희(벗어나다, 떠나다, 脫)- + -오져(-고져: -고자, 연어, 의도)

36) 닐웨: 이레, 7일.

37) 밤나줄: 밤낮[밤낮, 日夜: 밤(밤, 日) + 낮(낮, 夜)] + -을(목조)

38) 八分齋戒: 팔분재계. 집에서 불도를 닦는 우바새(優婆塞) 및 우바니(優婆尼)가 육재일(六齋日)
에 그날 하루 밤낮 동안 지키는 여덟 계행(戒行)이다.(= 八分齋) ※ '육재일(六齋日)'은 한 달
가운데서 몸을 조심하고 마음을 깨끗이 하여 재계(齋戒)하는 여섯 날이다. 음력 8·14·15·23·
29·30일로, 이날에는 사천왕이 천하를 돌아다니며 사람의 선악을 살피는 날이라고 한다.

39) 쟝망혼: 쟝망ᄒ[← 쟝망ᄒ다(장만하다, 應): 쟝망(장만: 명사) + -ᄒ(동접)-] + -Ø(과시)- + -
오(대상)- + -ㄴ(관전)

40) 쥬을: 즁(중, 僧) + -을(목조)

41) ᄢᅵ로: ᄢᅵ(때, 時: 의명) + -로(부조, 방편)

42) 藥師瑠璃光如來를: 藥師瑠璃光如來(약사유리광여래) + -를(목조, 보조사적 용법, 강조) ※ '藥
師瑠璃光如來'는 상대를 나타내는 부사어로 쓰였는데, '藥師瑠璃光如來께'나 '藥師瑠璃光如來
에게'로 의역한다. 그리고 이때의 '-를'은 강조의 뜻을 나타내는 보조사적 용법으로 쓰였다.

43) 저ᅀᆞᆸ바: 저ᅀᆞᆸ[저ᅀᆞᆸ(← 저ᅀᆞᆸ다, ㅂ불: 절하다, 拜): 저(← 절, 拜: 명사) + -Ø(← -ᄒᆞ-: 동접)- +
-ᅀᆞᆸ(객높)-] + -아(연어)

ᅘᅳᆸ고이 經경을 마순아홉디위닐ᄀ·고 마순아홉 燈등의 ᄫᅳᆯ혀·고·뎌 如來 像썅 ᄂᆞᆯᄀᆞᆷ·숩·고·뎌 像썅을 ·닐·굽곰 ᄆᆡᆼᄀᆞ·라 像썅마다알 ·피·닐·굽곰 이ᇰᄒᆞᆼ·며마순아홉燈등을노ᄒᆞ·뎌 像썅마다알 ·빠만·크긔·ᄒᆞ·야마순아홉나 ·이긋·디아니·ᄏᆞ·고五·이긋·디아니·킈·ᄒᆞ·고五 ᅙᅩᆼ色·쇠幡편을 ᄆᆡᆼᄀᆞ·로·ᄃᆡ마순아홉자ᄒᆞᆼ·고 雜·짬ᄍᆞᆼ·숨·튬·중ᄉᆡᆼ마순아홉·노ᄒᆞᆫ·면어·려·ᄫᅳᆫ

이 經(경)을 마흔아홉 번 읽고 마흔아홉의 燈(등)에 불을 켜고, 저 如來 (여래)의 像(상) 일곱을 만들고 像(상)마다 앞에 일곱 燈(등)을 놓되, 燈 (등)마다 수레바퀴만큼 크게 하여 마흔 아흐레를 光明(광명)이 끊어지지 아니하게 하고, 五色(오색) 幡(번)을 만들되 마흔 아홉 자(尺)를 하고, 숨 쉬는 雜(잡) 짐승 마흔아홉을 놓아 주면, 어려운

이 經경을 마순아홉[44] 디위[45] 닑고[46] 마순아홉 燈등의 블[47] 혀고[48]
뎌 如셩來링ㅅ 像썅[49] 닐구블[50] 밍ᄀ숩고[51] 像썅마다 알픠[52] 닐굽 燈
등을 노호ᄃᆡ[53] 燈등마다 술위쀠[54] 만[55] 크긔[56] ᄒ야 마순 아ᄒ래를[57]
光광明명이 긋디[58] 아니킈[59] ᄒ고 五옹色ᄉᆡᆨ 幡편을 밍ᄀ로ᄃᆡ[60] 마순
아홉 자ᄒᆞᆯ[61] ᄒ고 雜짭 숨튼[62] 즁ᄉᆡᆼ[63] 마순아호블 노ᄒᆞ면[64] 어려븐

---

44) 마순아홉: 마순(마흔, 四十: 관사, 양수) # 아홉(아홉, 九: 관사, 양수)
45) 디위: 번, 番(의명)
46) 닑고: 닑(읽다, 讀誦)- + -고(연어, 나열, 계기)
47) 블: 불, 火.
48) 혀고: 혀(켜다, 然)- + -고(연어, 나열, 계기)
49) 像: 상. 조각이나 그림을 나타내는 말이다.
50) 닐구블: 닐굽(일곱, 七: 수사, 양수) + -을(목조)
51) 밍ᄀ숩고: 밍ᄀ(← 밍글다: 만들다, 造)- + -ᅀᆹ(객높)- + -고(연어, 나열, 계기)
52) 알픠: 앒(앞, 前) + -의(-에: 부조, 위치)
53) 노호ᄃᆡ: 놓(놓다, 置)- + -오ᄃᆡ(-되: 연어, 설명의 계속)
54) 술위쀠: [수렛바퀴, 車輪: 술위(수레, 車) + 쀠(바퀴, 輪)]
55) 만: 만큼(의명, 비교)
56) 크긔: 크(크다, 大)- + -긔(-게: 연어, 사동)
57) 아ᄒ래를: 아ᄒ래(아흐레, 九日) + -를(목조)
58) 긋디: 긋(← 긏다: 끊어지다, 絶)- + -디(-지: 연어, 부정)
59) 아니킈: 아니ᄒ[← 아니ᄒ다(아니하다, 不: 보용, 부정): 아니(아니, 不: 부사, 부정) + -ᄒ(동접)-]- + -긔(-게: 연어, 사동)
60) 밍ᄀ로ᄃᆡ: 밍글(만들다, 造)- + -오ᄃᆡ(-되: 연어, 설명의 계속)
61) 자ᄒᆞᆯ: 자ᄒ(자, 尺: 의명) + -ᄋᆞᆯ(목조)
62) 숨튼: 숨튼[목숨을 받다: 숨(숨, 息: 명사) + 튼(타다, 받다, 受: 동사)-]- + -∅(과시)- + -ㄴ(관전) ※ '숨튼다'는 '숨쉬다'나 '살아 움직이다'의 뜻으로 쓰이는 동사이다.
63) 즁ᄉᆡᆼ: 짐승, 獸. ※ '雜 숨튼 즁ᄉᆡᆼ'은 '숨쉬는 雜 짐승'으로 의역하여서 옮긴다.
64) 노ᄒᆞ면: 놓(놓아주다, 풀어 주다, 放)- + -ᄋᆞ면(연어, 조건)

현대어 번역과 형태소 분석　143

厄·ᄅᆞᆯ 버·서·나·며 모·딘 귓거·슬 아·니 자·피·리·라 ·또 阿난難·아 ·ᄒᆞ·다·가 刹찷帝뎡利링·와 灌관頂뎡王왕·ᄃᆞᆯ·히 어·려·ᄫᅳᆫ 이·리 ·일·ᄊᆞᆯ 時씽節졇·에 한 사·ᄅᆞ·미 ·뎌·ᇝ병·ᄒᆞ·ᄂᆞᆫ 難난·이어·나 【難난·ᄋᆞᆫ 어·려·ᄫᅳᆫ 이·리·라】 다·ᄅᆞᆫ 나·라·히 와 텨·ᄒᆞ·ᄂᆞᆫ 難난·이어·나 ·제 나·라·해·셔 거·슬·ᄧᅳᆷ·ᄒᆞ·ᄂᆞᆫ 難난·이어·나 星성宿슣·ᄋᆡ 變변怪광·옛 難난·이어·나 【星성宿슣·ᄂᆞᆫ ·벼·리·라 變변怪광·ᄂᆞᆫ】

厄(액)을 벗어나며 모진 귀신에게 아니 잡히리라. 또 阿難(아난)아, 만일 利帝利(찰제리)와 灌頂王(관정왕)들이 어려운 일이 일어날 時節(시절)에, 많은 사람이 돌림병을 하는 難(난)이거나 【 難(난)은 어려운 일이다. 】 다른 나라가 침입하는 難(난)이거나 자기의 나라에서 반역하는 양하는 難(난)이거나 星宿(성수)의 變怪(변괴)의 難(난)이거나 【 星宿(성수)는 별이다. 變怪(변괴)는

厄_횡⁶⁵⁾을 버서나며⁶⁶⁾ 모딘 귓거슬⁶⁷⁾ 아니 자피리라⁶⁸⁾ 쏘 阿_항難_난아

ᄒᆞ다가 利_칧帝_뎅利_링⁶⁹⁾ 灌_관頂_뎡王_왕들히⁷⁰⁾ 어려븐 이리 닗⁷¹⁾ 時_씽節_젪

에 한 사ᄅᆞ미 쟝셕ᄒᆞᄂᆞᆫ⁷²⁾ 難_난이어나⁷³⁾ 【難_난은 어려븐 이리라 】 다ᄅᆞᆫ

나라히⁷⁴⁾ 보차ᄂᆞᆫ⁷⁵⁾ 難_난이어나 ᄌᆞ갸⁷⁶⁾ 나라해셔 거슬ᄣᅳᆫ⁷⁷⁾ 양 ᄒᆞᄂᆞᆫ

難_난이어나 星_셩宿_슉⁷⁸⁾ㅅ 變_변怪_괭 難_난⁷⁹⁾이어나【星_셩宿_슉는 벼리라⁸⁰⁾ 變

_변怪_괭ᄂᆞᆫ

---

65) 厄: 액. 모질고 사나운 운수이다.

66) 버서나며: 버서나[벗어나다, 過度: 벗(벗다, 脫)- + -어(연어) + 나(나다, 出)-]- + -며(연어, 나열)

67) 귓거슬: 귓것[귀신, 惡鬼: 鬼(귀, 귀신) + -ㅅ(관조, 사잇) + 것(것, 者: 의명)] + -을(목조, 보조사적 용버, 의미상 부사격) ※ '귓거슬'에서 '-을'은 목적격 조사가 보조사적인 용법으로 쓰인 예이다. 따라서 의미상 '귓것을'은 '귀신에게'로 의역하여 옮긴다.

68) 자피리라: 자피[잡히다, 爲所持: 잡(잡다, 持)- + -히(피접)-]- + -리(미시)- + -라(←-다: 평종)

69) 利帝利: 찰제리(= 利利). 산스크리트어로 크사트리아(Ksatriya)이다. 인도 카스트 제도에서 두 번째 지위인 왕족과 무사 계급이다.

70) 灌頂王들히: 灌頂王들ㅎ[관정왕들: 灌頂王(관정왕) + -들ㅎ(-들: 복접)] + -이(주조) ※ '灌頂王 (관정왕)'은 관정(灌頂)의 의식을 통해서 된 임금이다. 인도(印度)에서 임금의 즉위식이나 입태 자식을 할 때 머리 정수리에 바닷물을 붓는 것을 관정(灌頂)이라 하고, 그렇게 해서 된 임금을 관정왕이라고 한다.

71) 닗: 니(← 닐다: 일어나다, 起)- + -ᇙ(관전)

72) 쟝셕ᄒᆞᄂᆞᆫ: 쟝셕ᄒᆞ[돌림병을 하다: 쟝셕(돌림병, 疾疫: 명사) + -ᄒᆞ(동접)-]- + -ᄂᆞ(현시)- + -ㄴ (관전)

73) 難이어나: 難(난, 어려움) + -이어나(-이거나: 보조사, 선택)

74) 나라히: 나라ㅎ(나라, 國) + -이(주조)

75) 보차ᄂᆞᆫ: 보차(괴롭히다, 침입하다, 侵逼)- + -ᄂᆞ(현시)- + -ㄴ(관전)

76) ᄌᆞ갸: ᄌᆞ갸(자기, 당신, 自: 인대, 재귀칭, 높임) + -ㅅ(-의: 관조)

77) 거슬ᄣᅳᆫ : 거슬ᄠᅳ[거스르다, 반역하다, 叛逆: 거슬(거스르다, 逆)- + -ᄠᅳ(강접)-]- + -Ø(과시)- + -ㄴ(관전)

78) 星宿: 성수. 모든 별자리의 별들이다.

79) 變怪 難: 변괴 난. 이상야릇한 일이나 재변으로 일어난 난(難)이다.

80) 벼리라: 별(별, 星) + -이(서조)- + -Ø(현시)- + -라(←-다: 평종)

눈·쪠 常례·렝립·디 아·니호 妖怪·꽹ᄫᅡ·라 】日·싫 食·씩 月·웛 食·씩 難·난 難·난이·어·나 時·씽節·졇 그·른 ᄇ·룸·비 ·뎌 王·왕 ·돌·히 一·힔切·쳉 有·울情·쪙 ·의 이·어·나 ·묬나호·거·든 에 慈 悲 心·심 을·내·야가·도·옛·던사 롬·ᄂᆞ·코 알·피 니·르·던양·다·히·뎌 藥·약師 ·양 瑠·룡璃·링 光·광 如·영来·링 ·롤 供·공養 ·호ᅀᅵ·ᄫᅳ·면 이 됴혼 根·ᄀᆞ 源·원 ·과 ·뎌 如

常例(상례)롭지 아니한 妖怪(요괴)이다. 】日食(일식)과 月食(월식)의 難(난)이거나 時節(시절)에 맞지 않는 바람과 비의 難(난)이거나 가뭄의 難(난)이거나 하거든, 저 王(왕)들이 一切(일체)의 有情(유정)에게 慈悲心(자비심)을 내어 가두어 있던 사람을 놓아 주고, 앞에서 이르던 양으로 저 藥師瑠璃光如來(약사유리광여래)를 供養(공양)하면, 이 좋은 根源(근원)과 저 如來(여래)의

常썅例롕롭디⁸¹⁾ 아니흔 妖욜怪굉⁸²⁾라】 日싫食씩⁸³⁾ 月웛食씩⁸⁴⁾ 難난이어나

時씽節졇 그른⁸⁵⁾ 브룸 비 難난이어나 ᄀᄆᆞᆶ⁸⁶⁾ 難난이어나 ᄒᆞ거든 뎌

王왕들히 一힗切쳉 有율情쪙의 그에⁸⁷⁾ 慈쭝悲빙心심⁸⁸⁾을 내야⁸⁹⁾ 가도앳

던⁹⁰⁾ 사름 노코⁹¹⁾ 알픠⁹²⁾ 니르던⁹³⁾ 양 다히⁹⁴⁾ 뎌 藥약師승瑠륳璃링光

광如셩來링를 供공養양ᄒᆞᅀᆞᄫᅧ면⁹⁵⁾ 이 됴흔 根ᄀᆞᆫ源원⁹⁶⁾과 뎌 如셩來링ᄉ

---

81) 常例롭디: 常例롭[보통이다, 늘 있다: 常例(상례: 명사) + -롭(형접)-]- + -디(-지: 연어, 부정)

82) 妖怪: 요괴. 요사스러운 귀신이다.

83) 日食: 일식. 달이 태양의 일부나 전부를 가려지는 현상이다.

84) 月食: 월식. 달이 지구의 그림자에 가려 일부나 전부가 가려지는 현상이다.

85) 그른: 그르(그르다, 맞지 않다, 非)- + -∅(현시)- + -ㄴ(관전)

86) ᄀᄆᆞᆶ: ᄀᄆᆞᆯ(가물, 가뭄, 不雨, 旱) + -ㅅ(-의: 관조)

87) 有情의 그에: 有情(유정) + -의(관조) # 그에(거기에: 의명) ※ '有情의 그에'는 '有情에게'로 의역하여 옮긴다. '有情(유정)'은 감정(마음)이 있는, 살아 있는 중생이다.

88) 慈悲心: 자비심. 중생을 사랑하고 가엾게 여기는 마음이다.

89) 내야: 내[내다, 起: 나(나다, 現)- + -ㅣ(←-이-: 사접)-]- + -야(←-아: 연어)

90) 가도앳던: 가도[가두다, 繫閉: 갇(걷히다, 收: 자동)- + -오(사접)-]- + -아(연어) + 잇(← 이시다: 보용, 완료 지속)- + -더(회상)- + -ㄴ(관전) ※ '가도앳던'은 '가도아 잇던'이 축약된 형태이다.

91) 노코: 놓(놓다, 놓아 주다, 赦)- + -고(연어, 나열, 계기)

92) 알픠: 앒(앞, 前) + -의(-에: 부조, 위치)

93) 니르던: 니르(이르다, 말하다, 說)- + -더(회상)- + -ㄴ(관전)

94) 다히: 같이, 대로, 如(부사) ※ '알픠 니르던 양 다히'는 '앞에서 이르던 양으로'로 의역하여 옮긴다.

95) 供養ᄒᆞᅀᆞᄫᅧ면: 供養ᄒᆞ[공양하다: 供養(공양: 명사) + -ᄒᆞ(동접)-]- + -ᅀᆞ(←-ᅀᆞᆸ-: 객높)- + -ᄋᆞ면(연어, 조건)

96) 根源: 근원. 사물이 비롯되는 근본이나 원인이다.

[34 앞]

來ㅅ 本(본)願(원)力(력) 젼ᄎ·로 그 나·라·히 ·즉자·히 便(뼌)安(한)·ᄒᆞ·야 ·ᄇᆞ·롬비 時(씽)節(·졇)·에 마·초·아 一(·힗)切(·쳉) 有(ᅙᅲᆼ)情(쪙)·이 無(뭉)病(뼝)·ᄒᆞ·야 歡(환)樂(락)·ᄒᆞ·며【歡(환)樂(·락)·ᄋᆞᆫ 깃·거 즐거·ᄫᅳᆯ 씨·라】그 나·라·해 모·딘 夜(양)乂(창) 等(·등) 神(씬)靈(령)·이 有(ᅙᅲᆼ)情(쪙)·이 有(ᅙᅲᆼ)情(쪙)·ᄋᆞᆯ 보차·리 업스·며 一(·힗)切(·쳉) 머·즌 이·리 :다 ·업·고 刹(·챵)帝(·뎡)利(·링) 灌(관)項(·뎡)王(왕)·ᄃᆞᆯ

本願力(본원력) 때문에, 그 나라가 즉시로 便安(편안)하여 바람과 비가 時節(시절)에 맞게 내려 농사(農事)가 되어, 一切(일체)의 有情(유정)이 無病(무병)하고 歡樂(환락)하며【歡樂(환락)은 기뻐하여 즐거운 것이다. 】, 그 나라에 모진 夜叉(야차) 等(등)의 神靈(신령)이 有情(유정)을 괴롭히는 일이 없으며, 一切(일체)의 흉(凶)한 일이 다 없어지고, 利帝利(찰제리)와 灌頂王(관정왕)들도

本본願원力륵⁹⁷⁾ 젼ᄎ로⁹⁸⁾ 그 나라히 즉자히⁹⁹⁾ 便뼌安한ᄒ야 ᄇᄅᆷ¹⁰⁰⁾ 비¹⁾ 時씽節졇에 마초²⁾ ᄒ야 녀르미³⁾ ᄃᆞ외야 一ᅙᅵᇙ切쳉 有ᅌᅮᇢ情쪙이 無뭉病뼝 歡환樂락⁴⁾ᄒ며【歡환樂락ᄋᆞᆫ 깃버⁵⁾ 즐거ᄫᅳᆯ⁶⁾ 씨라】 그 나라해 모딘 夜양叉창⁷⁾ 等ᄃᆞᆼ⁸⁾ 神씬靈령이 有ᅌᅮᇢ情쪙 보차리⁹⁾ 업스며 一ᅙᅵᇙ切쳉 머즌¹⁰⁾ 이리 다 업고¹¹⁾ 利링帝뎽利링 灌관頂뎡王왕들토¹²⁾

---

97) 本願力: 본원력. 부처가 되기 이전, 즉 보살(菩薩)로서 수행할 때에 세운 서원(誓願)의 힘이다.
※ '誓願(서원)'은 소원(所願)을 세우고, 그것을 이루고자 맹세하는 일이다.

98) 젼ᄎ로: 젼ᄎ(까닭, 由) + -로(부조, 방편)

99) 즉자히: 즉시, 卽(부사)

100) ᄇᄅᆷ: 바람. 風.

1) 비: 비(비, 雨) + -∅(←-이: 주조)

2) 마초: [맞게, 알맞추, 順(부사): 맞(맞다, 들어맞다, 當: 자동)- + -호(사접)- + -∅(부접)]

3) 녀르미: 녀름(농사, 穀稼) + -이(보조)

4) 歡樂: 환락. 아주 즐거워하거나, 또는 아주 즐거운 것이다.

5) 깃버: 깃ㅂ[← 깃브다(기쁘다, 歡): 깃(← 짗다: 기쁘다, 歡)- + -브(형접)-]- + -어(연어)

6) 즐거ᄫᅳᆯ: 즐겁[← 즐겁다, ㅂ불(즐겁다, 喜): 즑(블어)- + -업(형접)-]- + -을(관전)

7) 夜叉: 야차. 팔부의 하나로서 사람을 괴롭히거나 해친다는 사나운 귀신이다.

8) 等: 등. 들(의명)

9) 보차리: 보차(괴롭히다, 逼)- + -ㄹ(관전) # 이(것, 일, 者: 의명) + -∅(←-이: 주조)

10) 머즌: 멎(흉하다, 惡)- + -∅(현시)- + -은(관전)

11) 업고: 업(← 없다: 없어지다, 沒, 자동)- + -고(연어, 나열)

12) 灌頂王들토: 灌頂王들ㅎ[관정왕들: 灌頂王(관정왕) + -들ㅎ(-들: 복접)] + -도(보조사, 첨가)

長壽(장수)하고 病(병)이 없어져서 다 自在(자재)하리라.” “阿難(아난)아,
만일 皇帝(황제)며 皇后(황후)며 妃子(비자)며 王子(왕자)며 大臣(대신)이며
宰相(재상)이며 【宰(재)는 다스리는 것이요 相(상)은 도우는 것이니, 벼슬이
높은 臣下(신하)가 임금을 도와 百官(백관)을 다스리므로 宰相(재상)이라고 하
느니라. 】 大闕(대궐)의 여자이며 百官(백관)이며 百姓(백성)이 病(병)을 하
거나 어려운

長땽壽쓔ᇹᄒᆞ고 病뼝 업서 다 自ᄍᆞᆼ在ᄍᆡᆼᄒᆞ리라[13)] 阿ᅙᅡᆼ難난아 ᄒᆞ다가[14)] 皇ᅘᅪᆼ帝뎽며 皇ᅘᅪᆼ后ᅘᅮᇢㅣ며 妃핑子ᄌᆞᆼ[15)]ㅣ며 太탱子ᄌᆞᆼ[16)]ㅣ며 王왕子ᄌᆞᆼㅣ며 大땡臣씬이며 宰ᄌᆡᆼ相샹[17)]이며【宰ᄌᆡᆼᄂᆞᆫ 다ᄉᆞ릴[18)] 씨오 相샹ᄋᆞᆫ 도ᄫᆞᆯ[19)] 씨니 벼슬 노ᄑᆞᆫ 臣씬下ᅘᅡᆼㅣ 님그믈[20)] 돕ᄉᆞᄫᅡ[21)] 百ᄇᆡᆨ官관[22)]ᄋᆞᆯ 다ᄉᆞ릴ᄊᆡ 宰ᄌᆡᆼ相샹이라 ᄒᆞᄂᆞ니라】大땡闕ᄏᆌᇙㅅ 각시며[23)] 百ᄇᆡᆨ官관이며 百ᄇᆡᆨ姓셩이 病뼝을 ᄒᆞ거나 어려ᄫᅳᆫ[24)]

---

13) 自在ᄒᆞ리라: 自在ᄒᆞ[자재하다: 自在(자재: 명사)+-ᄒᆞ(동접)-]-+-리(미시)+-라(←-다: 평종) ※ '自在(자재)'는 속박이나 장애 없이 마음대로 하는 것이다.

14) ᄒᆞ다가: 만일, 若(부사)

15) 妃子: 비자. 왕비(王妃)이다.

16) 太子: 황제국에서, 황제의 자리를 이을 황제의 아들

17) 宰相: 재상. 임금을 돕고 모든 관원을 지휘하고 감독하는 일을 맡아보던 이품 이상의 벼슬이다. 또는 그 벼슬에 있던 벼슬아치이다. 본디 '재(宰)'는 요리를 하는 자, '상(相)'은 보행을 돕는 자로서 둘 다 수행하는 자를 이르던 말이었으나, 중국 진(秦)나라 이후에 최고 행정관을 뜻하게 되었다.

18) 다ᄉᆞ릴: 다ᄉᆞ리[다스리다, 治: 다ᄉᆞᆯ(다스려지다, 治: 자동)-+-이(사접)-]-+-ㄹ(관전)

19) 도ᄫᆞᆯ: 돟(←돕다, ㅂ불: 돕다, 助)-+-ᄋᆞᆯ(관전)

20) 님그믈: 님금(임금, 王)+-을(목조)

21) 돕ᄉᆞᄫᅡ: 돕(돕다, 助)-+-ᄉᆞᇦ(←-ᄉᆞᆸ-: 객높)-+-아(연어)

22) 百官: 백관. 모든 벼슬아치이다.

23) 각시며: 각시(여자, 아내, 采女)+-며(←-이며: 접조)

24) 어려ᄫᅳᆫ: 어렿(←어렵다, ㅂ불: 어렵다, 難)-+-Ø(현시)-+-ㄴ(관전)

본尼·이어든소五ᅌᅩᆼ色ᄉᆡᆨ幡펀밍·ᄀᆞᆯ
·며燈등·ᄒᆞ야닛·위여볼·게·ᄒᆞ며·숨튼줌
香향·올·ᄑᆡ우면病뼝·도덜며厄ᅙᆡᆨ·도버
싱·ᄂᆞᆯ코雜짭色ᄉᆡᆨ·고졸비·ᄒᆞ며·일홈난
·스리·라그·ᄲᅦ阿ᅙᅡᆼ難난·이救ᄀᆜᆸ脫ᄫᅪᆶ菩뽕
薩삻·菩ᄉᆞᆶ·신·ᄆᆞᆮ즈·보·ᄃᆡ엇·뎨·ᄒᆞ마·다ᄋᆞᆨ
·수미·어·ᄂᆞ더·으리잇·고救ᄀᆜᆸ脫ᄫᅪᆶ菩뽕
薩삻·이니·ᄅᆞ·샤ᄃᆡ大땡德득·아如ᅀᅧᆼ來

厄(액)이 들거든, 또 五色(오색) 幡(번)을 만들며 燈(등)을 켜서 잇대어서 밝게 하며, 숨을 쉬는 짐승을 놓아 주고 雜色(잡색)의 꽃을 흩뿌리며 이름난 香(향)을 피우면, 病(병)도 덜며 厄(액)도 벗으리라.” 그때에 阿難(아난)이 救脫菩薩(구탈보살)께 묻되 “어찌 이미 다한 목숨이 어찌 더하겠습니까?” 救脫菩薩(구탈보살)이 이르시되 “大得(대득)아, 如來(여래)가

厄_{ᅙᅵᆨ}이어든²⁵⁾ 쏘 五_옹色_식 幡_펀 밍글며 燈_등 혀아²⁶⁾ 닛위여²⁷⁾ 븕게²⁸⁾ ᄒᆞ며 숨튼²⁹⁾ 즁ᄉᆡᆼ³⁰⁾ 노코³¹⁾ 雜_짭色_식 고ᄌᆞᆯ³²⁾ 비ᄒᆞ며³³⁾ 일훔난³⁴⁾ 香_향 을 퓌우면³⁵⁾ 病_뼝도 덜며³⁶⁾ 厄_{ᅙᅵᆨ}도 버스리라³⁷⁾ 그 ᄢᅴ 阿_{ᅙᅡᆼ}難_난이 救_궇脫_퇋菩_뽕薩_삻ᄭᅴ 묻ᄌᆞᆸ보ᄃᆡ³⁸⁾ 엇뎨³⁹⁾ ᄒᆞ마⁴⁰⁾ 다ᄋᆞᆫ⁴¹⁾ 목수미 어누⁴²⁾ 더 으리잇고⁴³⁾ 救_궇脫_퇋菩_뽕薩_삻이 니ᄅᆞ샤ᄃᆡ⁴⁴⁾ 大_떙德_득아⁴⁵⁾ 如_{ᅀᅧᆼ}來_{ᅌᆡᆼ}⁴⁶⁾

25) 厄이어든: 厄(액) + -이(서조)- + -어든(←-거든: 연어, 조건) ※ '厄(액)'은 모질고 사나운 운 수이다. '厄이어든'은 '액이 들거든'으로 의역하여 옮긴다.

26) 혀아: 혀(켜다, 然)- + -아(←-어: 연어)

27) 닛위여: 닛위(잇대다, 續)- + -여(←-어: 연어)

28) 븕게: 븕(밝다, 明)- + -게(연어, 사동)

29) 숨튼: 숨튼[목숨을 받다: 숨(숨, 息: 명사) + 튼(타다, 받다, 受: 동사)-]- + -Ø(과시)- + -ㄴ(관 전) ※ '숨튼다'는 '숨을 쉬다'나 '살아 움직이다'의 뜻으로 쓰이는 동사이다.

30) 즁ᄉᆡᆼ: 짐승, 獸.

31) 노코: 놓(놓아 주다, 풀어 주다, 放)- + -고(연어, 나열, 계기)

32) 고ᄌᆞᆯ: 곶(꽃, 花) + -ᄋᆞᆯ(목조)

33) 비ᄒᆞ며: 빟(흩뿌리다, 散)- + -ᄋᆞ며(연어, 나열)

34) 일훔난: 일훔나[이름나다, 有名: 일훔(이름, 名) + 나(나다, 現)-]- + -Ø(과시)- + -ㄴ(관전)

35) 퓌우면: 퓌우[피우다, 燒: 푸(←프다: 피다, 發)- + -ㅣ(←-이-: 사접)- + -우(사접)-]- + -면 (연어, 조건)

36) 덜며: 덜(덜다, 除)- + -며(연어, 나열)

37) 버스리라: 벗(벗다, 解脫)- + -으리(미시)- + -라(←-다: 평종)

38) 묻ᄌᆞᆸ보ᄃᆡ: 묻(묻다, 問)- + -ᄌᆞᆸ(←-ᄌᆞᆸ-: 객높)- + -오ᄃᆡ(-되: 연어, 설명의 계속)

39) 엇뎨: 어찌, 何(부사)

40) ᄒᆞ마: 이미, 已(부사)

41) 다ᄋᆞᆫ: 다ᄋᆞ(다하다, 盡)- + -Ø(과시)- + -ㄴ(관전)

42) 어누: 어찌, 何(부사)

43) 더으리잇고: 더으(더하다, 增益)- + -으리(미시)- + -잇(←-이-: 상높, 아주 높임)- + -고(의 종, 설명) ※ '목수미 어누 더으리잇고'는 '목숨이 어찌 늘어나겠습니까'로 의역하여 옮긴다.

44) 니ᄅᆞ샤ᄃᆡ: 니ᄅᆞ(이르다, 言)- + -샤(←-시-: 주높)- + -ᄃᆡ(←-오ᄃᆡ: -되, 설명의 계속)

45) 大德아: 大德(대덕) + -아(호조) ※ '大德(대덕)'은 비구 가운데 장로·부처·보살·고승 등을 높 여 이르는 말이다.

46) 如來: 如來(여래) + -Ø(←-이: 주조) ※ '여래(如來)'는 부처를 이르는 십호(十號)의 하나이다. 진리로부터 진리를 따라서 온 사람이라는 뜻으로 부처(佛)를 달리 이르는 말이다.

이르시는 아홉 橫死(횡사)를 못 들었는가? 이러므로 續命幡燈(속명번등)을 만들어 福德(복덕)을 닦는 것을 勸(권)하니, 福(복)을 닦으면 제 목숨까지 살아서 受苦(수고)를 아니 겪으리라." 阿難(아난)이 묻되 "아홉 橫死(횡사)는 무엇입니까?" 救脫菩薩(구탈보살)이 이르시되 "有情(유정)들이 病(병)을 얻어, 비록 그 病(병)이 가볍지만 니르시논[47] 아홉 橫ᅟ᾽ᅟ死ᄉᆞᆼ[48]ᄅᆞᆯ 몯 듣ᄌᆞᄫᅢᆺᄂᆞᆫ다[49] 이럴ᄊᆡ[50] 續쑉命ᄆᆼ幡펀燈ᄃᆞᆼ[51] ᄆᆡᇰᄀᆞ라 福복德득[52] 닷고ᄆᆞᆯ[53] 勸퀀ᄒᆞ노니[54] 福복ᄋᆞᆯ 닷ᄀᆞ면 제[55] 목숨 ᄉᆞ자ᇰ[56] 사라 受쑤ᇢ苦콩ᄅᆞᆯ 아니 디내리라[57] 阿ᅙᅡᆼ難난이 묻ᄌᆞᄫᅩᄃᆡ 아홉 橫ᅟ᾽ᅟ死ᄉᆞᆼᄂᆞᆫ 므스기잇고[58] 救ᄀᆞᇢ脫ᄐᆞᇙ菩뽕薩ᄉᆞᇙ이 니ᄅᆞ샤ᄃᆡ 有ᅌᅮᇢ情쪄ᇰ들히 病뼈ᇰ을 어더 비록 그 病뼈ᇰ이 가ᄇᆡ얍고도[59]

---

47) 니르시논: 니르(이르다, 說)- + -시(주높)- + -ㄴ(←-ᄂᆞ-: 현시)- + -오(대상)- + -ㄴ(관전)

48) 橫死: 횡사. 뜻밖의 재앙으로 죽는 것이다. ※ '아홉 橫死'는 뜻밖의 재앙에 걸리어 죽는 아홉 가지이다. 첫째 유정(중생)들이 병에 걸렸을 때에 고치는 의사나 좋은 약이 없어 이르는 횡사, 둘째 왕법을 입어(국법에 저촉하여) 이르는 횡사, 셋째 주색에 빠져 귀신이 정기(精氣)를 빼앗아 이르는 횡사, 넷째 불에 타서 죽는 횡사, 다섯째 물에 빠져죽는 횡사, 여섯째 사나운 짐승한테 물리어 죽는 횡사, 일곱째 산 언덕에서 떨어져 죽는 횡사, 여덟째 독약을 먹거나 저주당하거나 사곡(邪曲)한 귀신이 들거나 하여 죽는 횡사, 아홉째 굶주리어 횡사하는 것이다.

49) 듣ᄌᆞᄫᅢᆺᄂᆞᆫ다: 듣(듣다, 聞)- + -ᄌᆞᇦ(←-ᄌᆞᆸ-: 객높)- + -아(연어) + 잇(← 이시다: 있다, 보용, 완료 지속)- + -ᄂᆞ(현시)- + -ㄴ다(의종, 2인칭) ※ '듣ᄌᆞᄫᅢᆺᄂᆞᆫ다'는 듣ᄌᆞ바 잇ᄂᆞᆫ다'가 축약된 형태이다. '들었는가'로 의역하여 옮긴다.

50) 이럴ᄊᆡ: 이러(← 이러ᄒᆞ다: 이러하다, 是故)- + -ᆯᄊᆡ(-므로: 연어, 이유)

51) 續命幡燈: 속명번등. 사람의 목숨을 이어주는 번(幡)과 燈(등)이다.

52) 福德: 복덕. 선행의 과보(果報)로 받는 복스러운 공덕(功德)이다.

53) 닷고ᄆᆞᆯ: 닭(닦다, 修)- + -옴(명전) + -ᄋᆞᆯ(목조)

54) 勸ᄒᆞ노니: 勸ᄒᆞ[권하다: 勸(권) + 불어)- + -ᄒᆞ(동접)-]- + -ㄴ(←-ᄂᆞ-: 현시)- + -오(화자)- + -니(연어, 설명의 계속)

55) 제: 저(저, 其: 인대, 재귀칭) + -ㅣ(←-의: 관조)

56) 목숨 ᄉᆞ자ᇰ: 목숨[목숨, 壽: 목(목, 喉) + 숨(숨, 息)] + -ㅅ(-의: 관조) # ᄀᆞ자ᇰ(끝까지, 限: 의명) ※ '목숨 ᄉᆞ자ᇰ'은 '목숨까지'로 의역하여 옮긴다.

57) 디내리라: 디내(지내다, 겪다, 經)- + -리(미시)- + -라(←-다: 평종)

58) 므스기잇고: 므슥(무엇, 何: 지대, 미지칭) + -이(서조)- + -Ø(현시)- + -잇(←-이-: 상높, 아주 높임)- + -고(의종, 설명)

59) 가ᄇᆡ얍고도: 가ᄇᆡ얍(가볍다, 輕)- + -고도(-지만: 연어, 대조)

醫(의)와【醫(의)는 病(병)을 고치는 사람이다. 】藥(약)과 病(병)을 간수할 이가 없거나 醫(의)를 만나고도 잘못된 藥(약)을 먹여, 아니 죽을 적인데도 곧 橫死(횡사)하며, 또 世間(세간)에 있는 邪魔外道(사마외도)의 妖怪(요괴)로운 스승을 信(신)하여【邪魔(사마)는 正(정)하지 못한 귀신(鬼神)이다. 】, (그 스승이) 망령(妄靈)된 禍福(화복)을 이르거든 곧 두려운 뜻을 내어, 마음이 正(정)하지 못하여 좋거나 궂은 것을

醫_읭와【醫_읭는 病_뼝 고티는⁶⁰⁾ 사른미라】 藥_약과 病_뼝 간슈ᄒ리⁶¹⁾ 업거나 醫_읭를 맛나고도⁶²⁾ 왼⁶³⁾ 藥_약을 머겨⁶⁴⁾ 아니 주긇 저긔⁶⁵⁾ 곧 橫_{ᅙᅱᇰ}死_{ᄉᆞᆼ}ᄒ며 ᄯᅩ 世_솅間_간앳⁶⁶⁾ 邪_썅魔_망外_욍道_똘⁶⁷⁾앳 妖_{ᄒᅛ}怪_괭ᄅ빈⁶⁸⁾ 스스을⁶⁹⁾ 信_신ᄒ야【邪_썅魔_망는 正_졍티⁷⁰⁾ 몯ᄒ 魔_망ㅣ니 魔_망는 귓거시라⁷¹⁾】 간대옛⁷²⁾ 禍_{ᅘᅱᇰ}福_복을 닐어든⁷³⁾ 곧⁷⁴⁾ 두리븐⁷⁵⁾ ᄠᅳᆮ을⁷⁶⁾ 내야 ᄆᅀᆞ미⁷⁷⁾ 正_졍티 몯ᄒ야 됴쿠주믈⁷⁸⁾

---

60) 고티는: 고티[고치다, 療: 골(곧다, 直)- + -히(사접)-]- + -ᄂ(현시)- + -ㄴ(관전)

61) 간슈ᄒ리: 간슈ᄒ[간수하다, 看: 간슈(간수, 看守: 명사) + -ᄒ(동접)-]- + -ㄹ(관전) + 이(이, 사람, 者: 의명) + -Ø(←-이: 주조)

62) 맛나고도: 맛나[만나다, 遇: 맛(← 맞다: 맞다, 迎)- + 나(나다, 出)-]- + -고도(연어, 불구)

63) 왼: 외(그르다, 非)- + -Ø(현시)- + -ㄴ(관전)

64) 머겨: 머기[먹이다, 授: 먹(먹다, 食)- + -이(사접)-]- + -어(연어)

65) 아니 주긇 저긔: '죽지 않아도 될 적에'라는 뜻으로 쓰인 표현이다.

66) 世間앳: 世間(세간, 세상) + -애(-에: 부조, 위치) + -ㅅ(-의: 관조) ※ '世間앳'는 '세간(世間)에 있는'으로 의역하여 옮긴다.

67) 邪魔外道: 사마외도. 수행에 방해가 되는 사악한 마귀와 불교 이외의 사교(邪敎)의 무리이다. 사마(邪魔)는 수행을 방해하는 마귀이며, 외도(外道)는 불교 이외의 종교를 믿는 사람이다.

68) 妖怪ᄅ빈: 妖怪ᄅ빈[요괴롭다: 妖怪(요괴: 명사) + -ᄅ빈(형접)-]- + -Ø(현시)- + -ㄴ(관전) ※ '妖怪ᄅ빈다'는 요사스럽고 괴이한 듯한 것이다.

69) 스스을: 스승(스승, 師) + -을(목조)

70) 正티: 正ᄒ[← 正ᄒ다(정하다, 바르다): 正(정: 명사) + -ᄒ(형접)-]- + -디(-지: 연어, 부정)

71) 귓거시라: 귓것[귀신, 鬼: 귀(귀, 鬼) + 것(것, 者: 의명)] + -이(서조)- + -Ø(현시)- + -라(←-다: 평종)

72) 간대옛: 간대(망령, 미혹, 妄) + -예(←-에: 부조, 위치) + -ㅅ(-의: 관조) ※ '간대옛'은 '망령(妄靈)된'으로 의역하여 옮긴다.

73) 닐어든: 닐(← 니르다: 이르다, 말하다, 說)- + -어든(-거든: 연어, 조건)

74) 곧: 곧, 卽(부사)

75) 두리븐: 두립[← 두립다, ㅂ불(두렵다, 恐): 두리(두려워하다, 畏)- + -ㅂ(형접)-]- + -Ø(현시)- + -은(관전)

76) ᄠᅳᆮ을: ᄠᅳᆮ(뜻, 意) + -을(목조)

77) ᄆᅀᆞ미: ᄆᅀᆞᆷ(마음, 心) + -이(주조)

78) 됴쿠주믈: 됴쿶[좋거나 궂다, 吉凶: 둏(좋다, 吉)- + 궂(궂다, 凶)-]- + -움(명전) + -을(목조)

무꾸리를 하여, 種種(종종)의 짐승을 죽여 神靈(신령)께 바치면서 빌며 도깨비를 請(청)하여 福(복)을 빌어 목숨을 길게 하고자 하다가 끝내 得(득)하지 못하나니, 어리석어 미혹(迷惑)하여 邪曲(사곡)하게 보는 것을 信(신)하므로 곧 橫死(횡사)하여 地獄(지옥)에 들어서 나올 기한(期限)이 없으니, 이를 첫 橫死(횡사)라 하느니라. 둘째는 王法(왕법)을 입어 橫死(횡사)하는 것이요,

묻그리⁷⁹⁾ ㅎ야 種_종種_종 즁싱 주겨 神_씬靈_령끠 플며⁸⁰⁾ 돗가비⁸¹⁾ 請

_청ㅎ야 福_복을 비러⁸²⁾ 목숨 길오져⁸³⁾ ㅎ다가⁸⁴⁾ 乃_냉終_즁내⁸⁵⁾ 得_득디⁸⁶⁾

몯ㅎㄴ니⁸⁷⁾ 어리여⁸⁸⁾ 미혹ㅎ야⁸⁹⁾ 邪_썅曲_콕⁹⁰⁾ㅎ 보물⁹¹⁾ 信_신홀씨 곧 橫

_{ᅘᅱᇰ}死_{ᄾᆞᆼ}ㅎ야 地_띵獄_옥⁹²⁾애 드러⁹³⁾ 낧⁹⁴⁾ 그지⁹⁵⁾ 업스니 이를 첫 橫_{ᅘᅱᇰ}死

_{ᄾᆞᆼ} l 라 ᄒᆞᄂᆞ니라 둘차힌⁹⁶⁾ 王_{ᅌᅪᆼ}法_법⁹⁷⁾을 니버 橫_{ᅘᅱᇰ}死_{ᄾᆞᆼ}홀 씨오

---

79) 묻그리: 卜問. 무꾸리. 무당이나 판수에게 가서 길흉을 알아보거나, 무당이나 판수가 길흉을 점치는 것이다. 또는 그 무당이나 판수이다. ※ '판수'는 점치는 일을 직업으로 삼는 맹인이다.

80) 플며: 풀(풀다, 解)- + -며(연어, 나열) ※ 플다'는 〈藥師瑠璃光如來本願功德經〉에는 있는 '解奏'를 우리말로 옮긴 것인데, 이는 '(죽인 짐승을 신령께) 바치고 비는 것'이다.

81) 돗가비: 도깨비. 魍魎.

82) 비러: 빌(빌다, 구하다, 乞)- + -어(연어)

83) 길오져: 길오[길게 하다, 延: 길(길다, 長: 형사)- + -오(사접)-]- + -져(←-고져: -고자, 연어, 의도) ※ '길오져'는 '길오고져'를 오기한 형태이다.

84) ᄒᆞ다가: ᄒᆞ(하다: 보용, 의도)- + -다가(연어, 동작의 전환)

85) 乃終내: [끝내, 終(부사): 乃終(내종, 나중: 명사) + -내(부접)]

86) 得디: 得[← 得ᄒᆞ다(득하다, 얻다): 得(득: 불어) + -∅(←-ᄒᆞ-: 동접)-] + -디(-지: 연어, 부정)

87) 몯ᄒᆞᄂᆞ니: 몯ᄒᆞ[못하다, 不能(보용, 부정): 몯(못, 不能: 부사, 부정)- + -ᄒᆞ(동접)-]- + -ᄂᆞ(현시)- + -니(연어, 설명의 계속)

88) 어리여: 어리(어리석다, 愚)- + -여(←-어: 연어)

89) 미혹ᄒᆞ야: 미혹ᄒᆞ[미혹하다, 迷惑: 미혹(미혹, 迷惑: 명사) + -ᄒᆞ(동접)-]- + -야(←-아: 연어) ※ '미혹(迷惑)'은 무엇에 홀려 정신을 차리지 못하는 것이다.

90) 邪曲: 사곡. 요사스럽고 교활한 것이다.

91) 보물: 보(보다, 見)- + -ㅁ(←-옴: 명전) + -올(목조) ※ '邪曲ᄒᆞᆫ 봄'은 '邪見(사견)'을 직역한 말이다. 이는 비뚤어지고 곱은 견해나, 인과(因果)의 도리를 무시하는 옳지 못한 견해이다.

92) 地獄: 지옥. 죄업을 짓고 매우 심한 괴로움의 세계에 난 중생이나 그런 중생의 세계이다. 섬부주의 땅 밑, 철위산의 바깥 변두리 어두운 곳에 있다고 한다. 팔대 지옥, 팔한 지옥 따위의 136종이 있다.

93) 드러: 들(들다, 入)- + -어(연어)

94) 낧: 나(나오다, 出)- + -ㄹㅎ(관전)

95) 그지: 그지(기한, 기약, 期) + -이(주조)

96) 둘차힌: 둘차히[둘째, 二者(수사, 서수): 둘(둘, 二: 수사, 양수) + -자히(-째: 접미, 서수)] + -ㄴ(←-는: 보조사, 주제)

97) 王法: 왕법. 국왕이 제정한 법률이다.

셋째는 사냥을 하거나 놀이를 하거나 淫亂(음란)을 좋아하거나 술을 즐기거나 경망(輕妄)하여 조심을 아니 하다가, 귀신(鬼神)이 精氣(정기)를 앗아 橫死(횡사)하는 것이요, 넷째는 불에 살라져서 橫死(횡사)하는 것이요, 다섯째는 물에 빠지어 橫死(횡사)하는 것이요, 여섯째는 모진 짐승에게 물려 橫死(횡사)하는 것이요, 일곱째는 산언덕에 떨어져서 세차힌⁹⁸⁾ 山_산行_헝⁹⁹⁾을 ᄒᆞ거나 노ᄅᆞᆺ슬¹⁰⁰⁾ ᄒᆞ거나 姪_음亂_롼을 맛들어나¹⁾ 수으를²⁾ 즐기거나 듧ᄭᅥ벙³⁾ 조심 아니 ᄒᆞ다가 귓거시 精_졍氣_킝를 아ᅀᅡ⁴⁾ 橫_휑死_{ᄉᆞ}ᄒᆞᆯ 씨오 네차힌⁵⁾ 브레⁶⁾ 술여⁷⁾ 橫_휑死_{ᄉᆞ}ᄒᆞᆯ 씨오 다ᄉᆞᆺ차힌 므레⁸⁾ ᄲᅡ디여⁹⁾ 橫_휑死_{ᄉᆞ}ᄒᆞᆯ 씨오 여슷차힌 모딘¹⁰⁾ 즁ᄉᆡᇰ 믈여¹¹⁾ 橫_휑死_{ᄉᆞ}ᄒᆞᆯ 씨오 닐굽차힌 묏언헤¹²⁾ ᄢ더디여¹³⁾

---

98) 세차힌: 세차히[셋째, 三者(수사, 서수): 세(←세ㅎ: 셋 三, 수사, 양수)+-자히(-째: 접미, 서수)]+-ㄴ(←-는: 보조사, 주제)

99) 山行: 사냥. 獵. ※ '山行'은 고유어인 '산힝'을 한자로 표기한 형태이다.

100) 노ᄅᆞᆺ슬: 노릇(놀이, 장난, 戲)+-을(목조)

1) 맛들어나: 맛들[맛들이다, 즐기다, 耽: 맛(맛, 味)+들(들다, 잡다, 執)-]-+-어나(←-거나: 연어, 선택)

2) 수으를: 수을(술, 酒)+-을(목조)

3) 듧ᄭᅥ벙: 듧ᄭᅥᇦ(←듧ᄭᅥᆸ다, ㅂ불: 경망하다, 방정맞다, 放逸)-+-어(연어)

4) 아ᅀᅡ: 앗(←앗다, ㅅ불: 빼앗다, 奪)-+-아(연어)

5) 네차힌: 네차히[넷째, 四者(수사, 서수): 네(←네ㅎ: 셋 四, 수사, 양수)+-자히(-째: 접미, 서수)]+-ㄴ(←-는: 보조사, 주제)

6) 브레: 블(불, 火)+-에(부조, 위치)

7) 술여: 술이[살라지다, 焚: 술(사르다, 焚: 타동)-+-이(피접)-]-+-어(연어)

8) 므레: 믈(물, 水)+-에(부조, 위치)

9) ᄲᅡ디여: ᄲᅡ디(빠지다, 溺)-+-여(←-어: 연어)

10) 모딘: 모디(←모딜다: 모질다, 惡)-+-Ø(현시)-+-ㄴ(관전)

11) 믈여: 믈이[물리다, 噉: 믈(물다, 噉)-+-이(피접)-]-+-여(←-어: 연어)

12) 묏언헤: 묏언ㅎ[산언덕, 山崖: 뫼(산, 山)+-ㅅ(관조, 사잇)#언ㅎ(언덕, 崖: 불어)]+-에(부조, 위치) ※ '언ㅎ'은 '언덕(崖)'의 뜻을 나타내는 명사로 추정되는데, 단독으로 쓰일 때에는 '언'의 형태로만 쓰인다.

13) ᄢ더디여: ᄢ더디[떨어지다, 墮: ᄠᅳ(←ᄠᅳ다: 뜨다, 隔)-+-어(연어)+디(지다: 보용, 피동)-]-+-여(←-어: 연어)

死·ᄉᆞᆼᄒᆞᆯ·ᄊᆞ·이·오 여듧차힌 모딘 藥·약·ᄋᆞᆯ 먹거·나 ·ᄀᆞᆯ·오·ᄆᆞᆯ·이 거·나 邪썅曲·콕·ᄒᆞᆫ 귓거시 들·어 나 ·ᄒᆞ·야 橫ᅙᅱᆼ死·ᄉᆞᆼᄒᆞᆯ ·ᄊᆞ·이·오 아홉차힌 주으·려 橫ᅙᅱᆼ死·ᄉᆞᆼᄒᆞᆯ ·ᄊᆞ·이·니 如셩來링 어둘 니ᄅᆞ·시·논 아홉 가·짓 橫ᅙᅱᆼ死·ᄉᆞᆼᅵ·니 ·ᄯᅩ 그·지 업슨 여·러 橫ᅙᅱᆼ死ᅵ ·몯·내 니ᄅᆞ·리·라 ·ᄯᅩ 阿항難난 아·뎌 琰·염魔·망王·왕·이 世·솅間·간·애 ·잇·ᄂᆞᆫ 일·홈 ·ᄡ·ᄂᆞ

橫死(횡사)하는 것이요, 여덟째는 모진 藥(약)을 먹거나 독약으로 방자를 당하거나 邪曲(사곡)한 귀신이 들거나 하여 橫死(횡사)하는 것이요, 아홉째는 굶주려 橫死(횡사)하는 것이니, 이것이 如來(여래)가 대략 이르시는 아홉 가지의 橫死(횡사)이니, 또 그지없는 여러 橫死(횡사)가 못내 이르리라." "또 阿難(아난)아, 저 琰魔王(염마왕)이 世間(세간)에 있는 (유정들의) 이름을 적은

橫_횡死_{ᄉᆞᆼ}홀 씨오 여듧차힌 모딘 藥_약을 먹거나 ᄂᆞ오를¹⁴⁾ 굴이거나¹⁵⁾
邪_썅曲_콕¹⁶⁾ᄒᆞᆫ 귓거시 들어나¹⁷⁾ ᄒᆞ야 橫_횡死_{ᄉᆞᆼ}홀 씨오 아홉차힌 주으
려¹⁸⁾ 橫_횡死_{ᄉᆞᆼ}홀 씨니 이¹⁹⁾ 如_셩來_{ᄙᆡᆼ} 어둘²⁰⁾ 니르시논²¹⁾ 아홉 가짓
橫_횡死_{ᄉᆞᆼ}ㅣ니 ᄯᅩ 그지업슨²²⁾ 여러 橫_횡死_{ᄉᆞᆼ}ㅣ 몯내²³⁾ 니르리라 ᄯᅩ
阿_{ᄋᆞ}難_난아 뎌²⁴⁾ 琰_염魔_망王_왕²⁵⁾이 世_솅間_간앳 일훔²⁶⁾ 브튼²⁷⁾

---

14) ᄂᆞ오를: ᄂᆞ올(나올, 毒藥) + -을(-으로: 목조, 보조사적 용법) ※ 'ᄂᆞ올'은 뱀, 사마귀, 지네, 두
꺼비, 전갈, 거미 따위의 온갖 독충을 한데 넣어 서로 잡아 먹게 두었다가 남은 것으로 만들어
방자하는 데에 쓰는 독물(毒物)이다. ※ '방자'는 남이 못되거나 재앙을 받도록 귀신에게 빌어
저주하거나 그런 방술(方術)을 쓰는 일이다.

15) 굴이거나: 굴이[방자를 당하다, 저주를 당하다, 咀: 굴(방자하다, 저주하다, 咀)- + -이(피접)-]
+ -거나(연어, 선택)

16) 邪曲: 사곡. 요사스럽고 교활한 것이다.

17) 들어나: 들(들다, 入)- + -어나(←-거나: 연어, 선택)

18) 주으려: 주으리(굶주리다, 飢)- + -어(연어)

19) 이: 이(이것, 是: 지대, 정칭) + -Ø(주조)

20) 어둘: 대충, 대략, 略(부사)

21) 니르시논: 니르(이르다, 말하다, 說)- + -시(주높)- + -ㄴ(←-ᄂᆞ-: 현시)- + -오(대상)- + -ㄴ
(관전)

22) 그지업슨: 그지없[그지없다, 無量: 그지(끝, 한도, 限: 명사) + 없(없, 無: 형사)- + -Ø(현시)-
+ -은(관전)

23) 몯내: 못내, 이루 다 말할 수 없이, 難可具(부사)

24) 뎌: 저, 彼(관사, 지시, 정칭)

25) 琰魔王: 염마왕. 염라대왕. 저승에서, 지옥에 떨어지는 사람이 지은 생전의 선악을 심판하는
왕이다.

26) 일훔: 이름, 名.

27) 브튼: 븥(붙다, 적다, 籍)- + -Ø(과시)- + -ㄴ(관전)

글월을 주관하고 있나니, 만일 有情(유정)들이 不孝(불효)를 하거나【不孝(불효)는 孝道(효도)를 아니 하는 것이다.】五逆(오역)을 하거나 三寶(삼보)를 헐어 辱(욕)하거나 君臣(군신)의 法(법)을 헐거나【君臣(군신)의 法(법)은 임금과 臣下(신하)의 法(법)이다.】信戒(신계)를 헐거나 하면【信(신)은 正法(정법)을 信(신)하는 마음이요, 戒(계)는 五戒(오계)이다.】, 琰魔法王(염마법왕)이 (유정들의) 罪(죄)의 모습대로 詳考(상고)하여 罰(벌)을 글와를²⁸⁾ ᄀᆞᅀᆞᆷ아랫ᄂᆞ니²⁹⁾ ᄒ다가 有ᅌᅮᆸ情쪙들히 不붏孝ᅘᅭᇢ를 ᄒᆞ거나 【不붏孝ᅘᅭᇢᄂᆞᆫ 孝ᅘᅭᇢ道똘 아니 ᄒᆞᆯ 씨라】 五ᅌᅩᆼ逆역³⁰⁾을 ᄒᆞ거나 三삼寶봄³¹⁾를 허러³²⁾ 辱ᅇᅭᆨᄒᆞ거나³³⁾ 君군臣씬ㅅ 法법을 헐어나【君군臣씬ㅅ 法법은 님금 臣씬下행ㅅ 法법이라】 信신戒갱³⁴⁾를 헐어나³⁵⁾ ᄒᆞ면【信신은 正졍法법 信신 ᄒᆞᄂᆞᆫ ᄆᆞᅀᆞ미오 戒갱ᄂᆞᆫ 五ᅌᅩᆼ戒갱라³⁶⁾】 琰염魔망法법王왕³⁷⁾이 罪쬥이 야ᅌᆞ로³⁸⁾ 詳썅考콤³⁹⁾ᄒᆞ야 罪쬥⁴⁰⁾

---

28) 글와를: 글왈[글월, 記: 글(글, 書) + -왈(-월: 접미)] + -을(목조)

29) ᄀᆞᅀᆞᆷ아랫ᄂᆞ니: ᄀᆞᅀᆞᆷ알[주관하다, 主領: ᄀᆞᅀᆞᆷ(감, 재료, 材料: 명사) + 알(알다, 知)-] + -아(연어) + 잇(← 이시다: 있다, 완료 지속)- + -ᄂᆞ(현시)- + -니(연어, 설명의 계속) ※ 'ᄀᆞᅀᆞᆷ아랫ᄂᆞ니'는 'ᄀᆞᅀᆞᆷ아라 잇ᄂᆞ니'가 축약된 형태이다.

30) 五逆: 오역. 다섯 가지 악행이다. 대승 불교에서는 절이나 탑을 파괴하여 불경과 불상을 불태우고 삼보(三寶)를 빼앗거나 그런 짓을 시키는 일, 성문(聲聞) 따위의 법을 비방하는 일, 출가자를 죽이거나 수행을 방해하는 일, 소승 불교의 오역 가운데 하나를 범하는 일, 모든 업보는 없다고 생각하여 십악(十惡)을 행하고 다른 이에게 가르치는 일이다.

31) 三寶: 삼보. 불보(佛寶), 법보(法寶), 승보(僧寶)를 함께 이르는 말이다.

32) 허러: 헐(헐다, 훼손하다, 毁)- + -어(연어)

33) 辱ᄒᆞ거나: 辱ᄒᆞ[욕하다: 辱(욕: 명사) + -ᄒᆞ(동접)-] + -거나(연어, 선택)

34) 信戒: 신계. 승려가 반드시 가져야 하는 신앙심과 계율이다. 곧, 정법(正法)을 믿는 마음과 오계(五戒)를 지키는 것이다.

35) 헐어나: 헐(헐다, 훼손하다, 毁)- + -어나(←-거나: 연어, 선택)

36) 五戒라: 五戒(오계) + -Ø(←-이-: 서조)- + -Ø(현시)- + -라(←-다: 평종) ※ '五戒(오계)'는 속세에 있는 신자(信者)들이 지켜야 할 다섯 가지 계율. 살생하지 말라, 훔치지 말라, 음행(淫行)하지 말라, 거짓말하지 말라, 술 마시지 말라이다.

37) 琰魔法王: 염마법왕. 염라대왕(閻羅大王)의 딴 이름이다. 저승에서, 지옥에 떨어지는 사람이 지은 생전의 선악을 심판하는 왕이다. 지옥에 살며 십팔 장관(十八將官)과 팔만 옥졸을 거느리고 저승을 다스린다. 불상(佛像)과 비슷하고 왼손에 사람의 머리를 붙인 깃발을 들고 물소를 탄 모습이었으나, 뒤에 중국 옷을 입고 노기를 띤 모습으로 바뀌었다.

38) 야ᅌᆞ로: 양(양, 樣: 의명, 흡사) + -ᄋᆞ로(부조, 방편) ※ '罪이 양'은 '사람들이 죄의 모습대로'로 의역하여 옮긴다.

39) 詳考: 상고. 꼼꼼하게 따져서 검토하거나 참고하는 것이다.

40) 罪: 죄. 『약사유리광여래본원공덕경』의 한문본에는 본문의 '罪(죄)'가 '罰(벌)'로 표기되어 있다.(琰魔法王隨罪輕重考而罰之) 그리고 문맥을 감안하여도 『석보상절』 제9의 '罪'는 '罰'을 오각한 형태로 보인다.

주ㅡ니【詳쌍考콩ᄂᆞᆫ 子ᄌᆞ細솅히 마초아 알 씨라】이럴·씨·내 ·이제 有·ᅌᅮᆸ情쪙·을 勸·권ᄒᆞ·야 燈등·을 혀·며 幡펀 ·밍·ᄀᆞᆯ·며 산·것·을 노·하 福·복·을 닷·가 厄·ᅙᅡᆨ·올 버·서 나·게 ᄒᆞ·노·라 그·ᄢᅴ 衆·즁中듕·에 ·열·두 夜·양叉창 大·땡將·쟝·이 座·쫭·애 모·다 ·이·셔더·니【大·땡將·쟝·ᄋᆞᆫ 큰 將쟝軍군·이·라】宮궁毗삥羅랑 大·땡將·쟝·과 伐·ᄈᆞᆯ折·ᇙ羅랑 大·땡將·쟝·과 迷몡企·킹羅랑 大·땡將·쟝·과 安ᄒᆞᆫ

주나니【詳考(상고)는 仔細(자세)히 맞추어 따져서 아는 것이다.】, 이러므로 내가 이제 有情(유정)을 勸(권)하여 燈(등)을 켜며 幡(번)을 만들며 산 것을 놓아주어, 福(복)을 닦아 厄(액)을 벗어나게 한다." 그때에 衆(중= 무리)의 中(중)에 열두 夜叉大將(야차대장)이 會座(회좌)에 있더니【大將 (대장)은 큰 將軍(장군)이다.】, 宮毗羅大將(궁비라대장)과 伐折羅大將(벌절 라대장)과 迷企羅大將(미기라대장)과 安底羅大將(안저라대장)과

주ᄂᆞ니【詳썅考콯ᄂᆞᆫ 子ᄌᆞᆼ細셍히[41] 마초ᄧᅥ[42] 알 씨라】 이럴ᄊᆡ 내 이제 有웋情쪙을 勸퀀ᄒᆞ야 燈등 혀며[43] 幡펀 밍ᄀᆞᆯ며 산 것 노하[44] 福복을 닷가[45] 厄힉ᄋᆞᆯ 버서나긔[46] ᄒᆞ노라[47] 그 ᄢᅴ 衆즁[48] 中듕에 열두 夜양叉창大땡將쟝[49]이 모ᄃᆞᆫ 座쫭[50]애 잇더니【大땡將쟝ᄋᆞᆫ 큰 將쟝軍군이라】 宮궁毗삥羅랑大땡將쟝과 伐뻟折졣羅랑大땡將쟝과 迷몡企킹羅랑大땡將쟝과 安한底뎽羅랑大땡將쟝과

---

41) 子細히: [제세히, 仔細(부사) : 子細(자세: 불어) + -ᄒ(← -ᄒᆞ-: 형접)- + -이(부접)]

42) 마초ᄧᅥ: 마초ᄧ[← 마초ᄧᅳ다(맞추어서 따지다, 詳): 맞(맞다, 調適)- + -호(사접)- + -ᄧᅳ(접미, 강조)-]- + -어(연어)

43) 혀며: 혀(켜다, 然)- + -며(연어, 나열, 계기)

44) 노하: 놓다(놓아 주다, 放)- + -아(연어)

45) 닷가: 닭(닦다, 修)- + -아(연어)

46) 버서나긔: 버서나[벗어나다, 脫: 벗(벗다, 脫)- + -어(연어) + 나(나다, 出)-]- + -긔(-게: 연어, 사동)

47) ᄒᆞ노라: ᄒᆞ(하다: 보용, 사동)- + -ᄂ(← -ᄂᆞ-: 현시)- + -오(화자)- + -라(← -다: 평종)

48) 衆: 중. 무리.

49) 夜叉大將: 야차대장. '다문천왕(多聞天王)'을 달리 이르는 말인데, 야차를 통솔하기 때문에 붙은 이름이다. '多聞天王(다문천왕)'은 사천왕(四天王)의 하나이며, 다문천을 다스려 북쪽을 수호하며 야차(夜叉)와 나찰(羅刹)을 통솔한다. 분노의 상(相)으로 갑옷을 입고서 왼손에 보탑(寶塔)을 받쳐 들고 오른손에 몽둥이를 들고 있다.

50) 모ᄃᆞᆫ 座: 몯(모이다, 會)- + -Ø(과시)- + -ᄋᆞᆫ(관전) # 座(좌, 자리) ※『약사유리광여래본원공덕경』의 한문본에는 본문의 '모ᄃᆞᆫ 좌'가 '會坐'로 기술되어 있으므로,『석보상절』제9의 '모ᄃᆞᆫ 座'는 한문본의 '會坐'를 직역한 것으로 보인다. ※ '會座/會坐(회자)'는 설법을 들으려고 여러 사람이 한자리에 모인 자리이다.

頞한 你닝 羅랑 大땡 將쟝과 珊산 底뎅 羅랑 大땡 將쟝과 因힌 達딿 羅랑 大땡 將쟝과 波방 夷잉 大땡 將쟝과 摩망 虎홍 羅랑 大땡 將쟝과 眞진 達딿 羅랑 大땡 將쟝과 招즁 杜뚱 羅랑 大땡 將쟝과 毗삥 羯갏 羅랑 大땡 將쟝과 이 열두 夜양 叉창 大땡 將쟝이 各각 各각 七칧 千쳔 夜양 叉창

頞你羅大將(알니라대장)과 珊底羅大將(산저라대장)과 因達羅大將(인달라대장)과 波夷大將(파이대장)과 摩虎羅大將(마호라대장)과 眞達羅大將(진달라대장)과 招杜羅大將(초두라대장)과 毗羯羅大將(비갈라대장)과 이 열두 夜叉大將(야차대장)이 各各(각각) 七千(칠천)의 夜叉(야차)를

頞_흻你_닝羅_랑大_땡將_쟝과　珊_산底_뎽羅_랑大_땡將_쟝과　因_힌達_딿羅_랑大_땡將_쟝과

波_방夷_잉大_땡將_쟝과　摩_망虎_홍羅_랑大_땡將_쟝과　眞_진達_딿羅_랑大_땡將_쟝과　招_죻

杜_뚱羅_랑大_땡將_쟝과　毗_뼁羯_겷羅_랑大_땡將_쟝과　이　열두　夜_양叉_창大_땡將_쟝이

各_각各_각　七_칧千_천　夜_양叉_창를

ᄉ챵養권屬ᅀᅡ 사맷더니ᄒᆞᄢ소리

내야ᄉᆞᆲ보ᄃᆡ世셰尊존하 우리이제부

璃링光광如ᅀᅧ來ᄉ일후믈드르ᄉᆞᄫᅡ

텻威ᅙᅱᆼ力륵을닙ᄉᆞᄫᅡ藥약師ᄉᆞ瑠륭

니ᅌ외야惡ᅙᆞᆨ趣츙를저픈주리업스

니ᄂᆞ우리ᄃᆞᆯ히다ᄒᆞᆫᄆᆞᅀᆞ무로죽ᄃᆞ록三

三寶봄애歸귕依ᅙᅴᆼ호ᄉᆞ盟ᄆᆡᆼ誓쎙

ᄅᆞᆯ호ᄃᆡ一ᅙᅵᇙ切쳉有ᅌᅮᇢ情쩡 위ᅙᅡᆼ야利

眷屬(권속)으로 삼아 있더니, 함께 소리를 내어 사뢰되 "世尊(세존)이시여, 우리가 이제 부처의 威力(위력)을 입어서 藥師瑠璃光如來(약사유리광여래)의 이름을 들으니 다시 惡趣(악취)를 두려워하는 것이 없으니, 우리들이 다 한 마음으로 죽도록 三寶(삼보)에 歸依(귀의)하여 盟誓(맹서)를 하되, 一切(일체)의 有情(유정)을 위하여

眷권屬쏙⁵¹⁾ 사맷더니⁵²⁾ 호픠⁵³⁾ 소리 내야 술보뒤 世셍尊존하 우리

이제⁵⁴⁾ 부텻 威휭力륵⁵⁵⁾을 닙스바⁵⁶⁾ 藥약師승瑠륳璃링光광如셩來링ㅅ 일

후믈 듣즈보니⁵⁷⁾ ᄂᆞ외야⁵⁸⁾ 惡학趣츙⁵⁹⁾를 저픈⁶⁰⁾ 주리⁶¹⁾ 업스니 우리들

히⁶²⁾ 다 ᄒᆞᆫ ᄆᆞᅀᆞᄆᆞ로⁶³⁾ 죽ᄃ록⁶⁴⁾ 三삼寶봏애 歸귕依휭ᄒᆞᅀᆞᄫᅡ⁶⁵⁾ 盟명誓

쎙를 호뒤⁶⁶⁾ 一힗切촁 有울情쪙 위ᄒᆞ야

---

51) 眷屬: 권속. 한집에 거느리고 사는 식구이다.

52) 사맷더니: 삼(삼다, 爲)- + -아(연어) + 잇(← 이시다: 있다, 보용, 완료 지속)- + -더(회상)- + -
    니(연어, 설명의 계속) ※ '사맷더니'는 '사마 잇더니'가 축약된 형태이다.

53) 호픠: [함께, 同時(부사): 호(한, 一: 관사, 양수) + ᄢᅴ(← ᄢ: 때, 時, 의명) + -의(-에: 부조▷부
    접]

54) 이제: [이제, 今(명사): 이(이, 此: 관사, 지시, 정칭) + 제(제, 때, 時: 의명)]

55) 威力: 위력. 상대를 압도할 만큼 강력함. 또는 그런 힘이다.

56) 닙스바: 닙(입다, 당하다, 蒙)- + -ᄉᆞ(← -ᄉᆞᆸ-: 객높)- + -아(연어)

57) 듣즈보니: 듣(듣다, 聞)- + -ᄌᆞ(← -ᄌᆞᆸ-: 객높)- + -오(화자)- + -니(연어, 설명의 계속)

58) ᄂᆞ외야: [다시, 更(부사): ᄂᆞ외(거듭하다, 復: 동사)- + -야(← -아: 연어 ▷부접)]

59) 惡趣: 악취. 악업(惡業)을 지어서 죽은 뒤에 나는 고통(苦痛)의 세계(世界)이다. 지옥(地獄), 아
    귀(餓鬼), 축생(畜生)의 세 가지가 있다.

60) 저픈: 저프[두렵다, 怖(형사): 젛(두려워하다, 畏: 동사)- + -브(형접)-]- + -∅(현시)- + -ㄴ(관전)

61) 주리: 줄(줄, 것: 의명) + -이(주조)

62) 우리둘히: 우리들ㅎ[우리들, 我等: 우리(우리, 我: 인대, 1인칭, 복수) + -둘ㅎ(-들: 복접)] + -이
    (주조)

63) ᄆᆞᅀᆞᄆᆞ로: ᄆᆞᅀᆞᆷ(마음, 心) + -ᄋᆞ로(부조, 방편)

64) 죽ᄃ록: 죽(죽다, 死)- + -ᄃ록(-도록: 연어, 도달)

65) 歸依ᄒᆞᅀᆞᄫᅡ: 歸依ᄒᆞ[귀의하다: 歸依(귀의: 명사) + -ᄒᆞ(동접)-]- + -ᄉᆞ(← -ᄉᆞᆸ-: 객높)- + -아
    (연어)

66) 호뒤: ᄒᆞ(← ᄒᆞ다: 하다, 爲)- + -오뒤(-되: 연어, 설명의 계속)

릭益·뎍 드·ᄫᆡ일·ᄒᆞ야 便·뼌 安한 킈호·리
이·다 아·모 ᄆᆞ술·ᄒᆞ야·나 ·자시·어·나 ·ᄀ
올·ᄒᆡ어·나 나·라·ᄒᆡ어·나 빈 수·프·리어·나
이 經·경·을 너·비 펴·며 藥·약師·ᄉᆞ瑠·륭璃
링 光·광如·셩來·링
恭·공敬·경 供·공養·양 ᄒᆞ·ᅀᆞᄫ·리·잇거·나
든·우리 ᄃᆞ·ᄒᆡ이·사ᄅᆞᆷ·울 衛·윙護·ᅘᅳᆼ·야
러 衛·윙護·ᅘᅳᆼ持·띵 ᄂᆞᆫ 둘·어 더·브·러·씨·라 一·ᄒᆞᆱ切·졍 苦·

利益(이익)이 되는 일을 하여 便安(편안)하게 하겠습니다. 아무런 마을이 거나 성(城)이거나 고을이거나 나라이거나 빈 수풀이거나 이 經(경)을 널리 펴며, 藥師瑠璃光如來(약사유리광여래)의 이름을 지녀 恭敬(공경)하고 供養(공양)할 이(者)야말로 있거든, 우리들이 이 사람을 衛護(위호)하여 【衛護(위호)는 둘러 더불어서 護持(호지)하는 것이다. 】 다 一切(일체)의 苦難(고난)을

利링益혁드빙[67] 일 ᄒ야 便뼌安한킈[68] ᄒ오리이다[69] 아ᄆ란[70] ᄆ술히어

나[71] 자시어나[72] ᄀ올히어나[73] 나라히어나[74] 뷘[75] 수프리어나[76] 이 經

경을 너비[77] 펴며 藥약師ᄉ瑠률璃링光광如셩來링ㅅ 일후믈 디니ᅀᄫᅡ[78]

恭공敬경 供공養양ᄒᅀᄫᆞ리옷[79] 잇거든 우리ᄃᆞᆯ히 이 사ᄅᆞᄆᆯ 衛윙護뽕

ᄒ야[80]【衛윙護뽕ᄂᆞᆫ 둘어[81] 더브러셔[82] 護뽕持띵ᄒᆯ 씨라】다 一힗切촁 苦

콩難난ᄋᆞᆯ

---

67) 利益드빙: 利益드빙[이익이 되다: 利益(이익: 명사)＋－드빙(형접)－]＋－∅(현시)＋－ㄴ(관전)

68) 便安킈: 便安ᄒ[← 便安ᄒ다(편안하다): 便安(편안: 명사)＋－ᄒ(형접)－]＋－긔(－게: 연어, 사동)

69) ᄒ오리이다: ᄒ(← ᄒ다: 하다, 보용, 사동)－＋－오(화자)－＋－리(미시)－＋－이(상높, 아주 높임)－
＋－다(평종)

70) 아ᄆ란: 아ᄆ라(← 아ᄆ랗다: 아무렇다, 何等)－＋－∅(현시)－＋－ㄴ(관전)

71) ᄆ술히어나: ᄆ술ᄒ(마을, 村)＋－이어나(－이거나: 보조사, 선택)

72) 자시어나: 잣(성, 城)＋－이어나(－이거나: 보조사, 선택)

73) ᄀ올히어나: ᄀ올ᄒ(고을, 邑)＋－이어나(－이거나: 보조사, 선택)

74) 나라히어나: 나라ᄒ(나라, 國)＋－이어나(－이거나: 보조사, 선택)

75) 뷘: 뷔(비다, 空)－＋－∅(현시)－＋－ㄴ(관전)

76) 수프리어나: 수플[수풀, 林: 숲(숲, 林)＋플(풀, 草)]＋－이어나(－이거나: 보조사, 선택)

77) 너비: [널리, 廣(부사): 넙(넙다, 廣: 형사)－＋－이(부접)]

78) 디니ᅀᄫᅡ: 디니(지니다, 持)－＋－ᅀᆞᆸ(←－ᅀᆞᆸ－: 객높)－＋－아(연어)

79) 供養ᄒᅀᄫᆞ리옷: 供養ᄒ[공양하다: 供養(공양: 명사)＋－ᄒ(동접)－]＋－ᅀᆞᆸ(←－ᅀᆞᆸ－: 객높)－＋
－ᄋᆯ(관전) # 이(이, 사람, 者: 의명)＋－옷(←－곳: 보조사, 한정 강조)

80) 衛護ᄒ야: 衛護ᄒ[위호하다: 衛護(위호: 명사)＋－ᄒ(동접)－]＋－야(←－아: 연어) ※ '衛護(위
호)'는 따라다니며 곁에서 보호하고 지키는 것이다.

81) 둘어: 둘(← 두르다: 두르다, 둘러싸다, 衛)－＋－어(연어)

82) 더브러셔: 더블(더불다, 與)－＋－어셔(－어서: 연어)

83) 護持: 호지. 보호하여 지니는 것이다.

難난 올 버·서 나·고 願원 호·논 이·로·다

일·의 호·리·이·다 아·민나 病뼝·이·며 厄·ᅙᅡᆨ·이

·이 이·셔 버·서 나·고·져 홇 사·ᄅᆞ·문 ·이 經경

·올 닐·거 외·오·며 五웅 色·식 실·로 우·리 일

·후·를 미·자 제 願·원·을 일·온 後·뚱·에 그·러

삼·ᅙᅩ·리·이·다 그·ᄢᅴ 世·솅 尊존·이 夜·양 乂

·창 大·땡 將·쟝 ·ᄃᆞᆯ·ᄒᆞᆯ 讚·잔 嘆·탄 ·ᄒᆞ·야 닐·ᄅᆞ

·샤·ᄃᆡ :됴·타 :됴·타 너·희 ·ᄃᆞᆯ·히 藥·약 師ᄉᆞᆼ 瑠

벗어나고 願(원)하는 일을 다 이루어지게 하겠습니다. 아무나 病(병)이며 厄(액)이 있어 벗어나고자 할 사람은 이 經(경)을 읽어 외오며, 五色(오색) 실로 우리 이름을 묶어 제 願(원)을 이룬 後(후)에 (그 묶은 것을) 풀어야 하겠습니다. 그때에 世尊(세존)이 夜叉大將(야차대장)들을 讚嘆(찬탄)하여 이르시되 "좋다. 좋다. 너희들이

버서나고⁸⁴⁾ 願_원ᄒᆞᄂᆞᆫ 이ᄅᆞᆯ 다 일의⁸⁵⁾ ᄒᆞ리이다 아뫼나⁸⁶⁾ 病_뼝이며 厄_{ᅙᆡᆨ}이 이셔⁸⁷⁾ 버서나고져⁸⁸⁾ ᄒᆞᇙ 사ᄅᆞ미 이 經_경을 닐거⁸⁹⁾ 외오며 五_{ᅌᅩᆼ}色_{ᄉᆡᆨ} 실로 우리 일후믈 ᄆᆡ자⁹⁰⁾ 제⁹¹⁾ 願_원을 일운⁹²⁾ 後_{ᅙᅮᇢ}에 글 어ᅀᅡ⁹³⁾ ᄒᆞ리이다 그 ᄢᅴ 世_셰尊_존이 夜_양叉_창大_땡將_쟝⁹⁴⁾ᄃᆞᆯᄒᆞᆯ 讚_잔嘆_탄ᄒᆞ야 니ᄅᆞ샤ᄃᆡ 됴타⁹⁵⁾ 됴타 너희ᄃᆞᆯ히⁹⁶⁾

---

84) 버서나고: 버서나[벗어나다, 度脫: 벗(벗다, 脫)- + 나(나다, 出)-]- + -고(연어, 나열)

85) 일의: 일(이루어지다, 成)- + -의(←-게: 연어, 사동)

86) 아뫼나: 아모(아무, 某: 인대, 부정칭)- + -ㅣ나(←-이나: 보조사, 선택)

87) 이셔: 이시(있다, 有)- + -어(연어)

88) 버서나고져: 버서나[벗어나다, 度脫: 벗(벗다, 脫)- + 나(나다, 出)-]- + -고져(-고자: 연어, 의도)

89) 닐거: 닑(읽다, 讀誦)- + -어(연어)

90) ᄆᆡ자: 및(맺다, 묶다, 結)- + -아(연어)

91) 제: 저(저, 己: 인대, 재귀칭) + -ㅣ(←-의: 관조)

92) 일운: 일우[이루다, 成: 일(이루어지다, 成: 자동)- + -우(사접)-]- + -Ø(과시)- + -ㄴ(관전)

93) 글어ᅀᅡ: 글(← 그르다: 끄르다, 풀다, 解)- + -어ᅀᅡ(-어야: 연어, 필연적 조건)

94) 夜叉大將: 야차대장. '다문천왕(多聞天王)'을 달리 이르는 말인데, 야차를 통솔하기 때문에 붙은 이름이다. '多聞天王(다문천왕)'은 사천왕(四天王)의 하나이며, 다문천을 다스려 북쪽을 수호하며 야차(夜叉)와 나찰(羅刹)을 통솔한다. 분노의 상(相)으로 갑옷을 입고서 왼손에 보탑(寶塔)을 받쳐 들고 오른손에 몽둥이를 들고 있다.

95) 됴타: 둏(좋다, 善)- + -Ø(현시)- + -다(평종)

96) 너희ᄃᆞᆯ히: 너희ᄃᆞᆯᄒᆞ[너희들, 汝等: 너(너, 汝: 인대, 2인칭) + -희(복접) + -ᄃᆞᆯᄒᆞ(-들: 복접)] + -ㅣ(주조)

藥師瑠璃光如來(약사유리광여래)의 恩德(은덕)을 갚을 일을 念(염)하거든, 항상 이렇듯이 一切(일체)의 有情(유정)을 利益(이익)이 되게 하며 安樂(안락)하게 하라."

釋譜詳節(석보상절) 第九(제구)

藥_약師_숭瑠_륳璃_링光_광如_셩來_링ㅅ 恩_ㆆ德_득⁹⁷⁾ 갑ᄉ\ᄫᅳᆯ⁹⁸⁾ 이ᄅᆞᆯ 念_념ᄒᆞ거든 샹녜⁹⁹⁾ 이러트시¹⁰⁰⁾ 一_힗切_쳉 有_울情_쪙을 利_링益_혁ᄃᆞᄫᅵ며¹⁾ 安_한樂_락긔²⁾ ᄒᆞ라³⁾

釋_셕譜_봉詳_쌍節_졇 第_똉九_굴

---

97) 恩德: 은덕. 삼덕(三德)의 하나. 부처가 중생을 구제하려는 덕을 이른다.

98) 갑ᄉᄫᅳᆯ: 갑(← 갚다: 갚다, 報)- + -ᅀᆞ(← -ᅀᆞᆸ-: 객높)- + -을(관전)

99) 샹녜: 늘, 항상, 常(부사)

100) 이러트시: 이렇(← 이러ᄒᆞ다: 이렇다, 此)- + -ᄃᆞᆺ이(연어, 흡사)

1) 利益ᄃᆞᄫᅵ며: 利益ᄃᆞᄫᅵ[이익이 되다: 利益(이익: 명사) + -ᄃᆞᄫᅵ(형접)-]- + -며(연어, 나열)

2) 安樂긔: 安樂[← 安樂ᄒᆞ다(안락하다): 安樂(안락: 명사) + -ᄒᆞ(형접)-]- + -긔(-게: 연어, 사동)

3) ᄒᆞ라: ᄒᆞ(하다: 보용, 사동)- + -라(명종)

부록

'원문과 번역문의 벼리' 및
'문법 용어의 풀이'

부록 1. 원문과 번역문의 벼리

『석보상절 제구』의 원문 벼리

『석보상절 제구』의 번역문 벼리

부록 2. 문법 용어의 풀이

1. 품사
2. 불규칙 활용
3. 어근
4. 파생 접사
5. 조사
6. 어말 어미
7. 선어말 어미

부록 1. 원문과 번역문의 벼리

『석보상절 제구』의 원문 벼리

[1앞 釋셕譜봉詳썅節졇 第뗑九궁

부톄 도녀 諸졍國귁을 敎굘化황ᄒᆞ샤 廣광嚴엄城쎵에 가샤 樂악音흠樹쓩 아래 겨샤 굴근 比삉丘쿻 八밣千쳔 人신과 ᄒᆞᆫᄃᆡ 잇더시니 菩뽕薩삻摩망訶항薩삻 三삼萬먼六륙千쳔과 國귁王왕과 大땡臣씬과 婆빵羅랑門몬과 [1뒤 居겅士쑹와 天텬龍룡 夜양叉창 人신 非빙人신 等등 無뭉量량 大땡衆즁이 恭공敬경ᄒᆞ야 圍윙繞ᅀᅮᇢᄒᆞᅀᆞᄫᅥ거늘 위ᄒᆞ야 說쉃法법ᄒᆞ더시니

그 ᄢᅴ 文문殊쓩師ᄉᆞᆼ利링 世솅尊존ᄭᅴ ᄉᆞᆯᄫᆞ샤ᄃᆡ 부텻 일훔과 本본來ᄅᆡᆼㅅ 큰 願원과 [2앞 ᄀᆞ장 됴ᄒᆞ신 功공德득을 불어 니ᄅᆞ샤 듣ᄌᆞᄫᆞᆯ 사ᄅᆞᄆᆡ 業업障쟝이 스러디여 像썅法법이 轉뒨ᄒᆞᇙ 時씽節졇에 [2뒤 믈읫 有ᅌᅮᇢ情쪙을 利링樂락긔 코져 ᄒᆞ노이다

부톄 文문殊쓩師ᄉᆞᆼ利링ᄭᅴ 니ᄅᆞ샤ᄃᆡ 東동方방ᄋᆞ로 이에셔 버으로미 十씹 恒ᅘᅳᆼ河항沙상 等등 佛뿛土통 디나가 世솅界갱 이쇼ᄃᆡ 일후미 淨쪙瑠륭璃링오 부텻 일후믄 藥약師ᄉᆞᆼ瑠륭璃링光광如ᅀᅧᆼ來ᄅᆡᆼ 應ᅙᅳᆼ供공 [3앞 正정遍변知딩 明명行ᅘᆡᆼ足족 善쎤逝쎙 世솅間간解갱 無뭉上썅士ᄊᆞᆼ 調뚈御ᅌᅥᆼ丈땽夫붕 天텬人신師ᄉᆞᆼ 佛뿛世솅尊존이시니 [3뒤 뎌 藥약師ᄉᆞᆼ瑠륭璃링光광如ᅀᅧᆼ來ᄅᆡᆼ 菩뽕薩삻ㅅ 道똫理링 行ᅘᆡᆼᄒᆞ실 쩌긔 열두 大땡願원을 ᄒᆞ샤 [4앞 믈읫 有ᅌᅮᇢ情쪙이 求꿓ᄒᆞ논 이ᄅᆞᆯ 다 得득긔 호려 ᄒᆞ시니라

第뗑一ᅙᅵᇙ 大땡願원은 내 來ᄅᆡᆼ世솅예 阿항耨녹多당羅랑三삼藐막三삼菩뽕提뗑 得득

흔 時_씽節_졇에 내 모맷 光_광明_명이 無_뭉量_량 無_뭉數_숭 無_뭉邊_변 世_셍界_갱를 盛_쎵히 비취여 三_삼十_씹二_싱相_샹 八_밣十_씹種_죵好_홀로 [4뒤] 모물 莊_장嚴_엄ᄒᆞ야 一_힗切_쳉 有_울情_쪙이 나와 다ᄅᆞ디 아니케 호리라

第_똉二_싱 大_땡願_원은 내 來_링世_솅예 菩_뽕提_똉 得_득흔 時_씽節_졇에 모미 瑠_률璃_링 ᄀᆞᆮᄒᆞ야 안팟기 ᄉᆞᄆᆞᆺ 물가 허므리 업고 光_광明_명이 크며 功_공德_득이 노파 븘비ᄎ로 莊_장嚴_엄호미 日_싫月_윓라와 느러 어드븐 딋 [5앞] 衆_즁生_{ᄉᆡᆼ}도 다 ᄇᆞᆯ고믈 어더 ᄆᆞ슴 조초 이를 ᄒᆞ긔 호리라

第_똉三_삼 大_땡願_원은 내 來_링世_솅예 菩_뽕提_똉 得_득흔 時_씽節_졇에 無_뭉量_량無_뭉邊_변 智_딩慧_{ᅘᅰᆼ}方_방便_뼌으로 믈읫 有_울情_쪙의 ᄡᅳᆯ 거시 다 낟븐 줄 업긔 호리라

第_똉四_{ᄉᆞᆼ} 大_땡願_원은 내 來_링世_솅예 菩_뽕提_똉 得_득흔 時_씽節_졇에 ᄒᆞ다가 有_울情_쪙이 [5뒤] 邪_썅曲_콕흔 道_똘理_링 行_{ᅘᆡᆼ}ᄒᆞ리 잇거든 다 菩_뽕提_똉 道_똘 中_듕에 便_뼌安_한히 잇긔 ᄒᆞ며 ᄒᆞ다가 聲_셩聞_문辟_벽支_징佛_뿛乘_씽을 行_{ᅘᆡᆼ}ᄒᆞᆯ 사ᄅᆞ미 잇거든 다 大_땡乘_씽으로 便_뼌安_한킈 호리라

第_똉五_옹 大_땡願_원은 내 來_링世_솅예 菩_뽕提_똉 得_득흔 時_씽節_졇에 ᄒᆞ다가 無_뭉量_량 [6앞] 無_뭉邊_변 有_울情_쪙이 내 法_법 中_듕에 修_슣行_{ᅘᆡᆼ}ᄒᆞ리 잇거든 다 이저디디 아니흔 警_경戒_갱를 得_득ᄒᆞ며 三_삼聚_쭝戒_갱를 ᄀᆞ자 호리라 [6뒤] 비록 그르ᄒᆞ야 지순 이리 이셔도 내 일후믈 드르면 도로 淸_쳥淨_쪙을 得_득ᄒᆞ야 모딘 길헤 아니 ᄠᅥ러디게 호리라

第_똉六_륙 大_땡願_원은 내 來_링世_솅예 菩_뽕提_똉 得_득흔 時_씽節_졇에 ᄒᆞ다가 믈읫 有_울情_쪙이 모미 사오나바 諸_졍根_근이 ᄀᆞ자 몯ᄒᆞ야 미혹ᄒᆞ고 [7앞] 種_죵種_죵 受_쓯苦_콩ᄅᆞ빈 病_뼝ᄒᆞ얫다가 내 일후믈 드르면 다 智_딩慧_{ᅘᅰᆼ} 잇고 諸_졍根_근이 ᄀᆞ자 病_뼝이 업게 호리라

第뎅七칧 大땡願원은 내 來링世솅예 菩뽕提똉 得득흔 時씽節졇에 ᄒ다가 믈읫 有
ᄋᆞᆯ情쪙이 病뼝ᄒᆞ야 이셔 救귷ᄒᆞ리 업고 갏 ᄃᆡ 업거든 내 일후믈 귀예 ᄒᆞᆫ 번 드러
도 病뼝이 업고 世솅間간애 [7뒤] 뿛 거시 ᄀᆞᄌᆞ며 無뭉上썅菩뽕提똉를 證징ᄒᆞ매 니를
의 ᄒᆞ리라

第뎅八밣 大땡願원은 내 來링世솅예 菩뽕提똉 得득흔 時씽節졇에 ᄒ다가 겨지비
겨지븨 온가짓 어려븐 이리 다와다 ᄀᆞ장 싀툿ᄒᆞ야 겨지븨 모ᄆᆞᆯ ᄇᆞ리고져 ᄒᆞ거든
내 일후믈 드르면 다 남지니 ᄃᆞ외야 無뭉上썅菩뽕提똉를 證징ᄒᆞ매 니를의 [8앞] ᄒ
리라

第뎅九귷 大땡願원은 내 來링世솅예 菩뽕提똉 得득흔 時씽節졇에 믈읫 有ᄋᆞᆯ情쪙
을 魔망 그므레 내야 一힗切촁 外욍道똘이 얽ᄆᆡ요ᄆᆞᆯ 버서나게 ᄒᆞ리니 ᄒᆞ다가 種죵
種죵 머즌 보매 ᄲᅥ디옛거든 다 引인導똘ᄒᆞ야 正정흔 보매 두어 漸쪔漸쪔 菩뽕薩삻
ㅅ 힝뎌글 [8뒤] 닷가 無뭉上썅菩뽕提똉를 ᄲᆞ리 證징케 ᄒᆞ리라

第뎅十씹 大땡願원은 내 來링世솅예 菩뽕提똉 得득흔 時씽節졇에 ᄒᆞ다가 有ᄋᆞᆯ情
쪙이 나랏 法법에 자피여 ᄆᆡ여 매 마자 獄옥애 가도아 罪쬥 니블 ᄆᆞᄃᆡ며 녀나ᄆᆞᆫ
그지업슨 어려븐 일와 辱쇽ᄃᆞ빈 일와 슬픈 일와 시름다ᄫᆞᆫ 이리 다와댓거든 내 [9
앞] 일후믈 드르면 내 福복德득 威윙神씬力륵으로 一힗切촁 受쓩苦콩를 다 버서나긔
ᄒᆞ리라

第뎅十씹一힗 大땡願원은 내 來링世솅예 菩뽕提똉 得득흔 時씽節졇에 ᄒᆞ다가 有
ᄋᆞᆯ情쪙이 주으려 밥 얻고져 ᄒᆞ야 모딘 罪쬥를 지슬 ᄆᆞᄃᆡ예 내 일후믈 드러 닛디
아니ᄒᆞ야 디니면 내 몬져 됴흔 차바ᄂᆞ로 ᄲᆡ브르긔 [9뒤] ᄒᆞ고ᅀᅡ 法법味밍로 乃냉終
즁에 便뼌安한코 즐겁긔 ᄒᆞ리라

第뎅十씹二ᅀᅵᆼ 大땡願원은 내 來링世솅예 菩뽕提똉 得득흔 時씽節졇에 ᄒᆞ다가 有

올情쪙이 오시 업서 모기 벌에며 더뷔 치뷔로 셜버ᄒ다가 내 일후믈 드러 닛디
아니ᄒ야 ᄃᆞ니면 제 맛ᄃᆞ논 야ᅌᆞ로 種죵種죵앳 됴ᄒᆞᆫ 오ᄉᆞᆯ 어드며 ᄯᅩ [10앞] 보ᄇᆡ옛
莊장嚴엄이며 花황香향 伎끼樂악ᄋᆞᆯ ᄆᆞᅀᆞᆷ 조초 ᄀᆞ초 얻긔 호리라 ᄒ더시니 文문殊
쓩利링여 뎌 藥약師ᄉᆞ瑠륳璃링光광如ᅀᅧ來링ㅅ 十씹二ᅀᅵᆼ 微밍妙묠 上쌍願원이시
니라

ᄯᅩ 文문殊쓩師ᄉᆞ利링여 뎌 藥약師ᄉᆞ瑠륳璃링光광如ᅀᅧ來링 菩뽕薩삻ㅅ 道똘理링
行ᅘᆋᆼᄒᆞ실 時씽節졇에 [10뒤] 發벓ᄒᆞ샨 큰 願원과 뎌 부텻 나라햇 功공德득 莊장嚴엄
을 내 ᄒᆞᆫ 劫겁이며 ᄒᆞᆫ 劫겁이 남ᄃᆞ록 닐어도 몯 다 니르리어니와 그러나 뎌 부텻
ᄯᅡ히 雜짭말 업시 淸쳥淨쪙ᄒᆞ고 겨지비 업스며 惡ᅙᅡᆨ趣츙ㅣ며 受쓩苦콩ᄅᆞ뷘 소리
업고 瑠륳璃링 ᄯᅡ히 ᄃᆞ외오 金금 노ᄒ로 길흘 느리고 [11앞] 城쎵이며 지비며 羅랑網
망이 다 七칧寶봏로 이러 이쇼미 ᄯᅩ 西솅方방 極끅樂락世솅界갱와 ᄀᆞᆮᄒᆞ야 글히요
미 업고 그 나라해 두 菩뽕薩삻摩망訶항薩삻이 이쇼ᄃᆡ ᄒᆞᆫ 일후믄 日싫光광遍변照
죻ㅣ오 ᄒᆞᆫ 일후믄 月웛光광遍변照죻ㅣ니 뎌 無뭉量량無뭉數숭 菩뽕薩삻 衆즁에 위
두ᄒᆞ야 잇ᄂᆞ니 이럴ᄊᆡ [11뒤] 信신心심 뒷논 善쎤男남子중 善쎤女녕人ᅀᅵᆫ이 뎌 부텻
世솅界갱예 나고져 發벓願원ᄒᆞ야ᅀᅡ 호리라

그 ᄢᅴ 世솅尊존이 ᄯᅩ 文문殊쓩師ᄉᆞ利링ᄃᆞ려 니ᄅᆞ샤ᄃᆡ 文문殊쓩師ᄉᆞ利링여 믈읫
衆즁生ᄉᆡᆼ이 됴ᄒᆞ며 구즌 이를 모ᄅᆞ고 오직 貪탐ᄒᆞ며 앗가ᄫᆞᆯ ᄆᆞᅀᆞ믈 머거 布봉施싱
ᄒᆞ며 布봉施싱ᄒᆞ논 [12앞] 果광報봏ᄅᆞᆯ 몰라 쳔랴ᅌᆞᆯ 만히 뫼호아 두고 受쓩苦콩ᄅᆞ뷔
딕희여 이셔 빌리 잇거든 츠기 너겨 모지마라 줋 디라도 제 모맷 고기를 바혀 내
ᄂᆞᆫ ᄃᆞ시 너겨 ᄒᆞ며 ᄯᅩ 貪탐ᄒᆞᆫ 無뭉量량 有ᅌᅮᆯ情쪙이 쳔랴ᅌᆞᆯ 모도아 두고 제 ᄡᅮ미도
오히려 아니 ᄒᆞ거니 ᄒᆞᄆᆞᆯ며 어버ᅀᅵᆫᄃᆞᆯ 내야 주며 가시며 子중息식이며 죠ᅀᅵᆫᄃᆞᆯ 주
며 ᄋᆡ [12뒤] 비는 사ᄅᆞ믈 주리여 이런 有ᅌᅮᆯ情쪙ᄃᆞᆯ흔 이에셔 주그면 餓앙鬼귕어나

畜_흉生_싱이어나 드외리니 人_신間_간애 이셔 藥_약師_숭瑠_륳璃_링光_광如_영來_링ㅅ 일후믈 잠깐 듣ᄌᆞᄫᆞᆯ 젼ᄎᆞ로 惡_학趣_츙예 이셔도 뎌 如_영來_링ㅅ 일후믈 잠깐 싱각ᄒᆞ면 즉자히 뎌에셔 업서 도로 人_신間_간애 나아 惡_학趣_츙의 受_쓩苦_콩를 ^[13앞] 저허 貪_탐欲_욕을 즐기디 아니ᄒᆞ고 布_봉施_싱를 즐겨 뒷논 거슬 앗기디 아니ᄒᆞ야 머리며 누니며 손바리며 모맷 고기라도 비ᄂᆞᆫ 사ᄅᆞᄆᆞᆯ 주리어니 ᄒᆞ믈며 녀나ᄆᆞᆫ 쳔랴이ᄊᆞ녀

또 文_문殊_쓩師_숭利_링여 믈읫 有_윻情_쪙이 비록 如_영來_링ㅅ 道_뜔理_링 비호다가도 尸_싱羅_랑를 헐며 尸_싱羅_랑를 ^[13뒤] 아니 허러도 軌_귕則_즉을 헐며 尸_싱羅_랑 軌_귕則_즉을 아니 허러도 正_졍ᄒᆞᆫ 보ᄆᆞᆯ 헐며 正_졍ᄒᆞᆫ 보ᄆᆞᆯ 아니 허러도 해 드로ᄆᆞᆯ ᄇᆞ려 부텨 니ᄅᆞ샨 經_경엣 기픈 ᄠᅳ들 아디 몯ᄒᆞ며 비록 해 드러도 增_증上_쌍慢_만ᄒᆞ며 ^[14앞] 增_증上_쌍慢_만ᄒᆞᄂᆞᆫ 젼ᄎᆞ로 ᄆᆞᅀᆞ미 ᄀᆞ리ᄂᆞ니 그럴ᄊᆡ 제 올호라 ᄒᆞ고 ᄂᆞᄆᆞᆯ 외다 ᄒᆞ야 正_졍法_법을 비우ᅀᅥ 魔_망이 ᄒᆞᆫ 黨_당이 드외리니 이런 어린 사ᄅᆞᄆᆞᆫ 제 邪_썅曲_콕ᄒᆞᆫ 보ᄆᆞᆯ ᄒᆞ고 또 無_뭉量_량 有_윻情_쪙이 큰 어려ᄫᅳᆫ 구데 ᄲᅥ러디긔 ᄒᆞᄂᆞ니 이런 有_윻情_쪙들히 地_띵獄_옥 ^[14뒤] 餓_앙鬼_귕 畜_흉生_싱애 그지업시 두루 ᄃᆞ니다가 이 藥_약師_숭瑠_륳璃_링光_광如_영來_링ㅅ 일후믈 듣ᄌᆞᄫᆞ면 모딘 ᄒᆡᆼ뎌글 ᄇᆞ리고 됴ᄒᆞᆫ 法_법을 닷가 惡_학趣_츙예 아니 디리니 비록 모딘 ᄒᆡᆼ뎍 ᄇᆞ리고 됴ᄒᆞᆫ 法_법 닷고ᄆᆞᆯ 몯ᄒᆞ야 惡_학趣_츙예 ᄲᅥ러디고도 뎌 如_영來_링ㅅ 本_본願_원 威_휭力_륵으로 알ᄑᆡ 뵈샤 일후믈 ^[15앞] 잢간 들이시면 뎌에셔 주거 도로 人_신間_간애 나아 出_츓家_강ᄒᆞ야 正_졍ᄒᆞᆫ 보ᄆᆞᆯ 허디 아니ᄒᆞ며 해 드러 기픈 ᄠᅳ들 알며 增_증上_쌍慢_만을 여희여 正_졍法_법을 비웃디 아니ᄒᆞ야 魔_망이 버디 아니 드외야 漸_쪔漸_쪔 修_슣行_{ᄒᆡᆼ}ᄒᆞ야 圓_원滿_만을 ᄲᆞᆯ리 得_득ᄒᆞ리라

또 文_문殊_쓩師_숭利_링여 믈읫 有_윻情_쪙이 貪_탐ᄒᆞ고 ^[15뒤] 새옴ᄇᆞᆯ라 제 모ᄆᆞᆯ 기리고 ᄂᆞᄆᆞᆯ 허러 三_삼惡_학趣_츙예 ᄲᅥ러디여 無_뭉量_량 千_쳔歲_쉥를 受_쓩苦_콩ᄒᆞ다가 뎌에셔

주거 人신間간애 나고도 쇠어나 무리어나 약대어나 라귀어나 드외야 長땅常썅 채 맞고 주으름과 목물로무로 受쓩苦콩ᄒᆞ며 ᄯᅩ 長땅常썅 므거른 거슬 지여 길흘 조차 ᄃᆞ니다가 시혹 사ᄅᆞ미 [16앞] 드외오도 ᄂᆞᆺ가ᄫᆞᆫ ᄂᆞ미 죠이 드외야 ᄂᆞ미 브룐 일 ᄃᆞᆮ녀 샹녜 自쭝得득디 몯ᄒᆞ리니 ᄒᆞ다가 아래 人신間간애 이싫 저긔 藥약師ᄉᆞ瑠률璃링光광如ᅀᅧ來링ㅅ 일후믈 듣ᄌᆞᄫᅢᆺ단디면 이 다ᄉᆞ로 이제 와 ᄯᅩ ᄉᆡᆼ각ᄒᆞ야 고죽ᄒᆞᆫ ᄆᆞᅀᆞ무로 歸귕依ᅙᅴᆼᄒᆞ면 부텻 神씬力륵으로 한 受쓩苦콩ㅣ 다 업고 諸졍根군이 聰총明명코 [16뒤] ᄂᆞᆯ카ᄫᅡ 智딩慧ᅘᆐᆼ루ᄫᅵ며 해 드러 長땅常썅 됴ᄒᆞᆫ 法법을 求꿀ᄒᆞ야 어딘 버들 맛나아 魔망 그므를 그츠며 無뭉明명을 헐며 煩뻔惱놀ㅣ 다아 一힔切쳉生ᄉᆡᆼ老롤病뼝死ᄉᆞ 憂ᅙᅮᇢ悲빙苦콩惱놀ᄅᆞᆯ 버서나리라

ᄯᅩ 文문殊쓩師ᄉᆞ利링여 믈윗 有ᅙᅮᇢ情쪙이 ᄂᆞᆷ과 달 나믈 즐겨 서르 싸화 저와 ᄂᆞᆷ과ᄅᆞᆯ 어즈려 [17앞] 種죵種죵앳 모딘 罪쬉業업을 길워 샹녜 有ᅙᅮᇢ益역디 아니ᄒᆞᆫ 이를 ᄒᆞ고 서르 害ᅘᅢᆼ홇 ᄢᅬ를 ᄒᆞ야 뫼히며 수프리며 즘게며 무더멧 神씬靈령을 請쳥ᄒᆞ고 쥬ᅀᅵᆼ 주겨 夜양叉창 羅랑利링 等등을 이바ᄃᆞ며 믜본 사ᄅᆞ미 일훔 쓰며 얼구를 밍ᄀᆞ라 모딘 呪즇術쓣로 빌며 귓것 브려 뎌의 목수믈 긋긔 ᄒᆞ거든 아뫼나 이 [17뒤] 藥약師ᄉᆞ瑠률璃링光광如ᅀᅧ來링ㅅ 일후믈 듣ᄌᆞᄫᆞ면 뎌런 모딘 이리 害ᅘᅢᆼ티 몯ᄒᆞ며 서르 慈쭝悲빙心심을 내야 믜본 ᄆᆞᅀᆞ미 업고 各각各각 깃거 서르 有ᅙᅮᇢ益역긔 ᄒᆞ리라

ᄯᅩ 文문殊쓩師ᄉᆞ利링여 ᄒᆞ다가 比삥丘쿨 比삥丘쿨尼닝 優ᅙᅮᇢ婆빵塞ᄉᆡᆨ 優ᅙᅮᇢ婆빵夷잉며 녀나ᄆᆞᆫ 淨쪙信신ᄒᆞᆫ 善쎤男남子중 善쎤女녕人신이 [18앞] 八밣分분齊쩽戒갱를 디녀 ᄒᆞᆫ ᄒᆡ 디나거나 석 ᄃᆞᆯ 만 ᄒᆞ거나 ᄒᆞ야 이 됴ᄒᆞᆫ 根군源원으로 西솅方방 極끅樂락 [18뒤] 世솅界갱예 나고져 發벓願원호ᄃᆡ 一힔定떵 몯 ᄒᆞ야 이셔 이 藥약師ᄉᆞ瑠률璃링光광如ᅀᅧ來링ㅅ 일후믈 듣ᄌᆞᄫᆞ면 命명終즁홇 ᄢᅴ긔 여듧 菩뽕薩삻이 와 길흘

ᄀᆞᆯ쳐 즉자히 뎌 나랏 [19앞]種종種종 雜잡色ᄉᆡᆨ 衆즁 寶볼花황 中듀ᇰ에 自ᄍᆞᆼ然션히 化황ᄒᆞ야 나며 일로브터 天텬上샤ᇰ애 나리도 이시리니 비록 하ᄂᆞᆯ해 나고도 本본來ᄅᆡᆼ 됴ᄒᆞᆫ 根근源원이 다ᄋᆞ디 아니ᄒᆞᆯᄊᆡ 녀나ᄆᆞᆫ 惡학趣츄ᇢ예 다시 나디 아니ᄒᆞ야 하ᄂᆞᆳ 목수미 다ᄋᆞ면 도로 人ᅀᅵᆫ間간애 나아 輪륜王왕이 ᄃᆞ외야 四ᄉᆞᆼ天텬下행ᄅᆞᆯ 거느려 [19뒤]威ᅙᅱᆼ嚴엄과 德득괘 自ᄍᆞᆼ在찡ᄒᆞ야 無무ᇰ量랴ᇰ 百ᄇᆡᆨ千쳔 有ᅌᅮᇢ情쪄ᇰ을 十씹善션으로 便뼌安ᄒᆞᆫ킈 ᄒᆞ리도 이시며 利링帝뎽利링 婆뻐ᇰ羅랑門몬 居겅士ᄊᆞᆼ이 큰 지븨 나아 [20앞]쳔랴ᅌᅵ 有ᅌᅮᇢ餘영ᄒᆞ고 倉차ᇰ庫콩ㅣ ᄀᆞᄃᆞ기 넘ᄣᅵ고 야ᇰ지 端돤正져ᇰᄒᆞ고 眷권屬쑉이 ᄀᆞ자며 聰초ᇰ明며ᇰᄒᆞ며 智딩慧휑ᄅᆞ 빗며 勇요ᇰ猛ᄆᆡᇰ코 게여ᄫᆞ미 큰 力륵士ᄊᆞᆼ ᄀᆞᄐᆞ니도 이시며 겨지비라도 이 藥약師ᄉᆞᆼ如ᅀᅧ來ᄅᆡᆼᆺ 일후믈 듣ᄌᆞᆸ고 [20뒤]측ᄒᆞᆫ ᄆᆞᅀᆞᄆᆞ로 디□□□□□□□ 모미 아니 ᄃᆞ외리라

그 ᄢᅴ 文문殊쓩師ᄉᆞᆼ利링 부텻긔 ᄉᆞᆯᄫᅡ샤ᄃᆡ 내 盟며ᇰ誓쎄ᇰᄅᆞᆯ ᄒᆞ노니 像샤ᇰ法법 轉둰ᄒᆞᇙ 時씽節졇에 種죵種죵 方바ᇰ便뼌으로 淨쪄ᇰ信신ᄒᆞᆫ 善션男남子ᄌᆞ 善션女녕人ᅀᅵᆫ들히 이 藥약師ᄉᆞᆼ瑠륭璃링光광如ᅀᅧ來ᄅᆡᆼᆺ 일후믈 듣ᄌᆞᆸ긔 ᄒᆞ며 ᄌᆞᇙ 저기라도 [21앞]이 부텻 일후므로 들여 씨ᄃᆞᆮ긔 호리이다 世셰ᇰ尊존하 아ᄆᆡ나 이 經겨ᇰ을 디녀 닐거 외오며 ᄂᆞᆷᄃᆞ려 불어 닐어 여러 뵈어나 제 쓰거나 ᄂᆞᆷ 히여 쓰거나 ᄒᆞ고 恭고ᇰ敬겨ᇰᄒᆞ며 尊존重뜌ᇰ히 너겨 種죵種죵 花황香햐ᇰ과 瓔혀ᇰ珞락과 幡펀과 蓋개ᇹ와 풍류로 供고ᇰ養야ᇰᄒᆞ고 五오ᇰ色ᄉᆡᆨ ᄂᆞᄆᆞ채 녀허 조ᄒᆞᆫ ᄯᅡᄒᆞᆯ ᄡᅳ설오 노ᄑᆞᆫ 座쫭 [21뒤]ᄆᆡᇰ글오 便뼌安ᄒᆞᆫ히 연ᄌᆞ면 그 ᄢᅴ 四ᄉᆞᆼ天텬王와ᇰ이 眷권屬쑉과 無무ᇰ量랴ᇰ 百ᄇᆡᆨ千쳔 天텬衆즁 ᄃᆞ리고 다 그 고대 가 供고ᇰ養야ᇰᄒᆞ며 디킈리이다

世셰ᇰ尊존하 이 經겨ᇰ 流류ᇢ行행ᄒᆞᇙ ᄯᅡ해 뎌 藥약師ᄉᆞᆼ瑠륭璃링光광如ᅀᅧ來ᄅᆡᆼᆺ 本본願원 功고ᇰ德득을 디니며 [22앞]일후믈 듣ᄌᆞᄫᆞ면 당다이 이 ᄯᅡ해 橫ᅙᅱᆼ死ᄉᆞᆼᄒᆞᇙ 주리 업

스며 쏘 모딘 귓것들히 精정氣킝를 몯 아ᅀᆞ리니 비록 아ᅀᅡ도 도로 네 귿ᄒᆞ야 ᄆᆞ

ᅀᆞ미 便뼌安ᅙᅡᆫᄒᆞ리이다

부톄 니르샤ᄃᆡ 올타 올타 네 말 ᄀᆞᆮᄂᆞ니라 文문殊쓔師ᄉᆞ利링여 ᄒᆞ다가 淨쪙信신

흔 善쎤男남子중 [22뒤] 善쎤女녕人ᅀᅵᆫ이 뎌 藥약師ᄉᆞ瑠률璃링光광如셩來링를 供공養양

코져 ᄒᆞ거든 몬져 뎌 부텻 像쌍을 밍ᄀᆞ라 조흔 座쫭애 便뼌安ᅙᅡᆫ히 노ᅀᅡᆸ고 種종種

종ㄱ 곳 비코 種종種종ㄱ 香향 퓌우고 種종種종ㄱ 幢똥幡펀으로 그 싸흘 莊장嚴엄

ᄒᆞ고 밤낫 닐웨를 八밣分분齋쟁戒갱를 디녀 조흔 밥 먹고 沐목浴욕 ᄀᆞ마 [23앞] 香향

ᄇᆞᄅᆞ고 조흔 옷 닙고 ᄠᅴ 업슨 ᄆᆞᅀᆞᆷ과 嗔친心심 업슨 ᄆᆞᅀᆞᄆᆞᆯ 내야 一힗切쳉 有ᅌᅮ情

쪙에 利링益혁ᄒᆞ며 安ᅙᅡᆫ樂락ᄒᆞ며 慈쭝悲빙 喜휭捨샹ᄒᆞ며 平뼝等등흔 ᄆᆞᅀᆞᄆᆞᆯ 니르

와다 풍류와 놀애로 讚잔嘆탄ᄒᆞᅀᆞ바 佛뿛像쌍 올흔녀그로 값도ᅀᆞᆸ고 뎌 如셩來링ㅅ

本본願원 功공德득을 [23뒤] ᄯᅩ 念념ᄒᆞ야 이 經경을 닐거 외오며 그 ᄠᅳ들 ᄉᆞ랑ᄒᆞ야

불어 닐어 여러 뵈면 一힗切쳉 願원이 다 이러 長땽壽쓩를 求꿯ᄒᆞ면 長땽壽쓩를

得득ᄒᆞ고 가ᅀᆞ며로ᄆᆞᆯ 求꿯ᄒᆞ면 가ᅀᆞ며로ᄆᆞᆯ 得득ᄒᆞ고 벼스를 求꿯ᄒᆞ면 벼스를 得

득ᄒᆞ고 아ᄃᆞᆯᄯᆞ를 求꿯ᄒᆞ면 아ᄃᆞᆯᄯᆞ를 得득ᄒᆞ리라 아ᄆᆡ나 ᄯᅩ 사ᄅᆞ미 모딘 [24앞] ᄭᅮ믈

어더 구즌 相샹을 보거나 妖ᅙᅭ怪괭ᄅᆞᄫᅵᆫ 새 오거나 잇논 싸해 온가짓 妖ᅙᅭ怪괭 뵈

어나 ᄒᆞ거든 이 사ᄅᆞ미 種종種종 貴귕흔 거스로 뎌 藥약師ᄉᆞ瑠률璃링光광如셩來링

를 恭공敬경ᄒᆞ야 供공養양ᄒᆞᅀᆞᄫᆞ면 머즌 ᄭᅮ미며 믈읫 됴티 몯흔 이리 다 업서 분

벼리 아니 ᄃᆞ외며 믈 [24뒤] 블 갈 모딘 것과 어려ᄫᆞᆫ 石쎡壁벽과 모딘 象쌍과 獅ᄉᆞ子

중와 범과 일히와 곰과 모딘 ᄇᆞ얌과 믈벌에 트렛 므ᅴ여ᄫᆞᆫ 이리 이셔도 고즈긴

ᄆᆞᅀᆞᄆᆞ로 뎌 부텨를 念념ᄒᆞ야 恭공敬경ᄒᆞᅀᆞᄫᆞ면 다 버서나리어며 다ᄅᆞᆫ 나라히 와

보차거나 도즈기 글외어나 ᄒᆞ야도 뎌 如셩來링를 [25앞] 念념ᄒᆞ야 恭공敬경ᄒᆞᅀᆞᄫᆞ면

다 버서나리라

또 文문殊쓩師ᄉᆞᆼ利링여 아뫼나 淨쪙信신ᄒᆞᆫ 善쎤男남子ᄌᆞᆼ 善쎤女녕人신ᄃᆞᆯ히 죽ᄃᆞ록 녀나ᄆᆞᆫ 하ᄂᆞᆯᄅᆞᆯ 셤기디 아니코 ᄒᆞᆫ ᄆᆞᅀᆞ모로 佛뿛法법僧ᄉᆞᆼ에 歸귕依힁ᄒᆞ야 警경戒갱ᄅᆞᆯ 다 디니다가 그르ᄒᆞ야 지순 이리 이셔 惡학趣츙예 ᄠᅥ러듀믈 두리여 뎌 부텻 [25뒤 일후믈 고ᄌᆞ기 念념ᄒᆞ야 恭공敬경ᄒᆞ야 供공養양ᄒᆞᅀᆞᄫᆞ면 당다이 三삼惡학趣츙예 나디 아니ᄒᆞ리어며 아뫼나 겨지비 아기 나ᄒᆞᇙ 時씽節졇을 當당ᄒᆞ야 至징極끅ᄒᆞᆫ 受쓩苦콩ᄒᆞᆯ ᄢᅴ 고ᄌᆞᆨᄒᆞᆫ ᄆᆞᅀᆞ모로 뎌 如ᅀᅧᆼ來링ㅅ 일후믈 일ᄏᆞᄌᆞᄫᅡ 讚잔嘆탄ᄒᆞ야 恭공敬경 供공養양ᄒᆞᅀᆞᄫᆞ면 한 受쓩苦콩ㅣ 다 업고 [26앞 나ᄒᆞᆫ 子ᄌᆞᆼ息식이 양ᄌᆡ 端돤正졍ᄒᆞ야 본 사ᄅᆞ미 깃거ᄒᆞ며 根근源원이 ᄂᆞᆯ카ᄫᅡ 聰총明명ᄒᆞ며 便뼌安한ᄒᆞ야 病뼝이 젹고 궛거시 精졍氣킝 앗디 아니ᄒᆞ리라

그 ᄢᅴ 世솅尊존이 阿항難난이ᄃᆞ려 니ᄅᆞ샤ᄃᆡ 뎌 藥약師ᄉᆞᆼ瑠륳璃링光광如ᅀᅧᆼ來링ㅅ 功공德득을 내 일ᄏᆞᄌᆞᆸ듯 ᄒᆞ야 이 諸졍佛뿛ㅅ 甚씸히 기픈 힝뎌기라 [26뒤 아로미 어려ᄫᅳ니 네 信신ᄒᆞᄂᆞᆫ다 아니 信신ᄒᆞᄂᆞᆫ다

阿항難난이 ᄉᆞᆯᄫᅩᄃᆡ 大땡德득 世솅尊존하 내 如ᅀᅧᆼ來링 니ᄅᆞ샨 經경에 疑읭心심을 아니 ᄒᆞᅀᆞᆸ노니 엇뎨어뇨 ᄒᆞ란ᄃᆡ 一힗切쳉 如ᅀᅧᆼ來링ㅅ 몸과 말ᄊᆞᆷ과 ᄠᅳ뎃 業업이 다 淸쳥淨쪙ᄒᆞ시니 世솅尊존하 이 日ᅀᅵᇙ月웛도 어루 ᄠᅥ러디긔 ᄒᆞ며 須슝彌밍山산도 [27앞 어루 기울의 ᄒᆞ려니와 諸졍佛뿛 니르시논 마ᄅᆞᆫ 乃냉終즁내 달옳 주리 업스시니이다

世솅尊존하 믈읫 衆즁生ᄉᆡᆼ이 信신根근이 ᄀᆞᆺ디 몯ᄒᆞ야 諸졍佛뿛ㅅ 甚씸히 기픈 힝뎍 니르거시든 듣ᄌᆞᆸ고 너교ᄃᆡ 어듸쎤 藥약師ᄉᆞᆼ瑠륳璃링光광如ᅀᅧᆼ來링 ᄒᆞᆫ 부텻 일훔 念념ᄒᆞᆯ ᄲᅮᆫ네 이런 功공德득 [27뒤 됴ᄒᆞᆫ 利링ᄅᆞᆯ 어드리오 ᄒᆞ야 도ᄅᆞᅘᅧ 비웃ᄂᆞᆫ ᄆᆞᅀᆞᄆᆞᆯ 내야 긴 바ᄆᆡ 큰 利링樂락ᄋᆞᆯ 일허 모딘 길헤 ᄠᅥ러디여 그지업시 그우니ᄂᆞ니

이타

부톄 阿항難난이ᄃᆞ려 니ᄅᆞ샤ᄃᆡ 믈읫 有웋情쪙이 藥약師ᄉᆞᆼ瑠륳璃링光광如ᅀᅧᆼ來ᄅᆡᆼㅅ 일후믈 듣ᄌᆞᆸ고 고ᄌᆞᆨᄒᆞᆫ ᄆᆞᅀᆞ므로 바다 디녀 疑읭心심 아니 ᄒᆞ면 惡학趣츙예 ᄢᅥ러듏 [28앞 주리 업스니라 阿항難난아 이 諸졍佛뿛ㅅ 甚씸히 기픈 힝뎌기라 信신ᄒᆞ야 아로미 어렵거늘 네 이제 能ᄂᆞᆼ히 受쓯ᄒᆞᄂᆞ니 다 如ᅀᅧᆼ來ᄅᆡᆼㅅ 威윙力륵이론 고ᄃᆞᆯ 아라라 阿항難난아 오직 一힗生ᄉᆡᆼ補봉處쳥菩뽕薩삻 外욍예ᄂᆞᆫ 一힗切쳉 聲셩聞문이며 辟벽支징佛뿛이며 地띵예 몯 올앳ᄂᆞᆫ 菩뽕薩삻ᄃᆞᆯ히 [28뒤 다 眞진實씷로 信신ᄒᆞ야 아로ᄆᆞᆯ 몯 ᄒᆞᄂᆞ니 阿항難난아 사ᄅᆞ미 몸 ᄃᆞ외요미 어렵고 三삼寶볼ᄅᆞᆯ 信신ᄒᆞ야 恭공敬경호미 ᄯᅩ 어렵고 藥약師ᄉᆞᆼ瑠륳璃링光광如ᅀᅧᆼ來ᄅᆡᆼㅅ 일훔 시러 듣ᄌᆞᄫᅩ미 ᄯᅩ 더 어려ᄫᅳ니 阿항難난아 뎌 藥약師ᄉᆞᆼ瑠륳璃링光광如ᅀᅧᆼ來ᄅᆡᆼㅅ 그지업슨 菩뽕薩삻行ᅘᆡᆼ과 그지업슨 [29앞 工공巧쿻ᄒᆞ신 方방便뻔과 그지업슨 큰 願원을 내 ᄒᆞᆫ 劫겁이어나 ᄒᆞᆫ 劫겁이 남거나 너펴 닐옮 띤댄 劫겁은 ᄲᆞᆯ리 다ᄋᆞ려니와 뎌 부텻 行ᅘᆡᆼ과 願원과 工공巧쿻ᄒᆞ신 方방便뻔은 다오미 업스리라

그 ᄢᅴ 모ᄃᆞᆫ 中듕에 ᄒᆞᆫ 菩뽕薩삻摩망訶항薩삻 일후미 救궇脫퇋이라 ᄒᆞ샤리 座쫭애셔 니르샤 올ᄒᆞᆫ 엇게 메밧고 [29뒤 올ᄒᆞᆫ 무룹 ᄭᅮ러 몸 구펴 合ᅘᅡᆸ掌쟝ᄒᆞ야 부텻긔 ᄉᆞᆯᄫᆞ샤ᄃᆡ 大땡德득 世솅尊존하 像썅法법 轉둰홇 時씽節졇에 믈읫 衆즁生ᄉᆡᆼ이 種죵種죵 분벼릐 보채요미 ᄃᆞ외야 長땽常썅 病뼝ᄒᆞ야 시드러 음담 몯 ᄒᆞ고 모기며 입시우리 내ᄆᆞᆯ라 주긇 相샹이 一힗定뗭ᄒᆞ야 어버ᅀᅵ며 아ᅀᆞ미며 버디며 아로리며 두루에 [30앞 ᄒᆞ야셔 울어든 제 모미 누분 자히셔 보ᄃᆡ 琰염魔망王왕ㄱ 使ᄉᆞᆼ者쟝ㅣ 넉슬 ᄃᆞ려 琰염魔망法법王왕 알ᄑᆡ 니거든 有웋情쪙의 ᄒᆞᆫᄢᅴ 나온 神씬靈령이 제 지순 罪쬥며 福복ᄋᆞᆯ 다 써 琰염魔망法법王왕ᄋᆞᆯ 맛뎌든 뎌 王왕이 [30뒤 그 사ᄅᆞᆷᄃᆞ려 무러

지순 罪쮱며 福복이며 혜여 공亽ㅎ리니 그 쁴 病뼝혼 사르미 아스미어나 아로리어나 病뼝ㅎ니 위ㅎ야 藥약師슝瑠률璃링光광如셩來링씌 歸귕依ᅙ야 한 즁 請쳐ᇰㅎ야 이 經겨ᇰ을 닑고 七칧層쯔ᇰ燈드ᇰ의 블 혀고 五옹色싴 續쑉命며ᇰ神씬幡펀 들면 시혹 病뼝ㅎ닉 [31앞] 넉시 이 고대 도라와 ᄭᅮᆷ ᄀᆞ티 子즈ᇰ細솅히 보리니 닐웨어나 스믈 흐리어나 셜흔 다쐐어나 마ᅀᆞᆫ 아흐래어나 디내오 病뼝ㅎ닉 넉시 도로 ᄭᅢᆯ 저긔 ᄭᅮ므로셔 ᄭᆡ듯 ㅎ야 됴흔 業업이며 구즌 業업엣 果광報보ᇙ를 다 싱각ㅎ야 알리니 제 보아 아론 젼ᄎᆞ로 느외야 현마 모딘 罪쮱業업을 짓디 아니ㅎ리니 이럴씨 [31뒤] 淨쪄ᇰ信신흔 善쎤男남子즈ᇰ 善쎤女녕人신들히 다 뎌 藥약師슝瑠률璃링光광如셩來링ㅅ 일후믈 디녀 제 히메 홀 야ᇰ오로 恭고ᇰ敬겨ᇰㅎ야 供고ᇰ養야ᇰㅎᅀᆞᄫᅡ ㅎ리로소이다

그 쁴 阿ᅙᅡᇰ難난이 救굴脫퇋菩뽕薩삹씌 묻ᄌᆞᄫᅩ디 뎌 藥약師슝瑠률璃링光광如셩來링 恭고ᇰ敬겨ᇰ 供고ᇰ養야ᇰㅎᅀᆞᄫᅩ물 엇뎨 ㅎ며 [32앞] 續쑉命며ᇰ幡펀과 燈드ᇰ과를 엇뎨 밍ᄀᆞ리잇고

救굴脫퇋菩뽕薩삹이 니ᄅᆞ샤디 大땡德득아 아뫼나 病뼝혼 사르미 病뼝을 여희오져 ㅎ거든 그 사름 위ㅎ야 닐웨 밤나ᄌᆞᆯ 八밦分분齋쟁戒갱 디녀 제 쟝마ᇰ혼 야ᇰ오로 쥬을 供고ᇰ養야ᇰㅎ고 밤낫 여슷 쁴로 뎌 藥약師슝瑠률璃링光광如셩來링를 저ᅀᆞᄫᅡ 供고ᇰ養야ᇰㅎᅀᆞᆸ고 [32뒤] 이 經겨ᇰ을 마ᅀᆞᆫ아홉 디위 닑고 마ᅀᆞᆫ아홉 燈드ᇰ의 블 혀고 뎌 如셩來링ㅅ 像쌰ᇰ 닐구블 밍ᄀᆞᅀᆞᆸ고 像쌰ᇰ마다 알픠 닐굽 燈드ᇰ을 노호디 燈드ᇰ마다 술위ᄢᅴ 만 크긔 ㅎ야 마ᅀᆞᆫ 아흐래를 光광明며ᇰ이 긋디 아니킈 ㅎ고 五옹色싴 幡펀을 밍ᄀᆞ로디 마ᅀᆞᆫ아홉 자ᄒᆞᆯ ㅎ고 雜짭 숨튼 즁싱 마ᅀᆞᆫ아호블 노ㅎ면 어려ᄫᆞᆫ [33앞] 厄힉을 버서나며 모딘 귓거슬 아니 자피리라

ᄯᅩ 阿ᅙᅡᇰ難난아 ㅎ다가 刹챓帝뎽利링 灌관頂뎌ᇰ王와ᇰ들히 어려ᄫᆞᆫ 이리 닗 時씽節졇

에 한 사른미 장석ᄒᄂᆫ 難난이어나 다른 나라히 보차ᄂᆫ 難난이어나 즈갯 나라해

셔 거슬ᄧᆫ 양 ᄒᄂᆫ 難난이어나 星셩宿슉ㅅ 變변怪괭 難난이어나 日싫食씩 月욇食

씩 難난이어나 時씽節겷 그른 ᄇᆞ름 비 難난이어나 ᄀᆞ뭄 難난이어나 ᄒ거든 뎌 王

왕ᄃᆞᆯ히 一힔切쳉 有윻情쪙의 그에 慈ᄍᆞ悲빙心심을 내야 가도앳던 사름 노코 알ᄑᆡ

니르던 양 다히 뎌 藥약師ᄉᆞ瑠률璃링光광如셩來링ᄅᆞᆯ 供공養양ᄒᆞᅀᆞᄫᆞ면 이 됴ᄒᆞᆫ 根

근源원과 뎌 如셩來링ㅅ ^[34앞]本본願원力륵 젼ᄎᆞ로 그 나라히 즉자히 便뼌安한ᄒᆞ야

ᄇᆞ름 비 時씽節겷에 마초 ᄒᆞ야 녀르미 드외야 一힔切쳉 有윻情쪙이 無뭉病뼝 歡환

樂락ᄒᆞ며 그 나라해 모딘 夜양叉창 等등 神씬靈령이 有윻情쪙 보차리 업스며 一힔

切쳉 머즌 이리 다 업고 利링帝뎅利링 灌관頂뎡王왕ᄃᆞᆯ토 ^[34뒤]長땽壽쓩ᄒᆞ고 病뼝

업서 다 自쭝在찡ᄒᆞ리라

阿항難난아 ᄒ다가 皇ᅘᅪᆼ帝뎅며 皇ᅘᅪᆼ后ᅘᅮᇢ | 며 妃핑子중 | 며 太탱子중 | 며 王왕子

중 | 며 大땡臣씬이며 宰ᅙᆡᇰ相샹이며 大땡闕쿓ㅅ 각시며 百ᄇᆡᆨ官관이며 百ᄇᆡᆨ姓셩이 病

뼝을 ᄒ거나 어려ᄫᆞᆫ ^[35앞]厄ᅙᆡᆨ이어든 쏘 五옹色ᄉᆡᆨ 幡펀 밍글며 燈등 혀아 닛위여

ᄇᆞᆰ게 ᄒ며 숨튼 즁ᅀᅵᆼ 노코 雜짭色ᄉᆡᆨ 고줄 비ᄒ며 일홈난 香향을 퓌우면 病뼝도 덜

며 厄ᅙᆡᆨ도 버스리라

그 ᄢᅴ 阿항難난이 救굴脫뢇菩뽕薩삻ᄭᅴ 묻ᄌᆞᄫᅩᄃᆡ 엇뎨 ᄒ마 다ᄋᆞᆫ 목수미 어누 더

으리잇고 救굴脫뢇菩뽕薩삻이 니르샤ᄃᆡ 大땡德득아 如셩來링 ^[35뒤]니르시논 아홉

橫ᅘᅱᇰ死ᄉᆞᄅᆞᆯ 몯 듣ᄌᆞᄫᅡᆺᄂᆞᆫ다 이럴ᄊᆡ 續쏙命명幡펀燈등 밍ᄀᆞ라 福복德득 닷고ᄆᆞᆯ 勸퀀

ᄒ노니 福복을 닷ᄀᆞ면 제 목숨 ᅀᅵᆫ장 사라 受쓩苦콩ᄅᆞᆯ 아니 디내리라

阿항難난이 묻ᄌᆞᄫᅩᄃᆡ 아홉 橫ᅘᅱᇰ死ᄉᆞᄂᆞᆫ 므스기잇고 救굴脫뢇菩뽕薩삻이 니르샤ᄃᆡ

有윻情쪙ᄃᆞᆯ히 病뼝을 어더 비록 그 病뼝이 가ᄇᆡ얍고도 ^[36앞]醫ᅙᅴᆼ와 藥약과 病뼝 간

슈ᄒᆞ리 업거나 醫ᅙᅴᆼ를 맛나고도 왼 藥약ᄋᆞᆯ 머겨 아니 주긇 저긔 곧 橫ᅘᅬᆼ死ᄉᆞᆼᄒᆞ며 ᄯᅩ 世솅間간앳 邪쌰魔망外욍道ᄯᅩᇢ앳 妖ᅙᅭᇢ怪괭ᄅᆞᄫᅵᆫ 스스ᅌᅳᆯ 信신ᄒᆞ야 간대옛 禍ᅘᅪᆼ福복ᄋᆞᆯ 닐어든 곧 두리ᄫᅳᆫ ᄠᅳ들 내야 ᄆᆞᅀᆞ미 正졍티 몯ᄒᆞ야 됴쿠주믈 [36뒤 묻그리 ᄒᆞ야 種죵種죵 즁ᄉᆡᇰ 주겨 神씬靈령ᄭᅴ 플며 돗가비 請쳥ᄒᆞ야 福복ᄋᆞᆯ 비러 목숨 길오져 ᄒᆞ다가 乃냉終즁내 得득디 몯ᄒᆞᄂᆞ니 어리여 미혹ᄒᆞ야 邪쌰曲콕ᄒᆞᆫ 보ᄆᆞᆯ 信신홀ᄊᆡ 곧 橫ᅘᅬᆼ死ᄉᆞᆼᄒᆞ야 地띵獄옥애 드러 낧 그지 업스니 이ᄅᆞᆯ 첫 橫ᅘᅬᆼ死ᄉᆞᆼㅣ라 ᄒᆞᄂᆞ니라 둘차힌 王왕法법을 니버 橫ᅘᅬᆼ死ᄉᆞᆼ홀 ᄊᆡ오 [37앞 세차힌 山산行ᅘᆡᆼᄋᆞᆯ ᄒᆞ거나 노ᄅᆞᄉᆞᆯ ᄒᆞ거나 婬음亂롼ᄋᆞᆯ 맛들어나 수으를 즐기거나 ᄒᆞᇝ벼 조심 아니 ᄒᆞ다가 귓거시 精졍氣킝를 아ᅀᅡ 橫ᅘᅬᆼ死ᄉᆞᆼ홀 ᄊᆡ오 네차힌 브레 ᄉᆞᆯ여 橫ᅘᅬᆼ死ᄉᆞᆼ홀 ᄊᆡ오 다ᄉᆞᆺ차힌 므레 ᄲᅡ디여 橫ᅘᅬᆼ死ᄉᆞᆼ홀 ᄊᆡ오 여ᄉᆞᆺ차힌 모딘 즁ᄉᆡᇰ 믈여 橫ᅘᅬᆼ死ᄉᆞᆼ홀 ᄊᆡ오 닐굽차힌 뫼언헤 ᄢᅥ디여 [37뒤 橫ᅘᅬᆼ死ᄉᆞᆼ홀 ᄊᆡ오 여ᄃᆞᇒ차힌 모딘 藥약ᄋᆞᆯ 먹거나 ᄂᆞ오ᄅᆞᆯ 굴이거나 邪쌰曲콕ᄒᆞᆫ 귓거시 들어나 ᄒᆞ야 橫ᅘᅬᆼ死ᄉᆞᆼ홀 ᄊᆡ오 아홉차힌 주으려 橫ᅘᅬᆼ死ᄉᆞᆼ홀 ᄊᆡ니 이 如ᅀᅧᆼ來ᄅᆡᆼ 어둘 니ᄅᆞ시논 아홉 가짓 橫ᅘᅬᆼ死ᄉᆞᆼㅣ니 ᄯᅩ 그지업슨 여러 橫ᅘᅬᆼ死ᄉᆞᆼㅣ 몯내 니ᄅᆞ리라

ᄯᅩ 阿항難난아 뎌 琰염魔망王왕이 世솅間간앳 일훔 브튼 [38앞 글와ᄅᆞᆯ ᄀᆞᅀᆞᆷ아랫ᄂᆞ니 ᄒᆞ다가 有ᅌᅮᇢ情쪙둘히 不ᄇᆞᇙ孝ᅙᅭᇢ를 ᄒᆞ거나 五ᅌᅩᆼ逆역을 ᄒᆞ거나 三삼寶볼ᄅᆞᆯ 허러 辱ᅀᅭᆨᄒᆞ거나 君군臣씬ㅅ 法법을 헐어나 信신戒갱ᄅᆞᆯ 헐어나 ᄒᆞ면 琰염魔망法법王왕이 罪쬥의 야ᇰᄋᆞ로 詳썅考콯ᄒᆞ야 罪쬥 [38뒤 주ᄂᆞ니 이럴ᄊᆡ 내 이제 有ᅌᅮᇢ情쪙을 勸퀀ᄒᆞ야 燈등 혀며 幡펀 ᄆᆡᆼ골며 산 것 노하 福복ᄋᆞᆯ 닷가 厄ᅙᅴᆨ을 버서나긔 ᄒᆞ노라

그 ᄢᅴ 衆즁 中듕에 열두 夜양叉창大땡將장이 모든 座쫭애 잇더니 宮궁毗삥羅랑大땡將장과 伐뻟折졇羅랑大땡將장과 迷몡企킝羅랑大땡將장과 安한底뎽羅랑大땡將장과

[39앞]頞_앓你_닝羅_랑大_땡將_쟝과 珊_산底_뎅羅_랑大_땡將_쟝과 因_힌達_딿羅_랑大_땡將_쟝과 波_방夷_잉大_땡將_쟝과 摩_망虎_홍羅_랑大_땡將_쟝과 眞_진達_딿羅_랑大_땡將_쟝과 招_쬼杜_똥羅_랑大_땡將_쟝과 毗_삥羯_겷羅_랑大_땡將_쟝과 이 열두 夜_양叉_창大_땡將_쟝이 各_각各_각 七_칧千_쳔 夜_양叉_창를 [39뒤]眷_권屬_쑉 사맷더니 ᄒᆞ끠 소리 내야 ᄉᆞᆲ보ᄃᆡ 世_솅尊_존하 우리 이제 부텻 威_휭力_륵을 닙ᄉᆞ바 藥_약師_{ᄉᆞ}瑠_률璃_링光_광如_셩來_링ㅅ 일후믈 듣ᄌᆞ보니 ᄂᆞ외야 惡_{ᅙᅡᆨ}趣_츙를 저픈 주리 업스니 우리들히 다 ᄒᆞᆫ ᄆᆞᅀᆞ모로 죽ᄃᆞ록 三_삼寶_봄애 歸_귕依_읭ᄒᆞᅀᆞ바 盟_밍誓_쎙를 호ᄃᆡ 一_{ᅙᅵᆳ}切_쳉 有_{ᅌᅮᇢ}情_쪙 위ᄒᆞ야 [40앞]利_링益_혁ᄃᆞᄫᆡᆫ 일 ᄒᆞ야 便_뼌安_한킈 호리이다 아ᄆᆞ란 ᄆᆞ슬히어나 자시어나 ᄀᆞ올히어나 나라히어나 뷘 수프리어나 이 經_경을 너비 펴며 藥_약師_{ᄉᆞ}瑠_률璃_링光_광如_셩來_링ㅅ 일후믈 디니ᅀᆞ바 恭_공敬_경 供_공養_양ᄒᆞᅀᆞᄫᆞ리옷 잇거든 우리들히 이 사ᄅᆞᄆᆞᆯ 衛_윙護_뽕ᄒᆞ야 다 一_{ᅙᅵᆳ}切_쳉 苦_콩難_난을 [40뒤]버서나고 願_원ᄒᆞᄂᆞᆫ 이를 다 일의 호리이다 아뫼나 病_뼝이며 厄_{ᅙᅢᆨ}이 이셔 버서나고져 ᄒᆞᇙ 사ᄅᆞ믄 이 經_경을 닐거 외오며 五_옹色_{ᄉᆡᆨ} 실로 우리 일후믈 ᄆᆡ자 제 願_원을 일운 後_{ᅘᅮᇢ}에 글어ᅀᅡ ᄒᆞ리이다

그 ᄢᅴ 世_솅尊_존이 夜_양叉_창大_땡將_쟝들흘 讚_잔嘆_탄ᄒᆞ야 니ᄅᆞ샤ᄃᆡ 됴타 됴타 너희들히 [41앞]藥_약師_{ᄉᆞ}瑠_률璃_링光_광如_셩來_링ㅅ 恩_{ᅙᆫ}德_득 갑ᄉᆞᄫᆞᆯ 이를 念_념ᄒᆞ거든 샹녜 이러트시 一_{ᅙᅵᆳ}切_쳉 有_{ᅌᅮᇢ}情_쪙을 利_링益_혁ᄃᆞᄫᆡ며 安_한樂_락긔 ᄒᆞ라

釋_셕譜_봉詳_썅節_졇 第_똉九_굴

『석보상절 제구』의 번역문 벼리

[1앞] 석보상절(釋譜詳節) 제구(第九)

부처가 돌아다녀 제국(諸國)¹⁾을 교화(敎化)하시어, 광엄성(廣嚴城)²⁾에 가시어 악음수(樂音樹)³⁾의 아래에 계시어, 큰 비구(比丘)⁴⁾ 팔천(八千) 인(人)과 한데에 있으시더니, 보살마하살(菩薩摩訶薩)⁵⁾ 삼만(三萬) 육천(六千)과 국왕(國王)과 대신(大臣)과 바라문(婆羅門)⁶⁾과 [1뒤] 거사(居士)⁷⁾와 천룡(天龍)⁸⁾과 야차(夜叉)⁹⁾와 인(人)과 비인(非人) 등(等) 무량(無量)¹⁰⁾ 대중(大衆)이 공경(恭敬)하여 위요(圍繞)¹¹⁾하거늘, (부처가 그들을) 위하여 설법(說法)하시더니

그때에 문수사리(文殊師利)¹²⁾가 세존(世尊)께 사뢰시되, 부처의 이름과 본래(本來)의 큰 원(願)과 [2앞] 가장 좋으신 공덕(功德)¹³⁾을 펴서 이르시어, 듣는 사람의 업장

---

1) 제국: 諸國. 여러 나라이다.
2) 광엄성: 廣嚴城. 바이샬리(Vaisālī)를 한자로 음차하여 표기한 것이다. 중인도에 있는 지명으로서 지금의 비하르주(州)의 주도(州都)인 파트나 북쪽 갠지스강(江) 중류에 있다. 비사리(毘舍離)라고도 적는다. 석가모니(BC 566~BC 480) 시대에는 인도 6대도시의 하나로 16국의 하나인 바지국(國)을 형성한 리차비족(族)의 주도(主都)이기도 하였다.
3) 악음수: 樂音樹. 미풍이 닿으면 나뭇잎이 움직여 우아한 소리가 난다는 데서 이 이름이 붙었다.
4) 비구: 比丘. 출가하여 구족계를 받은 남자 승려이다.
5) 보살마하살: 菩薩摩訶薩. 보살을 아름답게 표현한 것으로, 수많은 보살 중에서 10위 이상의 보살을 높여서 이르는 말이다.
6) 바라문: 婆羅門. 브라만(Brahman)의 음역으로 인도 카스트 제도에서 가장 높은 지위인 승려 계급이다.
7) 거사: 居士. 속세에 있으면서 불교를 믿는 남자(= 우바새)이다.
8) 천룡: 天龍. 불법을 지키는 여덟 신장 가운데 제천(諸天)과 용신(龍神)이다.
9) 야차: 夜叉. 팔부의 하나로서, 사람을 괴롭히거나 해친다는 사나운 귀신이다.
10) 무량: 無量. 정도를 헤아릴 수 없을 만큼 많은 것이다.
11) 위요: 圍繞. 부처의 둘레를 돌아다니는 일이다.
12) 문수사리: 文殊師利((Manjusri). 사보살(四菩薩) 중의 하나이다. 제불(諸佛)의 지혜를 맡은 보살로, 부처의 오른쪽에 있는 보현보살과 함께 삼존불(三尊佛)을 이룬다. 그 모양이 가지각색이나 보통 사자를 타고 오른손에 지검(智劍), 왼손에 연꽃을 들고 있다.
13) 공덕: 功德. 좋은 일을 행한 덕으로 훌륭한 결과를 가져오게 하는 능력이다. 종교적으로 순수한 것을 진실공덕(眞實功德)이라 이르고, 세속적인 것을 부실공덕(不實功德)이라 한다.

(業障)¹⁴⁾이 사라져서 상법(像法)¹⁵⁾이 널리 퍼지는 시절(時節)에 ^[2뒤] 모든 유정(有情)¹⁶⁾

을 이락(利樂)¹⁷⁾하게 하고자 합니다.

　　부처가 문수사리(文殊師利)께 이르시되, 동방(東方)으로 여기서 떨어진 것이 십

(十) 항하사(恒河沙)¹⁸⁾ 등(等)인 불토(佛土)¹⁹⁾를 지나가, 세계(世界)가 있되, 이름이

정유리(淨瑠璃)²⁰⁾요 부처의 이름은 약사유리광여래(藥師琉璃光如來)²¹⁾, 응공(應供)²²⁾,

^[3앞] 정편지(正編知)²³⁾, 명행족(明行足)²⁴⁾, 선서(善逝)²⁵⁾, 세간해(世間解)²⁶⁾, 무상사(無上

士)²⁷⁾, 조어장부(調御丈夫)²⁸⁾, 천인사(天人師)²⁹⁾, 불세존(佛世尊)³⁰⁾이시니, ^[3뒤] 저 약사

---

14) 업장: 業障. 삼장(三障)의 하나이다. 말, 동작 또는 마음으로 지은 악업에 의한 장애를 이른다.

15) 상법: 像法. 삼시법(三時法)의 하나이다. 정법시(正法時) 다음의 천 년 동안이다. 이 동안에는
교법이 있기는 하지만 믿음이 형식으로만 흘러, 사찰과 탑을 세우는 데에만 힘쓰고 진실한 수
행은 이루어지지 않으며 증과(證果)를 얻는 사람도 없다.

16) 유정: 有情. 마음을 가진 살아 있는 중생(衆生)이다.

17) 이락: 利樂. 내세에서 이익을 얻고 현세에서 안락을 누리는 것이다.

18) 십 항하사: 十 恒河沙. '항하사(恒河沙)'는 갠지스 강의 모래라는 뜻으로, 무한히 많은 것, 또는
그런 수량을 비유적으로 이르는 말이다.

19) 불토: 佛土. 부처가 사는 극락. 또는 부처가 교화한 땅이다.

20) 정유리: 淨瑠璃. '청정한 유리'라는 뜻으로, 약사여래(藥師如來)의 정토를 이른다.

21) 약사유리광여래: 藥師瑠璃光如來. 열두 가지 서원(誓願)을 세워 중생(衆生)의 질병(疾病)을 구
제(驅除)하고 수명(壽命) 연장(延長), 재화(財貨) 소멸(消滅), 의식(儀式)의 만족(滿足)을 준다는
부처이다. 큰 연꽃 위에서 왼손에 약병을 들고, 오른손으로 시무외인을 맺은 형상(形狀)을 하
고 있다. ※ '시무외인(施無畏印)'은 부처가 중생의 두려움을 없애 주기 위하여 나타내는 형상
이다. 팔을 들고 다섯 손가락을 펴 손바닥을 밖으로 향하여 물건을 주는 시늉을 하고 있다.

22) 응공: 應供. 여래 십호(如來十號)의 하나이다. 온갖 번뇌를 끊어서 인간, 천상의 모든 중생으로
부터 공양을 받을 만한 사람이라는 뜻이다.

23) 정편지: 正遍知. 여래십호(如來十號)의 하나이다. 바르고 원만하게 깨달았다는 뜻이다.

24) 명행족: 明行足. 여래십호(如來十號)의 하나이다. 삼명(三明)의 신통한 지혜와 육도만행(六度萬
行)을 갖추었다는 뜻이다.

25) 선서: 善逝. 여래십호(如來十號)의 하나이다. 잘 가신 분이라는 뜻으로 피안(彼岸)에 가서 다시
는 이 세상에 돌아오지 않는다고 하여 이렇게 이른다.

26) 세간해: 世間解. 여래십호(如來十號)의 하나이다. 세상의 모든 것을 안다는 뜻이다.

27) 무상사: 無上士. 여래십호(如來十號)의 하나이다. 부처는 정(情)을 가진 존재 가운데 가장 높아
서 그 위가 없는 대사라는 뜻이다.

28) 조어장부: 調御丈夫. 여래십호(如來十號)의 하나이다. 중생을 잘 이끌어 가르치는 사람이라는
뜻이다.

29) 천인사: 天人師. 여래십호(如來十號)의 하나이다. 하늘과 인간 세상의 모든 중생들의 스승이라
는 뜻이다.

30) 불세존: 佛世尊. 여래십호(如來十號)의 하나이다. 세상에서 가장 존귀하다는 뜻이다.

유리광여래(藥師瑠璃光如來)가 보살(菩薩)의 도리(道理)를 행(行)하실 적에 열두 대원(大願)을 하시어 [4앞] 모든 유정(有情)이 구(求)하는 일을 다 득(得)하게 하려 하셨니라.

제일(第一)의 대원(大願)은 내가 내세(來世)[31]에 아뇩다라삼막삼보리(阿耨多羅三藐三菩提)[32]를 득(得)한 시절(時節)에, 나의 몸에 있는 광명(光明)이 무량(無量)[33], 무수(無數)[34], 무변(無邊)[35]의 세계(世界)를 성(盛)히 비추어, 삼십이상(三十二相)[36]과 팔십종호(八十種好)[37]로 [4뒤] 몸을 장엄(莊嚴)[38]하여, 一切(일체)의 유정(有情)이 나와 다르지 아니하게 하리라.

제이(第二)의 대원(大願)은 내가 내세(來世)에 보리(菩提)를 득(得)한 시절(時節)에, 몸이 유리(瑠璃)[39]와 같아서 안팎이 꿰뚫게 맑아 허물이 없고, 광명(光明)이 크며 공덕(功德)이 높아 불빛으로 장엄(莊嚴)하는 것이 일월(日月)보다 나아서, 어두운 데에 있는 [5앞] 중생(衆生)도 다 밝음을 얻어서 마음대로 일을 하게 하리라.

제삼(第三)의 대원(大願)은 내가 내세(來世)에 보리(菩提)를 득(得)할 시절(時節)에, 무량무변(無量無邊)한 지혜(智慧)와 방편(方便)[40]으로 모든 유정(有情)이 쓸 것

---

31) 내세: 來世. 삼세(三世)의 하나이다. 죽은 뒤에 다시 태어나 산다는 미래의 세상을 이른다.

32) 아뇩다라삼막삼보리: 阿耨多羅三藐三菩提. 가장 완벽한 깨달음을 뜻하는 말인데, 산스크리트어인 '아눗타라 삼먁 삼보디(anuttara-samyak-sambodhi)'를 음역하여 한자로 표현한 말이다. '아눗타라'란 무상(無上)이라는 뜻이며, '삼먁'이란 거짓이 아닌 진실이라는 뜻이며, '삼보디'란 모든 지혜를 널리 깨친다는 정등각(正等覺)의 뜻이다. 번역하면 무상정등정각(無上正等正覺)이라는 뜻으로, 이보다 더 위가 없는 큰 진리를 깨쳤다는 말이다. 모든 무명 번뇌를 벗어 버리고 크게 깨쳐 우주 만유의 진리를 확실히 아는 부처님의 지혜라는 말로서, 삼세의 모든 부처님이 깨치게 되는 최고의 경지를 말한다.

33) 무량: 無量. 정도를 헤아릴 수 없을 만큼 양이 많은 것이다.

34) 무수: 無數. 헤아릴 수 없이 수가 많은 것이다.

35) 무변: 無邊. 끝이 없이 큰 것이다.

36) 삼십이상: 三十二相. 부처의 몸에 갖춘 서른두 가지의 독특한 모양이다. 발바닥이나 손바닥에 수레바퀴 같은 무늬가 있는 모양, 손가락이나 발가락이 가늘고 긴 모양, 정수리에 살이 상투처럼 불룩 나와 있는 모양, 미간에 흰 털이 나와서 오른쪽으로 돌아 뻗은 모양 따위가 있다.

37) 팔십종호: 八十種好. 부처의 몸에 갖추어져 있는 미묘하고 잘생긴 여든 가지 상(相)이다. 팔십종호의 순서나 이름에 대해서는 각기 다른 설명이 있다.

38) 장엄: 莊嚴. 좋고 아름다운 것으로 국토를 꾸미고, 훌륭한 공덕을 쌓아 몸을 장식하고, 향이나 꽃 따위를 부처에게 올려 장식하는 일이다.

39) 유리: 瑠璃. 황금색의 작은 점이 군데군데 있고 거무스름한 푸른색을 띤 광물이다.

40) 지혜 방편: 智慧 方便. 지혜와 방편이다. '智慧(지혜)'는 제법(諸法)에 환하여 잃고 얻음과 옳고

이 다 나쁜 것이 없게 하리라.

　제사(第四)의 대원(大願)은 내가 내세(來世)에 보리(菩提)를 득(得)한 시절(時節)에, 만일 유정(有情)이 [5뒤] 사곡(邪曲)⁴¹⁾한 도리(道理)를 행(行)할 이가 있거든 다 보리(菩提)의 도(道) 중(中)에 편안(便安)히 있게 하며, 만일 성문벽지불승(聲聞辟支佛乘)⁴²⁾을 행(行)할 사람이 있거든 다 대승(大乘)⁴³⁾으로 편안(便安)하게 하리라.

　제오(第五)의 대원(大願)은 내가 내세(來世)에 보리(菩提)를 득(得)한 시절(時節)에, 만일 무량(無量) [6앞] 무변(無邊)한 유정(有情)이 나의 법(法) 중(中)에 수행(修行)할 것이 있으면, 다 이지러지지 아니한 경계(警戒)⁴⁴⁾를 득(得)하며 삼취계(三聚戒)⁴⁵⁾를 갖추어져 있게 하리라. [6뒤] 비록 잘못하여 지은 일이 있어도, 내 이름(= 약사유리광여래)을 들으면 도로 청정(淸淨)⁴⁶⁾을 득(得)하여 모진 길(= 惡趣)에 아니 떨어지게 하리라.

　제육(第六)의 대원(大願)은 내가 내세(來世)에 보리(菩提)를 득(得)한 시절(時節)에, 만일 모든 유정(有情)이 몸이 사나워 제근(諸根)이 갖추어져 있지 못하여, 미혹(迷惑)⁴⁷⁾하고 [7앞] 종종(種種)⁴⁸⁾의 수고(受苦)로운 병(病)을 하여 있다가, 내 이름을

　　그릇을 가려내는 마음의 작용으로서, 미혹을 소멸하고 보리(菩提)를 성취하는 것이다. 그리고 '方便(방편)'은 십바라밀(十波羅蜜)의 하나로서, 중생을 구제하기 위하여 쓰는 묘한 수단과 방법이다. 곧, 일체를 내려 비추는 깨달음의 상태를 부처의 지혜(能仁海印三昧中)이라고 하고, 이 지혜에서 자유자재로 방향을 일러 주는데, 이것이 방편이고 자비이다.

41) 사곡: 邪曲. 요사스럽고 교활한 것이다.

42) 성문벽지불승: 聲聞辟支佛乘. '聲聞(성문)'은 설법을 듣고 사제(四諦)의 이치를 깨달아 아라한(阿羅漢)이 되고자 하는 불제자이다. '辟支佛乘(벽지불승)'은 벽지불의 경지에 이르게 하는 부처의 가르침이나 벽지불에 이르는 수행법이다. 여기서 '벽지불(辟支佛)'은 산스크리트어인 pratyeka-buddha나 팔리어인 pacceka-buddha의 음사로서, 홀로 깨달은 자라는 뜻이다. 독각(獨覺) 혹은 연각(緣覺)이라 번역하는데, 스승 없이 홀로 수행하여 깨달은 자이다. 결국 '성문벽지불승(聲聞辟支佛乘)'은 소승(小乘)과 중승(中乘)을 뜻한다.

43) 대승: 大乘. 중생을 제도하여 부처의 경지에 이르게 하는 것을 이상으로 하는 불교나 그 교리이다. 이상이나 목적이 모두 크고 깊으며 그것을 받아들이는 중생의 능력도 큰 그릇이라 하여 이렇게 이른다. 소승을 비판하면서 일어난 유파로서 한국, 중국, 일본의 불교가 이에 속한다.

44) 경계: 警戒. 옳지 않은 일이나 잘못된 일들을 하지 않도록 타일러서 주의하게 하는 것이다.

45) 삼취계: 三聚戒. 대승보살계(大乘菩薩戒), 곧 대승의 보살이 지켜야 할 계율의 세 가지 기본적인 개념이다. 섭률의계(攝律儀戒), 섭선법계(攝善法戒), 섭중생계(攝衆生戒)가 있다.

46) 청정: 淸淨. 산스크리트어 śuddha의 음역이다. 나쁜 짓으로 지은 허물이나 번뇌의 더러움에서 벗어나 깨끗한 것이다.

47) 미혹: 迷惑. 무엇에 홀려 정신을 차리지 못하거나, 정신이 헷갈리어 갈팡질팡 헤매는 것이다.

들으면 다 지혜(智慧)가 있고 제근(諸根)[49]이 갖추어져 병(病)이 없게 하리라.

제칠(第七)의 대원(大願)은 내가 내세(來世)에 보리(菩提)를 득(得)한 시절(時節)에, 만일 모든 유정(有情)이 병(病)하여 있어 구(救)할 이가 없고 갈 데가 없거든, 내 이름을 귀에 한 번 들어도 병(病)이 없어지고 세간(世間)에 [7뒤] 쓸 것이 갖추어지며 무상보리(無上菩提)[50]를 증(證)[51]함에 이르게 하리라.

제팔(第八)의 대원(大願)은 내가 내세(來世)에 보리(菩提)를 득(得)한 시절(時節)에, 만일 여자가 여자의 여러 가지 어려운 일이 닥쳐서 매우 시틋하여 여자의 몸을 버리고자 하거든, 내 이름을 들으면 다 남자가 되어 무상보리(無上菩提)를 증(證)함에 이르게 [8앞] 하리라.

제구(第九)의 대원(大願)은 내가 내세(來世)에 보리(菩提)를 득(得)한 시절(時節)에, 모든 유정(有情)을 마(魔)[52]의 그물에서 나오게 하여 일체(一切)의 외도(外道)[53]에 얽매이는 것을 벗어나게 하겠으니, 만일 (有情들이) 종종(種種)의 '흉하게 보는 것(= 惡見)'에 떨어져 있거든, 다 인도(引導)하여 바르게 보는 것(= 政見)에 두어서 점점(漸漸) 보살(菩薩)의 행적(行蹟)을 [8뒤] 닦아 무상보리(無上菩提)를 빨리 증(證)하게 하리라.

제십(第十)의 대원(大願)은 내가 내세(來世)에 보리(菩提)를 득(得)한 시절(時節)에, 만일 유정(有情)이 나라의 법(法)에 잡히어 매여 매를 맞아 옥(獄)에 가두어 죄

---

48) 종종: 種種. 모양이나 성질이 다른 여러 가지이다

49) 제근: 諸根. 오근(五根)을 달리 이르는 말이다. 오근은 외계를 인식하는 다섯 가지 기관인 오관(五官)을 이르는데, 여기서 '근(根)'은 기관·기능·작용·능력·소질을 뜻한다. ① 안근(眼根, 모양이나 빛깔을 보는 시각 기관인 눈), ② 이근(耳根. 소리를 듣는 청각 기관인 귀), ③ 비근(鼻根, 향기를 맡는 후각 기관인 코), ④ 설근(舌根, 맛을 느끼는 미각 기관인 혀), ⑤ 신근(身根, 추위나 아픔 등을 느끼는 촉각 기관인 몸) 등이다.

50) 무상보리: 無上菩提. 오종보리(五種菩提)의 하나로서, 온갖 번뇌를 끊어 없애고 불과원만(佛果圓滿)한 증오(證悟)를 이룬 것이다. 참고로 '오종보리(五種菩提)'는 보살 수도의 계급을 다섯 종으로 나눈 것으로, 이는 '발심보리(發心菩提)·복심보리(伏心菩提)·명심보리(明心菩提)·출도보리(出到菩提)·무상보리(無上菩提)'이다.

51) 증: 證. ① 깨달음. ② 체득함. 터득함. 체험함. ③ 명백히 알아 의심이 없음. ④ 실현함. 도달함. 등의 다양한 뜻을 나타낸다. 여기서는 '깨닫다'의 뜻으로 쓰였다.

52) 마: 魔. 산스크리트어 māra의 음사인 마라(魔羅)의 준말이다. 수행을 방해하고 중생을 괴롭히는 온갖 번뇌이다.

53) 외도: 外道. 불교 이외의 종교나, 혹은 불교 이외의 종교를 믿는 사람이다.

(罪)를 입을 경우며, 다른 그지없는 어려운 일과 욕(辱)된 일과 슬픈 일과 걱정스러운 일이 닥치어 있으면, 나의 ^[9앞] 이름을 들으면 나의 복덕(福德)⁵⁴⁾과 위신력(威神力)⁵⁵⁾으로 일체(一切)의 수고(受苦)를 다 벗어나게 하리라.

제십일(第十一)의 대원(大願)은 내가 내세(來世)에 보리(菩提)를 득(得)한 시절(時節)에, 만일 유정(有情)이 굶주려 밥을 얻고자 하여 모진 죄(罪)를 지을 경우에 내 이름을 들어 잊지 아니하여 지니면, 내가 먼저 좋은 음식으로 배부르게 ^[9뒤] 하고야 법미(法味)⁵⁶⁾로 나중(乃終)에 편안(便安)하고 즐겁게 하리라.

제십이(第十二)의 대원(大願)은 내가 내세(來世)에 보리(菩提)를 득(得)한 시절(時節)에, 만일 유정(有情)이 옷이 없어 모기 벌레며 더위와 추위로 괴로워하다가 나의 이름을 들어 잊지 아니하여 지니면, 자기가 좋아하는 양으로 종종(種種)의 좋은 옷을 얻으며 ^[10앞] 보배로 꾸민 장엄(莊嚴)⁵⁷⁾이며 화향(花香)⁵⁸⁾과 기악(妓樂)⁵⁹⁾을 마음대로 갖추어서 얻게 하리라. 하시더니, 문수사리(文殊師利)여, 저것이 약사유리광여래(藥師琉璃光如來)의 십이(十二)의 미묘(微妙)한 상원(上願)⁶⁰⁾이시니라.

또 문수사리(文殊師利)여, 저 약사유리광여래(藥師琉璃光如來)가 보살(菩薩)의 도리(道里)를 행(行)하실 시절(時節)에, ^[10뒤] 발(發)하신 큰 원(願)과 저 부처의 나라에 있는 공덕(功德)과 장엄(莊嚴)을 내가 한 겁(劫)이며 한 겁(劫)이 넘도록 일러도 못 다 이르겠거니와, 그러나 저 부처의 땅이 잡(雜)말이 없이 청정(淸淨)하고, 여자가 없으며 악취(惡趣)⁶¹⁾며 수고(受苦)로운 소리가 없고, 유리(瑠璃)가 땅이 되고 금(金)끈을 길에 늘어뜨려서 (길의) 경계로 삼고, ^[11앞] 성(城)이며 집이며 나망(羅網)⁶²⁾이

---

54) 복덕: 福德. 선행의 과보(果報)로 받는 복스러운 공덕이다.
55) 위신력: 威神力. 불도(佛道)를 닦아 이르는 부처의 지위(地位)에 있는 존엄하고 헤아릴수 없는 불가사의한 힘이다.
56) 법미: 法味. 불법(佛法)의 묘미이다.
57) 장엄: 莊嚴. 보관(寶冠), 칠보(七寶), 연화(蓮花) 등으로 불도량(佛道場)을 장식하는 일이다.
58) 화향: 花香. 불전(佛殿)에 올리는 꽃과 향이다.
59) 기악: 伎樂. 재주(재주)와 풍류를 아울러 이르는 말이다.
60) 상원: 上願. 으뜸가는 소원이다.
61) 악취: 惡趣. 악업(惡業)을 지어서 죽은 뒤에 가야 하는 괴로움의 세계이다. 악취에는 지옥도(地獄道), 아귀도(餓鬼道), 축생도(畜生道)의 세 가지가 있다. 여기에 아수라도(阿修羅道)를 포함시키기도 한다.
62) 나망: 羅網. 구슬을 꿰어 그물처럼 만들어 불전(佛前)을 장식하는 기구이다.

다 칠보(七寶)[63]로 이루어져 있는 것이 또 서방(西方) 극락세계(極樂世界)[64]와 같아서 차이가 없고, 그 나라에 두 보살마하살(菩薩摩訶薩)이 있되, 한 이름은 일광변조(日光遍照)[65]이요 한 이름은 월광변조(月光遍照)[66]이니, 저 무량무수(無量無數)[67]의 보살(菩薩)의 중(衆)에 으뜸가 있나니, 이러므로 [11뒤]신심(信心)[68]을 두고 있는 선남자(善男子)[69]와 선여인(善女人)[70]이 저 부처의 세계(世界)에 나고자 발원(發願)[71]하여야 하리라.

그때에 세존(世尊)이 또 문수사리(文殊師利)더러 이르시되, 문수사리(文殊師利)여, 모든 중생(衆生)이 좋으며 궂은 일을 모르고 오직 탐(貪)하며 아까운 마음을 먹어, 보시(布施)[72]와 보시(布施)하는 [12앞]과보(果報)[73]를 몰라 재물을 많이 모아 두고 수고(受苦)로이 지키어 있어서, (재물을) 빌리는 이가 있거든 측은(惻隱)히 여겨 마지 못하여 주는 것이라도 자기의 몸에 있는 고기를 베어 내는 듯이 여기며, 또 탐(貪)한 무량(無量)의 유정(有情)이 재물을 모아 두고 제가 쓰는 것도 오히려 아니하거니와, 하물며 어버이에겐들 내어 주어 처(妻)이며 자식(子息)이며 종에겐들 주며, 와서 [12뒤](재물을) 빌리는 사람에게 주겠느냐? 이런 유정(有情)들은 여기서 죽으면 아귀(餓鬼)[74]거나 축생(畜生)[75]이거나 되겠으니, 인간(人間)[76]에 있어서 약사유

---

63) 칠보: 七寶. 일곱 가지 주요 보배이다. 무량수경에서는 금·은·유리·파리·마노·거거·산호를 이르며, 법화경에서는 금·은·마노·유리·거거·진주·매괴를 이른다.

64) 극락세계: 極樂世界. 아미타불(阿彌陀佛)이 살고 있는 정토(淨土)로, 괴로움이 없으며 지극히 안락하고 자유로운 세상. 인간 세계에서 서쪽으로 10만억 불토(佛土)를 지난 곳에 있다.

65) 일광편조: 日光遍照. 약사여래(藥師如來)의 왼쪽에 모시는 보살(菩薩)이다. 여래의 밑에 있는 보살 가운데 월광변조(月光遍照)와 더불어 상수(上首)의 지위에 있다. 변조(遍照)는 부처의 빛이 세계와 사람의 마음을 두루 비춘다는 뜻이며 보살을 가리킨다.

66) 월광변조: 月光遍照. 약사여래(藥師如來)의 오른쪽에 모시는 보살(菩薩)이다. 여래의 밑에 있는 보살 가운데 일광변조(日光遍照)와 더불어 상수(上首)의 지위에 있다.

67) 무량무수: 無量無數. 정도를 헤아릴 수 없을 만큼 양이 많고. 헤아릴 수 없을 만큼 수가 많은 것이다.

68) 신심: 信心. 종교를 믿는 마음이다.

69) 선남자: 善男子. 불교에 귀의한 남자이다.

70) 선여인: 善女人. 불교에 귀의한 여자이다.

71) 발원: 發願. 신이나 부처에게 소원을 비는 것이나 또는 그 소원이다.

72) 보시: 布施. 자비심으로 남에게 재물이나 불법을 베푸는 것이다.

73) 과보: 果報. 인과응보(因果應報). 전생에 지은 선악에 따라 현재의 행과 불행이 있고, 현세에서의 선악의 결과에 따라 내세에서 행과 불행이 있는 일이다.

리광여래(藥師瑠璃光如來)의 이름을 잠깐 들은 까닭으로, 악취(惡趣)에 있어도 저 여래(如來)의 이름을 잠깐 생각하면, 즉시 저기(= 惡趣)서 없어져서 도로 인간(人間)에 나서 악취(惡趣)의 수고(受苦)를 ^[13앞] 두려워하여 탐욕(貪欲)을 즐기지 아니하고, 보시(布施)를 즐겨서 가지고 있는 것을 아끼지 아니하여, 머리며 눈이며 손발이며 몸에 있는 고기라도 빌리는 사람에게 주겠으니, 하물며 다른 재물이야?

또 문수사리(文殊師利)여, 모든 유정(有情)이 비록 여래(如來)께 도리(道理)를 배우다가도 시라(尸羅)를 헐며, 시라(尸羅)⁷⁷⁾를 ^[13뒤] 아니 헐어도 궤칙(軌則)⁷⁸⁾을 헐며, 시라(尸羅)와 궤칙(軌則)을 아니 헐어도 정(正)하게 보는 것을 헐며, 정(正)하게 보는 것을 아니 헐어도 많이 듣는 것을 버려서 부처가 이르신 경(經)에 있는 깊은 뜻을 알지 못하며, 비록 많이 들어도 증상만(增上慢)⁷⁹⁾하며 ^[14앞] 증상만(增上慢)하는 까닭으로 마음이 가리나니, 그러므로 자기가 옳다 하고 남을 그르다 하여 정법(正法)⁸⁰⁾을 비웃어 마(魔)의 한 당(黨)⁸¹⁾이 되겠으니, 이러한 어리석은 사람은 자기가 사곡(邪曲)하게 보는 것을 하고, 또 무량(無量)한 유정(有情)이 큰 어려운 구덩이에 떨어지게 하나니, 이런 유정(有情)들이 지옥(地獄)과 ^[14뒤] 아귀(餓鬼)와 축생(畜生)에 그지없이 두루 다니다가, 이 약사유리광여래(藥師瑠璃光如來)의 이름을 들으면 모진 행적(行績)을 버리고 좋은 법(法)을 닦아 악취(惡趣)에 아니 떨어지겠으니, 비록 모진 행적(行績)을 버리고 좋은 법(法)을 닦는 것을 못하여 악취(惡趣)에 떨어지고도, 저 여래(如來)의 본원(本願)⁸²⁾과 위력(威力)⁸³⁾으로 앞에 보이시

---

74) 아귀: 餓鬼. 아귀들이 모여 사는 세계이다. 이곳에서 아귀들이 먹으려는 음식은 불로 변하여 늘 굶주리고, 항상 매를 맞는다고 한다.

75) 축생: 畜生. 죄업 때문에 죽은 뒤에 짐승으로 태어나 괴로움을 받는 세계이다.

76) 인간: 人間. 인간이 사는 세상이다.

77) 시라: 尸羅. 산스크리트어 śīla 팔리어 sīla의 음사로서, 계(戒)라고 번역한다. 불교에 귀의한 자가 선(善)을 쌓기 위해 지켜야 할 규범이다.

78) 궤칙: 軌則. 본보기. 거동. 규범으로 삼고 배우는 것이다.

79) 증상만: 增上慢. 사만(四慢)의 하나. 최상의 교법과 깨달음을 얻지 못하고서 이미 얻은 것처럼 교만하게 우쭐대는 마음을 이른다. ※ '四慢(사만)'은 네 가지 교만한 마음인데, '증상만(增上慢), 비하만(卑下慢), 아만(我慢), 사만(邪慢)' 등이 있다.

80) 정법: 正法. 올바른 교법(敎法)이다.

81) 당: 黨. 무리. 패거리.

82) 본원: 本願. 부처가 되기 이전, 즉 보살로서 수행할 때에 세운 서원(誓願)이다.

83) 위력: 威力. 상대를 압도할 만큼 강력한 것이나 또는 그런 힘이다.

어 이름을 ^{[15앞} 잠깐 듣게 하시면, 거기(= 惡趣)에서 죽어 도로 인간(人間)에 나서 출가(出家)하여 정(正)한 봄(= 正見)을 헐지 아니하며, 많이 들어 깊은 뜻을 알며 증상만(增上慢)을 떠나서 정법(正法)을 비웃지 아니하여 마(魔)의 벗이 아니 되어서, 점점(漸漸) 수행(修行)하여 원만(圓滿)⁸⁴⁾을 빨리 득(得)하리라.

또 문수사리(文殊師利)여, 모든 유정(有情)이 탐(貪)하고 ^{[15뒤} 샘발라서 자기의 몸을 칭찬하고 남을 헐어, 삼악취(三惡趣)⁸⁵⁾에 떨어져 무량(無量) 천세(千歲)를 수고(受苦)하다가 거기(= 三惡趣)서 죽어, 인간(人間)에 나고도 소이거나 말이거나 낙타이거나 나귀이거나 되어, 장상(長常) 채로 맞고 굶주림과 목마름으로 수고(受苦)하며, 또 장상(長常) 무거운 것을 지어서 길을 좇아 다니다가, 혹시 사람이 ^{[16앞} 되고도 (신분이) 낮은 남의 종이 되어 남이 시키는 일에 다녀서 늘 자득(自得)⁸⁶⁾하지 못하겠으니, 만일 예전에 인간(人間)에 있을 적에 약사유리광여래(藥師瑠璃光如來)의 이름을 들었던 것이면, 이 탓으로 이제 와서 또 생각하여 지극히 성실한 마음으로 귀의(歸依)⁸⁷⁾하면, 부처의 신력(神力)⁸⁸⁾으로 많은 수고(受苦)가 다 없어지고, 제근(諸根)이 총명(聰明)하고 ^{[16뒤} 날카로워 지혜(智慧)로우며, 많이 들어 장상(長常) 좋은 법(法)을 구(求)하여 어진 벗을 만나 마(魔)의 그물을 끊으며, 무명(無明)⁸⁹⁾을 헐며 번뇌(煩惱)가 다하여 일체(一切)의 생로병사(生老病死)⁹⁰⁾와 우비고뇌(憂悲苦惱)⁹¹⁾를 벗어나리라.

또 문수사리(文殊師利)여, 모든 유정(有情)이 남과 따로 나는 것(= 괴리되는 것)을 즐겨, 서로 싸워 자기와 남을 어지럽혀 ^{[17앞} 종종(種種)의 모진 죄업(罪業)⁹²⁾을 길

---

84) 원만: 圓滿. 조금도 결함(缺陷)이나 부족(不足)함이 없는 것이다.

85) 삼악취: 三惡趣. 악인이 죽어서 가는 세 가지의 괴로운 세계(지옥도, 축생도, 아귀도)이다.

86) 자득: 自得. 속박이나 장애가 없이 자유로운 것이다.

87) 귀의: 歸依. 부처와 불법(佛法)과 승가(僧伽)로 돌아가 의지하여 구원을 청하는 것이다. 불교 신앙의 근본이 되는 신조이다.

88) 신력: 神力. 신통력(神通力)이다.

89) 무명: 無明. 십이 연기의 하나이다. 무명은 잘못된 의견이나 집착 때문에 진리를 깨닫지 못하는 마음의 상태를 이르는데, 모든 번뇌의 근원이 된다.

90) 생로병사: 生老病死. 사람이 나고 늙고 병들고 죽는 네 가지 고통이다.

91) 우비고뇌: 憂悲苦惱. 걱정하고 슬퍼하고 괴로워하고 번뇌하는 것이다.

92) 죄업: 罪業. 자신과 남에게 해가 되는 그릇된 행위와 말과 생각이다.

러서 항상 유익(有益)하지 아니한 일을 하고, 서로 해(害)할 꾀를 하여 산이며 수
풀이며 나무며 무덤에 있는 신령(神靈)을 청(請)하고, 짐승을 죽여 야차(夜叉)⁹³⁾와
나찰(羅利)⁹⁴⁾ 등(等)을 받들며(= 제사하며), 미운 사람의 이름을 쓰며 (미운 사람의)
형상을 만들어 모진 주술(呪術)로 빌며 귀신을 불러 일으켜서 저(= 미운 사람)의
목숨을 끊게 하면, 아무나 이 ⁽¹⁷뒤⁾약사유리광여래(藥師瑠璃光如來)의 이름을 들으
면, 저런 모진 일이 (사람들을) 해(害)하지 못하며 서로 자비심(慈悲心)⁹⁵⁾을 내어 미
운 마음이 없어지고 각각(各各) 기뻐하여 서로 유익(有益)하게 하리라.

또 문수사리(文殊師利)여, 만일 비구(比丘)⁹⁶⁾·비구니(比丘尼)⁹⁷⁾·우바새(優婆塞)⁹⁸⁾·
우바이(優婆夷)⁹⁹⁾이며 다른 정신(淨信)¹⁰⁰⁾한 선남자(善男子)와 선여인(善女人)이 ⁽¹⁸앞⁾
팔분재계(八分齋戒)¹⁾를 지녀서 한 해가 지나거나 석 달만큼 하거나 하여, 이 좋은
근원(根源)으로 서방(西方) 극락(極樂) ⁽¹⁸뒤⁾세계(世界)에 나고자 발원(發願)하되 (그
발원을 一定(일정)²⁾ 못 하여 있어, 이 약사유리광여래(藥師瑠璃光如來)의 이름을 들
으면 명종(命終)³⁾할 적에 여덟 보살(菩薩)⁴⁾이 와서 길을 가르쳐서, 즉시 저 나라의

---

93) 야차: 夜叉. 팔부중(八部衆)의 하나이다. 사람을 괴롭히거나 해친다는 사나운 귀신이다. 초자
연적인 힘을 갖고 있는 귀신이며 불법을 수호한다. 북방다문천왕(北方多聞天王)의 부하이다.

94) 나찰: 羅利. 팔부중(八部衆)의 하나이다. 푸른 눈과 검은 몸, 붉은 머리털을 하고서 사람을 잡
아먹으며, 지옥에서 죄인을 못살게 군다고 한다. 나중에 불교의 수호신이 되었다.

95) 자비심: 慈悲心. 중생을 사랑하고 가엾게 여기는 마음이다.

96) 비구: 比丘. 출가하여 구족계(具足戒)를 받은 남자 승려이다. ※ '具足戒(구족계)'는 비구와 비
구니가 지켜야 할 계율이다. 비구에게는 250계, 비구니에게는 348계가 있다.

97) 비구니: 比丘尼. 출가하여 구족계(具足戒)를 받은 여자 승려이다.

98) 우바새: 優婆塞. 불교를 믿고 삼귀(三歸), 오계(五戒)를 받은 세속의 남자이다.

99) 우바이: 優婆夷. 불교를 믿고 삼귀(三歸), 오계(五戒)를 받은 세속의 여자이다.

100) 정신: 淨信. 참되고 올바르게 믿는 마음이다.

1) 팔분재계: 八分齊戒. 집에서 불도를 닦는 우바새(優婆塞) 및 우바니(優婆尼)가 육재일(六齋日)
에 그날 하루 밤낮 동안 지키는 여덟 계행(戒行)이다.(= 八分齋) 중생을 죽이지 말 것, 훔치지
말 것, 음행(淫行)하지 말 것, 거짓말하지 말 것, 술 먹지 말 것, 꽃다발을 쓰거나 몸에 향을
바르고 구슬로 된 장식물을 하지 말며 노래하고 춤추지 말 것, 높고 넓으며 잘 꾸민 평상에
앉지 말 것, 때가 아니면 먹지 말 것이다.

2) 일정: 一定. 어떤 것의 크기, 모양, 범위, 시간 따위가 정하여져 있는 것이다. '一定 몯 ᄒᆞ야 이
셔'는 문맥상 '(西方 極樂 世界에 나는 發願을) 이루지 못하고 있어서'로 의역할 수 있다.

3) 명종: 命終. 목숨이 다하는 것, 곧 죽는 것이다.

4) 여덟 보살: 팔보살(八菩薩)이다. 정법(正法)을 지키고 중생을 옹호하는 여덟 보살이다. 경전(經
典)에 따라 대상이 다른데, 약사경(藥師經)에는 '문수사리보살, 관세음보살, 대세지보살, 무진

[19앞여러 가지의 잡색(雜色)⁵⁾의 무리져 있는 보화(寶花)⁶⁾ 중(中)에 자연(自然)히 화(化)하여 나며⁷⁾ 이로부터 천상(天上)에 날 이도 있을 것이니, 비록 하늘에 나고도 본래(本來) 좋은 근원(根源)⁸⁾이 다하지 아니하므로, 다른 악취(惡趣)에 다시 나지 아니하여, 하늘의 목숨이 다하면 도로 인간(人間)에 나서 윤왕(輪王)⁹⁾이 되어, 사천하(四天下)¹⁰⁾를 거느려 [19뒤위엄(威嚴)¹¹⁾과 덕(德)이 자재(自在)¹²⁾하여 무량(無量)한 백천(百千)의 유정(有情)을 십선(十善)¹³⁾으로 편안(便安)하게 할 이도 있으며, 찰제리(刹帝利)¹⁴⁾와 바라문(婆羅門)¹⁵⁾과 거사(居士)¹⁶⁾의 큰 집에 나서 [20앞재물이 유여(有餘)¹⁷⁾하고 창고(倉庫)가 가득히 넘치고, 모습이 단정(端正)하고 권속(眷屬)¹⁸⁾이 갖추

의보살, 보단화보살, 약왕보살, 약상보살, 미륵보살'을 이른다.

5) 잡색: 雜色. 여러 가지 색이 뒤섞인 색이다.

6) 보화: 寶花. 연화대(蓮花臺). 연꽃 모양으로 만든 불상(佛像)의 자리이다. 연화는 진흙 속에서 피어났어도 물들지 않는 덕이 있으므로 불보살의 앉는 자리를 만든다. ※ '種種 雜色 衆 寶花'은 '여러 가지의 잡색의 많은 연꽃 좌대'로 의역하여 옮긴다.

7) 화(化)하여 나며: '화생(化生)'을 직역한 표현이다. 화생(化生)은 극락왕생하는 방식의 하나이다. 부처의 지혜를 믿는 사람이 9품의 행업(行業)에 따라 아미타불의 정토에 있는 칠보 연화(七寶蓮華) 속에 나서 지혜와 광명과 몸이 모두 보살과 같이 되는 왕생이다.

8) 근원: 根源. 사물이 비롯되는 근본이나 원인이다. ※ '됴흔 根源'은 〈藥師瑠璃光如來本願功德經〉에는 '善根(선근)'으로 되어 있는데, '善根'은 좋은 과보를 낳게 하는 착한 일이다. 욕심부리지 않음, 성내지 않음, 어리석지 않음 따위이다.

9) 윤왕: 輪王. 인도 신화 속의 임금. 정법(正法)으로 온 세계를 통솔한다고 한다. 여래의 32상(相)을 갖추고 칠보(七寶)를 가지고 있으며 하늘로부터 금, 은, 동, 철의 네 윤보(輪寶)를 얻어 이를 굴리면서 사방을 위엄으로 굴복시킨다.

10) 사천하: 四天下. 수미산(須彌山)을 중심으로 한 사방의 세계이다. 남쪽의 섬부주(贍部洲), 동쪽의 승신주(勝神洲), 서쪽의 우화주(牛貨洲), 북쪽의 구로주(俱盧洲)이다.

11) 위엄: 威嚴. 존경할 만한 위세가 있어 점잖고 엄숙함. 또는 그런 태도나 기세이다.

12) 자재: 自在. 저절로 갖추어져 있는 것이다.

13) 십선: 十善. 십악(十惡)을 행하지 않는 것이다. 불살생(不殺生), 불투도(不偷盜), 불사음(不邪淫), 불망어(不妄語), 불기어(不綺語), 불악구(不惡口), 불양설(不兩舌), 불탐욕(不貪慾), 불진에(不瞋恚), 불사견(不邪見)을 지키는 것을 이른다.

14) 찰제리: 刹帝利(= 刹利). 산스크리트어로 크사트리아(Ksatriya)이다. 인도 카스트 제도에서 두 번째 지위인 왕족과 무사 계급이다.

15) 바라문: 婆羅門. 산스크리트어로 브라만(Brahman)이다. 인도 카스트 제도에서 가장 높은 지위인 승려 계급이다.

16) 거사: 居士. 우바새(優婆塞). 속세에 있으면서 불교를 믿는 남자이다.

17) 유여: 有餘. 여유가 있다

18) 권속: 眷屬. 한집에 거느리고 사는 식구이다.

어져 있으며 총명(聰明)하며 지혜(智慧)로우며 용맹(勇猛)하고 웅건(雄健)함이 큰 역사(力士)와 같은 이도 있으며, 여자라도 이 약사여래(藥師如來)의 이름을 들어 [20뒤] 착한 마음으로 (받아서) 지니면 이후로 다시는 여자의 몸이 아니 되리라.

그때에 문수사리(文殊師利)가 부처께 사뢰시되, 내가 맹서(盟誓)를 하니 상법(像法)[19]이 전(轉)[20]할 시절(時節)에 종종(種種) 방편(方便)[21]으로 정신(淨信)한 선남자(善男子)와 선여인(善女人)들이 이 약사유리광여래(藥師瑠璃光如來)의 이름을 듣게 하며, 졸 적이라도 [21앞] 이 부처의 이름으로써 듣게 하여 깨닫게 하겠습니다.

세존(世尊)이시여, 아무나 이 경(經)을 지녀서 읽어 외우며, 남에게 퍼뜨려 일러서 열어 보이거나 제가 쓰거나 남을 시키여 쓰거나 하고, 공경(恭敬)하며 존중(尊重)히 여겨서 종종(種種) 화향(花香)[22]과 영락(瓔珞)[23]과 번(幡)[24]과 개(蓋)[25]와 풍류로 공양(供養)하고, (이 經을) 오색(五色) 자루에 (이 經을) 넣어 깨끗한 땅을 쓸고 높은 좌(座)를 [21뒤] 만들고 (이 經을) 편안(便安)히 얹으면, 그때에 사천왕(四天王)[26]이 권속(眷屬)과 무량(無量)한 백천(百千)의 천중(天衆)[27]을 데리고 다 그 곳에 가서 공양(供養)[28]하며 (이 經을) 지키겠습니다.

세존(世尊)이시여, 이 경(經)이 유행(流行)할 땅에 저 약사유리광여래(藥師瑠璃光如來)의 본원(本願)의 공덕(功德)을 지니며 [22앞] 이름을 들으면 마땅히 이 땅에서

---

19) 상법: 像法. 삼시법(三時法)의 하나이다. 정법시(正法時) 다음의 천 년 동안이다. 이 동안에는 교법이 있기는 하지만 믿음이 형식으로만 흘러 사찰과 탑을 세우는 데에만 힘쓰고 진실한 수행은 이루어지지 않으며, 증과(證果)를 얻는 사람도 없다.

20) 전: 轉. 널리 펴지는 것이다.

21) 방편: 方便. 십바라밀(十波羅蜜)의 하나이다. 중생을 구제하기 위하여 쓰는 묘한 수단과 방법이다.

22) 화향: 花香. 불전에 올리는 꽃과 향이다.

23) 영락: 瓔珞. 구슬을 꿰어 만든 장신구. 목이나 팔 따위에 두른다.

24) 번: 幡. 법요(法要)를 설법(說法)할 때에 절 안에 세우는 깃대이다. 대가리에 비단(緋緞)이나 종이 같은 것을 가늘게 오려서 단다.

25) 개: 蓋. 천장에서 불상(佛像)이나 예반(禮盤) 따위를 덮는 나무나 쇠붙이로 만든 불구(佛具)이다.

26) 사천왕: 四天王. 사왕천(四王天)의 주신(主神)으로 사방을 진호(鎭護)하며 국가를 수호하는 네 신. 동쪽의 지국천왕, 남쪽의 증장천왕, 서쪽의 광목천왕, 북쪽의 다문천왕이다. 위로는 제석천을 섬기고 아래로는 팔부중(八部衆)을 지배하여 불법에 귀의한 중생을 보호한다.

27) 천중: 天衆. 욕계(欲界), 색계(色界), 무색계(無色界)에 살고 있는 하늘의 모든 유정(有情)이다.

28) 공양: 供養. 불(佛), 법(法), 승(僧)의 삼보(三寶)나 죽은 이의 영혼에게 음식, 꽃 따위를 바치는 일이다. 또는 그 음식을 이른다.

횡사(橫死)[29]하는 일이 없으며, 또 모진 귀신들이 정기(精氣)[30]를 못 빼앗겠으니 비록 (정기를) 빼앗아도 도로 옛날과 같아서 마음이 편안(便安)하겠습니다.

부처가 이르시되 옳다, 옳다. 네 말과 같으니라. 문수사리(文殊師利)여, 만일 정신(淨信)한 선남자(善男子) [22뒤] 선여인(善女人)이 저 약사유리광여래(藥師瑠璃光如來)를 공양(供養)하고자 하거든, 먼저 저 부처의 상(像)[31]을 만들어 깨끗한 좌(座)에 편안(便安)히 놓고, 종종(種種)의 꽃을 흩뿌리고 종종(種種)의 향(香)을 피우고, 종종(種種)의 당번(幢幡)[32]으로 그 땅을 장엄(莊嚴)하고, 밤낮 이레를 팔분재계(八分齋戒)를 지니어 깨끗한 밥을 먹고, 목욕(沐浴)을 감아 [23앞] 향(香)을 바르고 깨끗한 옷을 입고, 때가 없는 마음과 진심(嗔心)[33]이 없는 마음을 내어, 일체(一切)의 유정(有情)에게 이익(利益)이 되며 안락(安樂)하며, 자비(慈悲)를 희사(喜捨)[34]하여 평등(平等)한 마음을 일으켜, 풍류와 노래로 찬탄(讚嘆)하여 불상(佛像)의 오른쪽으로 감돌고, 저 여래(如來)의 본원(本願)의 공덕(功德)을 [23뒤] 또 염(念)하여 이 경(經)을 읽어 외우며, 그 뜻을 생각하여 펼쳐 말하여서 열어 보이면 일체(一切)의 원(願)이 다 이루어져, 장수(長壽)를 구(求)하면 장수(長壽)를 득(得)하고, 부유함을 구(求)하면 부유함을 득(得)하고, 벼슬을 구(求)하면 벼슬을 득(得)하고, 아들딸을 구(求)하면 아들딸을 득(得)하리라. 아무나 또 사람이 모진 [24앞] 꿈을 얻어 궂은 상(相)을 보거나 요괴(妖怪)[35]로운 새(鳥)가 오거나 살고 있는 땅에 온갖 요괴(妖怪)가 보이거나 하거든, 이 사람이 종종(種種)의 귀(貴)한 것으로 저 약사유리광여래(藥師瑠璃光如來)를 공경(恭敬)하여 공양(供養)하면, 흉(凶)한 꿈이며 모든 좋지 못한 일이 다 없어져서 걱정이 아니 되며, 물과 [24뒤] 불과 칼 (등) 모진 것과 어려운 석벽(石壁)

---

29) 횡사: 橫死. 뜻밖의 재앙으로 죽는 것이다.

30) 정기: 精氣. 사물에 들어 있는 순수한 기운이다.

31) 상: 像. 조각이나 그림을 나타내는 말이다.

32) 당번: 幢幡. 당과 번이다. 혹은 당과 번을 겹쳐 만든 기(旗)이다. '幢(당)'은 법회 따위의 의식이 있을 때에, 절의 문 앞에 세우는 기. 장대 끝에 용머리를 만들고, 깃발에 불화(佛畫)를 그려 불보살의 위엄을 나타내는 장식 도구이다. 그리고 '幡(번)'은 부처와 보살의 성덕(盛德)을 나타내는 깃발. 꼭대기에 종이나 비단 따위를 가늘게 오려서 단다.

33) 진심: 嗔心. 왈칵 성내는 마음이다.

34) 희사: 喜捨. 어떤 목적을 위하여 기꺼이 돈이나 물건을 내놓는 것이다.

35) 요괴: 妖怪. 요사스럽고 괴이한 것이다.

과 모진 상(象, 코끼리)과 사자(獅子)와 범과 이리와 곰과 모진 뱀과 물벌레 등의 무서운 일이 있어도, 골똘한(지극한) 마음으로 저 부처를 염(念)하여 공경(恭敬)하면 다 벗어나겠으며, 다른 나라가 와서 침입하거나 도적이 괴롭히거나 하여도 저 여래(如來)를 [25앞] 염(念)하여 공경(恭敬)하면 다 벗어나리라.

또 문수사리(文殊師利)여, 아무나 정신(淨信)한 선남자(善男子)와 선여인(善女人)들이 죽도록 다른 하늘을 섬기지 아니하고, 한 마음으로 불법승(佛法僧)³⁶⁾에 귀의(歸依)하여 경계(警戒)³⁷⁾를 다 지니다가, 그릇하여 지은 일이 있어 악취(惡趣)에 떨어지는 것을 두려워하여, 저 부처의 [25뒤] 이름을 골똘히 염(念)하여 공경(恭敬)하여 공양(供養)하면 마땅히 삼악취(三惡趣)에 나지 아니하겠으며, 아무나 여자가 아기를 낳을 시절(時節)을 당(當)하여 지극(地極)한 수고(受苦)할 적에, 골똘한 마음으로 저 여래(如來)의 이름을 일컬어 찬탄(讚嘆)하여 공경(恭敬)하고 공양(供養)하면, 많는 수고(受苦)가 다 없어지고 [26앞] 낳은 자식(子息)이 모습이 단정(端正)하여 본 사람이 기뻐하며, 근원(根源)이 날카로워 총명(聰明)하며 편안(便安)하여 병(病)이 적고 귀신(鬼神)이 정기(精氣)를 빼앗지 아니하리라.

그때에 세존(世尊)이 아난(阿難)이더러 이르시되 "저 약사유리광여래(藥師瑠璃光如來)의 공덕(功德)을 내가 칭찬하듯이 하였는데, 이것이 제불(諸佛)의 심(甚)히 깊은 행적(行績)이라서 [26뒤] 아는 것이 어려우니, 네가 (약사유리광여래의 공덕을) 신(信)하는가 아니 신(信)하는가?"

아난(阿難)이 사뢰되, 대덕(大德) 세존(世尊)이시여, 내가 여래(如來)가 이르신 경(經)에 의심(疑心)을 아니 하니, '(그것이) 어째서인가' 한다면 일체(一切)의 여래(如來)의 몸과 말씀과 뜻으로 짓는 업(業)³⁸⁾이 다 청정(淸靜)하시니, 세존(世尊)이시여, 이것이 일월(日月)도 가히 떨어지게 하며 수미산(須彌山)³⁹⁾도 [27앞] 가히 기울게 하

---

36) 불법승: 佛法僧. 삼보(三寶)인 부처(佛), 교법(法), 승려(僧)를 아울러 이르는 말이다.
37) 경계: 警戒. 옳지 않은 일이나 잘못된 일들을 하지 않도록 타일러서 주의하게 하는 것이다.
38) 업: 業. 미래에 선악의 결과를 가져오는 원인이 된다고 하는, 몸과 입과 마음으로 짓는 선악의 소행이다.
39) 수미산: 須彌山. 불교의 우주관에서 세계의 중앙에 있다는 산이다. 꼭대기에는 제석천이, 중턱에는 사천왕이 살고 있으며, 그 높이는 물 위로 팔만 유순이고 물속으로 팔만 유순이며, 가로의 길이도 이와 같다고 한다. 북쪽은 황금, 동쪽은 은, 남쪽은 유리, 서쪽은 파리(玻璃)로 되어 있고, 해와 달이 그 주위를 돌며 보광(寶光)을 반영하여 사방의 허공을 비추고 있다. 산 주위

겠거니와, 제불(諸佛)이 이르시는 말은 결국은 (사실과) 다를 바가 없으십니다.

세존(世尊)이시여, 모든 중생(衆生)이 신근(信根)[40]이 갖추어져 있지 못하여, 제불(諸佛)이 심(甚)히 깊은 행적(行績)을 이르시거든 (그 말을) 듣고 (모든 중생이) 여기되 '어찌 약사유리광여래(藥師瑠璃光如來)의 한 부처의 이름을 염(念)하는 것만으로 이런 공덕(功德)의 [27뒤] 좋은 이(利)를 얻으리오?' 하여, 도리어 비웃는 마음을 내어 긴 밤에 큰 이락(利樂)[41]을 잃어 모진 길에 떨어져서 그지없이 굴러다닙니다.

부처가 아난(阿難)이에게 이르시되, 모든 유정(有情)이 약사유리광여래(藥師瑠璃光如來)의 이름을 듣고 극진(極盡)한 마음으로 받아 지녀서 의심(疑心)을 아니 하며, 악취(惡趣)에 떨어질 [28앞] 것이 없으니라. 아난(阿難)아, 이것이 제불(諸佛)의 심(甚)히 깊은 행적(行績)이라서 신(信)하여 아는 것이 어렵거늘 네가 이제 능(能)히 수(受)하나니, (이것이) 다 여래(如來)의 위력(威力)인 것을 알아라. 阿難(아난)아, 오직 일생보처보살(一生補處菩薩)[42] 외(外)에는 일체(一切)의 성문(聲聞)[43]이며 벽지불(辟支佛)[44]이며 지(地)[45]에 못 올라 있는 보살(菩薩)들이 [28뒤] 다 진실(眞實)로 신(信)

에 칠금산이 둘러쌌고 수미산과 칠금산 사이에 칠해(七海)가 있으며 칠금산 밖에는 함해(鹹海)가 있고 함해 속에 사대주가 있으며 함해 건너에 철위산이 둘러 있다.

40) 신근: 信根. 오근(五根)의 하나이다. 삼보(三寶)와 사제(四諦)의 진리를 믿는 일을 이른다. ※ 삼보(三寶)는 불법승(佛法僧)을 이른다. 그리고 사제(四諦)는 영원히 변하지 않는 네 가지 성스러운 진리로서, '고제(苦諦), 집제(集諦), 멸제(滅諦), 도제(道諦)'를 이른다.

41) 이락: 利樂. 내세의 이익과 현세의 안락을 통틀어 이르는 말이다.

42) 일생보처보살: 一生補處菩薩. 오직 한 번만 생사(生死)에 관련되고, 일생을 마치면 다음에는 부처가 될 수 있는 가장 높은 지위에 있는 보살이다. 석가모니도 태어나기 전에 호명(護明) 보살이라는 이름으로 이 보살의 위치에 올라서 도솔천 내원궁에 머무르고 있었다. 현재는 미륵보살(彌勒菩薩)이 일생보처보살로서 도솔천에 머무르고 있다.

43) 성문: 聲聞. 불교의 교설(敎說)을 듣고 스스로의 해탈을 위하여 정진하는 출가 수행자이다. 연각(緣覺)·보살(菩薩)과 함께 삼승(三乘)이라고 한다. 원래의 의미는 석가모니 당시의 제자들을 말하였다. 그러나 대승불교가 일어나고, 중생의 제도를 근본으로 삼는 보살이라는 이상적인 인간상이 부각됨에 따라, 성문은 소승(小乘)에 속하게 되었다. 이 성문은 사제(四諦)의 진리를 깨닫고 몸과 마음이 멸진(滅盡: 모두 사라짐.)한 무여열반(無餘涅槃: 남김이 없는 완전한 열반)에 들어가는 것을 목표로 삼고 있다.

44) 벽지불: 辟支佛. 산스크리트어 pratyeka-buddha 팔리어 pacceka-buddha의 음사이다. 홀로 깨달은 자라는 뜻이며, 독각(獨覺)·연각(緣覺)이라 번역한다. 스승 없이 홀로 수행하여 깨달은 자, 가르침에 의하지 않고 독자적으로 깨달은 자, 홀로 연기(緣起)의 이치를 주시하여 깨달은 자, 홀로 자신의 깨달음만을 구하는 수행자 등의 뜻으로 쓰인다.

45) 지: 地. 십지(十地). ※ '십지(十地)'는 보살이 수행하는 오십이위(五十二位) 단계 가운데 제41

하여 아는 것을 못 하나니, 아난(阿難)아, 사람의 몸이 되는 것이 어렵고 삼보(三寶)를 신(信)하여 공경(恭敬)하는 것이 또 어렵고 약사유리광여래(藥師瑠璃光如來)의 이름을 능히 듣는 것이 또 더 어려우니, 아난(阿難)아, 저 약사유리광여래(藥師瑠璃光如來)의 그지없는 보살행(菩薩行)[46]과 그지없는 [29앞] 공교(工巧)[47]하신 방편(方便)과 그지없는 큰 원(願)을 내가 한 겁(劫)이거나 한 겁(劫)이 넘거나 널리 말할 것이면, 겁(劫)은 빨리 다하겠지만 저 부처의 행(行)과 원(願)과 공교(工巧)하신 방편(方便)은 다함이 없으리라.

그때에 모인 (사람들) 중(中)에 한 보살마하살(菩薩摩訶薩)의 이름이 구탈(救脫)[48]이라고 하실 이가 좌(座)에서 일어나시어, 오른쪽 어깨를 벗어서 메고 [29뒤] 오른쪽 무릎을 꿇어 몸을 굽혀 합장(合掌)[49]하여 부처께 사뢰시되, 대덕(大德) 세존(世尊)이시여, 상법(像法)이 전(轉)할 시절(時節)에 모든 중생(衆生)이 종종(種種) 걱정의 괴롭힘이 되어, 장상(長常) 병(病)하여 시들어서 먹고 마시는 것을 못 하고 목이며 입술이 아주 말라서 죽을 상(相)이 일정(一定)[50]하여, 어버이며 친적이며 벗이며 아는 사람이 (죽을 중생을) 두르게 [30앞] 하여서 울거든 제 몸이 누운 채로 보되, 염마왕(琰魔王)[51]의 사자(使者)[52]가 넋을 데려 염마법왕(琰魔法王) 앞에 가거든, 유정(有情)과 함께 나온 신령(神靈)이 자기가 지은 죄(罪)이며 복(福)을 다 써서 염마법왕(琰魔法王)을 맡기거든, 저 왕(王)이 [30뒤] 그 사람에게 물어서 지은 죄(罪)이며 복(福)을 헤아려서 재판하겠으니, 그때에 병(病)한 사람의 친적이거나 아는 이거나

위에서 제50위까지의 단계이다. 부처의 지혜를 생성하고 온갖 중생을 교화하여 이롭게 하는 단계이다.

46) 보살행: 菩薩行. 보살이 부처가 되려고 수행하는, 자기와 남을 이롭게 하는 원만한 행동이다.

47) 공교: 工巧. 생각지 않았거나 뜻하지 않았던 사실이나 사건과 우연히 마주치게 된 것이 기이하다고 할 만한 것이다.

48) 구탈: 救脫. 救脫菩薩(구탈보살)이다. '救脫菩薩(구탈보살)'은 사람을 고통에서 구하고 어려움에서 벗어나게 해 주는 보살이다.

49) 합장: 合掌. 두 손바닥을 합하여 마음이 한결같음을 나타내는 것이다. 또는 그런 예법이다.

50) 일정: 一定. 오직 하나로 정해져 있는 것이다.

51) 염마왕: 琰魔王. 저승에서, 지옥에 떨어지는 사람이 지은 생전의 선악을 심판하는 왕이다. 지옥에 살며 십팔 장관(十八將官)과 팔만 옥졸을 거느리고 저승을 다스린다. 불상(佛像)과 비슷하고 왼손에 사람의 머리를 붙인 깃발을 들고 물소를 탄 모습이었으나, 뒤에 중국 옷을 입고 노기를 띤 모습으로 바뀌었다.

52) 사자: 使者. 죽은 사람의 혼을 저승으로 잡아간다는 귀신이다.

병(病)한 이를 위하여 약사유리광여래(藥師瑠璃光如來)께 귀의(歸依)하여, 많은 중(僧)을 청(請)하여 이 경(經)을 읽고 칠층등(七層燈)[53]에 불을 켜고 오색(五色)의 속명신번(續命神幡)[54]을 달면, 혹시 병(病)한 이의 [31앞] 넋이 이 곳에 돌아와 꿈같이 자세(仔細)히 보겠으니, 이레나 스물 하루이거나 서른 닷새이거나 마흔 아흐레이거나 지내고, 병(病)을 앓는 이의 넋이 도로 깰 적에 꿈으로부터서 깨듯 하여, 좋은 업(業)이며 궂은 업(業)에 대한 과보(果報)를 다 생각하여 알겠으니, 자기가 보아서 안 까닭으로 다시는 차마 모진 죄업(罪業)을 짓지 아니하겠으니, 이러므로 [31뒤] 정신(淨信)한 선남자(善男子)와 선여인(善女人)들이 다 저 약사유리광여래(藥師瑠璃光如來)의 이름을 지녀서, 제 힘으로 할 양으로 공경(恭敬)하여 공양(供養)하여야 하겠습니다.

그때에 아난(阿難)이 구탈보살(救脫菩薩)께 묻되 "저 약사유리광여래(藥師瑠璃光如來)를 공경(恭敬)하여 공양(供養)하는 것을 어떻게 하며 [32앞] 속명번(續命幡)[55]과 등(燈)을 어떻게 만들겠습니까?"

救脫菩薩(구탈보살)이 이르시되 "大德(대덕)이시여, 아무나 病(병)한 사람이 病(병)을 벗어나고자 하거든, 그 사람을 위하여 이레 밤낮을 팔분재계(八分齋戒)를 지녀서 자기가 장만한 양(樣)으로 중을 공양(供養)하고, 밤낮 여섯 때로 저 약사유리광여래(藥師瑠璃光如來)에게 절하여 공양(供養)하고, [32뒤] 이 경(經)을 마흔아홉 번 읽고 마흔아홉의 燈(등)에 불을 켜고, 저 여래(如來)의 상(像) 일곱을 만들고 상(像)마다 앞에 일곱 등(燈)을 놓되, 등(燈)마다 수레바퀴만큼 크게 하여 마흔 아흐레를 광명(光明)이 끊어지지 아니하게 하고, 오색(五色) 번(幡)을 만들되 마흔 아홉 자(尺)를 하고, 숨쉬는 잡(雜) 짐승 마흔아홉을 놓아 주면, 어려운 [33앞] 액(厄)[56]을 벗어나며 모진 귀신에게 아니 잡히리라."

"또 아난(阿難)아, 만일 찰제리(刹帝利)와 관정왕(灌頂王)[57]들이 어려운 일이 일어

---

53) 칠층등: 七層燈. 칠층탑(七層塔)의 층층마다 매달아 놓은 등(燈)이다.

54) 속명신번: 續命神幡. 사람의 수명을 연장하는 신령스러운 번(幡)이다. ※ '幡(번)'은 부처와 보살의 성덕(盛德)을 나타내는 깃발이다. 꼭대기에 종이나 비단 따위를 가늘게 오려서 단다.

55) 속명번: 續命幡. 사람의 수명을 연장하는 신령스러운 번(幡)이다. ※ '幡(번)'은 부처와 보살의 성덕(盛德)을 나타내는 깃발이다. 꼭대기에 종이나 비단 따위를 가늘게 오려서 단다.

56) 액: 厄. 모질고 사나운 운수이다.

날 시절(時節)에, 많은 사람이 돌림병을 하는 난(難)이거나 다른 나라가 침입하는 난(難)이거나 자기의 나라에서 반역하는 양하는 난(難)이거나 성수(星宿)⁵⁸⁾의 변괴(變怪)의 난(難)이거나 ^[33뒤] 일식(日食)⁵⁹⁾과 월식(月食)⁶⁰⁾의 난(難)이거나 시절(時節)에 맞지 않는 바람과 비의 난(難)이거나 가뭄의 난(難)이거나 하거든, 저 왕(王)들이 일체(一切)의 유정(有情)에게 자비심(慈悲心)⁶¹⁾을 내어 가두어 있던 사람을 놓아 주고, 앞에서 이르던 양으로 저 약사유리광여래(藥師瑠璃光如來)를 공양(供養)하면, 이 좋은 근원(根源)과 저 여래(如來)의 ^[34앞] 본원력(本願力)⁶²⁾ 때문에 그 나라가 즉시로 편안(便安)하여, 바람과 비가 시절(時節)에 맞게 내려 농사(農事)가 되어 일체(一切)의 유정(有情)이 무병(無病)하고 환락(歡樂)⁶³⁾하며, 그 나라에 모진 야차(夜叉) 등(等)의 신령(神靈)이 유정(有情)을 괴롭히는 일이 없으며, 일체(一切)의 흉(凶)한 일이 다 없어지고, 찰제리(刹帝利)와 관정왕(灌頂王)들도 ^[34뒤] 장수(長壽)하고 병(病)이 없어져서 다 자재(自在)하리라.”

“아난(阿難)아, 만일 황제(皇帝)며 황후(皇后)며 비자(妃子)⁶⁴⁾며 왕자(王子)며 대신(大臣)이며 재상(宰相)⁶⁵⁾이며 대궐(大闕)의 여자이며 백관(百官)⁶⁶⁾이며 백성(百姓)이 병(病)을 하거나 어려운 ^[35앞] 액(厄)이거든, 또 오색번(五色幡)을 만들며 등(燈)을 켜서 잇대어서 밝게 하며, 숨을 쉬는 짐승을 놓아 주고 잡색(雜色)의 꽃을 흩뿌리

---

57) 관정왕: 灌頂王. 관정(灌頂)의 의식을 통해서 된 임금이다. 인도(印度)에서 임금의 즉위식이나 입태자식을 할 때 머리 정수리에 바닷물을 붓는 것을 관정(灌頂)이라 하고, 그렇게 해서 된 임금을 관정왕이라고 한다.

58) 성수: 星宿. 모든 별자리의 별들이다.

59) 일식: 日食. 달이 태양의 일부나 전부를 가려지는 현상이다.

60) 월식: 月食. 달이 지구의 그림자에 가려 일부나 전부가 가려지는 현상이다.

61) 자비심: 慈悲心. 중생을 사랑하고 가엾게 여기는 마음이다.

62) 본원력: 本願力. 부처가 되기 이전, 즉 보살(菩薩)로서 수행할 때에 세운 서원(誓願)의 힘이다.
※ '誓願(서원)'은 소원(所願)을 세우고, 그것을 이루고자 맹세하는 일이다.

63) 환락: 歡樂. 아주 즐거워하거나, 또는 아주 즐거운 것이다.

64) 비자: 妃子. 왕비(王妃)이다.

65) 재상: 宰相. 임금을 돕고 모든 관원을 지휘하고 감독하는 일을 맡아보던 이품 이상의 벼슬이다. 또는 그 벼슬에 있던 벼슬아치이다. 본디 '재(宰)'는 요리를 하는 자, '상(相)'은 보행을 돕는 자로 둘 다 수행하는 자를 이르던 말이었으나, 중국 진(秦)나라 이후에 최고 행정관을 뜻하게 되었다.

66) 백관: 百官. 모든 벼슬아치이다.

며 이름난 향(香)을 피우면, 병(病)도 덜며 액(厄)도 벗으리라."

그때에 아난(阿難)이 구탈보살(救脫菩薩)께 묻되 "어찌 이미 다한 목숨이 어찌 더하겠습니까?" 구탈보살(救脫菩薩)이 이르시되 "대득(大得)아, 여래(如來)가 [35뒤] 이르시는 아홉 횡사(橫死)[67]를 못 들었는가? 이러므로 속명번등(續命幡燈)을 만들어 복덕(福德)[68]을 닦는 것을 권(勸)하니, 복(福)을 닦으면 제 목숨까지 살아서 수고(受苦)를 아니 겪으리라."

아난(阿難)이 묻되 "아홉 횡사(橫死)는 무엇입니까?" 구탈보살(救脫菩薩)이 이르시되 "유정(有情)들이 병(病)을 얻어, 비록 그 병(病)이 가볍지만 [36앞] 의(醫)[69]와 약(藥)과 병(病)을 간수할 이가 없거나 의(醫)를 만나고도 잘못된 약(藥)을 먹여, 아니 죽을 적인데도 곧 횡사(橫死)하며, 또 세간(世間)에 있는 사마외도(邪魔外道)[70]의 요괴(妖怪)로운 스승을 신(信)하여, (그 스승이) 망령(妄靈)된 화복(禍福)을 이르거든 곧 두려운 뜻을 내어, 마음이 정(正)하지 못하여 좋거나 궂은 것을 [36뒤] 무꾸리를 하여, 종종(種種)의 짐승을 죽여 신령(神靈)께 바치면서 빌며 도깨비를 청(請)하여 복(福)을 빌어 목숨을 길게 하고자 하다가 끝내 득(得)하지 못하나니, 어리석어 미혹(迷惑)하여 사곡(邪曲)하게 보는 것을 신(信)하므로 곧 횡사(橫死)하여 지옥(地獄)[71]에 들어서 나올 기한(期限)이 없으니, 이를 첫 횡사(橫死)라 하느니라. 둘째는 왕법(王法)을 입어 횡사(橫死)하는 것이요, [37앞] 셋째는 사냥을 하거나 놀이를 하거나 음란(淫亂)을 좋아하거나 술을 즐기거나 경망하여 조심을 아니 하다가, 귀신(鬼神)이 정기(精氣)를 앗아 횡사(橫死)하는 것이요, 넷째는 불에 살라져서 횡사(橫

---

67) 횡사: 橫死. 뜻밖의 재앙으로 죽는 것이다. ※ '아홉 橫死'는 뜻밖의 재앙에 걸리어 죽는 아홉 가지이다. 첫째 유정(중생)들이 병에 걸렸을 때에 고치는 의사나 좋은 약이 없어 이르는 횡사, 둘째 왕법을 입어(국법에 저촉하여) 이르는 횡사, 셋째 주색에 빠져 귀신이 정기(精氣)를 빼앗아 이르는 횡사, 넷째 불에 타서 죽는 횡사, 다섯째 물에 빠져죽는 횡사, 여섯째 사나운 짐승한테 물리어 죽는 횡사, 일곱째 산 언덕에서 떨어져 죽는 횡사, 여덟째 독약을 먹거나 저주당하거나 사곡(邪曲)한 귀신이 들거나 하여 죽는 횡사, 아홉째 굶주리어 횡사하는 것이다.

68) 복덕: 福德. 선행의 과보(果報)로 받는 복스러운 공덕(功德)이다.

69) 의: 醫. 병을 고치는 사람이다.

70) 사마외도: 邪魔外道. 수행에 방해가 되는 사악한 마귀와 불교 이외의 사교(邪敎)의 무리이다. 사마(邪魔)는 수행을 방해하는 마귀이며, 외도(外道)는 불교 이외의 종교를 믿는 사람이다.

71) 지옥: 地獄. 죄업을 짓고 매우 심한 괴로움의 세계에 난 중생이나 그런 중생의 세계이다. 섬부주의 땅 밑, 철위산의 바깥 변두리 어두운 곳에 있다고 한다. 팔대 지옥, 팔한 지옥 따위의 136종이 있다.

死)하는 것이요, 다섯째는 물에 빠지어 횡사(橫死)하는 것이요, 여섯째는 모진 짐승에게 물려 횡사(橫死)하는 것이요, 일곱째는 산언덕에 떨어져서 [37뒤] 횡사(橫死)하는 것이요, 여덟째는 모진 약(藥)을 먹거나 독약으로 방자를 당하거나 사곡(邪曲)한 귀신이 들거나 하여 횡사(橫死)하는 것이요, 아홉째는 굶주려 횡사(橫死)하는 것이니, 이것이 如來(여래)가 대략 이르시는 아홉 가지의 횡사(橫死)이니, 또 그지없는 여러 횡사(橫死)가 못내 이르리라."

"또 아난(阿難)아, 저 염마왕(琰魔王)이 세간(世間)에 있는 (유정들의) 이름을 적은 [38앞] 글월을 주관하고 있나니, 만일 유정(有情)들이 불효(不孝)를 하거나 오역(五逆)⁷²⁾을 하거나 삼보(三寶)를 헐어 욕(辱)하거나 군신(君臣)의 법(法)을 헐거나 신계(信戒)⁷³⁾를 헐거나 하면, 염마법왕(琰魔法王)이 (유정들의) 죄(罪)의 모습대로 상고(詳考)⁷⁴⁾하여 벌(罰)을 [38뒤] 주나니, 이러므로 내가 이제 유정(有情)을 권(勸)하여 등(燈)을 켜며 번(幡)을 만들며 산 것을 놓아주어, 복(福)을 닦아 액(厄)을 벗어나게 한다."

그때에 중(衆= 무리)의 중(中)에 열두 야차대장(夜叉大將)이 회자(會座)⁷⁵⁾에 있더니, 궁비라대장(宮毗羅大將)과 벌절라대장(伐折羅大將)과 미기라대장(迷企羅大將)과 안저라대장(安底羅大將)과 [39앞] 알니라대장(頞你羅大將)과 산저라대장(珊底羅大將)과 인달라대장(因達羅大將)과 파이대장(波夷大將)과 마호라대장(摩虎羅大將)과 진달라대장(眞達羅大將)과 초두라대장(招杜羅大將)과 비갈라대장(毗羯羅大將)과 이 열두 야차대장(夜叉大將)이 각각(各各) 칠천(七千)의 야차(夜叉)를 [39뒤] 권속(眷屬)⁷⁶⁾으로 삼아 있더니, 함께 소리를 내어 사뢰되 "세존(世尊)이시여, 우리가 이제 부처의 위력(威力)을 입어서 약사유리광여래(藥師瑠璃光如來)의 이름을 들으니 다시 악취(惡

---

72) 오역: 五逆. 다섯 가지 악행이다. 대승 불교에서는 절이나 탑을 파괴하여 불경과 불상을 불태우고 삼보(三寶)를 빼앗거나 그런 짓을 시키는 일, 성문(聲聞) 따위의 법을 비방하는 일, 출가자를 죽이거나 수행을 방해하는 일, 소승 불교의 오역 가운데 하나를 범하는 일, 모든 업보는 없다고 생각하여 십악(十惡)을 행하고 다른 이에게 가르치는 일이다.

73) 신계: 信戒. 승려가 반드시 가져야 하는 신앙심과 계율이다. 곧, 정법(正法)을 믿는 마음과 오계(五戒)를 지키는 것이다.

74) 상고: 詳考. 꼼꼼하게 따져서 검토하거나 참고하는 것이다.

75) 회자: 會座/會坐. 설법을 들으려고 여러 사람이 한자리에 모인 자리이다.

76) 권속: 眷屬. 한집에 거느리고 사는 식구이다.

趣)를 두려워하는 것이 없으니, 우리들이 다 한 마음으로 죽도록 삼보(三寶)에 귀의(歸依)하여 맹서(盟誓)를 하되, 일체(一切)의 유정(有情)을 위하여 [40앞] 이익(利益)이 되는 일을 하여 편안(便安)하게 하겠습니다. 아무런 마을이거나 성(城)이거나 고을이거나 나라이거나 빈 수풀이거나 이 경(經)을 널리 펴며, 약사유리광여래(藥師瑠璃光如來)의 이름을 지녀 공경(恭敬)하고 공양(供養)할 이(者)야말로 있거든, 우리들이 이 사람을 위호(衛護)[77]하여 다 일체(一切)의 고난(苦難)을 [40뒤] 벗어나고 원(願)하는 일을 다 이루어지게 하겠습니다. 아무나 병(病)이며 액(厄)이 있어 벗어나고자 할 사람은 이 경(經)을 읽어 외오며 오색(五色) 실로 우리 이름을 묶어서, 제 願(원)을 이룬 後(후)에 (그 묶은 것을) 풀어야 하겠습니다."

그때에 세존(世尊)이 야차대장(夜叉大將)[78]들을 찬탄(讚嘆)하여 이르시되 "좋다. 좋다. 너희들이 [41앞] 약사유리광여래(藥師瑠璃光如來)의 은덕(恩德)을 갚을 일을 염(念)하거든, 항상 이렇듯이 일체(一切)의 유정(有情)을 이익(利益)이 되게 하며 안락(安樂)하게 하라."

석보상절(釋譜詳節) 제구(第九)

---

77) 위호: 衛護. 따라다니며 곁에서 보호하고 지키는 것이다.
78) 야차대장: 夜叉大將. '다문천왕(多聞天王)'을 달리 이르는 말인데, 야차를 통솔하기 때문에 붙은 이름이다. '多聞天王(다문천왕)'은 사천왕(四天王)의 하나이며, 다문천을 다스려 북쪽을 수호하며 야차(夜叉)와 나찰(羅刹)을 통솔한다. 분노의 상(相)으로 갑옷을 입고서 왼손에 보탑(寶塔)을 받쳐 들고 오른손에 몽둥이를 들고 있다.

부록 2. 문법 용어의 풀이*

1. 품사

품사는 한 언어에 속하는 수많은 단어를 문법적인 특징에 따라서 갈래지어서 그 범주를 정한 것이다.

가. 체언

'체언(體言, 임자씨)'은 어떠한 대상의 이름이나 수량(순서)을 나타내거나 명사를 대신하는 단어들의 부류들이다. 이러한 체언에는 '명사', '대명사', '수사'가 있다.

① 명사(명사): 어떠한 '대상, 일, 상황' 등의 이름을 나타내는 단어이다.
- 자립 명사: 문장 내에서 관형어의 도움 없이 홀로 쓰일 수 있는 명사이다.

　　(1) ㄱ. 國은 나라히라 (나라ㅎ + -이- + -다)　　　　　[훈언 2]

　　　　ㄴ. 國(국)은 나라이다.

- 의존 명사(의명): 홀로 쓰일 수 없어서 반드시 관형어와 함께 쓰이는 명사이다.

　　(2) ㄱ. 어린 百姓이 니르고져 홇 배 이셔도 (바 + -이)　　[훈언 2]

　　　　ㄴ. 어리석은 百姓(백성)이 이르고자 할 바가 있어도…

② 인칭 대명사(인대): 사람을 직시하거나 대용하는 대명사이다.

　　(3) ㄱ. 내 太子를 셤기ᅀᆞ보ᄃᆡ (나 + -이)　　　　　[석상 6:4]

　　　　ㄴ. 내가 太子(태자)를 섬기되…

③ 지시 대명사(지대): 명사를 직접 가리키거나 대용하는 말이다.

＊ 이 책에서 사용된 문법 용어와 약어에 대하여는 '도서출판 경진'에서 간행한 『학교 문법의 이해 2(2015)』와 '교학연구사'에서 간행한 『중세 국어 문법의 이해: 이론편, 주해편, 강독편 (2015)』의 내용을 참조하기 바란다.

(4) ㄱ. 내 이룰 爲ᄒ야 어엿비 너겨 (이 + -룰)　　　　　[훈언 2]

　　　ㄴ. 내가 이를 위하여 불쌍히 여겨…

④ 수사(수사): 사람이나 사물의 수량이나 차례를 나타내는 체언이다.

(5) ㄱ. 點이 둘히면 上聲이오 (둘ㅎ + -이- + -면)　　　[훈언 14]

　　　ㄴ. 點(점)이 둘이면 上聲(상성)이고…

나. 용언

'용언(用言, 풀이씨)'은 문장 속에서 서술어로 쓰여서 주어로 표현되는 대상(주체)의
움직임이나 상태, 혹은 존재의 유무(有無)를 풀이한다. 이러한 용언에는 문법적 특징에
따라서 '동사'와 '형용사', '보조 용언' 등으로 분류한다.

① 동사(동사): 주어로 쓰인 대상의 움직임을 표현하는 용언이다. 동사에는 목적어를
　　취하는 타동사(= 타동)와 목적어를 취하지 않는 자동사(= 자동)가 있다.

(6) ㄱ. 衆生이 福이 다ᄋ거다 (다ᄋ- + -거- + -다)　　　[석상 23:28]
　　　ㄴ. 衆生(중생)이 福(복)이 다했다.

(7) ㄱ. 어마님이 毘藍園을 보라 가시니 (보- + -라)　　　[월천 기17]
　　　ㄴ. 어머님이 毘藍園(비람원)을 보러 가셨으니.

② 형용사(형사): 주어로 표현되는 대상의 성질이나 상태를 풀이하는 용언이다.

(8) ㄱ. 이 東山ᄋᆫ 남기 됴ᄒᆞᆯ씨 (둏- + -ᄋᆯ씨)　　　　[석상 6:24]
　　　ㄴ. 이 東山(동산)은 나무가 좋으므로…

③ 보조 용언(보용): 문장 안에서 홀로 설 수 없어서 반드시 그 앞의 다른 용언에 붙어
　　서 문법적인 뜻을 더해 주는 기능을 하는 용언이다.

(9) ㄱ. 勞度差ㅣ 또 ᄒᆞᆫ 쇼ᄅᆞᆯ 지서 내니 (내- + -니)　　　[석상 6:32]
　　　ㄴ. 勞度差(노도차)가 또 한 소(牛)를 지어 내니…

다. 수식언

'수식언(修飾言, 꾸밈씨)'은 체언이나 용언 등을 수식(修飾)하면서 그 의미를 한정(限定)한다. 이러한 수식언으로는 '관형사'와 '부사'가 있다.

① 관형사(관사): 체언을 수식하면서 체언의 의미를 제한(한정)하는 단어이다.

    (10) ㄱ. 녯 대예 <u>새</u> 竹筍이 나며   [금삼 3:23]

          ㄴ. 옛날의 대(竹)에 새 竹筍(죽순)이 나며…

② 부사(부사): 특정한 용언이나 부사, 관형사, 체언, 절, 문장 등 여러 가지 문법적인 단위를 수식하여, 그들 문법적 단위의 의미를 한정하거나 특정한 말을 다른 말에 이어 준다.

    (11) ㄱ. 이거시 <u>더듸</u> 뻐러딜ᄉᆡ   [두언 18:10]

          ㄴ. 이것이 더디게 떨어지므로

    (12) ㄱ. <u>반ᄃ기</u> 甘雨ㅣ ᄂᆞ리리라   [월석 10:122]

          ㄴ. 반드시 甘雨(감우)가 내리리라.

    (13) ㄱ. <u>ᄒᆞ다가</u> 술옷 몯 먹거든 너덧 번에 ᄂᆞ화 머기라   [구언 1:4]

          ㄴ. 만일 술을 못 먹거든 너덧 번에 나누어 먹이라.

    (14) ㄱ. 道國王과 <u>밋</u> 舒國王은 實로 親ᄒᆞᆫ 兄弟니라   [두언 8:5]

          ㄴ. 道國王(도국왕) 및 舒國王(서국왕)은 實(실)로 親(친)한 兄弟(형제)이니라.

라. 독립언

감탄사(감탄사): 문장 속의 다른 말과 문법적인 관계를 맺지 않고 독립적으로 쓰인다.

    (15) ㄱ. <u>의</u> 丈夫ㅣ여 엇뎨 衣食 爲ᄒᆞ야 이 ᄀᆞᆮ호매 니르뇨 [법언 4:39]

          ㄴ. 아아, 丈夫여, 어찌 衣食(의식)을 爲(위)하여 이와 같음에 이르렀느냐?

    (16) ㄱ. 舍利佛이 ᄉᆞᆯᄫᅩᄃᆡ <u>엥</u> 올ᄒᆞ시이다   [석상 13:47]

          ㄴ. 舍利佛(사리불)이 사뢰되, "예, 옳으십니다."

2. 불규칙 용언

용언의 활용에는 어간이나 어미가 불규칙적으로 바뀌어서(개별적으로 교체되어) 일반적인 변동 규칙으로는 설명할 수 없는 것이 있다. 이처럼 불규칙하게 활용하는 용언을 '불규칙 용언'이라고 한다. 여기서는 'ㄷ 불규칙 용언, ㅂ 불규칙 용언, ㅅ 불규칙 용언'만 별도로 밝힌다.

① 'ㄷ' 불규칙 용언(ㄷ불): 어간이 /ㄷ/으로 끝나는 용언 중에는, 어간에 모음으로 시작하는 어미가 붙어서 활용할 때에, 어간의 끝 소리 /ㄷ/이 /ㄹ/로 바뀌는 용언이다.

    (1) ㄱ. 瓶의 므를 <u>기러</u> 두고사 가리라 (<u>긷</u>- + -어)   [월석 7:9]
        ㄴ. 瓶(병)에 물을 길어 두고야 가겠다.

② 'ㅂ' 불규칙 용언(ㅂ불): 어간이 /ㅂ/으로 끝나는 용언 중에는, 어간에 모음으로 시작하는 어미가 붙어서 활용할 때에, 어간의 끝 소리 /ㅂ/이 /ㅸ/으로 바뀌는 용언이다.

    (2) ㄱ. 太子ㅣ 性 <u>고ᄫᅡ샤</u> (<u>곱</u>- + -ᄋᆞ시- + -아)   [월석 21:211]
        ㄴ. 太子(태자)가 性(성)이 고우시어…

    (3) ㄱ. 벼개 노피 벼여 <u>누우니</u> (<u>눕</u>- + -으니)   [두언 15:11]
        ㄴ. 베개를 높이 베어 누우니…

③ 'ㅅ' 불규칙 용언(ㅅ불): 어간이 /ㅅ/으로 끝나는 용언 중에는, 어간에 모음으로 시작하는 어미가 붙어서 활용할 때에, 어간의 끝 소리인 /ㅅ/이 /ㅿ/으로 바뀌는 용언이다.

    (4) ㄱ. (道士ᄃᆞᆯ히) … 表 <u>지ᅀᅥ</u> 엳ᄌᆞᄫᆞ니 (<u>짓</u>- + -어)   [월석 2:69]
        ㄴ. 道士(도사)들이 … 表(표)를 지어 여쭈니…

3. 어근

어근은 단어 속에서 중심적이면서 실질적인 의미를 나타내는 실질 형태소이다.

(1) ㄱ. 글가마괴 (글- + ᄀ마괴), 싀어미 (싀- + 어미)

ㄴ. 무덤 (묻- + -엄), 늘개 (늘- + -개)

(2) ㄱ. 밤낮 (밤 + 낮), 쏠밥 (쏠 + 밥), 불뭇골 (불무 + -ㅅ + 골)

ㄴ. 검븕다 (검- + 븕-), 오ᄂᆞ느리다 (오ᄂᆞ- + ᄂ리-), 도라오다 (돌- + -아 + 오-)

- 불완전 어근(불어): 품사가 불분명하며 단독으로 쓰이는 일이 없고, 다른 말과의 통합에 제약이 많은 특수한 어근이다(= 특수 어근, 불규칙 어근).

(3) ㄱ. 功德이 이러 당다이 부톄 ᄃ외리러라 (당당 + -이) [석상 19:34]

ㄴ. 功德(공덕)이 이루어져 마땅히 부처가 되겠더라.

(4) ㄱ. 그 부텨 住ᄒ신 싸히⋯常寂光이라 (住 + -ᄒ- + -시- + -ㄴ) [월석 서:5]

ㄴ. 그 부처가 住(주)하신 땅이 이름이 常寂光(상적광)이다.

4. 파생 접사

접사 중에서 어근에 새로운 의미를 더하거나 단어의 품사를 바꿈으로써, 새로운 단어를 만들어 주는 것을 '파생 접사'라고 한다.

가. 접두사(접두)

접두사는 어근의 앞에 붙어서 새로운 단어를 형성하는 파생 접사이다.

(1) ㄱ. 아ᅀᆞ와 아ᄎᆞᆫ아들왜 비록 이시나 (아ᄎᆞᆫ- + 아들) [두언 11:13]

ㄴ. 아우와 조카가 비록 있으나⋯

나. 접미사(접미)

접미사는 어근의 뒤에 붙어서 새로운 단어를 형성하는 파생 접사이다.

① 명사 파생 접미사(명접): 어근에 뒤에 붙어서 명사를 파생하는 접미사이다.

   (2) ㄱ. ㅂㄹㆆ가비(ㅂㄹㆆ + -가비), 무덤(묻- + -음), 노픠(높- + -의)

       ㄴ. 바람개비, 무덤, 높이

② 동사 파생 접미사(동접): 어근의 뒤에 붙어서 동사를 파생하는 접미사이다.

   (3) ㄱ. 풍류ᄒ다(풍류 + -ᄒ- + -다), 그르ᄒ다(그르 + -ᄒ- + -다), ᄀㆍ몰다(ᄀㆍ몰 + -∅- + -다)

       ㄴ. 열치다, 벗기다, 넓히다, 풍류하다, 잘못하다, 가물다

③ 형용사 파생 접미사(형접): 어근의 뒤에 붙어서 형용사를 파생하는 접미사이다.

   (4) ㄱ. 녇갑다(녇- + -갑- + -다), 골프다(곯- + -ㅂ- + -다), 受苦룹다(受苦 + -룹- + -다), 외룹다(외 + -룹- + -다), 이러ᄒ다(이러 + -ᄒ- + -다)

       ㄴ. 얕다, 고프다, 수고롭다, 외롭다

④ 사동사 파생 접미사(사접): 어근의 뒤에 붙어서 사동사를 파생하는 접미사이다.

   (5) ㄱ. 밧기다(밧- + -기- + -다), 너피다(넙- + -히- + -다)

       ㄴ. 벗기다, 넓히다

⑤ 피동사 파생 접미사(피접): 어근의 뒤에 붙어서 피동사를 파생하는 접미사이다.

   (6) ㄱ. 두피다(둪- + -이- + -다), 다티다(닫- + -히- + -다), 담기다(담- + -기- + -다), 듬기다(듬- + -기- + -다)

       ㄴ. 덮이다, 닫히다, 담기다, 잠기다

⑥ 관형사 파생 접미사(관접): 어근의 뒤에 붙어서 부사를 파생하는 접미사이다.

   (7) ㄱ. 모든(몯- + -은), 오ᄋᆞᆫ(오ᄋᆞᆯ- + -ㄴ), 이런(이러- + -ㄴ)

       ㄴ. 모든, 온, 이런

⑦ 부사 파생 접미사(부접): 어근의 뒤에 붙어서 부사를 파생하는 접미사이다.

(8) ㄱ. 몯내(몯 + -내), 비르서(비릇- + -어), 기리(길- + -이), 그르(그르- + -∅)

ㄴ. 못내, 비로소, 길이, 그릇

⑧ 조사 파생 접미사(조접): 어근의 뒤에 붙어서 조사를 파생하는 접미사이다.

(9) ㄱ. 阿鼻地獄브터 有頂天에 니르시니 (븥- + -어)   [석상 13:16]

ㄴ. 阿鼻地獄(아비지옥)부터 有頂天(유정천)에 이르시니…

⑨ 강조 접미사(강접): 어근의 뒤에 붙어서 강조의 뜻을 더하면서 새로운 단어를 파생
하는 접미사이다.

(10) ㄱ. 니르왇다(니르- + -왇- + -다), 열티다(열- + -티- + -다), 니르혀다(니
르- + -혀- + -다)

ㄴ. 받아일으키다, 열치다, 일으키다

⑩ 높임 접미사(높접): 어근의 뒤에 붙어서 높임의 뜻을 더하면서 새로운 단어를 파생
하는 접미사이다.

(11) ㄱ. 아바님(아비 + -님), 어마님(어미 + -님), 그듸(그+ -듸), 어마님내(어미 +
-님 + -내), 아기씨(아기 + -씨)

ㄴ. 아버님, 어머님, 그대, 어머님들, 아기씨

5. 조사

'조사(助詞, 관계언)'는 주로 체언에 결합하여, 그 체언이 문장 속의 다른 단어와 맺는
관계를 나타내거나 특별한 뜻을 더해 주는 단어이다.

가. 격조사

그 앞에 오는 말이 문장 안에서 일정한 문장 성분으로서의 기능함을 나타내는 조사이다.

① 주격 조사(주조): 주어로서 기능하는 것을 나타내는 격조사이다.

(1) ㄱ. 부텻 모미 여러 가짓 相이 ㄱㅈ샤 (몸 + -의) [석상 6:41]

ㄴ. 부처의 몸이 여러 가지의 相(상)이 갖추어져 있으시어…

② 서술격 조사(서조): 서술어로서 기능하는 것을 나타내는 격조사이다.

(2) ㄱ. 國은 나라히라 (나라ㅎ + -이- + -다) [훈언 1]

ㄴ. 國(국)은 나라이다.

③ 목적격 조사(목조): 목적어로서 기능하는 것을 나타내는 격조사이다.

(3) ㄱ. 太子를 하늘히 글히샤 (太子 + -를) [용가 8장]

ㄴ. 太子(태자)를 하늘이 가리시어…

④ 보격 조사(보조): 보어로서 기능하는 것을 나타내는 격조사이다.

(4) ㄱ. 色界 諸天도 ㄴ려 仙人이 ㄷ외더라 (仙人 + -이) [월석 2:24]

ㄴ. 色界(색계) 諸天(제천)도 내려 仙人(선인)이 되더라.

⑤ 관형격 조사(관조): 관형어로서 기능하는 것을 나타내는 격조사이다.

(5) ㄱ. 네 性이 … 죵이 서리예 淸淨ㅎ도다 (죵 + -이) [두언 25:7]

ㄴ. 네 性(성: 성품)이 … 종(從僕) 중에서 淸淨(청정)하구나.

(6) ㄱ. 나랏 말ㅆ미 中國에 달아 (나라 + -ㅅ) [훈언 1]

ㄴ. 나라의 말이 中國과 달라…

⑥ 부사격 조사(부조): 부사어로서 기능하는 것을 나타내는 격조사이다.

(7) ㄱ. 世尊이 象頭山애 가샤 (象頭山 + -애) [석상 6:1]

ㄴ. 世尊(세존)이 象頭山(상두산)에 가시어…

⑦ 호격 조사(호조): 독립어로서 기능하는 것을 나타내는 격조사이다.

(8) ㄱ. 彌勒아 아라라 (彌勒 + -아) [석상 13:26]

ㄴ. 彌勒(미륵)아 알아라.

나. 접속 조사(접조)

체언과 체언을 이어서 명사구를 형성하는 조사이다.

(9) ㄱ. 입시울와 혀와 엄과 니왜 다 됴ㅎ며 (혀 + -와)　　　[석상 19:7]

　　 ㄴ. 입술과 혀와 어금니와 이가 다 좋으며…

다. 보조사(보조사)

체언에 화용론적인 특별한 뜻을 덧보태는 조사이다.

(10) ㄱ. 나ᄂᆞᆫ 어버ᅀᆡ 여희오 (나 + -ᄂᆞᆫ)　　　[석상 6:5]

　　 ㄴ. 나는 어버이를 여의고…

(11) ㄱ. 어미도 아ᄃᆞᄅᆞᆯ 모ᄅᆞ며 (어미 + -도)　　　[석상 6:3]

　　 ㄴ. 어머니도 아들을 모르며…

6. 어말 어미

'어말 어미(語末語尾, 맺음씨끝)'는 용언의 끝자리에 실현되는 어미인데, 그 기능에 따라서 '종결 어미, 연결 어미, 전성 어미'로 나누어진다.

가. 종결 어미

① 평서형 종결 어미(평종): 말하는 이가 자신의 생각을 듣는 이에게 단순하게 진술하는 평서문에 실현된다.

(1) ㄱ. 네 아비 ᄒᆞ마 주그니라 (죽- + -Ø(과시)- + -으니- + -다) [월석 17:21]
　　 ㄴ. 너의 아버지가 이미 죽었느니라.

② 의문형 종결 어미(의종): 말하는 이가 듣는 이에게 대답을 요구하는 의문문에 실현된다.

(2) ㄱ. 엇뎨 겨르리 업스리오 (없- + -으리- + -고)　　　[월석 서:17]
　　 ㄴ. 어찌 겨를이 없겠느냐?

③ 명령형 종결 어미(명종): 말하는 이가 듣는 이에게 어떠한 행동을 하도록 요구하는 명령문에 실현된다.

(3) ㄱ. 너희들히 … 부텻 마를 바다 디니라 (디니- + -라)　　　[석상 13:62]

ㄴ. 너희들이 … 부처의 말을 받아 지녀라.

④ 청유형 종결 어미(청종): 말하는 이가 듣는 이에게 어떠한 행동을 함께 하도록 요구하는 청유문에 실현된다.

(4) ㄱ. 世世예 妻眷이 드외져 (드외- + -져)　　　[석상 6:8]

ㄴ. 世世(세세)에 妻眷(처권)이 되자.

⑤ 감탄형 종결 어미(감종): 말하는 이가 듣는 이를 의식하지 않고 자신의 감정을 표출하는 감탄문에 실현된다.

(5) ㄱ. 義는 그 큰뎌 (크- + -Ø(현시)- + -ㄴ뎌)　　　[내훈 3:54]

ㄴ. 義(의)는 그것이 크구나.

나. 전성 어미

용언이 본래의 서술 기능을 유지하면서도 다른 품사처럼 쓰이도록 문법적인 기능을 바꾸는 어미이다.

① 명사형 전성 어미(명전): 특정한 절 속의 서술어에 실현되어서, 그 절을 명사처럼 쓰이게 하는 어미이다.

(6) ㄱ. 됴흔 法 닷고믈 몯ㅎ야 (닭- + -옴 + -을)　　　[석상 9:14]

ㄴ. 좋은 法(법)을 닦는 것을 못하여…

② 관형사형 전성 어미(관전): 특정한 절 속의 용언에 실현되어서, 그 절을 관형사처럼 쓰이게 하는 어미이다.

(7) ㄱ. 어미 주근 後에 부텨의 와 묻ᄌᆞᄫᆞ면(죽- + -Ø- + -ㄴ)　[월석 21:21]

ㄴ. 어미 죽은 後(후)에 부처께 와 물으면…

다. 연결 어미(연어)

이어진 문장의 앞절과 뒷절을 잇거나, 본용언과 보조 용언을 잇는 어미이다. 연결 어미에는 '대등적 연결 어미, 종속적 연결 어미, 보조적 연결 어미'가 있다.

① 대등적 연결 어미: 앞절과 뒷절을 대등한 관계로 잇는 연결 어미이다.

    (8) ㄱ. 子는 아ᄃ리오 孫은 孫子ㅣ니 (아들 + -이- + -고)　　　[월석 1:7]

        ㄴ. 子(자)는 아들이고 孫(손)은 孫子(손자)이니…

② 종속적 연결 어미: 앞절을 뒷절에 이끌리는 관계로 잇는 연결 어미이다.

    (9) ㄱ. 모딘 길헤 ᄲ러디면 恩愛를 머리 여희여 (ᄲ러디- + -면) [석상 6:3]

        ㄴ. 모진 길에 떨어지면 恩愛(은애)를 멀리 떠나…

③ 보조적 연결 어미: 본용언과 보조 용언을 잇는 연결 어미이다.

    (10) ㄱ. 赤眞珠ㅣ ᄃ외야 잇ᄂ니라 (ᄃ외야: ᄃ외- + -아)　　　[월석 1:23]

        ㄴ. 赤眞珠(적진주)가 되어 있느니라.

7. 선어말 어미

'선어말 어미(先語末語尾, 안맺음 씨끝)'는 용언의 끝에 실현되지 못하고, 어간과 어말 어미 사이에 실현되어서 문법적인 기능을 나타내는 어미이다.

① 상대 높임의 선어말 어미(상높): 말을 듣는 '상대(相對)'를 높여서 표현하는 선어말 어미이다.

    (1) ㄱ. 이런 고디 업스이다 (없- + -Ø(현시)- + -으이- + -다)　[능언 1:50]

        ㄴ. 이런 곳이 없습니다.

② 주체 높임의 선어말 어미(주높): 문장에서 주어로 실현되는 대상인 '주체(主體)'를 높여서 표현하는 선어말 어미이다.

(2) ㄱ. 王이 그 蓮花를 브리라 ᄒ시다　　　　　　　　　　　　[석상 11:31]

　　　　(ᄒ- + -신- + -∅(과시)- + -다)

　　　ㄴ. 王(왕)이 "그 蓮花(연화)를 버리라." 하셨다.

③ 객체 높임의 선어말 어미(객높): 문장에서 목적어나 부사어로 표현되는 대상인 '객체(客體)'를 높여서 표현하는 선어말 어미이다.

　　(3) ㄱ. 벼슬 노ᄑᆫ 臣下ㅣ 님그믈 돕ᄉᆞᄫᅡ (돕- + -ᄉᆞᆸ- + -아)　　[석상 9:34]

　　　　ㄴ. 벼슬 높은 臣下(신하)가 임금을 도와…

④ 과거 시제의 선어말 어미(과시): 동사에 실현되어서 발화시 이전에 어떠한 일이 일어났음을 무형의 선어말 어미인 '-∅-'이다.

　　(4) ㄱ. 이 ᄢᅴ 아들들히 아비 죽다 듣고(죽- + -∅(과시)- + -다) [월석 17:21]

　　　　ㄴ. 이때에 아들들이 "아버지가 죽었다." 듣고…

⑤ 현재 시제의 선어말 어미(현시): 발화시에 어떠한 일이 일어나고 있음을 나타내는 선어말 어미이다. 동사에는 선어말 어미인 '-ᄂᆞ-'가 실현되어서, 형용사에는 무형의 선어말 어미인 '-∅-'가 현재 시제를 나타낸다.

　　(5) ㄱ. 네 이제 ᄯᅩ 묻ᄂᆞ다 (묻- + -ᄂᆞ- + -다)　　　　　　　[월석 23:97]

　　　　ㄴ. 네 이제 또 묻는다.

　　(6) ㄱ. 이런 고디 업스이다 (없- + -∅(현시)- + -으이- + -다)　[능언 1:50]

　　　　ㄴ. 이런 곳이 없습니다.

⑥ 미래 시제의 선어말 어미(미시): 발화시 이후에 어떠한 일이 일어날 것임을 나타내는 선어말 어미이다.

　　(7) ㄱ. 아들ᄯᆞᆯ를 求ᄒ면 아들ᄯᆞᆯ를 得ᄒ리라 (得ᄒ- + -리- + -다) [석상 9:23]

　　　　ㄴ. 아들딸을 求(구)하면 아들딸을 得(득)하리라.

⑦ 회상 표현의 선어말 어미(회상): 말하는 이가 발화시 이전에 직접 경험한 어떤 때(경험시)로 자신의 생각을 돌이켜서, 그때를 기준으로 해서 일이 일어난 시간을 나타내는 선어말 어미이다.

(8) ㄱ. 뜨데 몯 마즌 이리 다 願 ᄀ티 ᄃ외더라   [월석 10:30]

     (ᄃ외- + -더- + -다)

   ㄴ. 뜻에 못 맞은 일이 다 願(원)같이 되더라.

⑧ 확인 표현의 선어말 어미(확인): 심증(心證)과 같은 말하는 이의 주관적인 믿음에 근거하여, 어떤 일을 확정된 것으로 표현하는 선어말 어미이다.

   (9) ㄱ. 安樂國이는 시르미 더욱 깁거다   [월석 8:101]

      (깁- + -Ø(현시)- + -거- + -다)

    ㄴ. 安樂國(안락국)이는 … 시름이 더욱 깊다.

⑨ 원칙 표현의 선어말 어미(원칙): 말하는 이가 객관적인 믿음에 근거하여, 어떤 일을 확정된 것으로 표현하는 선어말 어미이다.

   (10) ㄱ. 사ᄅ미 살면 … 모로매 늙ᄂ니라   [석상 11:36]

      (늙- + -ᄂ- + -니- + -다)

    ㄴ. 사람이 살면 … 반드시 늙느니라.

⑩ 감동 표현의 선어말 어미(감동): 말하는 이의 '느낌(감동, 영탄)'의 뜻을 나타내는 태도 표현의 선어말 어미이다.

   (11) ㄱ. 그듸내 貪心이 하도다   [석상 23:46]

      (하- + -Ø(현시)- + -도- + -다)

    ㄴ. 그대들이 貪心(탐심)이 크구나.

⑪ 화자 표현의 선어말 어미(화자): 주로 종결형이나 연결형에서 실현되어서, 문장의 주어가 말하는 사람(화자, 話者)임을 나타내는 선어말 어미이다.

   (12) ㄱ. ᄒ오사 내 尊호라 (尊ᄒ- + -Ø(현시)- + -오- + -다)   [월석 2:34]

    ㄴ. 오직(혼자) 내가 존귀하다.

⑫ 대상 표현의 선어말 어미(대상): 관형절이 수식하는 체언(피한정 체언)이, 관형절 에서 서술어로 표현되는 용언에 대하여 의미상으로 객체(목적어나 부사어로 쓰인

대상)일 때에 실현되는 선어말 어미이다.

(13) ㄱ. 須達이 지운 精舍마다 드르시며   [석상 6:38]

   (짓- + -∅(과시)- + -우- + -ㄴ)

   ㄴ. 須達(수달)이 지은 精舍(정사)마다 드시며…

(14) ㄱ. 王이 … 누분 자리예 겨샤 (눕- + -∅(과시)- + -우- + -은) [월석 10:9]

   ㄴ. 王(왕)이 … 누운 자리에 계시어…

〈 인용된 '약어'의 문헌 정보 〉

약어	문헌 이름		발간 연대	
	한자 이름	한글 이름		
용가	龍飛御天歌	용비어천가	1445년	세종
석상	釋譜詳節	석보상절	1447년	세종
월천	月印千江之曲	월인천강지곡	1448년	세종
훈언	訓民正音諺解(世宗御製訓民正音)	훈민정음 언해본(세종 어제 훈민정음)	1450년경	세종
월석	月印釋譜	월인석보	1459년	세조
능언	愣嚴經諺解	능엄경 언해	1462년	세조
법언	妙法蓮華經諺解(法華經諺解)	묘법연화경 언해(법화경 언해)	1463년	세조
구언	救急方諺解	구급방 언해	1466년	세조
내훈	內訓(일본 蓬左文庫 판)	내훈(일본 봉좌문고 판)	1475년	성종
두언	分類杜工部詩諺解 初刊本	분류두공부시 언해 초간본	1481년	성종
금삼	金剛經三家解	금강경 삼가해	1482년	성종

〈 중세 국어의 참고 문헌 〉

강성일(1972), 「중세국어 조어론 연구」, 『동아논총』 9, 동아대학교.

강신항(1990), 『훈민정음연구』(증보판), 성균관대학교 출판부.

강인선(1977), 「15세기 국어의 인용구조 연구」, 석사학위 논문, 서울대학교.

고성환(1993), 「중세국어 의문사의 의미와 용법」, 『국어학논집』 1, 태학사.

고영근(1981), 『중세국어의 시상과 서법』, 탑출판사.

고영근(1995), 「중세어의 동사형태부에 나타나는 모음동화」, 『국어사와 차자표기 – 소곡 남
        풍현 선생 화갑 기념 논총』, 태학사.

고영근(2010), 『제3판 표준 중세국어 문법론』, 집문당.

곽용주(1986), 「동사 어간 – 다' 부정법의 역사적 고찰」, 『국어연구』 138, 국어연구회.

교육인적자원부(2010), 『고등학교 교사용 지도서 문법』, (주)두산동아.

교육인적자원부(2010), 『고등학교 문법』, (주)두산동아.

구본관(1996), 「15세기 국어 파생법에 대한 연구」, 박사학위 논문, 서울대학교.

국립국어원, 『표준 국어 대사전』, 인터넷판.

권용경(1990), 「15세기 국어 서법의 선어말어미에 대한 연구」, 『국어연구』 101, 국어연구회.

김문기(1999), 「중세국어 매인풀이씨 연구」, 석사학위 논문, 부산대학교.

김소희(1996), 「16세기 국어의 '거/어'의 교체에 대한 연구」, 『국어연구』 142, 국어연구회.

김송원(1988), 「15세기 중기 국어의 접속월 연구」, 박사학위 논문, 건국대학교.

김영욱(1990), 「중세국어 관형격조사 '의/의, ㅅ'의 기술과 관련된 문제 해결을 위하여」, 『주
        시경학보』 8, 탑출판사.

김영욱(1995), 『문법형태의 역사적 연구』, 박이정.

김정아(1985), 「15세기 국어의 '-ㄴ가' 의문문에 대하여」, 『국어국문학』 94.

김정아(1993), 「15세기 국어의 비교구문 연구」, 박사학위 논문, 서울대학교.

김진형(1995), 「중세국어 보조사에 대한 연구」, 『국어연구』 136, 국어연구회.

김차균(1986), 「월인천강지곡에 나타나는 표기체계와 음운」, 『한글』 182, 한글학회.

김충회(1972), 「15세기 국어의 서법체계 시론」, 『국어학논총』 5, 6, 단국대학교.

나진석(1971), 『우리말 때매김 연구』, 과학사.

나찬연(2011), 『수정판 옛글 읽기』, 도서출판 월인.

나찬연(2013ㄴ), 제2판 『언어·국어·문화』, 도서출판 월인.

나찬연(2013ㄷ), 제2판 『훈민정음의 이해』, 도서출판 월인.

나찬연(2013ㄹ), 『국어 어문 규범의 이해』, 도서출판 월인.

나찬연(2014ㄱ), 제5판 『중세 국어 문법의 이해-주해편』, 교학연구사.

나찬연(2014ㄴ), 제5판 『중세 국어 문법의 이해-강독편』, 교학연구사.

나찬연(2014ㄷ), 제5판 『중세 국어 문법의 이해-서답형 문제편』, 교학연구사.

나찬연(2015ㄱ), 제4판 『현대 국어 문법의 이해』, 도서출판 월인.

나찬연(2015ㄴ), 『학교 문법의 이해』 1, 도서출판 경진.

나찬연(2015ㄷ), 『학교 문법의 이해』 2, 도서출판 경진.

남광우(2009), 『교학 고어사전』, (주)교학사.

남윤진(1989), 「15세기 국어의 접속어미에 대한 연구」, 『국어연구』 93. 국어연구회.

노동헌(1993), 「선어말어미 '-오-'의 분포와 기능 연구」, 『국어연구』 114, 국어연구회.

류광식(1990), 「15세기 국어 부정법의 연구」, 박사학위 논문, 건국대학교.

리의도(1989), 「15세기 우리말의 이음씨끝」, 『한글』 206, 한글학회

민현식(1988), 「중세국어 어간형 부사에 대하여」, 『선청어문』 16, 17집, 서울대학교 국어교육과.

박태영(1993), 「15세기 국어의 사동법 연구」, 석사학위 논문, 단국대학교.

박희식(1984), 「중세국어의 부사에 대한 연구」, 『국어연구』 63, 국어연구회

배석범(1994), 「용비어천가의 문제에 대한 일고찰」, 『국어학』 24, 국어학회.

성기철(1979), 「15세기 국어의 화계 문제」, 『논문집』 13, 서울산업대학교.

손세모돌(1992), 「중세국어의 'ᄇᆞ리다'와 '디다'에 대한 연구」, 『주시경학보』 9, 탑출판사.

안병희·이광호(1993), 『중세국어문법론』, 학연사.

양정호(1991), 「중세국어의 파생접미사 연구」, 『국어연구』 105, 국어연구회.

유동석(1987), 「15세기 국어 계사의 형태 교체에 대하여」, 『우해 이병선 박사 회갑 기념 논총』.

이광정(1983), 「15세기 국어의 부사형어미」, 『국어교육』 44, 45.

이광호(1972), 「중세국어 '사이시옷' 문제와 그 해석 방안」, 『국어사 연구와 국어학 연구-안병희 선생 회갑 기념 논총』, 문학과 지성사.

이광호(1972), 「중세국어의 대격 연구」, 『국어연구』 29. 국어연구회.

이광호(1995), 「후음 'ㅇ'과 중세국어 분철표기의 신해석」, 『국어사와 차자표기-남풍현 선생 회갑기념』, 태학사.

이기문(1963), 『국어표기법의 역사적 연구-신정판』, 한국연구원.

이기문(1998), 『국어사개설-신정판』, 태학사.

이숭녕(1981), 『중세국어문법-개정 증보판』, 을유문화사.

이승희(1996), 「중세국어 감동법 연구」, 『국어연구』 139, 국어연구회.

이정택(1994), 「15세기 국어의 입음법과 하임법」, 『한글』 223, 한글학회.

이주행(1993), 「후기 중세국어의 사동법」, 『국어학』 23, 국어학회.

이태욱(1995), 「중세국어의 부정법 연구」, 박사학위 논문, 성균관대학교.

이현규(1984), 「명사형어미 '-기'의 변화」, 『목천 유창돈 박사 회갑 기념 논문집』, 계명대학교 출판부.

이홍식(1993), 「'-오-'의 기능 구명을 위한 서설」, 『국어학논집』 1. 태학사.

임동훈(1996), 「어미 '시'의 문법」, 박사학위 논문, 서울대학교.

전정례(995), 「새로운 '-오-' 연구」, 한국문화사.

정 철(1954), 「원본 훈민정음의 보존 경위에 대하여」, 『국어국문학』 제9호, 국어국문학회.

정재영(1996), 「중세국어 의존명사 '드'에 대한 연구」, 『국어학총서』 23, 태학사.

최동주(1995), 「국어 시상체계의 통시적 변화에 관한 연구」, 박사학위 논문, 서울대학교.

최현배(1961), 『고친 한글갈』, 정음사.

최현배(1980=1937), 『우리말본』, 정음사.

한글학회(1985), 『訓民正音』, 영인본.

한재영(1984), 「중세국어 피동구문의 특성에 대한 연구」, 『국어연구』 61, 국어연구회.

한재영(1986), 「중세국어 시제체계에 관한 관견」, 『언어』 11-2, 한국언어학회.

한재영(1990), 「선어말어미 '-오/우-'」, 『국어 연구 어디까지 왔나』, 동아출판사.

한재영(1992), 「중세국어의 대우체계 연구」, 『울산어문논집』 8, 울산대학교 국어국문학과.

허웅(1975=1981), 『우리 옛말본』, 샘문화사.

허웅(1981), 『언어학』, 샘문화사.

허웅(1986), 『국어 음운학』, 샘문화사.

허웅(1989), 『16세기 우리 옛말본』, 샘문화사.

허웅(1992), 『15·16세기 우리 옛말본의 역사』, 탑출판사.

허웅(1999), 『20세기 우리말의 통어론』, 샘문화사.

허웅(2000), 『20세기 우리말의 형태론(고침판)』, 샘문화사.

허웅·이강로(1999), 『주해 월인천강지곡』, 신구문화사.

홍윤표(1969), 「15세기 국어의 격연구」, 『국어연구』 21, 국어연구회.

홍윤표(1994), 「중세국어의 수사에 대하여」, 『국문학논집』, 단국대학교 국어국문학과.

홍종선(1983), 「명사화어미의 변천」, 『국어국문학』 89, 국어국문학회.
황선엽(1995), 「15세기 국어의 '-(으)니'의 용법과 기원」, 『국어연구』 135, 국어연구회.

〈 불교 용어의 참고문헌 〉

곽철환(2003), 『시공불교사전』, 시공사.
국립국어원(2016), 인터넷판 『표준국어대사전』, (http://stdweb2.korean.go.kr/main.jsp)
두산동아(2016), 인터넷판 『두산백과사전』, (http://www.doopedia.co.kr/)
송성수(1999), 『석가보 외(釋迦譜 外)』, 동국대학교 부설 동국역경원.
운허·용하(2008), 『불교사전』, 불천.
원광대학교 종교문제연구소((1974), 인터넷판 『원불교사전』, 원광대학교 출판부.
한국불교대사전 편찬위원회(1982), 『한국불교대사전』, 보련각.
한국학중앙연구원(2016), 인터넷판 『한국민족문화대백과』, (http://encykorea.aks.ac.kr/)
홍사성(1993), 『불교상식백과』, 불교시대사.